# 邪宗门·竹林中

[日] 芥川龙之介 著
魏大海 高慧勤 主编
魏大海 侯为 等 译

上海译文出版社

# 目录

| 邪宗门 | 1 |
| 枯野抄 | 52 |
| 圣克利斯朵夫传 | 62 |
| 妖婆 | 77 |
| 魔术 | 113 |
| 舞会 | 123 |
| 尾生之信 | 131 |
| 素戋呜尊 | 134 |
| 老年素戋呜尊 | 188 |
| 南京的基督 | 205 |
| 杜子春 | 218 |
| 弃儿 | 230 |
| 秋山图 | 238 |
| 山鹬 | 248 |
| 奇异的重逢 | 259 |
| 火神阿耆尼 | 296 |

| 奇妙的故事 309
| 奇遇 317
| 往生画卷 328
| 母亲 335
| 好色 350
| 竹林中 369

# 邪宗门

一

日前述说了大公老爷一代的地狱变屏风,令人瞠目结舌。而少爷的一生之中,亦发生了绝无仅有的离奇故事。讲述之前,似应简要述及一件意外——大公老爷暴疾而卒的故事。

记得那年少爷十九岁。说是意想不到的疾病,其实约莫半年之前就有了种种噩兆。或官邸上空流星划过;或庭内红梅反季开花;或马厩白马一夜变黑;或池中碧水瞬间干涸,鲤鱼、鲫鱼挣扎于烂泥之中。尤为惧人的是一个侍女的枕边噩梦。她竟梦见了良秀的女儿,乘坐熊熊烈焰中的那辆毛车。毛车由一个人面怪兽拉着由天上降落下来。车里传出一句柔声细语,召唤道:"老爷,小的接您来啦。"当时只见那人面怪兽吼叫着昂起头来。即便在梦幻般的黑暗之中,亦可看见那鲜红鲜红的嘴唇。吓得侍女尖声大叫起来。侍女由睡梦中醒转过来,黏唧唧出了一身冷汗,心口怦怦跳着像火警的钟声。因而北方[1]和我等均觉心痛,便在官邸的多扇大门前挂了阴阳师的护符,又请经验丰富的法师做了种种祈祷。可即便如此,也无法逃出定业[2]。

一个风雪之日,寒冷彻骨。大公离开今出川[3]的大纳言[4]

官邸，在归途的马车上突然发起了高烧。马车回到官邸时，大公只剩下微弱的呻吟，且全身透现出吓人的紫色，连床褥上的白色花纹都好像烤焦了一般。此时此刻，那些法师、医生和阴阳师纷纷来到床榻边，绞尽脑汁地尽了最后的努力。可他的高烧却越发严重，直烧得老爷由床上滚落在地。落地后他突然声音嘶哑地疯狂喊道："啊！烧死我啦！快把这烟雾驱除！"那声音恍若陌生人。过去不到三个小时，他便完全不能说话了。老爷死得太惨。当时的悲哀、恐惧、无奈——回想起来，历历在目的是那弥漫于板窗的护摩[5]之烟，哭哭啼啼、来去走动的众多侍女及其身穿的红色外褂，以及木然呆立的法师和术士。简要述说当时的情状，已令予禁不住泪流满面。而在这样的记忆之中，年轻的少爷却神态自若。他只是耷拉着一张铁青的面孔，纹丝不动跪坐在老爷枕旁。想到这样的情景，予仿佛嗅到了锋利刀刃的气息。那气息沁入予之心田。少爷的表现值得信赖，令人产生了奇妙的感觉。

二

虽为父子，可像大公和少爷这样相貌、脾性迥然相异者

---

1 北方，贵人之妻。
2 定业，前世报应。
3 今出川，京都市的河流，附近为贵族宅地，现已消失。
4 大纳言，官名，相当于太政官次官。
5 护摩，梵语 HOMA 的音译，燃烧之意。真言宗秘法之一。燃火祈佛，烧尽一切烦恼、恶业。

真不多见。众所周知，大公体格高大肥满，少爷却是中等身材、羸弱精瘦，容貌上亦无大公老爷的那般男子气魄，像威猛的神将。少爷显现出典雅之美。他与那美丽的母亲，却生得十分相像。眉毛挑起，目光冷澈，嘴角稍稍有点儿歪斜，生得一副女儿面庞，且奇妙地现出那淡淡、沉静的暗影。尤其是他盛装打扮之后，庄重神圣，有着极端静谧的一种威严。

不过大公与少爷的最大相异之处，还是在于气质的方面。大公的所作所为统统给人以豪放、雄大的感觉，任何事情都要给人以惊异之感。少爷则喜好纤细的感觉，凡事都要追求优雅的旨趣。例如由堀川御所，亦可窥见大公老爷的性情。同样，少爷为亲王建造的龙田院规模虽小，却如菅相丞[1]歌中吟唱的——红叶庭满园，清澈溪流一条穿。溪中放养着几只白鹭。桩桩件件，无不显现了少爷独有的典雅。

大公老爷凡事喜好炫耀勇武，少爷却最喜诗歌管弦。他与不同领域中的名流高手亲密无间，甚或忘记了身份的差异。据说不单是喜欢，也长年潜心于钻研诸艺之奥秘。诸般乐器中，唯有笙是他不会演奏的。据说自名家帅民部卿以来，乘上所谓"三舟"[2]者唯少爷一人。在其家族的诗集中，增添了少爷许多优美的诗句。而世上评价最高的，正是少爷在良秀画过《五趣生死图》的龙盖寺做佛事时，听了两位唐人的问答，吟咏出那首和歌。当时在一座时磬模样的物

---

[1] 即菅原道真。平安初期的学者、政治家，官至从二位右大臣，故称"相丞"。
[2] 三舟，指诗、歌、管弦三个领域。

体上，铸有八叶莲花和两只孔雀。唐人望着这件物体，一人起句道"舍身惜花思"，另一人则答曰"打不立有鸟"。少爷不解其意，周围的看客们便七嘴八舌地为之作解。少爷闻后在手中折扇的背面，字迹秀美、流利地书写了几笔，赐予周围的人群。上面写着那首和歌：

身をすてて花を惜しやと思ふらむ
打てども立たぬ鳥もありけり


## 三

大公老爷和少爷万事不和。似乎天生具有异样秉性。世间亦有传言称，两人虽为父子，却在为同一内宫侍女争风吃醋。当然不会有这样荒唐的事情。在我的印象里，少爷十五六岁的时候，父子之间已经出现了不和之兆。对此，之前也曾有人提及。少爷唯独不吹笙的理由，亦与之相关。

早先，少爷曾对笙乐持有极大的兴趣。恰巧一个远房表兄熟识中御门的少纳言[1]，他便做了少纳言的弟子。少纳言是笙乐的稀世名家，祖传一把名为"伽陵"的笙和《大食调入食调》曲谱。

少爷长期在少纳言身边用功，切磋琢磨。然而，每当少爷期望师傅传授《大食调入食调》时，少纳言却不知何故总

---

[1] 少纳言，日本古代律令制度官职。

也不肯满足他的愿望。任由少爷死乞白赖地再三请求，师傅就是不肯松口。因而少爷感到非常遗憾。某日，少爷在陪大公下双六棋[1]，偶然间说出了自己的此等怨言。据说大公老爷闻之，像往日一样傲慢地笑笑，十分亲切地安慰说："别发牢骚啦。过两天就让你得到那个曲谱。"时光过去未足半月，中御门的少纳言在堀川官邸的酒宴归途中骤然吐血而死。事发翌日，少爷漫不经心地回到内厅，发现那镶着金边的桌子上，莫名其妙地置放着伽陵笙和《大食调入食调》曲谱。

其后大公又与少爷一同玩棋，关切地询问道：

"最近的笙乐大有长进吧？"

少爷静静地注视着棋盘，冷冷地答道：

"不，我永远不再吹笙。"

"为什么不再吹笙？"

"没有什么，只想为少纳言祈求冥福。"

少爷说着，眼睛直勾勾盯着父亲的脸。可大公老爷仿佛没听见少爷的话，用力投下一个子儿道：

"咳！我又大获全胜啦。"

他若无其事地继续下棋。当时的问答就此中断。父子两人的关系，也由此出现了隔阂。

四

打那之后直至大公老爷故去，父子俩就像空中盘旋的两

---

1 双六棋，黑白棋子各十五的游戏。

只苍鹰，互相窥测、盯视而各不相让。不过如前所述，少爷厌弃一切争吵或争论。对于大公老爷之所为，他也从来没有表示过反抗。顶多在他那略呈歪斜的嘴边，浮现出一丝带有讥讽的微笑，或扔出一句刺人的批评话语。

一次，大公老爷赴二条大宫观赏百鬼夜行。诸事太平，京都内外歌舞升平。少爷却带着怪异的表情对我说：

"这叫做鬼神见鬼神，老爷子自然贵体无恙。"之后发生了深夜显灵的融左大臣，经大公老爷一声断喝，被驱赶得无影无踪的事情。

少爷此时亦像平素一样歪嘴笑道：

"融左大臣不是风月才子吗？对他而言，老爷子何足挂齿？他肯定要一走了之啦。"

这些话，老爷听了自然十分刺耳。冷不丁听少爷说出那样的话，老爷心中自然愤怒，表面上却只是面露苦笑。另有一次在赴皇居梅花宴的归途中，大公老爷的牛车走偏了道，撞伤了路上的一个老人。此时老人反而拱手道谢，说是被贵人大公老爷的尊牛撞伤，乃是自己的福气。少爷却在这时走到老爷车前，训斥了那个赶车的童子。

"你这个蠢蛋！既然让牛车歪着跑，干吗不轧死那个贱人？撞了这么点儿小伤，他还要双手合十，跟老爷道喜呢！若是命丧车辙，岂不是会受到圣众迎接，老爷子岂不更加誉满天下？你这个心术不良的家伙！"我等随从听了这些话，心惊肉跳，担心老爷雷霆大怒，举起手中的折扇打将下来。不料少爷又爽快地笑着，露出他的美齿装模作样道：

"父亲，大公大人，别生气嘛。我训过赶车童子啦，他好像也已知罪。日后尽量注意就是了。下次一定轧死个把人，让父亲誉满天下。"大公老爷似也无可奈何，脸上带着苦笑，一言不发地继续上了路。

因为父子俩处于这样的关系之中，所以大公老爷临终前后，少爷的那般姿态并未使我们感觉到丝毫的奇怪。如今回想起来，少爷当时的做派真的颇具冲击力，令人仿佛嗅到了锋利的刀刃气息。同时我们说过，心中也产生了一种奇妙的踏实感觉。当时我们心中的确还有一种慌乱的感觉，仿佛就要改朝换代了。——就是说不仅在这官邸之中，仿佛普照天下的太阳都将突然地由南方转向北方。

五

所以自打少爷成为户主的那天开始，官邸里便好似春风荡漾，飘拂着过去少有的明朗气息。歌会、花会、情书会，也较之前大大增多。自然，侍女、武士的行为举止，也好像逸出了往昔的风俗画卷，变得风雅起来。尤其与先前不同的是，如今官邸里宴客时的出席名单，即便仍是大臣、大将，也得附加一条——若非在某一才艺方面出类拔萃，就很难得少爷的青眼。再说即便参加了聚会，到场的人物也多是风流才子，乏有才艺的大臣大将自惭形秽，便也敬而远之。

相反只要长于诗琴书画，即便官位低微的武士，也会受宠若惊地大受褒奖。例如某年秋夜，月光由窗格间泻入。忽闻织机声响，少爷喊道："来人。"便有年轻武士走近前来。你道怎的？他突然对那年轻武士说："你在那边听见织机的声响了吗？以此为题，吟首和歌吧。"武士当即立于阶下，倾首沉吟片刻便吟出了最初的一句"青柳"。可笑的是这个词语不合季节。侍女们禁不住笑出声来。武士却接着一字一句地吟出了整首和歌：

青柳似纺线，夏去秋来多变幻，夜来织机声。

周围顿时鸦雀无声。在窗格间泻入的月光下，少爷赐给年轻武士一领胡枝子花纹的武士礼服。其实那武士是我外甥，是和少爷年龄大致相仿的年轻人。有了这样的良好开端，外甥日后亦屡承少爷之恩惠。

少爷平素大致如此。后来又娶了夫人，年年加官晋爵。此般情况世人皆知，恕不赘述。言归正传。下面来看看少爷一生中仅有的那次奇异经历。少爷和老爷，说来另有一处不同之处，世人还给少爷送了一个诨名："天下色鬼。"说实话，在少爷平安无事的一生中，除此之外还真的没有脍炙人口的逸事。

六

事情发生在大公老爷过世五六年后。当时的少爷爱上了前述中御门少纳言的独生女儿，隔三岔五地写情书。世所公认，那姑娘生得羞花闭月。即便如今，在少爷面前提起当时的那般痴迷，他也总是乐不可支，潇洒地自我解嘲说：

"老头子，我知道天下无数好姑娘。可我当时不是鬼迷心窍了嘛。写出那么多傻瓜诗歌，都是爱情作的孽。我想啊，当时就像是踩进了狐狸精坟地，真正的鬼迷心窍。"当时的少爷的确与平素判若两人。他深深陷入了恋情之中。

而这样的鬼迷心窍，倒也并非少爷一人。当时贵族中的年轻人，几乎统统倾心于中御门小姐。小姐打父亲在世的时候，就一直居于二条西洞院的宅邸中。而在她家宅邸的周围，那些色鬼总是不期而至。有坐车的，有徒步的。听说有一个夜晚，有两个人影站在宅邸的梨花树下，其中一个头戴乌帽子者，在月光下吹奏竹笛。

当时，有位名噪一时的才子菅原雅平也爱上了这位小姐。但他的恋情最终转变成了怨恨。他突然放弃了世间的功名，销声匿迹。有人说他流浪到了边远的筑紫[1]，有人则说他去了东海之滨的唐土[2]。这位才子也是少爷私交甚笃的诗友。据说在互通信息时，少爷自比白乐天，雅平则自比东坡。就算中御门小姐再怎么美貌无双，这般天下无双的风流才子因为一时的叹息，就那样将自己的一生寄于边土，总让人感觉是大大的失策。

不过话说回来，这样的结局也实属自然。中御门小姐的确生得羞花闭月。我只见过小姐一两次。她眉如细柳，情似落樱，华丽的和服腰带织锦贯玉。在大殿油灯的明光辉映下，她秀目低垂，那般婀娜的美丽姿影，令人终生难忘。小姐的脾性亦属温柔豁达，不会中意那些浅薄的纨绔子弟。她

---

[1] 筑紫，日本九州地区的旧称。
[2] 唐土，中国。

目光明敏，一眼即可望穿人之本性。她对那些追求者就像对待自己宠爱的小猫一样。一旦玩够了，就再也别想重回她的膝头了。

## 七

所以在恋慕小姐的男人之间，闹出了许多《竹取物语》故事般的趣谈。其中最可怜的就是被人称作京极左大弁的那个男人。他生得黑不溜秋，又被京中顽童们称作乌鸦左大弁。尽管如此，人之情感不会有变。他也在恋慕中御门小姐。然而此人虽能言善辩，却表现出十足的小家子气。不论对于小姐的恋慕到了何等程度，他都不敢亲口去挑明。面对他的朋友伙伴们，也是绝对地三缄其口。但他总要忍不住去窥望小姐。这也瞒不过世人的眼睛。所以当时他感觉特别窘迫的就是，那些朋辈总是千方百计地刨根问底，试图探听出一些隐秘的迹象。乌鸦左大弁苦不堪言，唯有一个遁词便是："哪儿呀，我怎会单相思呢？实际上是小姐那边有了表示，我才会那样的嘛。"左大弁为了将此谎言编排得更加可信，便将小姐那边弄来的一些文句、诗歌等，无中生有地统统捏合在一起，让人感觉到小姐那边心焦似火。当然那些喜好恶作剧的朋辈们将信将疑，他们马上草拟了一封小姐的假信，绑在一根合适的藤枝之上，送到左大弁家中。

京极左大弁收到信，受宠若惊却丈二和尚摸不着头脑。他慌忙打开信封，万分意外的是小姐竟在信中以凄切、哀婉的笔触写到她对左大弁怀有绵绵忧思，却是苦于无缘相聚。

她说现已绝望于此般恋情，决意出家为尼。啊？左大弁做梦也未曾想到，小姐竟然那般痴情。乌鸦左大弁自己也无法辨明，自己是感到悲哀呢还是感到高兴，半晌儿处于茫然的状态之中。他将信函摊在面前，傻傻地叹了一口气。他想，无论如何总得见过小姐一面，把久久藏于心中的思念向之倾诉。时值梅雨季节的一个黄昏，他由一个童子伴随着，撑着一把大雨伞悄悄来到二条西洞院宅邸。大门紧闭，任你怎样叫门，就是无人应答。来来去去折腾了一阵，天色已暗。人迹稀少的灰泥路上，只听得青蛙的聒鸣。雨越下越急，无情的雨水淋湿了衣服，眼前一片昏暗。

过了很长时间，大门总算打开了。一名称作平大夫[1]的私邸老侍，递过来同样的一封藤枝信函，而后一言不发地关上了门。

左大弁流着眼泪回到家，拆开信函一看，仅有一首古时的和歌：

思念肠寸断，不觉时光移进缓，世事皆枉然。

不消说，那位喜好恶作剧的少爷，已将事情的原委告诉了小姐。小姐也已知晓了左大弁的鲁莽和不解风情。

---

[1] 大夫，古时官名。

八

　　话说至此，也有人觉得与凡常的贵族小姐们相比，中御门小姐的行径有些夸张了，可我现下要讲的，是我所效忠的少爷的故事，有何理由编造假话呢？当时京都城里时有传闻，说到另外一位小姐的怪癖——特别喜欢小虫子，甚至在家里饲养毒蛇。述及其他小姐，自然尽属闲话，就此打住吧。如前所述，中御门小姐父母双亡，宅邸中唯有平大夫一个大管家和贴身使唤的几个男仆女侍。小姐家世代有福，从小生活得随心所欲。自然，她的美貌、豁达和任性使她并不谙熟世事凡常，也习得了那般豪放的性格。

　　世间总好相信谣传。也有人说，小姐本是少纳言的夫人和大公老爷所生，那么她父亲的骤死便像是缘起于旧情遗恨，是遭到了大公老爷的毒害。然而，少纳言骤死的原因此前业已有所描述，根本不是那么回事儿。那般传说不值一提，统统都是捕风捉影的谎言。不然少爷怎会那样倾心于小姐呢？

　　据说开始，无论少爷怎样苦苦热恋，小姐都是一脸冰霜。我外甥也曾替着少爷，去小姐府上转递情书，却像乌鸦左大弁一样吃了闭门羹。不知何故，那平大夫将堀川官邸的人视若仇敌。当时，春日明朗，梨花飘香，我那外甥身着丝柏皮的狩衣便服，袖子高高地挽起，死乞白赖地想推门进去时，平大夫满是白发的脑袋从围墙上探出来，气势汹汹地喊道：

　　"嗳！你小子大白天行盗呀？那俺可不客气！你胆敢踏

进大门一步，平大夫的大刀就将你劈成两半！"我要在现场，没准儿就得留下刀伤。外甥却平安而归。他在路边捡起一团牛粪，用飞石送信的方法投掷了进去。当然，用了这种方法，小姐即便顺利地收到情书，也绝对不会回信的。少爷呢，也并不将此事放在心上。隔个三两日，他又差人送上新的情书、诗歌或美丽的绘画。三个多月，从无懈怠。正像少爷时常说的那样——

"当时我已神魂颠倒，表达自己的热恋，每天书写那幼稚的诗歌。"

## 九

恰巧也在这个时期，京都城里来了一位怪异的教士，他开始传播闻所未闻的摩利教。一时间已被传得满城风雨，诸位或许亦有耳闻。之后一些带有插图的小说时常会写到中国渡来的天狗，就是源于此事。说到鬼魅附身的染殿皇后时，也涉及这个教士。

而我自己初次见到那个教士也是在那段期间。一个樱花时节的阴天正午，忘记是因何公干归来的途中，我路过神泉院墙外，只见灰土路前聚集了二三十人，有的头戴软帽，有的头戴硬帽，有的头戴市女斗笠，其中还有骑着竹马的孩童，闹哄哄挤作一团。我心中暗忖，是有人遭了福德大神作祟在胡乱跳舞，还是大意的近江商人遭了水贼的抢劫？反正吵闹声异常激烈。我漫不经心地挤在后面窥望，不料人堆中央站着一个乞丐模样的教士，嘴里不停地念叨着，手上还握着一柄旗杆。旗上画的是十分少见的女菩萨。教士的年龄在三十上下，肤色黝黑，眼角高挑，相貌甚是惊人。身上穿的呢，则是皱皱巴巴的黑色法衣。他头发翻卷着垂于肩上，脖颈上还挂着一个奇怪的黄金十字架护符。总之教士不像是一个平常的法师。当时神泉院的樱花树叶在他头顶上飘散洒落。看着那般怪异的身影，我只感觉非属人类，而是将翅膀隐匿在法衣之下的智罗永寿[1]一族。

当时我身边一位壮实的铁匠一把从孩童手中抢过竹马，大声怒斥道：

"你这小子，怎么老说地藏菩萨是天狗？"

铁匠骂完，横甩竹马重击到教士脸上。被击的教士露出一种轻蔑的微笑，且高举起女菩萨的画像，任其像落花一样地翻动着，斥责道：

"今生今世，穷尽世间荣华富贵，亦不可违逆上帝的教诲。否则命终之时，便将堕入阿鼻叫唤地狱，不断忍受业火炙烤皮肉之痛苦，且永远不得解脱。你若鞭笞上帝遣臣摩利信乃法师，遑论命终，明日就将受到诸天童子的惩罚，浑身伤痕累累。"

慑服于此等气势，我带着惊恐的目光注视那疯狂的教士。铁匠也是半晌没有反应，只顾手里拄着那当作武器的竹马。

---

[1] 智罗永寿，天狗的名字。

## 十

不过,说时迟那时快,铁匠重新拿起竹马,气势汹汹地喊道:

"还敢在此胡言乱语!"说完,冲着法师猛扑上去。

我和围观的众人当时以为,铁匠的竹马将会重击在法师脸上。不料竹马只在那黝黑的脸上加了一道红印。竹马横扫而过,亦将落花击落在绿色的竹叶上。之后便有一人咕咚倒在了地上。竟然不是法师,而是那气盛一时的铁匠。

众人见状,吓得纷纷往后退缩。那些头戴便帽的看客更没出息,一个个掉转头来,从法师的周围四散逃窜。抬眼望去,铁匠手持竹马,仰脸倒在法师脚下,口吐白沫,就像癫痫病患者。半晌,法师似在窥测铁匠的呼吸,而后抬眼望了望周围的我等,傲然说道:

"看见了吗?我说的话是千真万确的。诸天童子挥动无形之剑,一剑击倒了蛮横的霸道者。还好,算他有福,未被击碎脑壳,血染京城大道。"

此时从鸦雀无声的人群中,突然传出哇哇的大哭声。原来,是先前那个骑着竹马的孩童。他此刻披头散发、连滚带爬地扑向倒在地上的父亲身旁。

"爸!爸爸!你醒醒!爸!"

孩童不停地呼唤。可铁匠却已全无反应。铁匠唇边的白沫在樱花时节阴天的和风吹拂中将白色的礼服洇湿了大片。

"爸爸!你醒醒!"

孩童仍在不住地呼唤。铁匠却无反应。此时,孩童突然杀气腾腾地跳将起来，双手抓起父亲手里的竹马，毫无畏惧地向着法师冲来，且抡起竹马照直劈下。法师漫不经心地举起彩绘旗杆，轻轻将竹马拨向一边，而后同样带着他那恼人的微笑，假装和善地责备孩童说：

"这样不好嘛。杀你父者并非我摩利信乃法师呀。况且你这样跟我作对，父亲还是无望生还的呀。"

此番道理，孩童恐是无法理解。而且要跟法师打斗，定是无望取胜的。铁匠的小儿子挥动竹马搏击了五六下，最终哭丧着脸，孤零零站在大道的中央。

## 十一

摩利法师见状，兀自嗤笑着走近孩童的身边，说道：

"看来，你是个懂事的、少年老成的聪明孩子。这样诚实，诸天童子也会喜欢。再过一会儿，你爸爸会苏醒过来。我正在祈祷呢。你也要像我这样，信赖上帝的慈悲。"

说完，法师张开双手抱着旗杆，跪坐于大路中央。他毕恭毕敬低垂头，还闭上双眼，高声唱诵着给人以怪异感觉的陀罗尼。就这样不知过了多长时间。法师周围不知不觉围成了一个圆圈，众人都在观望这般奇妙的祈祷。约莫过了半个时辰，法师睁开眼睛，依然跪坐着，伸手罩于铁匠脸上。眼见得，铁匠的脸上恢复了暖色和血色，他发出痛苦的呻吟，一缕长长的白沫从嘴里流溢出来。

"呀！爸爸又活了！"

孩子一把扔掉竹马，高兴得手舞足蹈，跑近父亲的身边。他拼命想用手将父亲抱起来。铁匠呻吟了一声，近乎同时，他像喝醉酒的醉汉一样，颤悠悠地慢慢坐起身来。法师见状，亦悠悠然站起了身，一副满足的表情。他用那幅女菩萨的彩绘，罩在父子的二人头顶，仿佛是在遮挡阳光。他庄严地说道：

"上帝的威德就像天空一般广大无边。还在怀疑吗？"

铁匠父子仍旧跪坐于土地上，紧紧地相拥一处。法师惊人的法力把他们吓得魂飞魄散。父子俩仰望着女菩萨的彩绘，虔诚地合起双手，浑身战栗着顶礼膜拜。此时站在周围观望的众人当中，有两三个人摘下斗笠，亦有人整理了一下便帽，有人则对着彩绘的菩萨像祈拜。唯有我一人与众不同。我由衷地感觉，法师及女菩萨彩绘染有魔界气息，面目可憎。所以当我看见铁匠苏醒过来时，便匆匆离开了现场。

日后听人说，法师宣讲的是中国传来的摩利教。摩利信乃法师本人，有人说他是本国人，也有人说他业已成为唐土之人。此言确否，不得而知。还有一个说法，即法师并非中国之人，而是来自遥远的天竺。据说，他只在白天像凡人一般行走于街市。到了夜间，他那黑色的法衣就会变成翅膀，飞翔于八阪寺塔的空中。当然，这些传说皆无确切根据。不过这些传说的流行亦有其自身的理由——摩利法师的所为，的确给人以各种各样的玄妙感觉。

十二

首先要说说摩利信乃法师的怪异法力。他凭借奇异的陀罗尼，可瞬间治愈多种疾病。让盲人重见光明，让瘫子重新站立，让哑巴开口说话。这样的事例不胜枚举。而传诵最多的则是令摄津守苦恼万分的人面疮。摄津守曾将予之外甥派赴远方，趁机抢夺了外甥的女人。作为报应，他的左膝盖上长了一个大疮。奇异的是疮面上有张外甥的脸。大疮不分昼夜，剜骨一般疼痛，令摄津守痛苦万分。然而在法师的祈祷下，眼见得那副面容变得和缓起来。在那像是嘴巴的地方，竟还冒出了"南无"二字，又迅疾消失得无影无踪。至于那些被狐狸精、天狗或不知其名的妖魅鬼神附身的人，只要戴上他的那枚十字架护符，就会像飓风发威，瞬间将蚕食树叶的害虫刮落在地。

关于摩利信乃法师法力的传说还有许多。其中也包括我于街市的见闻。即当有人诽谤摩利教或谩骂摩利教的信徒时，法师的祈祷便会让对方即刻遭到严厉的神罚。据传在他的祈祷下，井水会变为腥臭的血水，家田中的稻苗也会一夜之间喂了蝗虫。更有甚者，据说白朱社的巫女曾要咒杀摩利信乃法师。结果，法师仅望了她一眼，她身上就长满了可怕的白色癞疮。因此更多人相信，法师确为天狗的化身。曾有一位猎手说："既是天狗，就给他来上一箭。"为此专门从鞍马的深山赶来，结果反被诸天童子一剑刺瞎了眼睛。最终成为摩利教的信徒。

在这样的情势下，男女老幼摩利教信徒日益增多。同时在成为信徒之时，还增加了头顶洒水之类近似于灌顶的仪式。倘未经历这一程序，就无法拥有皈依上帝的证据。以下乃吾外甥亲眼所见。一天，他走过四条大桥，看见桥下的河滩边聚集了很多人，便想凑近前去探个究竟。走近一看，又是那个摩利信乃法师，正在给一个关东人模样的武士做灌顶仪式。外甥说，当时的景观非常有趣，散落的樱花在加茂川的河水中顺流而下，河水倒映出正襟危坐、腰佩大刀的关东武士和手捧十字架护符的怪异法师。这样的仪式很是少见。——说到这里，倒忘记了本应早早述说的情况。摩利信乃法师一开始就住在四条河滩的一间非人[1]小屋中。那是一间草席搭成的茅草屋。他始终孤寂地、独自一人居于小屋中。

## 十三

言归正传。因了一桩意外事件，少爷和心仪已久的中御门小姐，有了一次促膝长谈的机会。意外事件发生在一个夜晚。那晚的天空似要降雨，空气中散发着橘花的清香，尚可耳闻杜鹃的啼鸣。可是夜色渐浓时，月亮却从乌云中稀奇地钻了出来，朦胧之中竟可分辨出人脸的模样。少爷悄悄地从一位侍女居处归来。为了避免引起注意，他只带着一两个随从。明亮的月色中，牛车缓缓而行。可不论怎样说已是深夜，人烟稀少的大路上，只能听见远处田里的蛙鸣以及车轮的辘辘声。特别是走到荒芜的美福门墙外，不时地有磷火在闪烁，令人感觉鬼气逼人。就连拉车的老牛都走得快了点。此时，对面的灰泥路阴影里突然传来一声怪异的咳嗽，接着

---

[1] 非人，古代日本的一种社会阶级。多为社会最底层的贱民。

便是月影下雪亮的闪闪刀光。一些强盗一样的蒙面人，六七人的样子，冲着少爷的牛车凶猛地袭将而来。

与此同时，赶车的牛童和几个身着杂色衣物的随从，早已吓得魂飞魄散。他们呀呀地喊叫着，转眼间朝着来时的方向，乱哄哄抱头鼠窜。强盗们似乎并不在意，其中一人麻利地抓住了老牛的缰绳，将牛车拉到马路中央停下，而后白亮的刀剑围立四周，密密的，像一道围墙。一个头儿模样的强盗傲慢地掀开帘子。

"看看？有没有弄错了人？"

他扫了一眼周围的同伴，确认似的问道。惊吓之余，少爷感觉有些奇怪，这些强人并不像是真正的盗匪。少爷一直用折扇挡着面部，从缝隙中窥测着对方的动静。此时，强盗中一个沙哑的嗓音答道：

"没错，正是此人。"

那嗓音令人憎恨。少爷感觉似在何处听到过这样的嗓音。他更觉怪异，借着明亮的月光中循着说话的声音望去。那人脸上蒙着面纱，但是显而易见，正是长年侍奉中御门小姐的平大夫。刹那间，连处变不惊的少爷也感到了恐惧，全身的毛发不由得倒竖起来。这是为何呢？原来少爷早就听说，这平大夫将堀川家视为可恶的仇敌。

此刻，平大夫确认过后，强盗齐声吼叫。他们将刀尖指向少爷的胸口，厉声喊道：

"今天就要你的狗命！"

## 十四

不过,凡事都保持着镇静心态的少爷立即恢复了勇气。他悠悠然摇动手中的折扇,仿佛事不关己似的说道:

"慢着,慢着。要取予之性命容易。不过,尔等为何要取予之性命呢?"

此时那个头领模样的强盗,将刀刃渐渐逼近少爷的胸膛说道:

"还记得中御门的少纳言老爷吗?是谁害死了他?"

"予不知晓。不过予确切地告诉你断然非予所为。"

"不是你,便是你的父君。反正你是我们的仇敌。"

头领这样说道。手下蒙着面纱的喽啰们也都异口同声呵斥道:"对!你是我们的仇敌!"平大夫也在其中,咬牙切齿。他像野兽一般窥测着车内,且用大刀指向少爷的面颊,带着嘲弄般的语调说道:

"少说废话!还是求佛保佑吧。"

少爷仍旧镇定自若的样子,仿佛没有看见胸前的白刃,接着脱口问道:

"请问,尔等统统是少纳言亲属吗?"

众人一时语塞,不晓得如何回答是好。平大夫见状,马上厉声呵斥道:

"是的!你又想怎么样?"

"不,不想怎么样。予只是猜想,或许有人并非少纳言的亲属。予想到,此人一定是天下头号的蠢猪。"

少爷这样说道,而后露出他好看的牙齿,晃动着肩膀大笑。笑声令那些亡命之徒也感觉一时的胆颤。逼近胸前的大刀，也自然退回到车外的月光下面。

"为何这样讲呢？"少爷继续说道，"尔等杀害予，日后见到检非违使，统统将被判处极刑。当然对少纳言的亲属又当别论。舍生取义亦是理所应当。如若不是少纳言家亲属，而只为了少许金钱对予白刃相向，且以自己最为重要的生命作代价，那他不是蠢猪是什么？不是这个道理吗？"

盗人们听说至此，恍然大悟，面面相觑。唯平大夫疯狂地跳将起来。

"混蛋！说谁蠢猪？你死在蠢猪的大刀下，才是蠢过百倍的大蠢猪呢！"

"这么说，你便是那个蠢猪喽？那么，诸位当中还有少纳言家的亲属吗？这就更加有趣啦。我有句话，要对兄弟们讲。尔等杀害予，真的只是为了那么一点儿金钱吗？真是这样，那么予有更多的金钱奖赏。要多少，有多少。不过予也有一个要求。既然都是为着金钱，那么予之奖金更多，你们应当站到予这边来。权衡一下，是否这个道理？"

少爷从容不迫地微笑，折扇在外褂的膝头敲击，和车外的强盗们谈判。

十五

"这么说，非得遵照少爷您的旨意不可啦？"

周围寂静得令人生惧。强盗中的头领战战兢兢地问道。少爷神态满足，啪嗒啪嗒敲着折扇，依然以轻松的语调说道：

"无须重复。予要尔等所做之事并不十分困难。那边的老爷子才是少纳言老爷的亲信，名叫平大夫。世间早有风闻，他平日即将予等视若仇敌，总在找机会取予性命。真是无法无天。毫无疑问，今天这个阵势，也是平大夫唆使的结果。"

"没错。"

三四个蒙面强盗，异口同声地说。

"所以，予所要求尔等者，就是将这个祸首老头拿下，斩断祸根。可以借助尔等之力，将平大夫捆绑起来吗？"

少爷的这番话令强盗们非常吃惊，一时间不知如何回答为好。围绕在牛车周边的蒙面强盗们，面面相觑后有了一阵骚动，旋即又恢复了平静。突然，强盗当中传出一个沙哑的嗓音，宛若夜鸟的啼鸣。

"混蛋！这么呆着做甚？不要听这个乳臭未干的家伙花言巧语！手上的利刃是烧火棍子吗？不要脸的东西！无情无义！怎么可以照他的要求办呢？好啦好啦，不用你们动手，不就是取其一命吗？看平大夫这大刀，一刀了结了他。"

话音未落，平大夫迅疾地扑向少爷，大刀一扬，照面门劈将下来。而与此同时，强盗头领斜刺里跃将出来，迅疾地探出大刀，架住了老头儿的大刀。其余的强盗，则纷纷将刀剑收回鞘内，像蝗虫一般四面扑向平大夫。老头儿本已上了年纪，加之寡不敌众，只好束手就擒。转瞬，老头儿就被牛车缰绳捆了个结实，又被拽到月光下的大路上。此时的平大夫就像是掉进了陷阱的狐狸，只有龇牙咧嘴的份儿。他于心不甘地气喘吁吁，身上却在瑟瑟发抖。少爷看见这般景象，打了一个大大的呵欠，笑道：

"啊——辛苦辛苦。这样算是除了予一块心病。尔等索性护卫牛车，牵上老糊涂，一同返回堀川官邸吧。"

事已至此，强盗们唯有服从。就这样，强盗一行替代了原先的仆役，赶着牛车，簇拥着被绑的平大夫，在月光中鱼贯而行。天下之广，未曾听说有伴强盗而行者。少爷恐是空前绝后。当然这异常的队列并未行进至官邸。我等接到报急迎出之后，便就地给强盗们分发了承诺的赏银，令之无声无息地退散而去。

十六

少爷将平大夫带回官邸，然后将他绑在马厩柱子上，派遣仆役专门看守。翌日的清晨阴霾密布，少爷却早早将老头儿传到院里。

"平大夫，你为少纳言老爷复仇，实在愚蠢至极。不过话说回来，你倒是搞得挺神妙呀。特别是在那样的月夜之下，你竟驱使了许多蒙面大盗刺杀予。这种举措倒是很风流嘛。不过，美福门的近旁可不是一个好去处呀。予喜欢纠之森一带的老树荫下。那里一到夏天的月夜，脚下流淌着潺潺溪流，还有隐约间显现的卯时白花，更添了一缕风情。当然，也许你所期待的予，不会去那样的地方。不管怎样讲，有幸的是你带来了那般奇妙和风雅，此番予就饶恕了你的罪行吧。"

说完，少爷脸上露出了凡常一样愉快的微笑。他接着说：

"不过尔特意至此，顺便将此书信转呈小姐，可以吗？予是认真的呀。"

当时，我看着平大夫的脸，仿佛看见了世界上最最怪异的表情。他那张带着恶意、痛苦不堪的脸，显现出哭笑不得的模样。唯有那瞪圆的双眼，焦虑地滴溜溜转动。看见那模样，我好容易才止住了笑意。少爷也按捺住自己的笑容，对抓住绳头的仆役发出了宽恕的指令。

"解开解开，快把绳子解开吧。别让平大夫委屈太久。"

片刻过后，平大夫在夜色中弓着腰，肩上插着附带着少爷书信的柑橘枝，狼狈不堪地逃出了后门。在他身后，另一武士也随之悄悄地出了后门，那便是我的外甥。外甥的出动少爷并不知晓，他只是不露声色地尾随老头儿，担心他损毁少爷的书信。

两人距离大约有半町[1]远近吧。平大夫似已完全放松了心情，他无力地拖动着那双光脚，步履蹒跚地走在灰泥土路的京城大道上。天空依旧阴沉沉的，路边可以嗅见柿子树嫩叶的清香。与他擦肩而过的卖菜女不时地回头观望，疑惑地目送着这十分少见的怪异信使。老头儿却无心回望卖菜女。

看样子不会再出意外，外甥便也打算中途返回。可他被节庆之前的特殊景象吸引，又尾随着老头儿走了一程。在将要转出小路的道祖神庙前，正好一个怪异的僧人拐过路口，与平大夫差点儿撞个满怀。外甥一眼就看出，正是那手持女

---

[1] 町，日本的一种长度计量单位，1町相当于109米。

菩萨旗幡、身着黑色法衣、胸佩十字怪符的摩利信乃法师。

## 十七

摩利信乃法师差点儿撞上平大夫。他一闪身躲了开来，却不知何故又停下了脚步，盯着平大夫望了半晌儿。可是那个老头儿似乎并不介意，他只是往一旁让了两三步，仍旧迈着孤寂的蹒跚步伐。我外甥心里揣摩，或许连那般神通广大的摩利信乃法师，都对平大夫异样的装扮感觉诧异？当他走近法师身边时，发现法师忘却了自身似的伫立在道祖神庙前。法师的眼神那般犀利，仿佛真是天狗的化身。不，相反，他的眼神失去了平日的凶悍光芒，却飘浮出和善的湿润——仿佛眼中饱含着泪水。他的头顶沐浴着枝丫伸向小庙屋脊的青郁的柯树叶影，肩上斜倚着那面女菩萨旗幡，久久地目送平大夫离去的身影。我外甥告诉我，他牢牢地记住了法师那一刻孤寂的身姿。且一生之中唯有此次回想起法师时觉得令人怀念。

过了片刻，我外甥的脚步惊动了法师。摩利信乃法师像由梦中醒来似的，慌张地转过头来。他突然高高地举起了一只手，神态怪异地念起了九字真言[1]。他的嘴里反复念叨着咒文，且匆匆地大步离去。据说咒文中可以听到中御门之类的字眼。说不定，那只是外甥耳中的错觉。当然此时的平大夫照旧背着柑橘枝，拖着无精打采的脚步，目不斜视地越走

---

1 九字真言，一种护身咒。

越远。我外甥也东躲西藏地跟随其后,一直跟到了西洞院官邸。不过,外甥说当时因为只顾惦记着摩利信乃法师的奇异举止,心神不安,以致差点儿忘记了少爷的文书。

然而,少爷的文书似乎顺利交到了小姐手中。稀罕的是,此次小姐竟破天荒地马上写了回信。我等属下,真不敢相信这是真的。也许如您所知,这是因为小姐的豁达。或许小姐也已知晓了平大夫深夜寻仇之事。她初次感受到,少爷是个品性高尚的人。打那以后,他们又有过两三次通信。最后终于在一个细雨之夜,少爷在我外甥的陪同下,悄然拜访了叶柳树荫遮掩的西洞院。如此看来,那平大夫应该是对我们让步了。虽说那天夜里还是眉头紧锁,可毕竟不再对我外甥口出恶言了。

## 十八

打那以后,少爷几乎每夜都去西洞院。有时也会携上我这样的老头儿。大约亦是在此前后,我初次见识了小姐令人目眩的美貌。有一次,少爷和小姐把我叫到身旁,让我讲讲今昔的世事流变。没错,就是那一次,夜幕中垂帘的间隙中池水荡漾,明媚的星光洒落在水面,空气中飘来淡淡的、残落紫藤的气息。在这凉爽的夜幕中,身边伫立着几位侍女,我们静静地交杯换盏。容貌出众的少爷和小姐宛若从传统的倭画[1]中走出的人物。尤其是洁净美丽的小姐,白色单衣

---

1 倭画,日本的传统风俗、风景画。

上，罩着淡紫色调的华贵外衣，真的是美若天仙。

当时，酒兴中的少爷突然转向小姐说道：

"正像阿叔所描述的，在这狭小的京城之内，同样也是沧海巨变。一切有为法，皆在永无止境地生灭流转。《无常经》云：'未曾有一事，不被无常吞。'或许我们的恋情，也无法逃出这个定数。予所怗记者，只是何为开始何为终结。"少爷当作玩笑一般地闲聊。小姐却装作闹别扭，有意避开大殿里明亮的油灯光亮，温柔地瞪着少爷说：

"哎呀，说这些讨厌的话儿干吗？看来，你一开始就打算甩掉我。"

小姐这样说，少爷越发心情愉悦。他端起酒杯一饮而尽，接着说道：

"你错了。一开始就担心被甩掉的，恰恰是我呀。"

"讨厌。你总是欺负我。"

小姐带着异常可爱的笑容说道。突然又出神地望着垂帘外面的夜色，自言自语地说道：

"难道人世之间的爱情，都似这般无常吗？"

少爷像平常一样，露出他整洁的牙齿，由侧旁盯视着小姐的面庞，面带笑容接话道：

"无常，正是世间的真理呀。可是我们人类，却忘记了万法之无常，总在恋情之间，享受瞬间的莲花藏世界[1]的妙乐。不，可以说唯有在这样的时间里，才能忘记恋爱的无

---

1 莲花藏世界，即极乐世界。

常。在予看来,每日耽于恋情的业平[1],才是真正的有识之人。而我等为了祛除红尘之中的众苦,为了居于常寂光土[2],唯有像《伊势物语》中的人物一样去恋爱。你不这样认为吗?"

## 十九

"那么,可以说恋爱的功德是千万无量。"

少爷的目光渐渐地离开了低垂双眼、感觉羞赧的小姐,将他陶醉的面庞转向了我。

"对不?阿叔是否也这样想?当然对阿叔而言不是恋爱啦。换作好酒,可以吧?"

"哪里哪里,过奖了。我只是害怕来生呀。"

我一面用手挠着头,一面慌不择言地应答。少爷仍旧带着愉快的微笑。

"哪里。您的回答最为贴切。阿叔虽说畏惧来生,但向往彼岸之心其实与在黑夜中祈求明灯、忘却世间的无常之心都是一样的。看来,阿叔也认为佛教与恋爱别无二致。然吾等见解全然相同。"

"这又不合情理了呀。当然小姐之美貌胜似天间美女。可爱归爱,佛归佛,二者与我所喜好的美酒,不是一回事儿。"

---

1 在原业平,平安初期著名歌人,以风流著称。
2 常寂光土,佛教四土之一。为诸佛如来法身所居之净土。

"您这样说，乃因心胸狭窄。在予之面前，弥陀和女人都是令我们勿忘悲哀的傀儡。"

少爷这样子固执己见。小姐突然偷偷地窥望了少爷一眼，且小声说道：

"你怎么说女子都是傀儡？我讨厌这种说法。"

"如果说傀儡不好，可以说是佛菩萨呀。"

少爷毫不退让地答道。忽然，他仿佛想到了什么似的，盯着大殿油灯的灯光。

"以前，我与亲密朋友营原雅平一起时常论战。你知雅平与我不同，生性耿直，易轻信于人。予调侃唱诵世尊金口御经其实与唱诵恋歌别无二致。每逢此时，雅平便大动肝火，总是将予斥之为烦恼外道[1]。他的骂声犹在耳际，却不知现在的雅平身在何方。"

他以从未有过的沉郁嗓音，嘟囔着这样的感人故事。被少爷那般神态所吸引，小姐和我都半晌无言以对。寂静无声的房子里，唯有紫藤花的清香更加怡人。不过，这种状况也给人些许冷场的感觉。一个侍女战战兢兢地找话说道：

"听说了吗？最近京都城里流行什么摩利教，据说是一种便于忘却无常的新方法。"

另一侍女像是觉得厌恶似的，特意挑了一挑大殿油灯的灯芯，接着话茬儿说：

"是呀。没听说吗？关于那个传教的和尚，还有各种各样的奇谈怪论呢。"

---

1 外道，信邪教的人，坏蛋。

## 二十

"什么?摩利教?其中一些教义十分新奇吧。"

少爷像是在思考什么,若有所思地端起酒杯,盯着方才说话的侍女说:

"所谓摩利,好像是祭奉摩利支天[1]之教吧?"

"不,说是摩利支天亦无不可,但该教的正尊,据说却是诸位眼生的女菩萨神。"

"那么,没准儿是波斯匿王[2]之宫妃茉利夫人吧?"

于是,我逐一描述了日前在神泉苑墙外见到摩利信乃法师的情形,然后表明了自己的观点:

"那女菩萨的形态,并不像是茉利夫人。应当说,形态上不像以前的任何佛菩萨。区别在于,那怀抱赤裸婴儿的慵懒形态,简直像吞噬人肉的母夜叉[3]。总之,那是日本本土所未曾见过的邪宗门佛。"

小姐闻言,美丽的眉毛微微一皱,叮咛一般地问道:

"那么,那个名叫摩利信乃的男子,真的像天狗化身吗?"

"是的。看那模样,仿佛从火山之中振翼飞出。反正在京都城里,没听说大白天有这等怪物出没。"

---

1 摩利支天,佛教二十四诸天之一。不露形迹,却无处不在、具有自在通力的女神。
2 波斯匿王,中印度憍萨罗国之王,与释迦同日出生,后追随释迦归依佛。
3 母夜叉,显现为女体的凶恶鬼神。这里指称者,似为圣母马利亚像。

少爷此时，又像平时那般冷冷地笑着说：

"哪里，话也不能这么说。在延喜天皇之世，五条附近的柿树枝丫上，就有天狗化身为神佛，现形七日之说[1]，双目之间放射白毫光[2]。此外，每天去佛眼寺[3]凌辱仁照阿阇梨者的家伙，看似女身，其实亦为天狗。"

"哎呀！别光说这些吓人的话。"小姐说。

两个侍女也在一旁附和，层叠的和服宽袖姹紫嫣红。少爷的酒兴更浓，和颜悦色。他接话道：

"三千世界原本广大无边。而人类智能却十分有限。例如，说不定，那化作僧人的天狗也在挂念邸里的小姐，某个夜晚会偷偷从屋顶上面的天空，伸下唯有长长指甲的双手。对不？"小姐吓得面色苍白，与少爷更加贴近了。少爷用手温柔地抚摩着小姐的后背，像哄孩子一般笑着抚慰道：

"不过，幸好那摩利信乃法师并没有窥望到小姐芳姿。至少在此之前，无须担忧魔道之恋呀。所以没事没事，不必那么害怕的。"

## 二十一

大约过了一个月的时间，什么事情也没有发生。正值盛夏的一天，太阳光照耀在加茂川的河面上，十分晃眼。天气

---

[1] 源自《今昔物语卷二十〈天狗现佛坐木末语〉第三》，或《宇治拾遗物语卷二〈柿木佛现事〉十四》。
[2] 白毫光，佛之眉毛之间射出的光芒。
[3] 源自《今昔物语卷二十〈佛眼寺仁照阿阇梨房托天狗女来语〉第六》。

炎热，河道里往来的拖船不见踪迹。我那外甥平素喜好垂钓。便大热天来到五条桥下，钻入河滩边的艾草中坐了下来。幸好，唯有此处凉风习习。外甥将钓线下入水量减少的河川中，连续钓上了几条鲇鱼。不料头顶栏杆处，传来十分熟悉的话语声。外甥漫不经心地瞅了一眼，你道是谁？只见平大夫手摇高扇，身子倚在栏杆上，旁边站着的是摩利信乃法师。两人正在专心交谈。

此情此景，令之前小路岔道上摩利信乃法师的那般奇异举止，油然浮现于外甥心头。看来，他们两人之间倒还真的有某种因缘。——我外甥心中这样嘀咕着。他的眼睛仍旧盯着自己的钓线，耳朵却在倾听桥上的对话。天气炎热，道上早已人迹稀少，寂寥中的谈话放松了警惕。两人完全没有意识到他人的存在，因而谈话无所顾忌。

"阁下正在弘扬的摩利教，说实话在偌大的京都城里无人知晓。连我也是刚刚听阁下说起。之前在哪儿似曾相识，却又全然无有印象。想来这也并不奇怪。想到阁下年轻时，曾在那春花月夜下吟唱《樱人》[1] 小曲，而时下暑天你却是这副令人惊悚的奇异形象——简直像裸行的天狗，即便去问打卧的巫女[2]，也无法相信这都是你。"

平大夫的高扇啪嗒啪嗒呼扇着，口气轻侮地说道。摩利信乃法师的语气更加傲慢，仿佛是谁家的老爷。

"洒家见到汝，满足之至。日前在那小路上的道祖神庙

---

[1] 《樱人》，平安时代歌谣"催马乐"曲目。
[2] 打卧的巫女，出自《今昔物语卷三十〈打卧御子巫语〉第二十六》或《大镜》。

前,曾有过一面之交。可你当时目不斜视,无精打采地背着柑橘枝文书,正摇摇晃晃地去往官邸,看上去若有所思。"

"是吗?实在无礼。老朽枉活这大岁数。"

平大夫仿佛也回想起那天凌晨的邂逅,他一脸苦相地说道。旋即又用力啪嗒啪嗒地摇着高扇说:

"可是今日之相会,则完全仰仗清水寺观世音菩萨的护佑。平大夫一生之中,从未像今日这般快活。"

"哎,在予之面前,别提神佛之名。予虽不肖,却是负天帝神敕,专来日本传播摩利教的沙门[1]。"

## 二十二

摩利信乃法师突然紧皱起眉头,表情严峻地插话道。可那平大夫却全然没有惶恐之态,反而高扇与舌头同样急速地运动起来。

"是啊是啊!如今的平大夫显然已衰老不堪,什么事情都干不成。照你这样讲,我是不能在你面前提及神佛了。当然,平日里我这老头儿也已信心不足。方才突然提到了观世音菩萨,也是因为难得一见、过分高兴的缘故。说来,要是小姐知道了幼时熟识的你平安无事,该会多么高兴呀。"老爷子一反往常,说起话来气势很足,一副能言善辩的样子。搁在平时,他与我等谈话时常常懒得应承,显得天生口拙。他的话令摩利信乃法师无言以对,好半天只有点头应承的份

---

[1] 沙门,出家人,僧侣。

儿。然而当话题涉及小姐之时，他却压低了嗓音抢话道：

"说到小姐，正是予约你出来密谈的缘由，"接着又说，"平大夫万请帮忙，今夜让我见见小姐好吗？"

说到这里，桥上的高扇摇动声戛然而止。与此同时，我外甥几乎要忍不住去探头仰望栏杆上方。他担心一不留意，被发现自己潜藏于此。于是，他只好仍旧盯着河滩艾草中流过的水面，同时屏住气息留意桥上的动静。此时，平大夫又失去了刚才的精气神儿，变得沉默寡言起来。就这样过了好久好久，桥下的外甥被熬得浑身筋骨刺痒。

"虽说住河滩之上，也算是居于京都。所以知晓堀川少爷经常会见小姐。"

过了一会儿，摩利信乃法师仍旧以平和的语调，自言自语似的继续说道：

"不过，予并非在恋慕小姐。予之憧憬业欲之心，早已在漂泊唐土时灰飞烟灭。予曾一度流落唐土，在那里聆听红毛碧眼的胡僧，传扬天帝的教诲。予所感觉心痛的只是，那般如花似玉的小姐，竟不知晓天地万物的创造者天帝，却信仰神佛之类的天魔外道，且在仿造其形的木石面前供香奉花。这样在不久之后的生命尽头，必将忍受永劫不灭的地狱之火燎灼。予每每虑及于此，眼前便鲜明地浮现出阿鼻地狱黑暗的底层，美丽的小姐倒悬着向下坠落。昨晚，予又做了这样的噩梦……"

说到这里，僧人仿佛感慨万千。只见他紧紧咬住嘴唇，半晌一言不发。

## 二十三

"昨晚，出了什么事儿吗？"

过了一会儿，平大夫有点儿担忧地问道。摩利信乃法师突然清醒过来，依旧以那般平静的语调，一字一顿地陈述道：

"不，并未发生什么事情。只是昨晚，予独自迷迷糊糊沉睡于那间草棚之中，竟然梦见身着五柳华装[1]的小姐，款款行至予之枕旁。与现实相异者只是，烟雾迷蒙中，小姐平素那光泽耀人的黑发中插上了一枚金钗，闪烁着怪异的光芒。予久久沉浸在会面的愉悦之中，不由得脱口说出了'见到小姐真好'。小姐垂下悲哀的眼帘，坐在予之面前，却没有一句应答。在她那红色的裙裾上，仿佛有什么东西在蠕动。仔细看来，不仅是裙裾之上，她的肩膀上和胸脯上，都有一种蠕动的感觉。在她的黑发之中，竟然有什么东西正在嘲笑我……"

"你说了这么多，我还是无法明白。究竟发生了什么事？"

此时，平大夫不知不觉被那僧侣圈入套中，叮问的语调也听不出先前的气势了。摩利信乃法师仍旧以其优雅的口吻，接着说道：

"要说究竟发生了什么事情，予自身也不太清楚。予只是看见小姐的全身，有水蛭一样的怪虫，在成堆成堆地蠕

---

[1] 五柳华装，青色服装外罩白褂，正月至四月的节日服饰。

动。虽说是在梦中看见的，予还是感觉悲伤万分，不由得放声大哭起来。小姐见我哭，也不住地流泪。就这样持续了很长的时间。不知何时听见了雄鸡打鸣，才将予之幻梦打断。"

摩利信乃法师说完，平大夫却缄口不言，只是重又摇起了半晌不用的折扇。我的外甥一直在伸着耳朵倾听，竟至忘却了钩上的鲤鱼。桥上的人在诉说着那般梦话，桥下的人却不由得感觉到凉意彻骨。他竟然产生了一种奇异的感觉，仿佛自己亦在朦胧之中，看见了小姐悲哀的身影。

桥上再度传来摩利信乃法师深沉的语音。

"予以为，那些蠕动的怪物正是妖魔。一定是天帝怜悯身负堕狱之业的小姐，才托梦令予施之教化。所以，予欲仰仗大夫帮忙，以见小姐。你听懂予之请求了吗？"

平大夫闻言，似乎犹豫了片刻，终于用收拢的折扇轻轻敲打着栏杆说道：

"好吧。当初在清水坡下遭遇恶徒，受了刀伤险些送命，多亏师父将我救出重围。当然，小姐是否愿意归依摩利教，还得根据小姐的意愿。小姐与师傅多年不见，想必不会拒而不见。总之我会想办法，尽我的力量让你们见面。"


二十四

三四天后的一个早晨，我才听外甥详细述说了密谈的原委。武士的寓所里平素人来人往，当时却只有我和外甥两人。朝阳炫目，凉爽的微风不时从梅树丛绿叶的间隙中吹出，令人感受到秋日的悸动。

外甥说完了事情的经过，更加压低了嗓音说道：

"我真是感觉非常奇怪，摩利信乃法师怎么会认识小姐的呢？总之此事很不吉利，那僧人盯上小姐，咱家少爷就容易遇见意想不到的灾祸。可是，这事跟少爷去说也是白搭，他那样的性格，绝对不会当作一回事儿。所以依我个人之见，不能让那僧人和小姐见面。舅舅您的意见如何呢？"

"当然，我也不想让那鬼怪一般的天狗法师与小姐见面。可是你我只有遵从少爷的调遣呀。我们无法顾及西洞院官邸的护卫。那么，你如何阻止摩利法师接近小姐呢……"

"对，这正是一个要点。我们并不知道小姐是怎样考虑的。小姐身边还有平大夫那个老东西。所以摩利信乃法师要去西洞院，我们是很难阻止的。不过那个僧人，每晚都居于四条河滩的那间茅草小屋。所以我想，可否让他永远消失在京城……？"

"那你还能永远守在小屋旁边？你的话云里雾里，我这种老头子实在无法理解。你究竟要如何对付摩利信乃法师呢？"

我十分疑惑地问道。外甥好像担心旁人听见，一面瞅着梅树丛绿叶阴影下房屋前后的动静，一面贴近我的耳朵说：

"没有其他办法。只有夜深之时潜入四条河滩，除掉那个僧人。"

听他这一说，连我这样的人都惊吓得半晌无语。外甥年轻气盛，考虑问题直来直去。

"他充其量不过是个乞丐法师，找上两三个人，除掉他轻而易举。"

"可这是不是有些无法无天？当然，摩利信乃法师是在传播邪宗门。可是除此之外，他并没有犯下任何罪过。杀死法师，无异于滥杀无辜……"

"不，理由总是可以找到的。倘若任由僧人借助天帝之力，诅咒少爷和小姐，舅舅与我等还有何脸面领取少爷的俸禄呢？"

外甥的脸涨得通红，没完没了地强辩道。我说的话，他根本就听不进去。恰巧此时，两三个武士手摇折扇走进屋里，谈话也便就此打住。

## 二十五

三四天后是个星月晴空，夜深之后，我和外甥无声无息地来到四条河滩。即便事已至此，我的心中仍然七上八下，不知是否应当杀死那个天狗法师。可外甥不肯放弃原先的计划。让他独自干，我又莫名其妙地心中不安。最终只好忘记自己年事已高，跟随外甥顶着河滩苇草的露水，鬼鬼祟祟地摸近了摩利信乃法师的茅草小屋。

众所周知，河滩边并列着一溜肮脏的茅草小屋。此时，居住这里的无赖乞丐们，正在蒙头大睡，做着我等所无法想象的怪梦。我和外甥蹑手蹑脚地走过小屋前，只听得草席墙壁后，呼噜打得震天响。周围却是一片寂静。唯有一处篝火的余烬，在无风的夜空下垂直地冒着白烟。有趣的是，白烟的尽头接上了天河，斑驳陆离。仰脸望去，漫天的碎星仿佛要倾泻到京城的夜空中,一尺一尺,一寸一寸,恍惚听得见星星滑落的声响。

此时,外甥似已确定了目标。他用手指着加茂川细流边的一间茅草小屋,向河滩苇草中站立的我转过身来,说道:

"就是那间。"正当此时,那篝火的余烬吐出一缕火苗。透过那微弱的光亮,看得见小屋比所有的草屋更小更破。草屋的竹柱和旧草席铺就的屋顶,与临近的茅屋并无差别。但是这间草屋的屋顶上,却有一个树枝扎成的十字架,夜晚仍旧显现出某种威严。

"是那间吗?"

我的心中发虚,言不由衷地反问道。实际上,此时我仍旧无法做出决断。是否应该杀死摩利信乃法师呢?而外甥却不管这一套,他只顾头也不回地注视着那间小屋。

"没错。"

他冷冷地答道。此刻的心情难以形容,手中的大刀将沾满血迹,我不禁感觉到浑身在颤栗。外甥整理了一下自己的装束,将大刀的鞘扣合上,仿佛忘记了我的存在。他轻轻拨开河滩边的苇草,像蜘蛛趋近猎物一样,无声无息地向小屋逼近。篝火余烬的朦胧火光,照耀在草席墙壁上,清晰地映现出外甥向内窥望的身影。那身影令人毛骨悚然,真像一只偌大的蜘蛛。

## 二十六

到这个份儿上,我自然也无法袖手旁观。于是,我也将衣袖绑在身后，跟在外甥后面摸到了草屋的屋外，且由草帘的缝隙窥测里面的动静。

首先映入眼帘的是旗幡上的女菩萨绘像。此时，旗幡倚在对面的草壁上，无法清晰地看到绘像的全景。入口的粗草席帘处，泻出了屋内的篝火亮光。女菩萨背后美丽的金色光轮闪烁着，宛若朦胧的月食景象。篝火之前，横卧着白天累得疲惫不堪的摩利信乃法师。但见法师半掩着一件衣衫睡着，他背对篝火，衣衫恍若传说中的天狗羽翼，或天竺国里的火狐裘皮……

我和外甥见此情景，悄无声息地从两边包抄了法师的小屋，且小心翼翼地退下了大刀的刀鞘。可不知何故，我一开始就有一种奇妙的畏缩感觉。我的双手不由得颤栗起来，护手居然发出了尖利的声响。说时迟那时快，草帘对面无声无息的摩利信乃法师，似乎腾地跳起身来。

"何人？"法师问道。事已至此，外甥和我已骑虎难下，除了杀死法师别无他途。于是法师的话音未落，我和外甥便掩着大刀，一头撞进了茅草小屋。紧接着噼里啪啦地一阵乱响，刀剑声、竹柱断裂声和草壁解体的声响响到一处。可外甥却突然往后跳了两三步远，大刀对着前方气喘吁吁地喊道：

"你这家伙，往哪里逃？"

我闻声大惊，赶紧闪退出来，透着燃烧的篝火，直直地望着对面。哇！你道怎么？在这毁坏殆尽的小屋前，那令人胆寒的摩利信乃法师竟然身披柔软的浅色法衣，像猴子一样蜷起身子，将他的十字架护符贴在额头，一动不动地观望着我俩的举动。我将此看在眼里，恨不能冲近前去一刀结果了他。却不知何故，法师蜷身的周围漆黑一片，我不知怎样才能靠近他。或者说在那黑暗之中，存在着某种无形的旋涡，使大刀无法确定劈砍的对象。我外甥似乎也有同样的感觉。他不时地呐喊着，嘴里喘着粗气，而手中的利刃却久久高举过头，漫无目标地画着圆圈。

## 二十七

此时，摩利信乃法师缓缓地站起身来，手中的十字架护符左右晃动着，用暴风雨般的嗓音厉声训斥道：

"喂！不要枉费心机啦。尔等还未悟及上帝的威德吗？在尔等昏花的眼睛里，我摩利信乃法师不过披着一件黑色的法衣，其实却有诸天童子和十万天军守护着我呢。不信的话，尔等可刀剑过来呀。来与法师身后的诸多圣徒、车马剑戟比试比试呀。"

末了的几句话，带有嘲弄的意味。

当然我们并未被法师的话语唬住。外甥和我听了那番话，反倒像出笼的野牛一般，挥刀由两个方向朝那法师劈杀而去。可是结果如何呢？在我们挥起大刀的一瞬间，摩利信乃法师又拿出他的十字架护符，在自己的头顶挥舞了片刻。但见那护符的金色像闪电一样劈向天空，我们眼前瞬间出现了恐怖的幻影。呜呼！那恐怖的幻影该如何描述呢？即便描述出来，恐怕也是指鹿为马、相去甚远。如果说这个幻觉并非真实，那么我感觉当初的护符在升上天空时，河滩的暗夜在摩利信乃法师的身后突然地断裂开去。在那处暗夜的断裂之中，无数的火焰之马和火焰之车，显现出龙蛇一般的奇形怪状，飞溅的火花像狂风暴雨，眼看着洒落于我等头顶。总之，天上仿佛布满了浮雕一般的影像，且成百上千的物什在天空中翻腾闪耀着，有旗幡，有刀剑，发出的声响犹若狂暴的大风海浪。河滩上则有如沸腾的水锅，咕嘟嘟飞沙走石。法师背对那般景象，仍然身披着浅色的法衣，手持那十字架护符庄严地伫立。法师奇异的身姿，恰如来自异境的大天狗，率领着地狱的妖魔鬼怪，下凡到这沙滩之中……

我和外甥大惊失色，大刀不由得掉落在地，且分头扑在了法师左右，跪拜着谢罪。此时，我们头顶传来摩利信乃法师威严的斥责声："还想活命吗？快快向上帝谢罪来！不然转瞬之间，护法百万圣众便将尔等碎尸万段。"法师的斥责如雷贯耳。事到如今，想起当时那般极度的恐惧，我仍会感觉到浑身颤栗。当时的恐惧确已到了极限。我将双掌合在一起，闭上眼睛，战战兢兢地口中念叨着"南无天上皇帝"。

## 二十八

说起前述经历，实在感觉羞耻，所以，我想尽量说得简短一些。想必是我等祈祷了天上皇帝，可怖的幻影倏然间消隐无踪。而被刀剑声惊醒的妖魔们，却将我和外甥团团围在了中央。这些家伙大多是摩利信乃法师的信徒。幸亏我俩已将大刀扔在地上，否则看那架势，还不得为之吃尽苦头？这帮男女嘴里骂骂咧咧的，里三层外三层，面带憎恨地窥测着我们的脸，仿佛在观望落入了陷阱的狐狸。但见一张张凶神恶煞的面容，映照在重新燃起的篝火光亮中，前后左右的头颅几乎遮挡了星月夜空，令人毛骨悚然，仿佛下了阴间地狱。

而摩利信乃法师毕竟与众不同。他大声地安抚大吼乱叫的妖魔们，面带平素的怪异微笑。他走到我和外甥跟前，态度恳切地讲述天上皇帝的无量威德。而此时我尤其在意的，却是法师披着的浅色色调的美丽法衣。这样的浅色法衣虽非世间稀物，却极有可能是中御门家小姐的衣物。万一真的如此，便可推断小姐不知何时已见过法师。或许小姐亦已皈依了摩利教？想到这里，我几乎无法平心静气地听他说话，有点儿六神无主。这副模样，不定还会遇见什么可怕的事儿。摩利信乃法师的表情，似乎认为我等前来夜袭是因为他蔑视神佛。幸好，他似乎并未觉察我等是堀川少爷的属下。我们有意不看法师的浅色法衣，就那样呆坐在河滩的沙地上，假装老实地倾听着他的诉说。

这在对方看来，应当是值得褒奖的。进行了一番说教之后，摩利信乃法师的面色变得和缓起来。他将十字架护符举在我等头顶，神态优雅地说道：

"尔等的罪业，全在于蒙昧无知，上帝自会大大地宽恕尔等。我呢，也不想过多地惩戒。没准儿不久之后，今晚的夜袭也将成为一种缘分，尔等或将皈依摩利教。皈依之前，尔等就此退下吧。"当然恶徒们又在眼前显露出闻所未闻的可怕景象。但见法师一声断喝，真的为我们打开了归途之门。

我和外甥顾不上大刀入鞘，踉跄仓皇地逃离了四条河滩。当时，我的心情真是无以言表。说不上是欣喜，是悲哀，还是懊悔。河滩渐渐远去，但见红色的篝火闪耀晃动，周围聚集的泼皮像蝼蚁一般，正在唱着怪异的歌谣。那歌谣时而隐约地传入耳中。我俩只顾埋头走路，一个劲儿地唉声叹气。

## 二十九

打那之后，我们但凡有机会聚首一处，便要揣摩摩利信乃法师与中御门小姐的牵涉。议来议去，总是觉得须远离那天狗法师。可是想起那令人恐怖的梦幻场景，又实在没有好的办法。外甥毕竟较我年轻气盛，他仍旧固执己见，不肯放弃原先的想法。有时一帮子公仆聚集一处，又产生再度袭击四条河滩茅草小屋的邪念。然而在此期间，不曾想摩利信乃法师奇异的神变法力，又令我等大惊失色。

那是在一个秋风初起的季节，长尾的律师[1]在嵯峨建了一座阿弥陀堂以举行佛事。佛堂已被烧毁至今无存。但当时，佛堂的建造汇集了各地良材，并由诸多名匠参与建造，更毫不吝惜地花费了大量的黄金。规模虽说不大，却给人以异常的庄严之感，诸位当可想见。

特别在佛堂举行佛事的当日，除了公卿、殿上人[2]，还

---

1 律师，僧官名，位于僧正、僧都之下。
2 殿上人，被许可上殿的贵族。

有众多夫人前来参与。东西两厢的回廊边，停置着各色车辆。环绕各处回廊楼座边的，是边缘织锦的挂帘。挂帘边缘凸现的胡栀子花、桔梗花和女萝花等，在晴日的阳光下艳丽夺目。佛堂境内，景色很美。莲花宝土般的景象映满眼帘。回廊周边的庭院池中开满了人工种植的红莲白莲花。花间一艘龙舟荡漾，悬着织锦的帐幔。身着蛮绘布衫的孩童们持画棹戏水，飘扬出美妙的乐音。那悠然的一举一动令人热泪盈眶，不由得虔诚祈拜。

注视正面，更是令人感动不已。佛堂防犬栅上的螺钿闪闪发亮，其后是名香的香烟缭绕。香烟的正中是本尊如来，旁边则有势至观音和诸佛的御姿。佛面的紫金和珠玉璎珞若隐若现。诸佛前庭，中央是一大礼盘。耀眼的宝盖下置有讲法师傅的高座。协同作法的几十位僧人，也都身着艳丽的法衣或袈裟，青红相间。念经声，摇铃声，还有那白檀、沉香的香气，不断由庭内飘向晴朗的秋空。法事正在进行中，看客们聚集于四方御门之外，张望着庭内的法事。突然之间，仿佛发生了什么变故，不知从何处传来隆隆噪响，仿佛海上的暴风雨一波一波。

## 三十

看督长[1]见此情景，急忙跑近前来，高高地挥舞一把大

---

[1] 看督长，平安时代官职之一。检非违使的下级属官，负责看守牢狱、追捕犯人等。

弓，希望挡住乱拥而入的看客。然而，此时身着异样装束的摩利信乃法师出现了。他分开人潮走近前来。看督长见状，立刻扔下手中的大弓，让开眼前的通道跪伏在地，仿佛对天帝的降临顶礼膜拜。一度嘈杂的人们，在门内觉察到外面的骚动，突然变得鸦雀无声，随后相互间窃窃私语着：

"摩利信乃法师，是摩利信乃法师。"

私语声宛若和风吹过的苇叶，此起彼伏。

摩利信乃法师的装束一如往常，长发散披于身着黑色法衣的双肩，胸前的黄金色十字架护符闪闪发光。他的脚上没有穿鞋，看着都令人感觉寒冷。凡常的女菩萨旗幡置于身后，在秋日的阳光下显现出庄严。不过举旗者乃随行之人。

"信徒们，我是摩利信乃法师，奉神谕在日本传扬摩利教。"

法师从容地回应着看督长的膜拜。他不慌不忙地迈入敷沙的庭院中，语调庄严地说。门内众人闻言，又是一阵嘈杂声。还是那些检非违使见过世面，虽说惊讶于眼前的奇事，却并未忘记自身的职责。只见两三个挑头儿的顺手提溜着家伙，面对嘈杂的人们大声呵斥，且冲着法师奔将过来。转眼之间，四面八方皆有人奔将而来，企图将法师捉拿归案。摩利信乃法师憎恨地望着那些挑头儿的，嘲笑般地说道：

"要打便打，要抓便抓，而上帝将即刻施与惩罚。"

此时，法师胸前悬挂的十字架护符，在阳光的照耀下闪闪发光。袭击者们竟纷纷扔下了手中的武器，跌倒在法师脚下，仿佛遭遇了晴天霹雳。

"诸位看见了吗？上帝的威德正如方才之景象。"

摩利信乃法师摘下胸前的护符，在东边、西边的回廊下，来来去去举着护符夸耀说：

"看见了吗？这般灵验不足为怪。因为，上帝正是创造天地、独一无二的天神。正是尔等不知晓这位天神，才会竭尽诚心，将阿弥陀如来那般妖魔奉若神明。"

或许这般粗暴的言辞令人无法容忍，方才已停止诵经且茫然注视事态发展的僧徒们，突然间躁动起来，不住地咒骂、叫喊着：

"杀了他！""绑了他！"

却无一人站起身来，去惩治摩利信乃法师。

## 三十一

于是，摩利信乃法师傲然地怒视着僧徒们，声嘶力竭地呼喊道：

"中国的圣人说过，知过而改为智者。一旦知晓佛菩萨皆为妖魔，就应及早地皈依摩利教，而颂扬上帝的威德。倘尔等仍对摩利信乃法师所言持有怀疑，或分不清菩萨、上帝何为妖魔或邪神，那就比较一下二者的法力吧，或可就此辨别正法之所在。"

然而，大家方才都已看在眼里，那些捕快们居然昏倒在法师面前。因而帘内帘外的僧俗们，并无一人胆敢去尝试法师的法力。不消说长尾的僧都，就连当日在场的山中住持和仁和寺的僧正，也都对摩利信乃法师表现出极大的敬畏。拜佛的庭院中，龙舟的音乐和选手的吆喝声已停息了半晌儿，院里寂然无声，仿佛听得见人造莲花拂动日光的声响。

法师或许由此获得了更大的法力。他手举那枚十字架护符，像天狗一样嘲笑道：

"实在可笑。南部北岭的确也有颇多圣僧呀，怎就没有一人出来跟我摩利信乃法师比试法力呢？算啦，那么就信奉上帝吧。在诸天童子的神光下惶恐吧。皈依我摩利信乃法门，可是无分贵贱老少的呀。来吧，就在这儿，从山中住持开始，我给你们一个个举行灌顶仪式。"

法师逞强般地大声喊叫。但话音未落，西边回廊上有一陌生的僧人从容跳落于院中。他身穿金线织花的锦缎袈裟，手捻水晶佛珠，脸上有白色的双眉。毫无疑问，这是名冠天下、功德无量的横川僧都。僧都年事已高，缓慢地挪动着肥胖的躯体，且以庄重的步伐走到摩利信乃法师跟前。

"你这个下流的东西，在这儿胡说些什么呢？你何曾知道在佛堂供养的庭院中，列有无数的法界龙象？人们惯于投鼠忌器。难道就没有一人出来，与这下流的家伙比试法力的高低？说来，你理应自觉羞耻。快快由此神前佛前逃离吧。如今说什么比试神通，实乃奇怪至极。想必你这邪门和尚，是在何处修得了一点儿金刚邪禅法。那么老衲便与你比试比试吧。一试为显示三宝之灵验，二试为拯救因你之魔缘而险些坠入无间地狱的众生。即便尔之幻术可驱鬼神，也未必可以触动护法加佑的老衲一指。见识过佛法后，恐怕要受戒的是你吧？"

说罢大狮子吼一声，结下了一个法印。

## 三十二

由僧都结印的手中骤然升起了一道白气，影影绰绰地缭绕半空。说时迟那时快，他头顶升腾起一团宝盖似的雾霭。不，更确切地说或为一团奇异模样的云气。倘若是雾，那么对面佛堂的屋顶便该朦胧不清了。而云气只是虚空中无见形迹的存在，天空的蓝色还像原来一样晴朗清澈。

佛院周围的人们，都为这云气而惊异。此时，不知何处传来沙沙的风声，拂动着佛堂的挂帘。风声未止，但见重新结印的横川僧都，脸上的赘肉缓缓地抖动着，口里吟诵着秘经咒文。转瞬之间，云气中朦胧出现了两尊金甲神，威猛地挥舞着手中的金刚杵。其实，那完全是一种感觉上的幻象，若有若无。不过飞舞空中的身影堪称神威，仿佛要在摩利信乃法师的头顶，重重地击下一杵。

然而摩利信乃法师却像平时一样昂着高傲的头。他瞪着两尊金刚神，连眉毛都一动不动。在他那紧抿的嘴唇边，浮现出一贯的骇人的微笑。他仿佛在竭力抑制住嘲笑的表情。似乎是再也无法忍受他那副无谓的样子，横川僧都急忙解开手印，晃动着水晶的佛珠。

"嗨！"他用嘶哑的嗓音一声断喝。

伴随着这声大喝，飞舞的金甲神和云气一并从天而降。而与此同时，下方的摩利信乃法师也将十字架护符贴在额头，发出一种尖利的叫声。转瞬之间，天空升起了彩虹一般的光带，金甲神早已消失得无影无踪。僧都的水晶佛珠反由中间断为两截，佛珠哗啦地雪珠一般撒满一地。

"师父的手段已经领教。原来师父修的正是金刚邪禅呀。"

获胜的法师大声嘲讽道。声音压过了众人的呐喊。横川僧都听了这话何等沮丧,在此按下不表。如若不是弟子们争先恐后拥前护持,恐已无法平安地退返廊下。而此时的摩利信乃法师,则更加高傲地挺起了胸膛。他环顾着八方说道:

"我知道横川僧都是当今天下法誉无上的大和尚。但在本法师眼中,他不过一介欺蒙上帝照鉴、妄驱鬼神的火宅僧罢了。将佛菩萨称作妖魔,将释教称为堕狱业因,并非摩利信乃法师一人之误。来吧,废话少说,众生愿意皈依摩利教,那么我也愿意不计前嫌。都到这里来,感受一下上帝的威德吧。"

此时,东边回廊下有人冷冷地应答道:

"哦。"

此人站起身来理理装束,悠然地走下佛院。不是别人,正是堀川少爷。

(未完)

大正七年十一月

魏大海　译

# 枯野抄

召丈草、去来，终夜未合目。忽生一念，遂命吞舟书录，各吟句一首。

病卧羁旅中，梦萦枯野上。

——《花屋日记》

元禄七年（1694）十月十二日下午。大阪的商人方才起来，犹自睡眼惺忪的，不由得朝着瓦屋顶的对面，远远望过去：本来清早时满天红艳艳的朝霞，怎么现在又像昨日一样，难道要下阵雨不成？幸好柳叶款摆，却也并非烟雨迷蒙的景象，虽说天阴，过一会儿，就又将是个微明而寂静的冬日。在一排排市房之间，缓缓流过的河水也失却往日的光彩，变得白茫茫一片。水面上漂着葱叶子，那青绿色，看着倒也没一丝寒意。何况岸上来往的行人，无论是包着圆头巾的，还是穿着皮袜子的，全忘了这寒风肆虐的天地，茫然不觉地赶路。门帘子的颜色也罢，络绎不绝的车辆也罢，还有打远处传来木偶戏的三弦声——都在暗自维系着这冬日的微明和寂静。桥上的栏杆尖，雕饰成宝珠形，宝珠上的尘埃连动都不动……

这时，坐落在御堂前南久太郎街上，花屋仁左卫门家的后客厅里，当年受人景仰的一代俳谐大师芭蕉庵松尾桃青，虽有各地赶来的门人精心护理，到底在五十一岁上便终其一生，"残火虽尚温，渐渐冷如灰"，正安详地要咽最后一口气。时辰大约将近申时中刻吧。——隔扇已经卸了下来，空荡荡的客厅里，只有枕头上方点着一炷香，青烟袅袅。虽说天地间的寒气给崭新的拉门挡在院子里，可惟有这间屋子的拉门显得暗黝黝的，屋里照旧冷得刺骨。枕头朝着拉门，芭蕉寂然不动地安卧在那里。围着他的，首先是大夫木节。他把手伸进被子里，一直把着脉，脉跳得极慢，木节忧心忡忡地锁着眉头。蜷缩在他身后的，准是这次从伊贺一路跟随芭蕉的老仆治郎兵卫，从方才起就喃喃念着佛号。挨着木节的，不论谁一看便知，应当是彪形大汉晋子其角和仪表堂堂的去来。去来穿着古铜色的捻绸衣裳，上面印着方块形的小花纹，昂然挺胸，肩膀伟岸。两人不眨眼地瞅着师傅的病容。其角的身后是丈草，像个出家人，手腕上挂着一串念珠，一动不动地端坐着。坐在丈草身旁的是乙州，不停地抽鼻涕，必是忍不住涌上来的悲哀吧。和尚打扮的矮个子惟然，正不转眼地盯着乙州。他一边整理着自己的旧僧袍，表情冷漠地撅着下巴，同皮肤浅黑、有点刚愎自用的支考，并排坐在木节的对面。其余几个弟子，有的在左，有的在右，静悄悄地守着病床，大气儿都不敢出一声。一个个为这死别，有无限的留恋难舍。可是，其中只有一个人，趴在屋角落里，紧贴在席子上，放声痛哭。那该是正秀吧？尽管如此，他的哭声也被后客厅阴冷的沉默所压抑，就连缭绕在枕边的线香，都无法扰动。

方才，芭蕉一阵痰喘，用嘶哑的声音留下的遗言，让人无从捉摸。然后，就那么半睁着眼睛，像是昏睡了过去。脸上有几粒麻子，瘦得只剩下颧骨，四周布满皱纹的嘴唇，早就没有一点血色。尤其叫人揪心的，是他那双眼睛，已经茫然无光，呆呆地望着远处，仿佛望着屋顶对面一望无际、意态清寒的天空似的。"病卧羁旅中，梦萦枯野上。"——这是他三四天前写下的辞世的俳句。此时，或许他就像自己所吟诵的那样，散乱的视线里，是荒郊枯野上的苍茫暮色，没有一星儿月光，如梦一般飘忽。

"水！"

半晌，木节回过头来，冲着一动不动坐在身后的治郎兵卫吩咐道。这位老仆，早就把一盘水和一支羽毛做的牙签儿预备好了。他小心翼翼地把两样东西摆在主人的枕边，然后，又一心一意地急口念起佛号来。治郎兵卫是山里长大的，他以为芭蕉也好，凭谁也好，要想往生净土，一律得靠佛陀的慈悲。这种坚执的信念，在他朴实的心里，恐怕已经根深蒂固。

而另一方面，木节要水的一瞬间，忽然寻思道：身为大夫，自己果真想尽一切办法了吗？这疑问一向就有，此时又冒出头来。他随即在心里勉励自己，而后转过脸，默默地朝身旁的其角示意。也恰好在这当口，围着芭蕉病床的众弟子，心里猛然一紧，越发感到不安。可在紧张的前后，又有一种松口气的感觉——换句话说，要来的终于来了，如释重负一般，谁心里都闪过这个念头，这是不争的事实。只不过这种如释重负的心情十分微妙，以致谁都不愿意承认自己有过这念头。在场的人里，数其角最讲实际，同木节面面相觑的刹那间，从对方眼神里，看出彼此心思一样。这时，就连其角也没法儿不悚然一惊。他慌忙将视线移开，若无其事地拿起羽毛牙签。

"僭先了。"其角向身旁的去来打了声招呼。然后，一面拿牙签在茶盅里点水，一面将肥厚的大腿往前蹭了蹭，偷偷地凝视着师傅的容颜。说实在的，今生同师傅永诀，必定会很难过，他事先不是没想过。可是，真到要给师傅点送终水，自己的实际心情，简直是冷漠之极，较之原先设想的、像做戏似的心情，截然不同。非但如此，更想不到的是，师傅临终时，真正瘦成了皮包骨，那瘆人的样子，让他生出一种强烈的嫌恶之情，甚至忍不住要背过脸去。不，强烈两字，还不足以表达。那种嫌恶，就同看不见的毒药一样，引起生理上的反感，最叫人受不了。此刻，他难道想借这偶然的机会，把自己对一切丑恶的反感，统统倾泻到师傅的病体上去吗？抑或是，在他这个乐"生"的人看来，眼前所象征着的"死"，是自然的威胁，比什么都该诅咒不成？总而言之，其角看着芭蕉垂死的面容，有说不出的腻味，几乎没有一点儿悲哀。他用羽毛牙签往那发紫的薄嘴唇上，点上一点水，便皱着眉头，马上退了下来。不过，在退下来的一刹那，心里也曾掠过一丝自责，先前感到的那种嫌恶之情，在道德上理应有所忌惮，只是实在太强烈了。

其角之后，拿起羽毛牙签的是去来。方才木节示意的时候，去来心里就开始发慌。他素以谦恭有礼著称，向众人微微颔首，便凑近芭蕉的枕旁，望着老俳谐师恹恹无力的病容，心里出奇的乱：既满意又悔恨，两种感情交织在一起。虽不情愿，却不得不咂摸着。所谓满意和悔恨，就好比一阴一阳，互为因果，不可分离。其实，从四五天前，谨小慎微的去来，心情不断为这两种情绪所困扰。因为他一接到师傅病重的消息，就从伏见乘船赶来，也不顾三更半夜，便敲开花屋家的大门，打那时起一直护理师傅，可以说没有一天怠慢过。此外，还一再恳求之道，让他找人帮忙啦，打发人上住吉的大明神社求神保佑病体早日康复啦，又和花屋商量，添置要用的东西啦，所有这些千头万绪的事，全靠他一个人张罗。当然，这是他自己揽过来的，压根儿就没想到要谁领他的情，这倒是不假。然而，等他意识到，是自己在尽心尽力照料师傅时，一下子便在心底大大滋生出一种自得之情。只不过没意识到这种自得之前，做什么事心里都是美滋滋的。在行住坐卧上，没觉得有什么拘束。要不然，当他在夜灯下看护病人，跟支考闲聊当中，就不会大谈什么孝道义理，抒发侍奉师傅如侍亲的抱负。可是当时，踌躇满志的他，看到不善交际的支考面露苦笑，马上觉出一直平和的内心，陡然间乱了起来。他发现，心乱的原因，在于他刚刚意识到的自得，以及对这自得的自责。师傅大病不起，朝不保夕，自己一面护理，一面用得意的眼光，打量自家辛劳的情景，俨然一副担心病情的样子。——正直如他，免不了会感到内疚。打那以后，自得和悔恨这两种情绪便相互抵触，去来也发觉，不论做什么事情，必受其掣肘。虽说是偶然，却偏巧看出支考眼里的笑意，倒更清楚地意识到了这种自得，结果常常是自怨自艾，觉得自己卑劣不堪。这样一连过了几天，直到今儿在师傅枕边点送终水的时候，有道德洁癖的他，想不到神经格外脆弱，心里七上八下，完全失去了镇静，说来可怜，却也难怪。所以，去来一拿起羽毛牙签，浑身就僵得出奇，亢奋得了不得，以致用白毛尖上沾的水去抹芭蕉嘴唇时，手直发抖。幸好睫毛上噙满了眼泪，其他弟子见了，就连尖刻的支考，恐怕也以为，他那么亢奋，是悲痛的缘故。

不大会儿工夫，去来直起穿着古铜色衣裳的身子，畏首畏尾地退到座位上，把羽毛牙签递给身后的丈草。一向老实巴交的丈草，毕恭毕敬地低眉垂首，嘴里喃喃念叨着什么，轻轻把水点到师傅嘴唇上。那样子，恐怕谁看在眼里，都是庄严虔敬的。可是，就在这庄严的时刻，蓦地听见客厅的角落里，发出一阵瘆人的笑声。或者说，至少当时觉得听见了笑声。那声音，简直像是从丹田发出来的大笑，经过嗓子眼和嘴巴时，想忍而没忍住，结果转从鼻孔断断续续迸发出来。当然，在这种场合，谁都不会放声大笑。声音其实是正秀发出来的，方才他就悲痛欲绝，忍了又忍，此时终于撕心裂肺，恸哭起来。他之恸哭，不用说，准是悲怆到了极点。在场的弟子，大概有不少人想起了师傅的名句："荒冢亦惆怅，悲怀一恸声断肠，萧瑟秋风凉。"乙州也同样在哽咽抽泣，对正秀凄厉的恸哭，觉得有些过分——即便不说他不够稳重，至少也太不自制，所以，禁不住有些不痛快。说到底，他的不痛快，是出于理智。不管他脑子是否情愿，心上却忽然为正秀的哀恸所动，不知不觉，眼里也汪起一包泪水来。方才他觉得正秀的恸哭让人不快，现在也不认为自己的眼泪就多纯净,彼此并没什么两样。可是,眼里的泪水越冒越多——乙州终于两手拄着腿,禁不住呜呜哭出声来。这当口,唏嘘作声的,不独乙州一个人。守在芭蕉床脚的几个弟子,也接二连三响起抽鼻涕的声音,打破了客厅里冷寂的气氛。

在这凄凄惨惨的悲泣声中,手腕上挂着佛珠的丈草,依旧静静地坐回原处。接着,坐在其角和去来对面的支考靠近枕边。支考号称东花僧,出名地爱挖苦人,大概神经没那么脆弱,不会受周围感情的带动,轻易掉泪。他浅黑的脸膛一如往常,照旧摆出藐视一切的神气,而且同平时一样,照旧俨然不可一世,漫不经心地往师傅嘴上点水。不过,当此场合,即便他支考也难免生出些许感慨,这自不在话下。"曝尸荒野上,心中戚戚未曾忘,秋风浸身凉。"——四五天前,师傅曾一再向弟子们道谢:"我原以为,日后会敷草为席,以土为枕,命丧荒野。没想到能睡在这样华美的被上,得偿往生的夙愿,实在是欣慰至极。"可是,无论是在荒野上,还是在花屋这间后客厅里,两者并没有多大分别。现在自己这么往师傅嘴上点水,其实,打三四天前,心里就惦记着,师傅还没留下辞世的俳句。而后,昨天终于盘算好,等师傅辞世后,把他的俳句辑录成集。今天,直到此刻,师傅临终之际,自己始终用一副审视的目光,饶有兴味地在观察这个过程。要是刻薄一点往坏处想,自己这么观察,难说心里就没转过这样的念头:日后该提笔写篇临终记,这就是其中的一节。如此看来,自己一面给师傅送终,一面满脑子盘算着如何对外沽名钓誉,对内利害相争,或是只顾一己的兴趣——这些事，与垂死的师傅毫不相干。不妨说，师傅在俳句里的屡次预言，竟成了谶语，到头来还是等于曝露在无限人生的枯野上。我们这些弟子，谁都没有哀悼师傅的去世，而是在自怜失去师傅后的自己；没有叹惋穷死于枯野上的先师，而是自叹薄暮时分失去先师的我们。可是，倘从道德上来责备这一切，那么，我们这些人，生来就人情冷漠，又能把我们怎么样呢？支考一面陷入这种厌世的感慨之中，同时，又对自己能这样深思颇为得意。给师傅点完水，把羽毛签放回茶盅，随即向抽抽搭搭的同门弟子，嘲笑地扫了一眼，从容地回到自己座位上。像去来这样的老好人，一开头就给支考那冷冷的神气镇住了，此刻又像方才那样惶惶不安起来。唯独其角，对东花僧的脾气压根儿看不顺眼，脸上一副哭笑不得的样子，八成感到很不受用。

接着支考的，是惟然僧。黑僧衣的下摆拖在席子上翻了起来，小身子爬过来的时候，芭蕉眼看着就要咽气了。脸上更加没有血色，湿漉漉的嘴唇中间，不时透出一点气来。隔一会儿喉咙才使劲咕噜一下，无力地吸进一丝气。喉咙里堵着痰，轻轻响了两三下。呼吸好像渐渐平缓下来。惟然僧正要把羽毛牙签的白尖儿触到师傅嘴唇上，这时，突然一阵恐惧袭来，竟同死别的悲哀毫不相干。师傅之后，下一个该不会轮到自己死吧？他居然无缘无故害怕起来。正因为是无缘无故，一旦恐惧上身，就没法抵御。他本来就是那种人，一提到死就会胆战心惊。从前每逢想到死，哪怕云游时正风流快活，也会吓得汗流浃背。这种事他经历过不止一次。听说别人死了，心里也要想："哦，幸好死的不是我，谢天谢地。"这样才能踏实。反过来,又要担心:"倘若自己死了,那可怎么办?"他这么怕死,就算这次给师傅芭蕉待疾的场合也不例外——晴朗的冬日照在窗纸上,园女[1]送的一盆水仙,散发出一阵阵清香,众弟子聚在师傅枕边,吟诗对句,聊以慰问病体。这时,一明一暗两种忧虑,开始在他心里盘旋。等到师傅弥留时——记得那天秋雨初降,连一向爱吃的梨,师傅都无法进食了。看到这情形,木节忧心忡忡地摇摇头。从那一刻起,惶恐就一点点扰乱了他平静的心;及至最后,"下一个死的,没准就是自己了",这种惶恐不安,像道凶险而恐怖的阴影,冰冷无情地在他心头弥漫开来。所以,等他坐到枕边,往师傅嘴唇上小心翼翼地点水时,因为恐惧作祟,对师傅临终时的面容,几乎不敢正眼去看。不,其实是看过一眼,偏巧芭蕉嗓子里堵着痰,有轻微的响动,刚鼓起勇气来,就给吓了回去,没敢再看。"师傅之后,没准死的就是自己了。"——这种预言,不断在惟然僧的耳畔絮叨。他回到自己的座位上,小小的身子缩成一团,脸子绷得越发紧了,光翻白眼,尽可能谁也不瞧。

接下来,是乙州、正秀、之道、木节,以及围在病床旁边的弟子,轮番往师傅嘴上点水。期间,芭蕉的呼吸一次比一次细,间隔也一次比一次长。喉咙已经不动了。瘦削的脸盘,有几粒浅浅的麻子,仿佛蜡做的;失神的瞳仁,凝望着遥远的天宇;下巴上的胡子,白得像银——这一切都让冷漠的人情给凝住了,一动不动,看上去像在梦想着不久将要往

---

[1] 园女,芭蕉弟子之一。

生的净土。于是，低着头闷声不响，坐在去来身后的丈草，那个老实巴交的禅客丈草，觉得随着芭蕉的气息越来越微弱，一种既无限悲痛，又无限安然的情感，渐渐充满自己的胸次。悲痛是用不着说的了。安然的心情，则像黎明前的寒光，在黑暗中越来越亮，有说不出的明朗。这种情感，一点一点荡尽各种杂念，眼泪也毫无刺心之痛，终于化作清纯的悲哀。他为师傅的灵魂能够超越虚无的生死，回归极乐净土而欣喜。不过，这一点连他自己也无法肯定。要不然——唉，谁会一味地彷徨犹豫，敢愚蠢地欺骗自己呢！丈草这种安然的心情，那是一种解放了的喜悦，他的精神，长久以来一直为芭蕉的人格力量所桎梏，白白地给压抑着，而现在，他靠自己的力量，身心正在自由地舒展开来。他沉醉在悲哀的喜悦之中，手捻着佛珠，周围啜泣的同门兄弟，宛如不在眼内，丈草嘴上浮出微笑，向临终的芭蕉恭谨礼拜。

这样，古往今来无与伦比的一代俳谐宗师芭蕉庵松尾桃青，在"无限悲痛"的众弟子簇拥之下，溘然长逝。

大正七年九月

高慧勤　译

# 圣克利斯朵夫传

## 小序

余尝于《三田文学》一刊,发表《基督徒之死》;本篇与该篇同出所藏之耶稣会版《黄金传说》(*Legenda Aurea*)中之一章,惟稍加润色而已。然《基督徒之死》乃叙述本邦西教徒之轶事,《圣克利斯朵夫[1]传》则为圣徒传中之一种,自古以来,盛传于欧洲天主教诸国。倘两文互参,对所提及之《黄金传说》,或能略窥一斑。

传中多有时代与地点错误,几近可笑。为无损原文之时代特色,特不作任何订正。倘诸方家,不疑余之无学,则幸甚。

## 一 山居

话说很久以前,在叙利亚[2]国的深山里,有个名叫雷普罗保斯的怪人。虽说阳光普照之天下广袤无边,但如雷普罗保斯般的巨人,可说再也找不出一个来。他那身量,怕就有三丈多高吧。葡萄蔓似的头发里,不知有多少可爱的小山雀栖居在内。手脚像深山老林里的松柏。走起路来，能震得七山八谷发出回声。要想猎食，动动手指，熊鹿之类便成腹中之物。有时从山上下来，想到海边捕鱼，便把胡子像海松一样的下巴，往沙上一挨，吸口海水，鲷鱼啦松鱼啦，就会摇头摆尾，刷刷流进口中。货船这时若碰巧从海上经过，就会给这潮水意外的涨落，弄得颠簸不已，慌得掌舵的船夫手忙脚乱。

不过，这雷普罗保斯天性善良，不消说住在山里的樵夫猎人，就是对过往的行人也从不欺侮，反倒会帮人把不好砍的树推倒，觅回猎人追丢的猎物，行人背不动的包袱，他就扛在自己肩上，总是助人为乐。所以远村近郭的山里人，没有一个嫌恶他的。有个村子走失一个牧童，傍晚，牧童家的天窗给打开了，家里人大吃一惊，抬头一看，只见雷普罗保斯那双簸箕般大的手掌上，托着睡得正酣的小牧童，在星空下，轻轻地放下地来。他丝毫不像怪物，心地是何等可钦可敬！

山里人遇见雷普罗保斯，时常拿出糕饼酒馔相待，亲密叙话。这样，有一日，几个樵夫伐树，走入长满丝柏的密林，遇见从山白竹中慢吞吞走出来的雷普罗保斯。樵夫们一心想要款待他，便燃起落叶，给他烫酒。对雷普罗保斯来说，瓶里那点酒，如同一滴，但却让他十分开心。他把樵夫

---

1 圣克利斯朵夫，原文 Christophoros，意为背负基督之人，救难的圣者。据传，系三世纪叙利亚人，因罗马人迫害而殉教。
2 叙利亚，古代地中海东岸一带的总称，包括现在的叙利亚、黎巴嫩、约旦、以色列。当时主要为腓尼基人生活栖息之地，也是基督教发祥地。

吃剩的饭撒在地上，让头上的小山雀啄食。盘腿坐定，开口说道：

"咱家既然生而为人，便应建功立业，封侯拜将才是。"

几个樵夫听了，也凑趣道："是哇！您这样的大力士，攻下个两三座城池，还不易如反掌！"

这时，雷普罗保斯面带难色，问道："有件事却不好办。咱家一向待在山里，要想从军打仗，怎知该投奔哪位将军呢？还有，当今的盖世英雄，究竟是哪国大将？不论是谁，咱家都会为他奔走马前，尽忠效命。"

"原来是这事！要说勇武，依我们看，当今天下，怕是没有哪位将军能比得上安提奥基亚[1]国王了。"樵夫回答说。

雷普罗保斯听了大喜："那我立即动身。"

说着，直起小山一般的身躯。这时，奇怪的是，他头上的小山雀，一时纷纷振翅飞向枝叶交织如网的空中，就连雏鸟都没有留下一只。那些小山雀停落在枝丫斜伸的丝柏背面，宛如丝柏结的累累果实。雷普罗保斯惊异地望着这群小山雀，不一会儿，回思过来，才同聚在脚下的樵夫殷勤道别，复又像方才一样，踏着山白竹，迈着大步，独自走向深山。

却说雷普罗保斯想封侯拜将的事，不久便传遍远村近郭。没过多久，却又风传一个消息，说是靠近边境的湖边，有艘船陷进泥中，一伙渔夫正自发愁拖不出来。这时，不知哪来一个巨汉，只见他抓住桅杆，不费吹灰之力就拉上了

---

[1] 安提奥基亚，古叙利亚首都。

岸。渔夫一个个还在目瞪口呆,那怪人竟早已不知去向。而认识雷普罗保斯的人,已然猜到,这个热心肠的好人,终于离开了叙利亚。他们每逢望着西面屏立的群山之巅,真是好不惆怅,不由得仰天长叹。再说那牧羊小童,每当夕阳落山,必定高高爬上村头的一株杉树,仿佛忘掉了树下的羊群,哀哀地呼唤着:"雷普罗保斯,我好想你呀!你翻山越岭,去了哪里啊?"列位看官,欲知雷普罗保斯后来如何交上好运,且看下回分解。

## 二 朝福夕祸

话说雷普罗保斯,顺顺当当来到京城安提奥基亚。提起安提奥基亚,同山里可大异其趣。当年这里物华天宝,举世无双。雷普罗保斯一进城,男男女女便围了上去,把个街衢挤得水泄不通。雷普罗保斯在人海里给推来挤去,径往前行,直到他站在名门贵胄望衡对宇的路口,一队御林军护着御辇恰在这时走来。看热闹的人转眼四散,让出道路,只把个雷普罗保斯一人留在当街。于是,雷普罗保斯跪在御辇前,两只如象腿一般粗的巨掌扶在地上,俯首说道:

"咱家山里人,叫雷普罗保斯。听说当今安提奥基亚国王天下无敌,便不远千里来投奔,愿为陛下效劳。"国王的侍从一见雷普罗保斯的模样,简直吓破了胆,前锋护卫几乎要拔剑出鞘,听了这话,知他没有歹意,便令队伍停下,由近侍向国王奏明事由。国王发话道:

"如此巨人,武力定然超群,当可留用。"并格外垂顾,即命编入御林军当值。雷普罗保斯喜出望外,自不必说,扛起三十个大力士都抬不动的十只御橱,跟随国王一行,喜气洋洋走到王宫。雷普罗保斯扛着小山般的御橱,俯视着一行人马,挥动着巨手,走在队列中间,那奇形怪状的样子,才叫惹人注目哩。

自此以后,雷普罗保斯当上御林军,身穿漆纹麻制军服,腰挎朱鞘长刀,朝夕守卫王宫。所幸者,建功立业的时机,不久终于到来。那是邻国大军来犯,志在攻占京城。原来这邻国大将,曾手缚狮子王,有万夫不当之勇。贵为安提奥基亚国王,对两国交战,也丝毫不敢怠慢。于是,起用新近收在帐下的雷普罗保斯为前锋,亲自坐镇大营,号令三军。雷普罗保斯担此大任,欣喜若狂,竟不知身在何处,这也难怪他。

不久,万事齐备,金鼓齐鸣,国王令雷普罗保斯一马当先,提大军向国境上的原野进发。但见敌军正严阵以待,寻机觅战,哪里还会耽搁。顿时,旌旗招展,遮天盖地,此起彼伏,杀声震天。说时迟那时快,双方正要厮杀,只见从安提奥基亚阵中,慢腾腾走出一员大将,此非别人,正是雷普罗保斯也。且看巨汉今日这身打扮:头戴牛皮盔,身着铁铠甲,手执柄短刃长之七尺大刀,活生生一座巨塔,大地似都嫌小,真个有撼山动地之气概。雷普罗保斯叉开两腿,立于两军之间,舞动长刀,遥指敌军,声若洪雷,发话道:

"远处的听声音,近处的放眼瞧!咱家乃安提奥基亚国王帐下的猛将,名闻遐迩的雷普罗保斯是也。多承我王厚爱,今日任此先锋大将。现两军对阵,哪个敢与咱家决一死战!"话说古时非利士族勇士哥利亚,曾身披铁鳞甲,手绰大铜矛,叱咤于百万军中。而雷普罗保斯此刻威武勇猛的气概,与之相比,毫不逊色。果然,邻国的精兵勇将,个个哑然失色,好一会儿竟没一个人敢应声儿。见此情景,敌国大将心想:倘不除掉这厮,必败无疑。于是,一身华丽铠甲的敌将,拔出三尺大刀,跃马阵前,大声报上姓名,直取雷普罗保斯。这边厢,雷普罗保斯却全不当一回事,只见他抽出七尺长刀,仅三两回合,便哐当一声,把爱刀一丢,轻舒猿臂,早从鞍上抓起敌将,抛石子一般将他高高抛上天。敌将在空中滴溜溜地翻转,咕咚一声,落在本阵,跌得粉身碎骨。当此间不容发之时,安提奥基亚的大军齐声呐喊,簇拥着御辇,雪崩一般冲向敌阵。敌军立不住阵脚,丢盔卸甲,抱头鼠窜,溃不成军。安提奥基亚国王这天大获全胜,听说斩下敌将的首级,比一年的数目还多。

王心大悦,旋即高奏凯歌,班师回朝。随后,国王封赏雷普罗保斯,位列诸侯,并且还赐宴群臣,一一嘉奖。事情就出在庆功宴的当晚。按照那时列国的习俗,当晚请来一位善弹琵琶的法师。在大烛台的火光下,只听他巧拨弦音,绘声绘色,说唱那古往今来的争战故事。雷普罗保斯夙愿得偿,笑得他合不拢嘴,涎水都快流了出来。此时,只管一杯复一杯,开怀畅饮葡萄美酒。醉眼蒙眬中,忽见对面锦帐中,王上的举动好不奇怪。法师说唱时,每提到"魔鬼"这词儿,王上便慌忙举起手,画一十字。那举止非同一般,甚是郑重其事。雷普罗保斯便冒冒失失,问身旁一武士道:

"王上为啥要那样画十字?"

那武士答道：

"说起来，魔鬼是具有大法力，能将天下人玩弄于股掌之上的东西。王上想必为除魔障，才再三画十字，以保御体平安。"

雷普罗保斯听后，不免生疑，再次问道：

"我安提奥基亚国王乃盖世英雄，那魔鬼怕是连根指头都不敢碰一下吧？"

那武士摇头道：

"非也，非也。王上之威力，未必及得上魔鬼。"

一听这话，山里大汉顿时勃然大怒，高声吼道：

"咱家效命王上，乃因听说王上英雄盖世。要是连国王老儿都要向魔鬼俯首折腰，咱家不如走人，给那魔鬼当差去。"说着，将酒杯一摔，便要起身。满座武士，对他今天的战功，本妒忌得了不得，正恨不得除掉这眼中钉，异口同声发喊道：

"好哇，这家伙反了！"立即四面围上去，抢着要逮住他。照理，若在平时，雷普罗保斯岂能轻易让这帮武士得手。可是当晚，他已烂醉如泥，即便如此，尚能力敌众武士，给逮住后又挣脱出来，厮打了好一阵。终因脚下一滑，扑通一下，摔倒在地。众武士齐声叫好，纷纷扑了上去，把个狂怒的雷普罗保斯反剪双手，五花大绑起来。这一切，王上都尽数瞧在眼里。

"恩将仇报的东西，速速丢进土牢去！"

因招王上盛怒，雷普罗保斯当晚便给投进肮脏不堪的土牢，沦为阶下囚，真是可怜可叹！列位看官，欲知囚禁在安提奥基亚土牢中的雷普罗保斯,后来如何交上好运,且看下回分解。

## 三　与魔鬼为伍

话说雷普罗保斯给五花大绑,投进黑魆魆的土牢,一时之间,唯有像个孩童一样放声哇哇号哭。这时,忽见有个身着红袍的学士,不知从何处出来,亲切地问他:

"啊哟哟,雷普罗保斯!你为何待在这里?"

巨汉越发泪如泉涌,哭诉道:

"只因说了句要弃王上而去,投靠魔鬼,就将咱家丢进了这土牢。呜、呜、呜……"

学士听后,再次亲切地问他:

"那你现在还想投靠魔鬼吗?"

雷普罗保斯点头答道:

"想着哩。"

听他如此回答,学士大快于心,不禁呵呵狂笑,震得土牢嗡嗡作响。隔了一会儿,第三次亲切地说道:

"难得你有这愿望。我马上放你出这土牢。"

说着,便将红袍往雷普罗保斯身上一罩,雷普罗保斯全身绳索当即寸断,真乃怪事。巨汉的惊讶,自不用说,便诚惶诚恐站起身来,仰望学士的面孔,恭恭敬敬谢道:

"您给咱家松绑的大恩大德,咱家生生世世绝不敢忘。可是这土牢却如何才能逃脱?"

学士轻蔑地一笑:

"这有何难!"

话音未落,随即展开红袍大袖,将雷普罗保斯在腋下一挟,脚下顿时一片漆黑,只觉得一阵狂风骤起,两人不知何时已然腾空,离开土牢,火花四溅,飘悠悠飞上安提奥基亚城的夜空。听说,当时学士有如一只怪谲的大蝙蝠,乌黑如云的翅膀一字展开,背着行将沉落的月亮,穿行在夜空中。

再说雷普罗保斯,简直吓破了胆,跟着学士飞在空中,好似离弦的箭一般,不禁颤着声儿问道:

"阁下究竟是何许人?咱家以为,这世上怕是没有哪个博士能有这般大神通。"

学士忽然瘆人地一笑,若无其事地答道:

"不瞒你说,我便是能将天下人玩弄于股掌之上,具有大法力的强人。"

雷普罗保斯这才恍然大悟,学士其人,便是魔鬼!这一问一答的工夫,魔鬼如妖星流逝,在空中长飞不停。安提奥基亚城的灯火,早已沉入黑暗的下界。有顷,浮现于脚下的,想必便是闻名的埃及。沙海连绵千里,残月微光下,看上去白茫茫一片。这时,学士伸出指甲长长的手,指着下界说道:

"听说那间茅屋里,住着一位道法灵验的隐士。就先下到他屋顶上吧。"说着,腋下挟着雷普罗保斯,飘飘摇摇落到沙山背后的破屋顶上。

破屋里有位老隐士,正在昏昏灯火之下诵念经文,全然不知更深夜阑。忽然,一阵香风吹过,樱花似飞雪一般纷纷飘落,不知从何处来了一位倾国倾城的美人儿。只见她头插玳瑁梳簪,有如熠熠光环,身着曳地长袍,上绣地狱彩绘,千娇百媚，疑是梦见了天女下凡。老人想必以为，埃及的沙漠，顷刻间变成了日本的花街柳巷！实在不可思议，一时茫然若失，望着美人儿竟出了神儿。这时，美人儿沐浴着如雪的飞花，妖媚地一笑道：

"小女子本是安提奥基亚城的名妓。连日来，一心想慰解高僧的百无聊赖，故不远千里而来。"那声音之美，比之于极乐世界中的神鸟伽陵频伽，恐怕也毫不逊色。终究是位有道的隐士，险些着了她的道儿，心中寻思，值此深更半夜，更兼千里迢迢，岂会有美人儿从安提奥基亚城来到此地之理！心中了然，定是魔鬼的伎俩。于是两眼专注经文，一心念诵陀罗尼咒语。而那美人儿却兀自不肯罢休，一心要制服老人。只见她罗袖款摆，兰香袭人，婀娜多姿，如怨如诉：

"虽说小女子出身风尘，毕竟历经千里河山，才来到这荒漠，怎奈长老全不知怜香惜玉！"那曼妙的姿容，简直令满地落花都为之含羞失色。隐士遍体流汗，只把降魔咒语一遍一遍地念诵，充耳不闻魑魅的鬼话。美人儿见计不成，不免焦躁，冷不防掀起绣着地狱绘的衣摆，斜身偎上隐士的膝头，抽抽搭搭啜泣道：

"为何这样无情！"

老隐士见状，如同挨了蝎刺，跳了起来，迅即掏出贴身挂的十字架，声如霹雳般喝道："孽障，不得对主基督之使徒无礼！"话音未落，啪的一记，便朝美人儿脸上打去。美人儿挨了打，柔弱地倒在落花上，倏忽便不见了踪影。唯见升起一团黑云，奇怪的火星四处乱溅。

"唉哟，痛死啦！又挨十字架的打啦。"呻吟声渐渐升上屋顶，杳然消逝。隐士料定必会有此结局，所以始终高声念诵秘密真言。果然，转眼间黑云散去，樱花也不再飘落，茅屋里，一如方才，唯有孤灯一盏。

然而，隐士觉得魔障尚未尽除，为求经文法力的加护，彻夜没有合眼。不久，天色渐明，觉得有人来到柴门前。于是一手拿着十字架，走出去一看，一个小山似的巨汉蹲在茅屋前。真不知他是由天而降，还是自地底冒出？正恭谨地给自己鞠躬。黑黑的肩头上，勾勒出已呈茜红色的天空。只见他向隐者低头一礼，惴惴地说道：

"咱家名叫雷普罗保斯。家住叙利亚，乃一介山野村夫。最近偶然做了魔鬼的手下，不远千里，随他来到埃及沙漠。魔鬼因难敌主耶稣的法力，撇下我一个人，逃得不知去向。我本一心寻找盖世英雄，愿为他效犬马之劳。所以，我虽愚钝，但请收我做主基督的仆人吧。"

老隐士立在茅屋门前，听了这番话，不禁蹙眉答道：

"哦，有过如此经历，实难从命。凡魔鬼手下之人，除非枯木开花，断无得遇我主基督之日。"

雷普罗保斯再次俯首恳求道：

"我决心已定，哪怕千秋万世，这最初的一念，必要贯彻始终。请告诉我，怎样做才能符合我主基督之意？"

于是，老隐士和巨汉两人，郑重地交谈起来。

"足下是否懂些经文？"

"可惜，半句也不懂。"

"能否辟谷修行？"

"那怎么行？咱家是闻名的大肚汉！辟谷修行，怕是办不到。"

"难矣。彻夜不眠，如何？"

"那怎么行？咱家是闻名的瞌睡虫！彻夜不眠，怕是办不到。"

话已至此，连老隐士也无计可施了。有顷，忽然面带喜色，击掌说道：

"由此向南，不到十里处，有条大河，名流沙河。此河水势浩渺，激流如箭，听说人马难渡。然而，足下如此高大，涉水过河，想必轻而易举。那么，往后就请足下做此河的渡公，助来往行人渡河吧。汝能善待人，主必善待汝，即为此理。"

听了这话，巨汉不禁十分振奋：

"好极，咱家就去做那流沙河的渡公！"

老隐士见雷普罗保斯一念至诚，也分外高兴：

"既然如此，我现在便为足下洗礼。"说着，亲自捧着水罐，小心翼翼地爬上茅屋顶，这才勉强将水罐中的水洒在巨汉头上。这时，出了一件奇事：洗礼仪式未及做完，只见旭日东升，辉煌灿烂的光芒里，初似祥云缭绕，随后变成一群小山雀，多不胜数，翩翩飞落在雷普罗保斯凌空突立、乱如蓬草的头上。老隐士看到这一奇观，只顾仰望旭日出神，竟忘了洒圣水的方向。过了片刻，恭谨地朝天叩拜，并从屋顶召唤雷普罗保斯道：

"虽说简慢了些，但足下既已受洗，从此就将雷普罗保斯改名为克利斯朵夫吧。看来，天主对足下的志诚也深为嘉许。倘能勤修苦行，永不懈怠，不用多久，必能得见主耶稣之真容。"

列位看官,欲知改名为克利斯朵夫的雷普罗保斯,后来如何交上好运,且看下回分解。

## 四 往生天国

于是,克利斯朵夫同老隐士作别,来到流沙河。那河果然是浊流滚滚,百里惊涛骇浪,岸边的青芦也摇曳不停。这气势,即便驾舟摆渡,怕也难以过去。然而巨汉身高三丈有余,走至河中央,水位仅及肚脐,打着漩涡流逝而去。克利斯朵夫便在岸边结庐而居,见有行人为渡河而犯难,立即走上前去,自称是这流沙河上的渡公。一般行人乍见巨汉怕人的形景,还以为是什么天魔出世,早吓破了胆,一溜烟逃走了。没多久,知道他心地善良,便经常有人接受他的帮助:"那就拜托了。"战战兢兢,爬上克利斯朵夫的后背。克利斯朵夫把行人驮到肩上,一边拄着一根结实的拐杖,那是他在水边连根拔起的一棵柳树,然后,任凭水急浪高,稀里哗啦蹚起水,毫不费劲便到了对岸。这工夫,无数只小山雀,好似杨花飞舞,不停地在克利斯朵夫头上盘旋,欢快地鸣啭。想必是克利斯朵夫虔诚的信念,使天真的小鸟也忍不住要随喜的吧。

这样,克利斯朵夫风雨无阻,在河上当了三年渡公,求渡的行人倒是不少,但像主基督的人,却一次也没遇到过。第三年,有天晚上,外面狂风暴雨,电闪雷鸣,巨汉坐守茅屋,独对山雀,左思右想,深感往事如梦。忽然,一个楚楚

可怜的声音,压过倾盆的雨声,传了过来:

"渡公在吗?劳烦送我过河。"

克利斯朵夫站起身,摇摇摆摆地走入屋外的黑夜。没想到,在划破夜空的闪电中,只见是位眉目清秀的白衣童子,年纪还不满十岁,垂着头,孤零零地伫立河畔。巨汉觉得稀奇,便弯下山样的身躯,体恤地问道:

"这样的夜晚,你怎么一个人出门呢?"

童子抬起悲戚的目光,忧郁地答道:

"我要回到父亲那里。"

克利斯朵夫听他这样回答,越发生疑,但见他焦急的样子,一缕怜悯之情油然而生。

"别担心,我送你过河。"说着,双手抱起童子,像往常一样驮在肩上,照例握紧那根拐杖,拨开岸边的青芦,在这风雨肆虐的夜晚,扑通一声,大胆地走进河里。狂风卷起乌云,吹得人透不过气来。暴雨如矢,似要穿透河底,激得水面白茫茫一片。这时,电光划破黑暗,放眼看去,波涛汹涌,水花凌空,似有无数天使正欲展开雪白的双翅飞舞。即便是克利斯朵夫,今夜渡河也倍感艰难。他紧拄着拐杖,有如基础朽蚀的高塔,几度摇摇晃晃,停下脚步。奇怪的是,肩上的童子越来越重,尤比风雨更让他吃力。起初,因他刚猛强悍,尚能忍受,将近河心时,白衣童子益发沉重起来,几乎疑心背的是擎天磐石。克利斯朵夫终于给压倒。"就让咱家命丧流沙河吧。"心中正这样打算。猛然,耳边响起小山雀的鸣声,那是一向听惯了的。心中不免疑惑:"咦,这样黑的夜,小鸟如何能飞呢?"抬头望天,好奇怪呀!童子头上，有一轮金灿灿的新月形光环，小山雀任凭风狂雨猛，纷纷飞向金光，雀跃不已。巨汉思忖："小鸟尚且如此勇敢，何况咱家生而为人，三年勤修，岂能毁于一夕！"狂风将葡萄蔓似的乱发刮向空中，飒飒作响。波涛澎湃，激荡着他的胸膛。他抓紧几欲摧折的粗拐杖，拼命向对岸奔去。

约莫一个多时辰，克利斯朵夫历尽艰辛，终于像一头斗得筋疲力尽的狮王，气喘吁吁，摇摇晃晃，爬上了对岸。他将粗粗的柳木拐杖插入沙中，从肩上将童子抱了下来，长吁一口气道：

"哎呀，孩子，连高山大海都没你沉哪！"

童子微微一笑，暴风雨中，头上的金光愈加灿烂辉煌，仰起头望着巨汉的面孔，仁慈地答道：

"不错。今晚，正是今晚，你背负的是一身承受着全世界苦难的耶稣基督！"声音如铃声一般美妙动听……

自从那天夜里，流沙河畔再也见不到渡公的身影，那个吓人的巨汉。据说唯一留下来的，就是插在对岸沙滩上那根粗大结实的柳木拐杖。而且，令人称奇的是，枯干的周围，还开着艳丽的红玫瑰，香气袭人。正如《马太福音》所记："清心的人有福了，因为他们必得见神。"

大正八年四月十五日

高慧勤　译

# 妖婆

您也许不相信我讲的这个故事。是的，您肯定怀疑我在胡编乱造。古时有无此等怪事我不得而知，而它却发生在大正年代太平盛世，且发生在我们久住熟知的东京。一出门，满眼便是往来穿梭的电车和汽车；回头进屋，耳畔不时响起电话铃声。打开报纸，映入眼帘的是同盟罢工和妇女运动的报道……就在这样的一天，就在这大都市的一角，发生了似曾在爱伦·坡以及霍夫曼小说中读过的、令人毛骨悚然的怪事。空口无凭您当然不信。然而，东京街区何止百万灯火，却无法燃尽紧随日落降临的夜幕，令城市重返白昼。同样，尽管无线电通信和飞机征服了大自然，但它毕竟不可能揭示出隐藏于大自然深处的神秘世界的地图。那又怎能断定，在文明阳光照耀下的东京，那些平常只在梦中上蹿下跳的精灵们，不会在时空中展现奥尔巴赫作品中描述的魔窟般的光怪陆离呢？它们从来不受时空的限制。您若瞧得仔细就会发现，那令人惊异的超自然现象犹如夜半开花一般，始终在我们身边神出鬼没。

比如说，冬日午后您在银座大街上走路，准会看到落在沥青路面上的纸屑。数来约有二十片，集聚一处随旋风打转。若仅此而已，倒也没有故事可讲。倘若您愿意试试，不妨数数纸屑打转有几处。从新桥到京桥之间，必定是左侧三处，右侧一处。且无一例外，都在十字路口附近。若说此乃气流所致，倒也没错儿。但您仔细观察又会发现，每簇纸屑中肯定有一片是红纸——或是电影广告，或是"千代"花纸的边角乃至火柴商标。种类再多，红色必居其中。它俨似纸屑们的首领，一旦阵风袭来便率先翩翩起舞。此刻，微尘中便响起窃窃私语之声。散落于各处的白色纸屑，旋即消失在沥青路上空。不是消失，而是一齐轻盈堆画出弧线流萤般飞起。风渐停时亦然，即如刚才我之所见，总是红色纸屑率先飘落。看到此处，您也会称奇叫绝。我自然深感诧异。其实，我曾两三次伫留街头，在橱窗大股倾泻的灯光下，凝神观察飞舞的纸屑。其实当我做此观察之后，平时人眼难辨之物即如夜幕中的蝙蝠，也变得隐隐约约依稀可辨。

不过，东京令人百思不解的不只是银座大街上的纸屑，深夜乘电车时屡屡发生的怪事也令人感到匪夷所思。最可笑的，是那驶过杳无人影街区的红色电车和蓝色电车[1]。即使车站台上空无一人，它也要规规矩矩地停下来。您若对我所说的表示怀疑，即请在今晚躬亲验证。同是市内电车，据说动坂线与巢鸭线的此类情况居多。就在四五天前的夜晚，我乘坐的红色电车，一如既往地戛然停在无人上下的动坂线"团子坂下"站台。乘务员手拉铃绳向大街探出上半身，例行公事地招呼："有人上车吗？"我就坐在票台旁，抬眼向车外望去，薄云遮月，洒下朦胧微光。车站支柱下自不待说，

---

[1] 过去东京等大城市的路面电车为了便于识别，在末班电车屏幕上显示红色灯泡，末班前一班车显示蓝色灯泡，因此分别称之为"红色电车""蓝色电车"。

两侧人家亦关窗闭户，午夜的大街空空如也。我正暗自纳闷，乘务员拉响了车铃，无人上下的电车随即启动。我空望车外，站台渐渐远去。此刻，我眼中却莫名其妙地出现了人影，在月光下渐渐缩小。毋庸多说，这是我心恍神迷。可那位赶路的红色电车乘务员，为何要停在无人上车下车的站台？而且，遇此怪事者并非仅我一人，熟人中也有那么三四位呢！难道说乘务员在停车前打盹儿了吗？据说，我的一位熟人还曾抓住乘务员指责："不是没有人上下车吗？"而乘务员却满脸狐疑地回答："我总觉得，有很多人上下车的。"

如果逐个列举，还有炮兵工厂烟囱黑烟逆风而飘，尼古拉教堂大钟午夜不敲自鸣，两台相同牌号的电车相随通过日暮时分的日本桥，空荡荡的国技馆每晚传出观众喝彩声……所谓"自然夜晚的侧影"，恰似美丽蛾子的穿梭飞行，也在繁华东京的大街小巷时隐时现。因此我要讲的故事，并非与您熟知的现实世界相去甚远，并非子虚乌有。不，您已了解东京夜晚的某些秘密，所以切勿藐视我讲的故事。若您听完故事，仍感到有"鹤屋南北"[1] 般的鬼火味道，那么与其说故事有失实之处，莫如说是我的罪过。因为我讲故事的本领，尚无法同爱伦·坡以及霍夫曼相比。一两年前，故事的主人公在某个夏夜与我相对而坐，一五一十地讲述了他的遭遇。当时，一种阴森森的妖气笼罩四周，令我至今难忘。

这位男子是日本桥附近出版商的少东家，我们常来常

---

[1] 鹤屋南北，歌舞伎作者。多有怪谈故事。

往。一般情况下，谈完业务他便早早回家。刚好那天傍晚下起了阵雨。本想雨停就走，可不知何故，就那么耽搁下来。皮肤白皙、眉宇清秀、身材消瘦的少东家，正襟危坐在盂兰盆节灯笼微光映照的廊沿上，山南海北地聊着就过了初更。闲聊之间他说"有件事一直想说给先生听"，随后便满脸忧虑地缓慢开讲。他讲的，自然是我要讲给您听的妖婆的故事。他身穿肩头染着一抹淡墨的上等麻布褂，将西瓜盘放在面前。那种生怕别人听到似的耳语姿态，我如今仍然记忆犹新。话说到此，还有一幕情景也深印脑海挥之不去。少东家上方挂着一盏盂兰盆节灯笼，圆鼓鼓的灯体映现出秋草的花样。对面远方，雨霁夜空散乱着黑压压的云团。

　　故事的要点如下。少东家新藏（为避嫌暂用此名）二十三岁那年，去找家住本所区一丁目的跳神婆婆算命。大概是六月上旬某日，新藏拽着在附近经营和服店的商业学校同学，一起去与兵卫寿司店小酌，不打自招地透露了心事。同学阿泰立时郑重其事地热情建议："那你去找阿岛婆掐算掐算。"仔细一问方知，这位跳神婆婆两三年前从浅草一带迁居至此。她能掐会算，还擅长念咒，几乎到了差神使鬼的地步。"你也知道的嘛！就在前些日子，鱼政店的女老板投河自尽……可就是不见尸体浮起来。找阿岛婆讨来护身符从头道桥往河里一丢，当天就浮起来了，而且就在丢护身符的头道桥桩跟前。恰巧傍晚涨潮，立时便被那里泊靠运石船的老板发现。人们一开始以为是客人，后来发现是泡胀了的尸体，立刻喧哗起来。随即赶去桥头派出所报案。我路过时，巡警已到现场。我从人群外朝里一看，刚捞上来的女老板尸体盖着破席放在那里。席片下露出泡胀了的双脚，脚底紧贴着……你猜，是什么？就是那道护身符！连我都吓得打哆嗦了。"听到这里，新藏也感觉脊梁发冷。晚潮的暗色，桥桩的轮廓，还有河面漂着的女老板身影……这些景象忽地展现于眼前。不过，他还是不肯示弱，兴趣盎然地向前挪身说：

"真有意思！我一定找她掐算掐算。"

"那我帮你引见引见？几天前我找她算过财运，也算有点交情了。"

"那就拜托你了。"

如此这般，两人叼着牙签出了店门，用草帽遮挡梅雨间歇中的夕阳，身着单褂肩并肩地前往跳神阿婆的住所。

我该说说新藏的心事。他家女佣阿敏姑娘与他相恋一年多，却不知何故，于去年年底探望生病的姨母时一去不返，音信皆无。不仅是新藏深感意外，连照管阿敏的新藏母亲也很牵肠挂肚。找了保人之后，又委托多方打探，费尽周折仍不明去向。有传闻说当了护士，又有传闻说当了谁家小妾。闲言碎语倒是不少，可一旦追根问底，却又都说不明详情。新藏先是忧心忡忡，后又怒气冲天，近来便只是发呆郁闷。母亲看到他失魂落魄的样子，隐约觉察到两人关系非同一般，更添了一层忧虑。于是叫他去看戏，叫他去洗温泉，或叫他替父亲参加应酬客户的酒宴。百般劳心费神，就是想让新藏振作起来。那天，母亲支使他去察看本所一带的零售店。其实是让他游玩消遣，还给纸袋里装了几张零花钱。恰好东两国区有儿时的伙伴，他就拽着阿泰到附近久违地与兵卫寿司店喝酒去了。

因有如此来龙去脉，新藏虽然喝得微醉，但去找阿岛婆的目的仍很明确。在头道桥向左拐，沿着行人稀少的竖川河岸向二道桥走百十来米，泥瓦匠铺和杂货铺之间，夹着一座灰头灰脑的竹格窗、格子门房舍。这好像就是那位跳神婆婆的家。新藏先自意识到，自己和阿敏的命运竟取决于这位怪阿婆的一句话，不祥的预感陡然涌起，将醉意驱赶得一干二净。况且，阿婆的住所外观上令人丧气。这是一座低檐平房。门口被梅雨浸润的檐溜石湿漉漉、绿茸茸的，令人诧异，仿佛青苔之间眼看就会长出蘑菇来。且与杂货铺相邻处有棵一抱粗的垂柳，密密匝匝的枝条遮蔽了窗口，使整个屋顶笼罩在暗影下面。阴森森的氛围中，那扇拉窗的深处似乎隐藏着极不寻常的秘密。

然而阿泰却毫不理会这些，走到竹格窗前，才站下回过头来，恍若刚刚想起似的吓唬说："好了，马上就要拜见鬼婆婆了，你可别吓着了哟！"新藏当然也嬉笑着说："我又不是小孩子，能让一个老太婆吓着？"听他甩出这句话，阿泰反倒不满似的瞪了他一眼："哪里呀，不是看到阿婆吓着，是有一位你意想不到的小美人儿，所以提前打个招呼。"说着，他便伸手搭在格子门上，并粗声大嗓地喊："有人吗？"随之传来闷声闷气的应答："哎！"轻拨拉门，跪坐在门里的是一位十七八岁的温顺姑娘。果不其然。难怪阿泰说"别吓着"，此话没错。姑娘面庞娇小，鼻梁挺拔，白白净净，发际线衬托着姣美的面庞。那双水灵剔透的星眸动人心魄……可这张脸庞却无缘地透出令人心疼的憔悴。连那蓝地白花单袢上的红罂麦花和服腰带，似乎都令其不堪重负。阿泰见到

姑娘,便摘下草帽问道:

"你母亲呢?"

姑娘现出一脸无奈:"真不凑巧,母亲出门了。"

像是自己做错了事,姑娘眉目周围泛起红晕。突然,她冷眼瞟了一下窗外。"哎呀!"她轻唤一声就想站起身来。阿泰思量此处地形特殊,会不会来了过街歹徒。慌忙回头一看,刚才站在夕阳余晖中的新藏已不知去向。没等阿泰回过神来,跳神婆婆的女儿早已跪在他膝前急切地恳求:

"请你一定告诉刚才那位同伴,千万不要再来这里,否则他性命难保!"

听姑娘断断续续说完,阿泰简直一头雾水,呆呆地站在那里。好在他还清楚已然受人之托,便应了句:"好的,我一定照办!"随即慌得草帽都没戴,冲出门外就去追赶新藏,一追就是五六十米远。

五六十米开外正好是荒寂的石岸。上半截是被夕阳映染的电杆,此外别无他物。新藏垂头丧气地呆立在那里,交叉双臂,眼睛盯着脚面。阿泰终于赶到,气喘吁吁地对他说:"你真是胡闹!我说别把你吓着,可你倒把我吓得够呛。你到底把那个小美人儿……"可新藏却又朝下一道桥头跌跌撞撞地走去,嘴里还激动地说:"我当然认识。那姑娘……我告诉你,就是阿敏!"阿泰又吓了一跳——也该着他再受惊吓。说来说去,新藏找阿岛婆算命,正是要寻找阿岛婆的女儿。可是,阿泰也不能只为姑娘的嘱托,没完没了地担惊受怕,于是他把草帽一戴,立即把阿敏的话原模原样地学给了新藏。新藏先是俯首静听,随即皱着眉头露出狐疑的目光气愤地说道：

"叫我别去她家，这能理解，可去了就性命难保？简直莫名其妙。真是岂有此理！"

然而阿泰也只是受人之托传话，且没问缘由就跑了出来，所以尽管心里很想安慰对方，可除了罗列一些应景的话，哪还有什么灵丹妙药？这样，新藏更像与己无关似的闭了嘴，并且加快了脚步。不一会儿，他们又来到了与兵卫寿司店号旗下。新藏突然转向阿泰，不无遗憾地脱口道："我真该见见阿敏。"阿泰则若无其事地挖苦说："那就再去一趟呗！"如今想来，这话等于给新藏想见阿敏的念头火上浇油。待了一会儿，新藏告别了阿泰，立即重返回向院前的"和尚斗鸡"菜馆。先要了两三壶酒自斟自饮，等待天色全黑下来。天色黑透他便冲出酒馆，喷着酒气把单裃袖筒甩在身后，直奔阿敏家——也就是那位跳神婆婆的家。

漆黑夜空星月全无，地气蒸腾溽热难耐，时而掠过一丝凉风，是梅雨季节常有的天气。新藏当然放心不下，憋着劲儿要得到阿敏的真心话。他不会无功而返的。泼了墨一般的夜空下矗立着大垂柳，树下的竹格窗里透出黯然灯光。新藏也不管那小屋阴森瘆人，猛地拉开格子门，站在狭小门厅里就喊："有人吗？"里边恐怕已知来者何人，柔弱含混的应答似有几分颤抖。俄顷，拉门轻轻地开启。手撑地板、身披邻屋灯光的阿敏出现了。她面容消瘦憔悴，像是刚刚哭过。然而新藏却是酒足饭饱。他草帽扣在后脑勺上，冷冰冰地俯视着阿敏。"哎！你母亲在家吗？有点事儿想请她掐算掐算。能见我吗？你去通报一声！"他毫不理会阿敏的表情，自顾自痛快地发号施令。阿敏心中难过，并手伏身。她已悲伤得濒临崩溃，浑身无力地只说了声："是。"却把泪水咽在肚里。正当新藏呵着映出彩晕的酒气又要催促时，邻屋隔扇门里传出阿岛婆无力的、鼻腔中哼出的、癞蛤蟆自语般的嗓音："哪一位呀？外边那个。别客气，进这屋来吧！""外边那个？"太不像话了！你这幽禁阿敏的罪魁，我先把你整治整治。新藏气势汹汹猛蹿上前来，顺手脱去单褂，又把草帽扣在阿敏慌忙拦挡的手上，昂首走进邻屋。可怜的阿敏被撂在一边，紧紧靠在隔扇门上。她顾不上整理客人的单褂和草帽，泪汪汪的明眸直直仰望着顶棚，且将纤纤玉手合在胸前，口中不住地祈祷。

进了屋，新藏毫不拘束地把坐垫铺在膝下，旁若无人地四下打量。屋内正如想象，破烂的八铺席房间，黑黢黢的顶棚和支柱。正面有块六尺见方的木地板，墙面上方挂着写有婆娑罗大神的挂轴。下置神镜一面，供酒两壶，还毕恭毕敬地摆放着红、蓝、黄纸剪成的小纸币三四扎。左侧套廊外就是竖川河道。或许是错觉，透过格窗，仿佛听到淙淙水声。却说阿婆，人在哪儿呢？木地板右方有个衣柜，柜上摊着点心盒、汽水、砂糖袋、鸡蛋盒等礼品。一位穿着黑地无领衫褂的大块头阿婆盘踞于柜前，几乎占满一铺席。她留着切发、塌鼻梁、大嘴巴、青紫脸色，闭着睫毛稀稀落落的双眼，叉着浮肿的双手。刚才讲到阿婆说话像蛤蟆哼哼，眼前所见，俨然一个非同寻常的蛤蟆怪，伪装成人样在喷吐毒气。新藏竟也心惊肉跳起来，觉得屋顶电灯都黯然无光。

不过，他当然早有精神准备，斩钉截铁地说："那就拜托阿婆帮我看看,我的姻缘命该如何。"或许阿婆没有听清,她努力睁开眼缝,一只手搭在耳旁重复问道:"什么姻缘?"随后,又嬉笑着用那特有的含混嗓音说:"客官想要女人了吗?"新藏强忍即将迸发的怒火说:"正因如此,才来找你。否则谁会到这种……"他也顾不得身份不身份了,不肯示弱地同样哼笑着回答。可阿婆却泰然自若,像蝙蝠振翅般呼扇着耳旁的手掌,讪笑着打断新藏道:"我不会说话,你别生气。"然后改了口气,貌似认真地问:"年龄多大?""男方二十三岁,属鸡。""女方呢?""十七。""属兔啊!""出生月份是……""行了,只需知道年龄便可。"说完,阿婆在膝头掐着手指,像是在数星星。不一会儿,她微抬松垂的眼皮朝新藏瞟一下说:"不成不成。大凶,大凶。"她先是危言耸听,后又自顾自宣判似的嘟囔道:"要是结了缘,两人之中必有一人命丧黄泉。"新藏怒火中烧。看来,就是她在背地里散布谣言,说我的姻缘危及性命。他忍无可忍,打着饱嗝喷着酒气破口大叫:"大凶就大凶。男人一旦钟情,性命又算得了什么!烧死、砍死、淹死,都值得。"此时阿婆又微睁双眼,嚅动厚唇讥笑地说:"那,男人先死了,女人怎么办?更别说死了女人的男人,一样是痛不欲生嘛!"老婆子,看你敢碰阿敏一根手指头。新藏瞪着阿婆激愤地说:"男人和女人同生同死!"面对新藏的怒目而视,对方仍旧叉着手,抽动着菜色的腮帮子,嬉笑着反唇相讥:"男人啊!"新藏后来说,当时他不由自主地打了个冷战。也难怪,这就如同向对方下了战书,所以他感到不寒而栗。阿婆反唇相讥之后看到了新藏的畏缩,猛地扯了一下黑地衫褂衣襟,嗲声嗲气地说:"不管怎么讲,人算不如天算!你别自不量力了!"随后突然翻起白眼,煞有介事地双手搭耳道:"瞧瞧!证据就在眼前!你听不到有人在叹息吗?"新藏禁不住身心紧张地侧耳倾听。除了隔扇后阿敏的动静,别无任何声响。此时阿婆眼珠转得更快。她说:"听不到吗?有一位跟你一样的年轻人,在河边石头上唉声叹气呢!"阿婆向前膝行几步,映在身后衣柜上的影子越发放大。新藏闻到了阿婆身上的怪味。拉门、隔扇、神酒壶、神镜、衣柜和坐垫,都在阴森森的妖气中走了样,呈现出奇形怪状。"那位年轻人也跟你一样色迷心窍,违抗了附在阿婆身上的婆婆罗大神。因此大神立即降罪,年轻人转眼殒命。他就是你的榜样。你好好听听吧!"话音如同无数苍蝇振翅般聒噪,从四面八方钻进新藏的耳朵里。正在此时,拉门外竖川边传来了什么人投河挣扎的喧嚣,撕破了夜幕。闻声丧胆的新藏再也坐不住了,连最后威胁阿婆的硬话都说不利索。他甚至忘了正在啜泣的阿敏,跌跌撞撞地冲出阿岛婆的家。

新藏回到日本桥自己家中,翌日刚起床便看到报纸报道昨夜竖川有人投河自尽。那是龟泽町木桶匠的儿子。原因是失恋。地点在头道桥和二道桥之间的石岸边。想必此事对新藏的打击太大,他突然发起了高烧。此后三日卧床不起。可他躺着也是心事重重。不用说,还是为了阿敏。当然现在看来,阿敏并非已移情别恋。她突然告假又不让新藏再来,无疑都是阿岛婆的阴谋。他不好意思再怀疑阿敏。另一方面却又百思不解:与自己无冤无仇的阿岛婆,为何如此煞费苦心?再说,阿敏跟此等唆使别人跳河的鬼婆婆同住,恐怕时日不久,就会被赤身裸体地绑在祭祀婆娑罗大神的房柱上,点着松枝给烤了。想到这里,新藏再也躺卧不住。第四天一离开寝榻,即欲找阿泰讨教妙策。恰在此时阿泰打来电话,且不为别的,正是阿敏的事。阿敏昨夜很晚去找阿泰,说一定要面见少东家说明详情。当然,她不能直接往东家打电话,只能托阿泰传话。新藏也想见到阿敏,于是紧贴着听筒急切询问阿泰:"她说要在哪里见面?"巧嘴利舌的阿泰先卖个关子:"这个嘛……"然后才说:"不管怎样,才见过两三次面,这个腼腆姑娘就说要到我家来,恐怕也是被逼无奈。我也被她感动,立刻与她合计你俩如何见面。她对阿岛婆谎称去洗澡,倒是能出得了家门。河对岸远了点儿——可又没别处可选,就告诉她到我家二楼。她却怕给我添麻烦,说什么也不肯。我想她这样客气也没错儿,就问她自己有没有想好的地方。她倒一下子红了脸,小声说明天傍晚少东家能否到附近石岸边见面。真是'野外幽会不问罪',真是妙不可言。"阿泰似乎在强忍笑意。新藏可是笑不出来,他急不可耐地确认道:"说好在石岸边见面啦?"阿泰回答:"我没有别的办法,只好这样说定了。时间是六点到七点之间。谈完之后,你再到我这儿来一趟。"新藏应允并道谢,紧接着挂上了电话。不过,现在到傍晚这段时间漫长难熬,一刻三秋。新藏拨了一会儿算盘,又帮着对了对账,再吩咐一下送中元礼事宜。此时他仍无法掩饰自己焦急的神情,只顾盯看窗格上挂钟的时针。

痛苦中熬过了后晌,新藏终于在斜阳西照将近五点时出了店门。此后便怪事连连。新藏趿拉上小伙计摆好的木屐,刚从散发着油漆味的新刊书籍广告牌后边向柏油路上迈出一步，就有两只蝴蝶擦着他的草帽飞过。可能是大凤蝶，翅膀上泛着瘆人的青光。当然，那时他并没太在意。两只蝴蝶追逐嬉戏着向斜阳飞去。他瞟了一眼上空的蝴蝶，跳上恰巧路过、开往上野的电车。在须田町换车到国技馆站下车时，又是那两只蝴蝶纠缠飞舞在草帽前。他并不认为是日本桥那两只蝴蝶追踪到此，所以仍不理会。离约好的时刻还有些时间，于是他拐进第一条巷子，找到一家招牌上写着"薮"的、清爽整洁的荞麦面馆，边吃晚饭边做准备。当然，今天要表现得风度翩翩，所以他滴酒未沾。可他又觉得胸口堵得难受，喝了一杯凉麦茶，这才稍有缓解。大街已昏暗下来，他像躲人耳目的逃犯一般，悄然撩开门帘来到店外。此时，一对蝴蝶又像跟踪一般，忽而飞到纳闷愣神的新藏鼻尖前。还是那种蝴蝶，黑丝绒般的翅膀上生着青色鳞粉。可能是幻觉，飞向前额的蝴蝶，似乎将冷飕飕的夜气剪切成了乌鸦般的形状。新藏不禁惊诧驻足。此时，却见蝴蝶倏然变小，互相追逐着消失在苍茫暮色中。反复出现黑蝶怪状，新藏便又胆战心惊起来。弄不好，自己站在石岸边也要失控跳河。他变得犹豫不决。然而今夜来会面的阿敏更令他为之担心。因此他重又振作精神，走过夜幕之下人影恍如蝙蝠的回向院门前，目不斜视地直奔约会地点。就在此时，从河边花岗岩狮子上方，又翩翩飞来两只泛着青光的蝴蝶。先是翅膀相互纠缠，忽而又被晚风拂扫，消失在昏暗的电杆根部。

这样一来，在石岸边徜徉等待阿敏的新藏也没了好心情。他一会儿扶正草帽，一会儿又瞅瞅收在袖管里的怀表。

这不到一个小时的时间，比刚才在店里账台上那会儿更令人焦躁。然而，阿敏仍迟迟不来。他不由自主地离开石岸，向阿岛婆家走了几十米。右侧有一家澡堂，大大的彩绘仙桃上方挂一块仿唐刷漆招牌，写着"根治百病桃叶汤"。阿敏出得家门借口去澡堂，会不会到了这里？——恰在此时，有人掀开女池门帘来到昏暗街面。正是阿敏！她的打扮与上次见面毫无二致：腰系红瞿麦花纹的针织腰带，身穿藏青地儿碎花单裰。今晚刚刚沐浴，更显光鲜亮丽。银杏髻下鬓发乌黑润泽，还留着梳印。湿汗巾和皂盒款款捧在胸前，有所畏忌的眼神不安地顾盼左右。她一下子就发现了新藏，闪动着忧心忡忡的目光嫣然一笑，倏然轻盈地走到新藏身边，心事重重地问："让您久等了！""哪里，没等多一会儿。倒是你，出来一趟不容易吧？"说着，就和阿敏一起向石岸边慢慢走去。阿敏仍是惴惴不安，神色慌张地向后观望。新藏故意用挖苦的腔调说："你怎么啦？好像有人跟踪似的。"阿敏一下子面红耳赤，仍旧不安地说："哎呀！你特意来看我，我还没感谢你呢——多谢！"这样一来，新藏也忐忑不安起来。他仔细询问原委，直到岸边。阿敏只是苦笑着答道："要是被人看到就糟了。不光是我，连你也会倒大霉的。"她也只应答了这两句。不一会儿，两人来到约好的石岸边。阿敏看了一眼蹲在暗处的石狮，紧张的心情终于释然。从石狮前走下河边，那里横躺着好多从船上卸下来的根府川石料。到了这里，阿敏终于停下脚步。新藏则战战兢兢地跟着来到石岸边。幸好这里被石狮子挡着，街上的人不会看到。新藏一屁股坐在晚露打湿的石料上，催阿敏回答刚才的问题："说与我性命攸关,说我要倒大霉,到底是怎么回事?"阿敏望了一会儿漫浸石墙的暗青色河水,口中念念有词地祈祷了几句。然后她回头看着新藏,莞尔一笑轻松地说:"到这里就不要紧了。"新藏像被狐狸蛊惑,一言不发地盯着阿敏。随后,阿敏坐在新藏身旁,断断续续地悄声述说起来。看起来,两人的确遭遇了凶恶的敌手,若是时间地点选择不当,即刻便有杀身之祸。

人们都以为阿岛婆是阿敏的母亲,其实她是阿敏的远房姨妈,父母生前从不与她交往。继承祖业当了神社木匠的阿敏父亲说:"那个阿岛婆可不是凡人。不信你看看她的肋巴,长着鱼鳞呢!"在街上碰到阿岛婆时,他要么赶紧用火镰打火驱魔,要么撒盐避邪。可是父亲去世不久,阿敏的儿时伙伴、母亲的外甥女、一个病魔缠身的孤女成了阿岛婆的养女。于是阿敏家和阿岛婆家也就成了亲戚,相互往来了。但是只有一两年的光景,阿敏的母亲也撒手人寰。阿敏没有舅舅,所以不过百日,就到日本桥的新藏家去做帮工,也与阿岛婆断了交往。阿敏怎么又到了阿岛婆家呢?容后细表。

说起阿岛婆的身世,过世的父亲或许知道一些。阿敏却一无所知,只听母亲她们说过,阿岛婆从前是个招魂巫婆。阿敏认识阿岛婆时,她已在凭借婆婆罗大神的魔力跳神和算命。那婆婆罗大神也和阿岛婆一样不明来历,有人说是那天狗所变,有人则说是由狐狸变来,不一而足。阿敏的守护神隶属天满神宫,对于她来说,神宫的神官之类肯定是龙宫里的人物。或许出于这个原因,每天夜里钟报二时之后,阿岛婆就爬下后院竖川里的梯子。她将腰身和脑袋全都泡在河中，一泡就是小半个时辰。若在阳春三月的现在倒也罢了，然而在雨雪纷纷扬扬的寒冬腊月，她也只裹着一层浴衣，人面水獭般扑通地扎入河水。阿敏有时放心不下，一手提灯，一手推开套窗悄悄向河面望去。只见对岸的一溜儿仓库房顶残留着皑皑白雪，更映出阿岛婆那漂在黢黑水面的浮巢般的切发。既然付出如此代价，阿岛婆跳神算命便很灵验。但表面看似为民排忧解难，其实，暗中给阿岛婆使黑钱，咒死父母、丈夫、兄弟姐妹者也大有人在。前不久从这石岸边投河自尽的青年，听说也是阿岛婆不费吹灰之力给咒死的。那是受了某米店老板之托。因为该老板也看中了柳桥的一名艺伎。但是，不知因何隐秘缘由，在阿岛婆咒死过人的现场，咒语便不会再次灵验。不仅如此，现场发生的一切皆可瞒过阿岛婆的千里眼。所以阿敏特意邀约新藏到此会面。

　　阿岛婆极欲拆散阿敏和新藏，其实另有一层背景。今年春天，有个证券商来找阿岛婆掐算财运，看上了貌美温顺的阿敏。他斥巨资诱阿岛婆就范，要娶阿敏为妾。但若仅此而已，花些金钱即可办妥。可这时偏偏出了怪事：离开阿敏，阿岛婆便不会跳神也不会算命。阿岛婆一旦开始跳神，先要请婆娑罗大神降临阿敏身上，然后再从神灵附体的阿敏口中逐一请示神旨。说来神灵应该附在阿岛婆身上才对。不过进入那种亦真亦幻的恍惚境界中，即便此刻通晓了仙界消息，清醒之后也会忘得一干二净。无奈，只好请神灵附在阿敏身上，借以聆听旨意。因了这层原因，阿岛婆也就更不能让阿敏离开。可那证券商趁机却又暗自盘算：只要娶了阿敏为妾，阿岛婆定会跟来。让她掐算股市行情，搞好了可以富甲天下，财色双收。

从阿敏自身来看，虽然身处非真非幻之中，但阿岛婆的为非作歹却都是按自己的命令行事。因此，抛开心无良知者不提，善良的阿敏必定会为自己被作为害人工具而感到莫名的恐惧。如此说来，那位养女在阿岛婆家同样沦为害人工具。那姑娘本来就是病弱之身，越折腾病情越重，终因自责于罪恶感，趁阿岛婆熟睡之际自缢身亡。阿敏请假离开新藏家，正是那位养女自尽后不久。可怜的姑娘给幼时伙伴阿敏留下了遗书，却正中阿岛婆下怀。她想让阿敏接班，巧借此机诱使阿敏请假过来，还放言说杀了自己也不会放阿敏回去。阿敏与新藏约好见面的那晚本也打算乘机逃回，可对方也在小心戒备。阿敏每每向格子门观望时，总会看到一条巨蟒盘起小山在把守。她到底没能鼓起勇气迈出一步。其后阿敏仍多次谋划瞅空逃脱，可就是难以如愿，令她自己也百思不解。于是只好无奈地认命，虽属违心也只能就范。

当不久前新藏来访之后，阿岛婆就看穿了两人的关系。平日就残忍无道的阿岛婆，此时已不仅限于恶语相加。她时常殴打、拧掐阿敏。等到夜深人静，还使怪招将阿敏的双臂吊起，或让大蛇缠绕在阿敏颈间，用令人发指的手段百般折磨。更令阿敏心痛的是，在责打的间隙，阿岛婆还狞笑着恫吓说，倘若仍不死心就叫新藏折寿短命，也绝不把阿敏拱手交出。如此一来，阿敏更是一筹莫展。事到如今，万念俱灰只好认命。万一给新藏带来无法挽回的厄运，那才是最可怕的结局。她终于下定决心，将一切都告诉了这位青年。新藏听完前后经过，感到阿岛婆手段何等了得，且更令人鄙夷、厌恶。阿敏在去阿泰家之前曾踌躇彷徨,进退两难。讲完了如此这般,她又抬起一如往日的苍白脸庞,盯着新藏的眼睛说:"阿敏如此苦命之身,无论怎样痛苦、哀伤,都只能痛断情思。就像过去一样,只当我们素不相识吧!"说完阿敏已无法忍耐,依偎在新藏的膝前,咬着袖口哭了出来。惊慌失措的新藏只能抚挲着阿敏的后背,呵斥一番又鼓励一番。然而欲与阿岛婆对抗,则不得不遗憾地说,他俩的恋情想要如愿以偿是毫无胜算可言的。不过新藏为了阿敏,绝不会向阿岛婆示弱。他强打精神说道:"没事儿,不用怕,过不多久就会见分晓。"虽然这是一时应景的安慰,阿敏终究止住了泪水。她离开新藏时仍哽咽着说:"时间充裕或许还能设法挽救,可阿岛婆说后天又要请神了。到那时,万一我说话走了嘴……"她还是一副束手无策的愁容。见此情景,好不容易打起精神的新藏又不禁泄了气。后天请神!那么两天之内就必须想出对策。否则不光是自己,连阿敏也将坠入无法自救的不幸深渊。仅仅两天,用什么办法能够制服那个怪老婆子呢?就算是向警察举报,法律也无法适用于在幽冥境界发生的犯罪。再说,社会舆论也只会把阿岛婆的罪恶行径当作可笑的迷信而置之不理。想到此处,新藏又着胳膊茫然呆坐。事到如今已无法可想。痛苦的沉默之后,阿敏抬起泪眼仰望着闪烁微弱星光的夜空喃喃自语:"倒不如干脆死了的好。"随即像惊弓之鸟一般提心吊胆地环视周围,又说:"耽搁太晚阿岛婆又要训斥我。我得回去了。"阿敏已是疲惫不堪。哦,算起来到这儿已经半个小时了。夜色伴着涨潮的腥风笼罩了他俩,对岸的柴堆、下面泊靠的乌篷船也已隐入苍茫之中。只有竖川河面微光粼粼，仿若大鱼翻起了白肚皮。新藏搂着阿敏的肩膀，轻柔地吻了她说："不管怎样，明天傍晚还到这儿。我也要尽快想出办法来。"他拼命地给自己壮胆打气。阿敏用湿巾轻轻拭去腮边泪痕，悲伤无助地默默点头。然后垂头丧气地从石料上站起身，与同样无精打采的新藏一起经过石狮子前来到寂寥的大街。阿敏猛然又涌出了泪水，痛苦地低下头。星光之下，颈间发际仍是那样姣美。"唉！我真不如死了的好。"她又一次喃喃细语。就在此时，刚才蝴蝶消失的电杆下突然显现出一只巨大的人眼。没有睫毛，蒙着淡青色薄膜，瞳仁混浊，似曾见过。那只人眼大逾三尺，先是水泡一般突然鼓出，随后离开地面少许飘起，接着呆滞片刻。旋即，那混沌灰黑的眼瞳乜斜到一边。不可思议的是，这只巨眼融混于街面流动的夜幕之中，虽然神色模糊不清，却难掩无以言喻的祸心。新藏下意识地握紧双拳呵护着阿敏，且拼命要看清那个幻影。说实在的，当时他浑身的毛孔都像是吹进了阴风，从头顶到脊梁到脚底全都凉透，几乎要窒息。他想呼喊，舌头却动弹不得。那只巨眼也在拼命显示憎恶之意，反目直瞪新藏。幸而对峙之间巨眼变得模糊起来，最终当贝壳般的眼皮脱落之后，就只剩下电杆，没有了任何怪物的踪迹。只是，那蝴蝶似的怪物翩翩飞起，用某种眼光看去恰似贴着地面飞行的蝙蝠。其后，新藏和阿敏像噩梦初醒般惊恐失色。他们相视片刻，读出对方目光中惊恐的、决心赴死的含义。手也不自觉地紧紧相握，浑身颤抖不已。

又过了半个小时，新藏仍旧神色惶恐地坐在通风良好的里间客厅，向店主阿泰小声地叙述了当晚光怪陆离的奇遇。两只黑羽蝶、阿岛婆的秘密——对现代青年来说皆属荒诞无稽之谈。阿泰曾经领教过老婆子的怪异咒力，也就没有表示怀疑。他先端上一碟冰淇淋，然后屏息专注地倾听。"当那只巨眼消失之后，阿敏脸色煞白地说：'这可怎么办？阿岛婆已经知道我在这里跟你见面了。'可我逞强地说：'事到如今，咱们和那老婆子之间的斗争就算开始了，管她知道不知道。'麻烦的是，我已与阿敏约好明天还在石岸边见面。今晚会面已经暴露，恐怕明天老婆子再不会放阿敏出来。就算终究能把阿敏从老婆子魔爪下救出，也得在今明两天之内想出好办法。如果明晚见不到阿敏，所有的计划就全部泡汤。我看，现在神仙佛祖都见死不救了。我和阿敏分手后往这儿走时，就觉得脚不沾地，飘飘忽忽的。"新藏说完整个经过，恍然想起什么似的扇着扇子，满怀忧虑地望着阿泰。意外的是阿泰却不慌不忙。他先自望了一会儿檐头吊着的被风吹得打转的葱草，终于扭头看看新藏，又皱皱眉，似乎蛮有信心地说："也就是说，你想达到目的必须渡过三道难关。第一道，你必须从阿岛婆手中毫发无损地夺回阿敏。第二道，此事必须在后天之前完成。为了配合行动，你必须在后天之前见阿敏一面——这是第三道难关。这第一、二道难关在破了第三道难关之后即可迎刃而解。"新藏还是垂头丧气的样子，怀疑地问道："为什么？"于是，阿泰露出令人恼火的镇定自若说："没有为什么。如果你见不到的话……"他突然环视一下周围才说："这个嘛，要保密到最后关头。听你刚才说的，那老婆子好像已在你身边布下天罗地网，所以千万别走漏了风声。其实，第一关和第二关也并非牢不可破。好了好了，一切包在我身上啦！不说这些了。今晚喝足啤酒，好好壮壮胆。"最后，他貌似轻松地敷衍一笑。新藏对此当然又急又气，可喝下啤酒之后却又觉得阿泰言之有理。因为当他俩谈论毫无兴致的市井见闻时，阿泰忽然发现桌上鲑鱼碟旁的酒杯中，泡沫已然消失的啤酒仍旧满盈盈的，一口都没动。于是他握着滴水的啤酒瓶催促新藏："来，痛痛快快地干一杯嘛！"新藏也没多想，端起酒杯要一气喝干，却见杯口直径二寸左右的表面，映出顶棚的电灯和身后的苇帘窗。刹那间，又出现一张颇不顺眼的面孔。不，准确地说只是不顺眼，是否堪称面孔尚未可知。让我说，似鸟又似兽，或说它像蛇、像青蛙也挨得上。与其说是面孔，莫若说是面孔的一部分。特别是从眼睛到鼻子那块儿，正越过新藏肩头偷偷朝杯中窥探。那面孔遮挡了灯光，将暗影清晰地投入杯中。说时迟那时快，前文也曾提到，刹那之间，一只说不清道不明的怪眼在酒杯中与新藏对视瞬间，随即消失得无影无踪。新藏将端到嘴边的酒杯放下，骨碌着眼珠四处乱找。可电灯依然明亮，檐草依然旋转。这阴凉怡人的里屋，找不出丝毫暗藏妖气之物。阿泰问道："你怎么啦？杯子里飞进虫子了？"新藏无可奈何地抹了把额头冷汗，难为情地答道："没有。我看到杯口映出一张怪面孔。"听到此话，阿泰像回声反射般重复道："映出一张怪面孔？"随后也瞅瞅杯中。不消说，杯中除了阿泰的面孔别无他物。"你神经过敏了吧？难道那个老婆子会把手伸到我这儿？""可不是嘛！你自己也说过，我身边已被老婆子撒下的天罗地网罩得严严实实。""很有可能。总不会是那老婆子伸出舌头喝了一口酒吧？那就干杯吧！"阿泰千方百计要将情绪低落的新藏鼓动起来，而新藏却越发垂头丧气，终于连那杯啤酒都没喝完，就准备打道回府。阿泰迫不得已，只能热心地为新藏再三鼓劲，而且说坐电车不放心，还给新藏叫了人力车。

当晚新藏睡觉时净做怪梦，几次猛然惊醒。可尽管如此，天一亮他还是赶紧打电话要为昨晚的事儿道谢。接电话的是管家，说："老爷一大早就出门，不知上哪儿去了。"新藏猜想阿泰去了阿岛婆家，可又不能挑明了问。再说即使问了，又有谁知道这档子事呢？于是叮咛管家，阿泰一回来就通知自己，然后放下了电话。时近正午，却是阿泰打来电话。不出所料，他真的去了阿岛婆家，说是请阿岛婆去看房产。"幸亏见到了阿敏，好歹算是把我的计划信塞给了她。明天才能回话。此事非同寻常，阿敏也会积极配合的。"听到阿泰这些话，新藏就觉得百事皆顺，于是越发想知道阿泰的计划。"你到底打算怎么办？"阿泰又露出昨晚打电话时的嬉笑貌说："好啦，再等两三天吧！对手可是那个老婆子，连打电话都不能掉以轻心。总之，有机会我给你打电话。再见。"挂上电话，新藏一如往常坐在账台木格墙后。可是，想到自己和阿敏的命运就要在这两天之内决定，也不知心中是担忧害怕还是焦躁兴奋，更兼有几分期待之情。他连账本和算盘都不想碰了，于是借口高烧未退，午后就到二楼起居室睡觉。然而即便在此时，他也总是感到有人在盯着自己的一举一动，执拗地纠缠在周围。其实，下午三点左右，二楼木梯口的确像是有什么人，蹲在那里透过苇帘朝自己这边张望。新藏立即起身出去察看，只见擦得锃亮的走廊地板朦胧地映出窗外的天空，却连个人影都没有。

如此这般到了第二天，新藏越发坐卧不宁，只盼阿泰快来电话。好不容易挨到昨天同一时刻，终于如约被叫到电话机前。阿泰的声音比昨天更加精神。"真不容易呀！我说啊，阿敏回话了，一切照我的计划实行。什么？怎么得到回话的？再找点儿闲事，本人亲自出马去那个老婆子家呗！昨天送信时说好的，所以阿敏出来迎客时，顺手就把回信塞给我了。蛮可爱地用假名写着'阿敏遵命。'"阿泰洋洋得意地回答。可今天的事却更加奇怪，阿泰说到一半儿时，电话中夹杂了另外一人的声音，说什么内容一点儿也听不真切，总之与阿泰响亮的嗓音正相反，瓮声瓮气，有气无力，上气不接下气。那种嗓音夹在阿泰话语间歇中，就像阴阳两界的声音一起传了过来。新藏最初以为话线串音了并没在意，只顾催问其后的情况。他太想知道令他朝思暮想的阿敏处境如何。然而不久，阿泰也听到了那种怪声，问道："怎么这么吵？是你那边吗？"新藏答道："不，不是这边。可能是串线了。""那就挂上重拨。"尽管他两次三番埋怨接线员，执着地重拨电话，可那蛤蟆哼哼般的嘟囔声仍然不绝于耳。阿泰最后也泄了气。"真没辙！可能是哪里出了故障。不过，话归正题。我觉得既然阿敏已经答应，计划就定能实现。你就静候佳音吧！"回到刚才的话题，新藏又惦记阿泰的计划，于是又像昨天那样问道："到底打算怎么做？"对方还是卖关子，半开玩笑地说："再忍耐一天。在明天这个时辰之前，你一定能得到回话。好了，别那么着急上火，权当上了大船，就等靠岸吧！不是说'有福之人不用忙'吗？"话音未落，耳边突然响起另外一个含混的声音说："别瞎折腾了！"这回可是明显的嘲笑。阿泰和新藏不禁同时问道："怎么搞的？哪儿来的怪声？"可听筒中却杳无声响，就连瓮声瓮气的哼哼声也丝毫听不到了。"这可不行。刚才的声音，我说啊，是那老婆子的。弄不好，费尽心机做的计划也要……好吧，一切都看明天了。那我就挂了。"阿泰边说边挂电话，语气中显然包含了几分狼狈。实际上，阿岛婆既然注意到了他俩的电话，那么阿泰和阿敏交接密信也无疑受到了监视。阿泰心慌意乱也属自然。更何况在新藏看来，尽管不知计划的内容，但若被那老婆子乘虚而入，岂非万事皆休？所以，新藏离开电话后，就像丢了魂儿似的昏昏然上了二楼，在起居室遥望窗外的蓝天直至傍晚。也许是错觉，那空中又不时出现几十只瘆人的蝴蝶。它们成群结队地飞舞着，交织成气氛不祥的花案纹样。新藏身心疲惫，对那怪异景象已经麻木不仁。

当晚新藏仍然噩梦不断，根本没睡安稳。不过天亮时分又恢复了几分心劲。吃过味同嚼蜡的早饭，他就赶紧给阿泰打了电话。"这么早？太荒唐了！我不喜欢早起，这会儿打来电话简直是害我嘛！"阿泰用慵懒的嗓音抱怨。新藏却不搭这茬儿，不依不饶地说："昨天打完电话，我就不能在家里傻等下去了。我这就去你那儿。要去。只在电话上听你说，我放心不下。等着，我马上就去。"阿泰听他情绪激动，也别无他法。"那就来吧！我等你。"听到阿泰痛快应允，新藏挂上电话，只板着脸看一下面带忧虑的母亲，也不说去哪儿便一步蹿出门外。出得门来，却见天空阴云密布，而东边云缝间却散逸着紫铜色的光芒，天气格外闷热。新藏当然顾不上多想，立刻跳上电车。幸好乘客不多，他便坐在了中间。此时，似已消除的疲惫不怀好意地卷土重来，新藏便又萎靡不振。他甚至感到头部剧烈疼痛，仿佛硬茬儿草帽在渐渐箍紧。他想排遣一下，转移注意力，便将一直盯着木屐尖的视线转向周围。他发现此节车厢也有怪异之处——本来车顶两侧整齐排列的吊环随电车晃动像钟摆一样悠荡，可面前那只却始终不动。最初他也觉得奇怪，只是没往心里去。但没过一会儿，一种被人盯梢的不愉快感便越发强烈。他觉得坐在这只吊环下面不妥，便特意换到了对角的空座。换位坐下猛一抬头，只见刚才摆动的吊环突然都像固定了一般静止不动，而那只不动的吊环却像喜获自由般地悠然摇摆起来。尽管怪事已屡见不鲜，但新藏此时仍感到了恐惧。他甚至忘却了头痛，求援般地环视周围的乘客。斜对面坐着一位不明来路的闲居老太。她的视线越过黑罗披风的领口，透过金边眼镜反扫了新藏一眼。当然，她肯定与那个跳神阿婆无关。但新藏在感受到那视线的同时，却立刻想到了阿岛婆青肿的脸。他已不堪忍受，猛地将车票塞给乘务员便噌地跳下电车，比那没掏着包儿就露了马脚的扒手还要神速。可电车毕竟仍在飞驰，新藏脚一沾地草帽就飞了，木屐的袢儿也断了。而且摔了个大马趴，膝盖也蹭掉了皮，磕得不轻。岂止如此，要不是爬起来得快，恐怕就要置身于卷起尘土的大货车轮下。新藏满身泥土，又被迎头喷了一股尾气。他望着疾驰而过的大货车黄漆后门上的蝶形商标，又在为自己身怀绝技、大难不死而庆幸。

事发地点在鞍挂桥站前四五百米处。此时碰巧过来一辆人力车，先上车再说。新藏惊魂未定，急催车夫快去东两国。一路上他余悸难平，膝伤锐痛。再加刚才那通折腾，他又产生了不祥的预感，担心这人力车不定何时也会翻掉，简直绝了他的活路。特别是车到两国桥时，只见国技馆上空乌云密布，层层叠叠地镶着银边。宽阔的大川河面，形如蜘蝶翅膀的船帆聚拢一处。新藏悲壮地感到自己即将与阿敏生离死别，不禁热泪盈眶。所以在车过大桥、终于在阿泰家门口落下车把时，悲乎？喜乎？他自己也浑然难辨，真是百感交集。他迅速向诧异的车夫手中塞了超额的车钱，仓皇地挑帘进店。

阿泰一见新藏，呵护着将他让进了里面客厅。转眼看到他手掌、膝头的擦伤和撕破的单褂，惊讶地问道："怎么搞的，弄成这副样子？""我从电车上掉下来了。在鞍挂桥跳车没跳利索。""你又不是山里人没坐过车，再笨也不能笨到这个份儿上。你干吗要在那儿跳车？"于是，新藏把电车中的遭遇一五一十地说给阿泰听。认真听完前因后果，阿泰不知不觉皱紧眉头喃喃自语道："看来情况不妙啊！恐怕是阿敏坏了事。"新藏听到阿敏的名字，突然一阵心惊肉跳，逼问似的说："坏了事？你到底要叫阿敏做什么？"可阿泰却避而不答，困惑地叹口气说："当然，发展到如此地步，也许是我难脱罪责。我要是不在电话中说出给阿敏送信的事，那老婆子也不会察觉到我的计划。"新藏越发着急，颤抖着嗓音一个劲儿埋怨："都这份儿上了，你还不告诉我是什么计划。你也太残酷了吧？为此我已吃尽了苦头。"阿泰摆手劝阻道：

"好了，那也是在所难免。我非常清楚。但既然敌手是那个老妖婆，你就要体谅我此举实属迫不得已。其实就像刚才所说，我要是不告诉你我与阿敏通过信，也许一切都会顺利。不管怎么说，你的一言一行都在阿岛婆监视之下。不，没准儿那次电话以后，我也被那老婆子盯上了。不过到现在为止，我还没碰上你那样的怪事。我的计划是否真的败露尚未可知。不到水落石出，你再怎么恨我，我也都得忍着。"阿泰循循善诱解释，好言安慰。可新藏听了，即使同意阿泰的看法，却也不会打消对阿敏安危的挂念。他眉间仍然存留着恼怒的神情。"就算你说得对吧。可阿敏她没伤着吗?"他单刀直入地追问阿泰。阿泰仍露出忧心忡忡的眼神，只说了一声:"不清楚啊!"

随即陷入了沉思。不一会儿，他瞟了一眼里屋的挂钟，狠下心似的说:"我也担心得要死。那就先别去老婆子家，只去附近察看一下吧!"新藏也是坐卧不宁，自然不会拒绝。两人一拍即合，没过五分钟，穿着单裯并肩出了门。

可离开阿泰家还没走出五十米远，后边就呱嗒呱嗒地追来了一个人。他俩回头一看，不是什么怪物，却是阿泰店里的小伙计，扛着一把蛇眼伞来追主人。"送伞来啦?""是。管家说像要下雨，请您带上伞。""既然如此，为什么不给客人也送一把?"阿泰苦笑着接过那把蛇眼伞。小伙计大大咧咧地挠了挠头，又浑身不自在地鞠了个躬，便撒欢儿似的往回跑了。说要下雨还真准，满天彤云已黑压压弥漫开来。云缝中漏泄的亮光仿佛打磨发亮的钢柱，透着几分可怕的阴森。新藏同阿泰边走边凝望此般天色，又被一种不祥的预感所笼罩。自然也就话少,只顾加快脚步。阿泰总是落在后面,不得不小跑几步跟上,慌里慌张地擦着汗水。之后他便放弃紧随不舍,就让新藏领先几步,自己则提着蛇眼伞,同情地望着伙伴的背影悠然自得地跟在后边。当两人在头道桥畔向左拐,来到阿敏与新藏黄昏时看到虚幻巨眼的石岸边时,后边过来一辆人力车掠过阿泰身边扬长而去。阿泰抬眼一看车上的乘客,立刻皱着眉头尖声呼叫新藏停步。新藏只好站住,不情愿地回身看看对方,不耐烦地说:"什么事嘛?"阿泰急急追来,没头没脑地问:"你看到刚才坐在车里的人了吗?""看到啦!一个戴黑眼镜的瘦男人嘛!"新藏狐疑地说完抬腿又要走,阿泰更无顾忌,用比刚才还庄重的语气说出了意外的情况。"你听着,那是我们家的大主顾,叫键惚,是个投机商。我想,没准儿就是他要纳阿敏做妾。你说呢?啊,倒也没什么根据,直觉而已。"新藏还是闷闷不乐地甩出一句:"咋能只凭直觉而已呢?"他连那块"桃叶汤"的招牌都不看就向前走去。阿泰用蛇眼伞指着前进的方向说:"未必只凭直觉而已。你瞧!那辆车不是停在阿岛婆家的门口了吗?"说完,阿泰得意地回头望着新藏。抬眼看去,真的是刚才那辆车。干旱渴雨的垂柳绿荫下,背印金徽的车夫坐在踏板前,正优哉游哉地歇脚。看到此情此景,新藏阴沉的表情才微微活泛起来,却仍然没有彻底改变最初的郁闷。他烦躁地说:"可是你想,来找那老婆子算命的投机商,恐怕不只是键惚一人吧?"说着话,两人已来到与阿岛婆家相邻的泥瓦匠铺前。阿泰不再分辩,一边谨慎地察看周围动静,一边保护新藏似的肩并肩慢慢走过阿岛婆家的门口。两人边走边用眼角余光注视着房里的动静。只见与往常不同的，只是多了那辆车子。与刚才相比，那车已近在咫尺。刚好在泥瓦匠铺的下水道前，粗粗地碾出两道辙印。车夫耳后夹着"金蝙蝠"烟头，煞有介事地看着报纸。但是除此之外，那竹格窗，黑黢黢的木格门，乃至苇帘未换的木格门里老旧隔扇的颜色，所有一切都毫无变化。不仅如此，看上去屋内也会是一如既往，仍旧阴森静谧。别说侥幸能够看到阿敏的身影，就连那温婉可爱的蓝地白花小褂的袖口都不曾闪现。所以两人经过阿岛婆家门口走到相邻的杂货店时，尽管紧张感有所缓解，热切的期盼彻底落空却使他俩倍觉沮丧。

来到杂货店前，只见上方吊着一溜写有蚊香字样的大红灯笼。店前摆着浅草纸、椭圆棕刷、洗头粉等一应杂货。摊前站着一个人，正与杂货店老板娘说话。那不就是阿敏吗？没错！他俩不禁面面相觑。刻不容缓，两人撩着单褂下摆，大模大样地进门。有所觉察的阿敏回头瞅着他俩，苍白的腮边眼看着泛起隐约的红晕。可是当着杂货店老板娘的面，她不能不有所掩饰。弯垂于店前的柳条仍然披在肩头，勉强按捺着激动的心情，阿敏只轻轻哎呀地惊呼一声。此时，阿泰镇定从容地抬手略触帽边，不动声色地搭话问道："您母亲在家吗？""是的，在家。""那，你在做什么？""客人要用白纸，我来买……"阿敏话未说完，垂柳遮蔽下的店前忽地昏暗下来，霎时有一道雨丝闪着白光斜刺里掠过大红灯笼。顷刻间响起隆隆雷声，震得柳叶瑟瑟发抖。阿泰踏着雷声迈出店外一步。"那就给你母亲捎个话，说我又有事想求她掐算掐算。刚才我在门口喊了好几次，没有人应声。原来重要人物在这儿偷懒闲聊哪！"边说边左右顾盼阿敏和老板娘，潇洒快活地笑了起来。一无所知的老板娘当然没有看破阿泰的高超演技，还急忙催促说："阿敏，那你快去吧！"然后就去收回大红灯笼，以免雨大了淋坏。于是阿敏打个招呼："大妈，回见了！"便夹在阿泰和新藏中间出了杂货店。三人当然没在阿岛婆家门口停步，而是用蛇眼伞挡着啪啦啪啦砸来的大雨点，朝头道桥方向奔去。其实在这短短几分钟内，不用说两位当事人，就连平日生龙活虎的阿泰，都觉得命运赌局到了一决胜负的关头。三人不约而同地低头走到石岸边，仿佛连瞬间浇下的倾盆大雨都浑然不觉。他们默不作声地继续前行。

不久便来到花岗岩狮子对面，阿泰终于抬头回身看着两人说道："这里就算最安全了。到里面躲躲雨，顺便歇口气儿吧！"于是三人凑在一把雨伞下面，穿过垒起的石料堆间隙，来到岸边一间石工干活儿的席棚下。此时雨越下越猛，隔着竖川遥望对岸已是白茫茫一片，席棚也无法挡雨。不仅如此，浓雾般的雨沫与潮湿的土腥味一起扑进席棚，三人即使躲在席棚里，也还得靠一把蛇眼伞挡雨。他们在雕琢门柱的花岗岩石料上紧挨着坐了下来。新藏立即开口："阿敏，我以为再也见不到你了！"说话之间，又一道青白色电光斜劈雨帘，紧接着一声撕裂密云般的炸雷。阿敏不禁将梳起银杏叶髻的头伏在膝上，一时间不敢动身。过后，她抬起失了血色的脸庞，恍惚的眼神茫然望着棚外的雨帘，用平静得可怕的口气说："我也已经横下心了！"听到此话的瞬间，"殉情"这个不祥的字眼犹如白磷涂写一般刻印在新藏的脑海中。坐在两人中间使劲撑开蛇眼伞的阿泰向两边投去困惑的目光,语气却是强打精神:

"喂!你可不能认输啊!阿敏也要鼓起勇气。紧要关头,催命鬼要来敲门的……这个暂且不说,刚才的客人就是那个叫键惚的投机商吧?是啊,我也略知一二。想纳你为妾的,就是他吧?"

他直截了当地切入实质性问题。此时阿敏也像梦中猛醒,明澈的双眸盯着阿泰懊恼地答道:"是的,就是那个人。""你瞧!让我猜中了不是?"说着,阿泰不无得意地回头看看新藏,随即恢复了认真的语调,怜恤地对阿敏说:"雨下得这么大,键惚怎么也得在你家等上二三十分钟。借这个机会,你先说说我的计划进行得如何?万一计划落空,男子汉理当赴汤蹈火。我这就到你家去,直接向键惚摊牌。"阿泰斩钉截铁的话语,让新藏也深受鼓舞。此时雷声越发激烈。天色未黑,但耀眼的闪电激越着毫无停歇的瀑布般的暴雨。阿敏想必已忘记悲伤,做好了以死相拼的准备,凄美的面庞更带上了几分冷峻。她颤抖着永不变色的美丽双唇说:"计划全都败露了……一切全完了!"她的声音那么细弱却十分清亮。然后,阿敏在这雷雨交加中的席棚下,万般窝心地急促喘息着,断断续续讲述了两日内发生的一切。听罢阿敏的叙述两人得知,对新藏都保密的计划早在昨晚就发生剧变,彻底败露了。

阿泰最初听新藏说,阿岛婆请神附在阿敏身上借以得到神谕,当时心中顿生一计:让阿敏做出神灵附体的架势,好好收拾那老婆子，岂不直截了当。于是如前所述，在请阿岛婆看风水时到她家去，悄悄地将计划塞给了阿敏。阿敏虽感到此项计划如履薄冰，但事到如今也想不出别的消灾妙计，于是翌晨痛下决心，递给阿泰"阿敏遵命"的回信。然而到了当晚十二点，在老婆子去竖川泡澡后又要祈求婆娑罗神显灵时，方知那完全不是人力所能规避的障碍。要想说明个中详情，还须解释老婆子的神通所在。此乃当今世人无法想象的道法。阿岛婆请神时，粗暴地命令阿敏只裹一层浴巾，并将其双手反剪吊起，扯乱头发熄灭电灯，在屋中央面北跪下。然后自己也是赤身裸体，左手点燃蜡烛右手拿起镜子，站在阿敏面前口念咒语，并反复把镜子戳向对方，全神贯注地祈祷……不用说，只是这一折腾就足以令一般女子昏厥。此后念咒声一浪高过一浪，那老婆子竖起镜子一分一寸地逼近，最后将双手反绑的阿敏逼得向地铺仰倒，仍然不肯罢手。将阿敏逼倒之后，老婆子便像啃噬尸肉的爬虫类一般伏在阿敏的胸部，令阿敏长时间正面仰视烛光映照的、令人毛骨悚然的镜面。不一会儿，那个婆娑罗神就像古潭底升起的瘴气一般悄然潜入黑暗，偷偷地附在女子身上。阿敏渐渐变得目光呆滞、手脚抽搐，在老婆子连珠炮般的逼问下，上气不接下气地说出秘密。那晚，阿岛婆仍用这套手段乞求大神降临。阿敏则遵守与阿泰的约定，表面做出失神状，而内心却不敢松懈。她打算瞅准机会即煞有介事地假传神谕，叫老婆子不要妨碍他俩的恋情。当然，她当时是拿定了主意，对老婆子的刨根问底佯装不合神虑，不作半句应答。尽管烛光如豆，但凝视炯炯闪烁的镜面时仍旧难以自持。心神渐渐变得恍惚虚幻，甚至不自觉地忘乎所以。而老婆子念咒之声却毫无间歇，且目不转睛地监视阿敏的表情，使她无法抽空将视线从镜面移开。于是，镜面吸定了阿敏的视线，放射出更加怪异的光芒，一寸一分地咄咄逼近，令人感到厄运的降临。青肿脸老婆子那瞬息不止的咒语，亦如无形蛛网从四面八方束缚了阿敏的心，将她拖入非梦非醒的境地。不知过了多久，阿敏连其间情形的朦胧记忆都没留下。仿佛过了整整一夜，阿敏的苦心终无结果，最后还是落入老婆子的圈套。幽暗烛光闪烁之中，大大小小形形色色的黑蝴蝶勾勒出无数圆圈忽地飞上了天空。眼前的镜子消隐不见。阿敏仍如往常，死人般沉沉睡去。

雷鸣暴雨声中，阿敏的双眸、双唇都在竭尽全力控诉阿岛婆肆虐的经过。一直凝神倾听的阿泰和新藏，不约而同地长叹一声又面面相觑。尽管事先已有精神准备，但仔细听过之后才真切地意识到，如意算盘已似竹篮打水。绝望之感重重袭来，两人哑巴似的嚅口不语，怅然若失，自顾自聆听天崩地陷般的雷雨轰鸣。不过阿泰很快便又振作起来，面对由极度兴奋转为抑郁消沉的阿敏鼓励地问道："当时的经过都不记得了吗？"阿敏垂下眼帘答道："是啊，都不记得了。"随即抬起哀诉般的双眸忐忑不安地看着阿泰，怨恨地补充说："好不容易醒过来，天已大亮。"阿敏猛然以袖掩面，泣不成声。此刻棚外空中豁出一道云缝，隆隆雷声响彻穹宇，炸雷似乎随时都会落地。刺眼的电光频频闪耀，将席棚内映得雪亮。此时，一直呆坐身旁的新藏不知何故猛然起身。他一副骇人的凶相，挺身要向风雨雷电里冲去，手中还提着一根石匠忘下的钢钎。阿泰见此状迅速甩掉蛇眼伞,冲上去从背后搂住双肩将其摁住。"咳!你疯了?"阿泰忍不住地呵斥着,要把新藏拽回来。新藏此刻判若两人,拼命地尖声嘶叫:"放开我!此时不是我死,就是我杀了那个老婆子!""别干傻事!今天键惚不是也来了吗?就让我去……""键惚是个什么东西?!想纳阿敏做妾的家伙,会听你的话吗?少啰嗦!快放开我!看在朋友的分儿上放开我!""你不管阿敏啦!你这样寻死觅活,她怎么办?"两人争执不休时,新藏感到阿泰友善地搂在颈肩的手臂在颤抖,且十分有力。他又看到,阿敏满含泪水的双眸极度悲凉地注视着自己。最后,在滂沱暴雨的轰鸣声中,一句微弱得几乎听不见的话语传入耳中:"就让我俩一起死吧!"顷刻间附近落下一声炸雷,如同划破长空的霹雳,眼前炸开紫色的火花。被恋人和挚友搂抱着的新藏昏然失神。

几天过后,新藏终于从噩梦般的昏睡中醒来,发现自己静静地躺在日本桥家中的二楼上。额头镇着冰袋,枕边摆着药瓶、体温表。还有一盆小小牵牛花,开着温馨可爱的深蓝花朵。想必还是大清早。暴雨、雷鸣、阿岛婆、阿敏……他在追寻依稀朦胧的记忆。接着一转眼,他意外地看到了苇帘门旁坐着的阿敏。银杏叶髻蓬乱着,腮边仍是那样苍白,一副忧心忡忡的模样。不,她并非只是自顾自坐在那里,看到新藏醒来,登时腮染胭霞,腼腆地招呼道:"少东家,您醒过来了?""阿敏?"新藏怀疑自己仍在梦中,口中念叨着恋人的名字。此时,枕边又响起一个声音:"好啊!这下可以放心啦!哦,别动别动,一定要安心静养。"新藏又意外地听到了阿泰的声音。"你也在呀！""我也在。你母亲也来了。医生刚刚回去。"问答之间，新藏的目光离开阿敏，怔怔地转向另一方，仿佛在眺望远方之物。没错儿，阿泰与母亲就坐在枕边，宽心地对视着。好不容易苏醒过来的新藏，还弄不清在那场可怕的大雷雨之后，自己是怎样回到日本桥家中的。他呆呆地望了三人一会儿。母亲慈爱地望着新藏说："一切都已风平浪静。所以你也要好好休息，早点儿养好身体。"母亲说完安抚的话，阿泰也显得比往常更加快活地说："放心吧！你俩的真情感动了神灵。阿岛婆在跟键惣说话时，被炸雷给劈死了。"新藏喜出望外。他被无以言表的感动激荡着，不禁泪挂腮边，紧闭双目。照看他的三个人只当他又昏厥过去，慌忙地张罗起来。新藏闻声睁开了眼睛。刚刚起身的阿泰回头看看两个女人，故意夸张地咂着舌头说："啧啧！吓唬人呢！大家别慌，刚才的哭鸦现在又笑了。"其实，新藏想到那个怪老婆子已不在凡世，嘴角已悠然浮现笑意。过了不久，在充分享受了幸福微笑之后，新藏将视线投向阿泰问道："键惣呢？"阿泰笑着说："键惣吗？键惣只有干瞪眼的份儿了。"不知何故，阿泰略显踌躇，但转眼间又像改变了主意似的说："我昨天去看过他。他亲口说，神灵附在阿敏身上时反反复复地告诫，若是妨碍你俩相爱，那老婆子性命难保。可那老婆子却当成了诳语。所以第二天键惣去时，她便口出狂言说，即使大开杀戒也要拆散你俩。我的计划无疑是失败了，但实际发展的结果却达到既定目标。正是阿岛婆以为阿敏在说诳语，终究导致自取灭亡。这事儿怎么琢磨都出乎意料。如此看来，婆娑罗神也是善恶难辨了。"

听到阿泰慨叹世事难料，新藏越发惊异翻弄自己于股掌之上的幽冥魔力。他忽而想到自己雷雨之后的经历，便问："那我……"这次是阿敏替阿泰真真切切地答道："我们赶快叫车把你送到附近的大夫那里。可能是暴雨浇身，你高烧不止。傍晚回到这里，你也一直昏睡不醒。"听到这里，阿泰也很满足似的向前挪身，热情地鼓励说："多亏你母亲和阿敏，高烧总算退尽。三天来你不停地说胡话。为了照顾你，阿敏自不必说，连你母亲都没合过眼。当然，阿岛婆也送了葬，是我操办的。两头儿都有你母亲劳心费神。""母亲，多谢您了。""什么话？还不快谢阿泰？"说话间，母子俩，不，阿敏、阿泰都热泪盈眶。阿泰毕竟是条汉子，很快振作起来说："快到三点了吧？我也该走了。"说完便要起身。新藏疑惑地皱眉问道："三点？现在不是早晨吗？"阿泰对新藏的奇怪发问惊讶不已，问道："开什么玩笑？"并随手从腰间取出怀表，揭开盖子要给新藏看。又转眼看到新藏盯着枕边的牵牛花，于是笑逐颜开地说："这盆牵牛花呀，是阿敏在老婆子家精心培育的。可在那个雷雨天开的花，唯有这朵深蓝的至今不败。真是奇了。阿敏多次对我们说，功夫不负有心人，只要这朵花不败，你就一定会康复。你终于醒过来了。同样是匪夷所思，可这档事儿真够人情味儿！"

大正八年九月二十二日

侯为　译

# 魔术

一个秋雨霏微的夜晚。一辆人力车拉着我,在大森一带的陡坡间,几度爬上爬下,终于停在一处翠竹环绕的小洋房前。大门很窄,灰漆已渐剥落,借着车夫打的提灯光,见钉在门上的瓷门牌上,用日文写着:印度人马蒂拉姆·米斯拉。门上只有这块门牌是新的。

说起马蒂拉姆·米斯拉,也许各位并不陌生。米斯拉生于加尔各答,长年致力于印度的独立,是个爱国分子。同时还师从著名的婆罗门、一个名叫哈桑·甘的人,学得一套秘诀,年纪轻轻即已成为魔术大师。恰在一个月前,经朋友介绍,我同米斯拉有了交往,一起谈论政治经济等问题。至于他变魔术,我却一次都没见过。于是,我事先写去一信,请他献艺,为我演示一下魔术,所以,今晚我催促着人力车夫,急急赶往地处大森尽头、僻静的米斯拉公寓。

我淋着雨,借着车夫提的那盏昏暗的灯,按响了门牌下的门铃。不一会儿,门开处,一个身材矮小的日本老婆婆探出头来。是米斯拉的老女仆。

"米斯拉先生在家吗?"

"在,一直在恭候您呢。"

老女仆和善可亲,说着随即带我朝门对面米斯拉的房间走去。

"晚上好，下着雨，还难为您来寒舍，不胜欢迎。"

米斯拉面孔黝黑，眼睛很大，蓄着一嘴柔软的胡子。他拧了拧桌上煤油灯的灯芯，精神十足地同我寒暄。

"哪里哪里，只要能见识阁下的魔术，这点雨，何足道哉。"

我在椅子上坐下来，四下里打量着，煤油灯昏暗的光线，照得房间阴沉沉的。

这是一间简朴的西式房间，正中摆放一张桌子，靠墙有一个大小合用的书架，窗前还有一张茶几，此外，就只有我们坐着的椅子了。而且茶几和椅子都很陈旧，连那块四边绣着红花的漂亮桌布，如今也磨得露出线头，快要破成碎片了。

寒暄过后，有意无意地听着外面雨打竹林的淅沥声。俄顷，老女仆端来了红茶。米斯拉打开雪茄烟盒，问道：

"如何？来一支？"

"谢谢。"

我没有客气，拿起一支烟，划着火柴点上，开口问道：

"供您驱使的那个精灵，好像是叫'金'吧？那么等会儿我要见识的魔术，也是借助'金'的力量吗？"

米斯拉自己也点上一支，微微地笑了笑，吐出一口烟，味道颇好闻。

"认为有'金'这类精灵存在，是数百年前的想法，也可以说是天方夜谭时代的神话。我师从哈桑·甘学到的魔术，您如想学，也不难掌握。其实，不外乎是一种进步了的催眠术而已。——您看，手只要这么一比划就行了。"

米斯拉举起手，在我眼前比画了两三次，像三角形的形状，然后把手放在桌上，竟然摘起一朵绣在桌布边上的红花。我大吃一惊，不由得把椅子挪近些，仔细端详那朵花，果然不错，直到方才，那花还是桌布上图案中的一朵。米斯拉将花送到我鼻前，我甚至嗅到一股似麝香之类的浓重气味。这委实太不可思议了，令我惊叹不已。米斯拉依然微微笑着，信手把花又放回桌布上。不用说，花一落到桌布上，又还原为原先绣成的图案，别说摘下来，就连一片花瓣也休想让它动一动。

"怎么样，很简单吧？这回请看这盏油灯。"

米斯拉说着，把桌上的油灯稍稍挪动一下位置，也不知什么缘故，这一挪动，油灯竟像陀螺一样，滴溜溜地转了起来。不过，油灯以灯罩为轴稳稳地立在一处，转得很猛。开头，我很担心，生怕万一着了火，可不得了，一直捏着把汗。但是，米斯拉却悠然呷着红茶，一点儿也不着慌。后来，我也干脆壮起了胆，定睛注视着愈转愈快的油灯。

灯伞旋转时，生出一股风来，那黄黄的火焰竟在其中纹丝不动地燃着，蔚为奇观，真有说不出的美。这工夫，油灯转得飞快，最后，快得简直都看不出在转动，还以为是透明静止的呢。我忽又发现，油灯不知何时，已恢复原样，好端端的仍在桌上，灯罩不歪不斜，没有丝毫走样。

"奇怪吗？骗骗小孩子的玩意儿罢了。如有兴趣，就再请您看点别的。"

米斯拉回过头去，望了一眼靠墙的书架，接着，把手伸向书架，像唤人那样，动了动手指，于是，书架上的书，一册一册地动起来，自动飞到桌子上。而且那飞法，像夏日黄昏中飞来飞去的蝙蝠，展开两侧书皮，在空中翩翩飞舞。我嘴里衔着雪茄，呆呆地看着这幅景象。微暗的油灯光里，一本本书任意飞翔，然后井然有序地一一在桌上堆成金字塔形。可是，等到书架上的书一本不留全部飞过来后，先飞来的那一本立即动起来，依次又飞回书架上。

而最有趣的是，其中一本薄薄的平装书，也像展开翅膀一样展开书皮，轻飘飘地腾向空中，在桌上面飞过一圈后，忽然书页沙沙作响，一头栽到我腿上。我不知怎么回事，拿起来一看，是新出的一本法国小说，记得一周前刚借给米斯拉的。

"承情借我看了这么久，多谢。"

米斯拉仍然含笑，向我道谢。当然，此时大部分的书，都已从桌上飞回了书架。我恍如大梦初醒，一时忘了客套，却记起方才米斯拉的话：

"我的这点魔术，您如想学，也不难掌握。"

"您变魔术的本领，虽说早有所闻，却实在没料到会这么高明。您方才说，像我这样的人，要学也能学会，该不是戏言吧？"

"当然能学会。无论谁，不费吹灰之力都能学会。但唯有一点……"米斯拉话说一半，两眼紧紧盯着我，用一种不同以往的认真口吻说，"唯有一点，有私欲的人是学不了的。想学哈桑·甘的魔术，首先要去除一切欲望，您办得到吗？"

"我想能办到。"

我嘴上答应着，可心里总觉得不妥，但立刻又补上一句：

"只要您肯传授。"

但米斯拉的眼里，流露出怀疑的神色。恐怕是考虑到再多叮嘱会有失礼貌吧，终于落落大方地点头说：

"好吧，我来教您。虽说简单易学，但学起来毕竟要花些时间，今晚就请在舍下留宿吧。"

"实在太打扰了。"

我因米斯拉肯教我魔术，十分高兴，连连向他道谢。可米斯拉对此并不在意，平静地从椅子上站了起来。

"阿婆，阿婆，今晚客人要留宿，请准备一下床铺。"

我心里非常激动，甚至连烟灰都忘了弹掉，不禁抬眼凝望米斯拉那和蔼可亲的面孔，他正面对油灯，沐浴在一片光亮之下。

我师从米斯拉学魔术，已一月有余。也是一个秋雨潇潇的夜晚，在银座某俱乐部的一间屋内，我和五六个朋友，围坐在火炉前，兴致勃勃地随便闲谈。

也许这里地处东京的市中心，窗外，雨水虽将川流不息的汽车和马车车顶淋得精湿，却不同于大森，听不到雨打竹林那凄凉的声音。

当然，窗内的欢声笑语，通亮的灯火，摩洛哥山羊皮的大皮椅，以及光滑锃亮的木块拼花地板，这一切，也绝不是米斯拉那间看着就像有精灵出没的家可以相比的。

我们笼罩在雪茄的烟雾里，谈论起打猎、赛马的事，然后，其中一位朋友把尚未吸完的雪茄丢进火炉，转向我说：

"听说你近来在学魔术，怎么样，今晚给我们当场变个看看,如何?"

"当然可以。"

我把头靠在椅背上,俨然一副魔术大师的派头,自命不凡地回答。

"那么,一切拜托。请来个神奇点的,要那种江湖上变戏法儿的耍不来的。"

看来大家都很赞同,一个个把椅子挪近,催促似的望着我,于是,我不慌不忙地站了起来。

"请你们仔细看好。我变魔术,既不弄虚,也不作假。"

说着,我卷起两手的袖口,从炉火里随便捞起一块炽热的炭火,放在手掌上。这点小把戏,或许已经把围在我身边的朋友吓坏了。他们面面相觑,生怕被火烫伤,甚至开始往后缩。

而我,反倒越发镇定自若,慢慢把掌心上的炭火在所有人面前挨个展示一番,接着,猛地抛向拼花地板,炭火激散开来。刹那间,地板上骤然响起一种不同的雨声,盖过了窗外的淅沥声。那是通红的炭火,在离开我的掌心同时,变成无数光彩夺目的金币,雨点似的洒向地板。

几个朋友都茫茫然如在梦中,竟忘了喝彩。

"就先献丑来这么两下吧。"

我面露得意之色,慢条斯理地坐回椅子上。

"这些,全是真的金币吗?"

他们一个个惊得目瞪口呆,好不容易有个朋友开口问我,那已是五分钟后的事了。

"地地道道的真金币。不信,可捡起来看看。"

"不会烫伤吧?"

一位朋友小心翼翼地从地板上捡起一块金币,查看起来。

"一点不错,是真金币哩。喂,茶房,拿扫帚和簸箕来,把这些金币扫成一堆。"

茶房马上照办,把地上的金币扫到一起,在旁边的桌子上堆成一座小山。几个朋友围着桌子,你一言我一语,对我的魔术赞不绝口。

"看起来,总值二十来万元吧。"

"哪里,似乎还要多。要是换一张精细点的桌子,我看足以把桌子压垮呢。"

"不管怎么说,你学的这手魔术可真了不起呀。顷刻之间,黑煤就变成金币了。"

"这样下去,不上一个星期,你就足可同岩崎啦,三井啦分庭抗礼,成为百万富翁啦。"我依旧靠在椅子上,悠然地口吐烟圈,开口道:

"哪儿的话,我这手魔术,一旦利欲熏心,就不灵验了。所以,尽管是堆金币,诸位既然看过,我就该马上把它抛回原来的火炉里去。"

几个朋友一听,便合力反对起来,说把这么大一堆钱,还原为煤火,岂不可惜。但是,我和米斯拉有约在先,便固执地和朋友们争执起来,非要把金币抛回火炉里不可。这时,有一位素以狡猾著称的朋友不屑地讪笑起来。

"你要把这堆金币还原为煤火,而我们则不愿意。这样争论下去,还用说,永远没个完。依我之见,不妨用这堆金币做个赌本,咱们来玩把纸牌。要是你赢了,这堆金币随你的便,变成煤火也好,别的也好,爱怎么处理就怎么处理。一旦我们赢了,这堆金币就得乖乖地归我们。这样一来,不就无人说三道四,皆大欢喜了吗?"

对于这个建议,我仍然摇头,不肯轻率地表示赞同。然而,这位朋友越发连讥带讽,狡黠地来回打量着我和桌上的金币,说:

"你不和我们玩纸牌,恐怕是心里不愿让我们几个得到这堆金币吧?你说什么变魔术,要舍弃欲望啦什么的。如此说来,你下的这份决心,岂不是大可怀疑吗?"

"不不不,我并不是舍不得给你们,才要把这堆金币变回煤火的。"

"那好,咱们就玩牌吧。"

这样三番五次,争来争去,我给逼得左右为难,最后只得照朋友的办法,把桌上的金币作为赌本,和他们在牌桌上一争胜负。他们当然是皆大欢喜,马上取来一副牌,围着屋角的一张牌桌,"快点快点",一再催促仍在犹豫的我。

于是,万般无奈之下,我和朋友们勉强玩了一阵纸牌。但不知怎么回事,我平时玩牌一向手气不佳,唯独那天晚上,却大赢特赢,令人难以置信。而且,更奇怪的是,开头我并无兴致,渐渐觉得有意思起来,没过十分钟工夫,就忘乎所以,竟玩得着了迷。

他们几个原打算把我那堆金币一分不留地瓜分个精光,才故意安排了一场牌局,可如今这么一来,一个个简直都急得变了脸,不顾一切,也要争个输赢。但是,不论他们如何拼命，我不仅一次没输，末了反而还赢了一大笔，差不多有这堆金币那么多。于是，方才那位诡计多端的朋友，像疯子一样，气势汹汹地把牌伸到我面前，嚷道：

"来吧，抽一张。我拿全部财产做赌注，地产、房产、马匹、汽车，倾其所有，同你赌一把。而你，除了那些金币，还要加上赢的这些，统统都押上！"

刹那间，心中的私欲抬头了。这次要是不走运，不但桌上堆积如山的金币，甚至连我好不容易赢到手的钱，最后都得叫这几个对家悉数掠走。但是，这一把倘若能赢，对方的全部财产，转手便统统归我所有。在这千钧一发之际，如不将魔术借来一用，那苦学魔术还有什么意思！这样一想，我迫不及待，暗中使了一下魔术，以决一死战的气势说：

"好吧。你先请。"

"九点。"

"老K！"

我得胜而骄，大叫一声，把抽出的牌，送到脸色发青的对方面前。然而，奇怪的是，牌上的老K像是附了魂，抬起戴冠的头，忽然从牌里探出身子，拿着宝剑，彬彬有礼地咧开嘴，露出瘆人的微笑，用一种仿佛耳熟的声音说：

"阿婆，阿婆，客人要走啦，不必准备床铺啦。"

话音一落，不知怎么搞的，连窗外的雨声，都骤然变成大森竹林间那凄凉的潇潇细雨了。

猛然间我清醒过来，环视一下四周，发觉自己依旧与米斯拉相对而坐，他沐浴在煤油灯微暗的光亮之下，脸上露着宛如纸牌上老K一样的微笑。

　　再看夹在指间的雪茄上,长长的烟灰仍未掉落,我终于恍然,所谓一个月之后,只不过是两三分钟内的一场幻梦。但这短暂的两三分钟里,无论是我,还是米斯拉,都已清清楚楚地明白,我这个人,已没有资格学哈桑·甘的魔术了。我羞愧地低下了头,有好一阵儿开不得口。

　　"要想学我的魔术,首先就要舍弃一切欲望。这点修为,你看来还差着点儿。"

　　米斯拉露出遗憾的目光,胳膊支在四周绣着红花图案的桌布上,平心静气地劝导着我。

大正八年十一月

高慧勤　译

# 舞会

一

时当明治十九年[1]十一月三日晚,芳龄十七的名门小姐明子,和已见谢顶的父亲,一起登上鹿鸣馆[2]的楼梯,参加今晚在这儿举行的舞会。明亮的瓦斯灯下,宽阔的楼梯两侧,是三道菊花围成的花篱,菊花大得像是人造的假花。最里层是淡红,中间深黄,前面雪白,白花瓣像流苏一样错落有致。菊篱的尽头,台阶上面的舞厅里,欢快的管弦乐声,仿佛是无法抑制的幸福的低吟,片刻不停地飘荡过来。

明子很早就学会法语,受过舞蹈训练,但正式参加舞会,今晚还是有生以来头一回。所以在马车里,回答父亲不时提出的问话,总是心不在焉。她心里七上八下,也可以说,兴奋之中带点儿紧张。直到马车停在鹿鸣馆前,她已焦急地不知有多少次抬眼望向窗外,瞧着东京街头稀疏的灯火一闪而过。

可是,刚进鹿鸣馆,就遇到一件事儿,倒让她忘了不安。楼梯上到一半,赶上一位中国高官。这位高官闪开肥胖的身躯,让他们父女先过,眼睛痴痴地望着明子。明子一身玫瑰色的礼服,显得娇艳欲滴。脖子上系了一条淡蓝色丝带,浓密的秀发里,仅别了一朵玫瑰花,散发出阵阵幽香——不用说，那夜，明子的丰姿，把文明开化后日本少女的美，展示得淋漓尽致，准是让那个拖着长辫子的中国高官看得目瞪口呆。这时，又有一位身着燕尾服，匆匆下楼的年轻日本人擦身而过。他下意识地回过头来，同样愕然地向明子的背影投去一瞥，随即若有所思地用手理了一下白领带，从菊花丛中朝大门口匆匆走去。

父女两人走上楼。在二层舞厅门前，蓄着半白络腮胡子的主人伯爵大人，胸前佩着几枚勋章，同一身路易十五时代装束的老伯爵夫人相并伫立，雍容高雅地迎接着宾客。伯爵看到明子时，那张老谋深算的脸上，刹那间掠过一丝毫无邪念的惊叹之色。就连这，也没能逃过明子的眼睛。明子那为人随和的父亲，面带笑容，高兴地用三言两语，把女儿介绍给伯爵夫妇。明子半是娇羞，半是得意，但同时，也觉得权势显赫的伯爵夫人，容貌里仍沾有那么一点粗俗。

舞厅里，也到处是盛开的菊花，美不胜收。而且无处不是等候邀舞的名媛贵妇，她们身上的花边、佩花和象牙扇，在爽适的香水味里，宛如无声的波浪在翻涌。明子很快离开父亲，走到艳丽的妇人堆里。这一小堆人，都是同龄少女，穿着同样淡蓝色或玫瑰色的礼服。她们欢迎她，像小鸟般叽叽喳喳，交口称赞她今晚是多么迷人。

可是，同她们刚待在一起，便不知从哪儿，静静地走来

---

1 明治十九年，即1887年。
2 鹿鸣馆，日本明治维新后建在东京的会馆。开日本人穿西服、跳交谊舞的先河，被视为日本近代欧化主义的象征。

一个从未见过面的法国海军军官。军官双手低垂，彬彬有礼，作一日本式的鞠躬。明子感到一抹红云悄悄爬上了粉颊。这鞠躬的意思，不用问，她当然明白。于是便回过头，把手中扇子交给站在一旁穿淡蓝色礼服的少女。出乎意料的是，海军军官脸上浮出一丝笑意，竟用一种带异样口音的日语，清楚地说道：

"能不能赏光跳个舞？"

很快，明子和法国海军军官踩着《蓝色多瑙河》的节拍，跳起了华尔兹。军官的脸色给烈日晒得黧黑，他相貌端正，轮廓分明，胡须很浓重；明子把戴着长手套的手，搭在舞伴军服的左肩上，可是她个子太矮了。早已熟悉这种场面的海军军官，巧妙地带着她，在人群中迈着轻松的舞步，还不时在她耳畔，用惹人喜欢的法语，说些赞美之词。

明子对这些温文尔雅的话语，报以一丝羞涩的微笑，一边不时地把目光投向舞厅的四周。紫色绉绸的帷幔，印着皇室的徽章，大清帝国的国旗，画着张牙舞爪的青龙；在帷幔和旗帜之下，一瓶瓶菊花，在起伏的人海中，时而露出明快的银色，时而透出沉郁的金色。然而，起伏的人海像香槟酒一样欢腾，在华丽的德意志管弦乐曲的诱惑下，一刻不停地回旋，令人眼花缭乱。明子与一个正在曼舞的女友目光相遇，匆忙之中，互送一个愉快的眼神。就在这一瞬间，另一对舞伴，像狂飞的大蛾，不知从哪里闪现出来。

明子知道，这期间，法国海军军官的眼睛，一直在关注自己的一举一动。这意味着，一个全然不了解日本的外国人，对她陶醉于跳舞感到好奇。这么漂亮的小姐，难道也会像玩偶一样，住在纸糊和竹造的屋里吗？难道也要用精细的金属筷子，从只有掌心般大的青花碗里，夹食米粒吗？——他眼中含着讨人喜欢的笑意，但又时时闪过这样的疑问。明子觉得又好笑，又得意。每逢对方把好奇的视线投在自己的脚下时，她那双华丽的玫瑰色舞鞋，就在平滑的地板上越发轻快地滑着、舞着。

但不久，军官感到，这个猫咪似的姑娘已不胜疲乏，便怜惜地凝视着她的面庞问：

"还想继续跳吗？"

"Non, merci[1]."

明子喘息着，坦率地回答。

于是，法国海军军官一边继续迈着华尔兹舞步，一边带她穿过前后左右旋转着的花边和佩花的人流，从容地靠向沿墙摆着的一瓶瓶菊花。等转完最后一圈，漂亮地把她安顿在一把椅子上，自己挺了挺军服下的胸膛，然后一如先前，恭敬如仪，作一日本式的敬礼。

后来，他们又跳过波尔卡和马祖卡。然后，明子挽着法国海军军官，经过白的、黄的、淡红的三层菊篱，朝楼下的大厅走去。

这里，燕尾服和裸露的粉肩不停地来来去去，摆满银器和玻璃器皿的大台子上，有堆积成山的肉食和松露，有耸立似塔的三明治和冰淇淋，有筑成金字塔似的石榴和无花果。

---

[1] 法语，不，谢谢。

尤其屋子一侧，尚未被菊花埋没的墙上有一美丽的金架子，架子上面，葱绿的人工葡萄藤攀缠得巧夺天工。明子在金架子前，看到了略见谢顶的父亲，他口衔雪茄，和一班年龄相仿的绅士站在一起。看到明子，父亲满意地略点下头，便转向同伴，又吸起了雪茄烟。

法国海军军官和明子走到一张台子前，同时拿起盛冰淇淋的匙子。明子发觉，即使这工夫，对方的视线仍不时落在她的手上、头发上，以及系着淡蓝色丝带的脖子上。当然，对她来说，绝不会引起什么不愉快的感觉，不过，有那么一瞬，某种女性的疑惑，仍不免闪过脑际。恰在这时，有两个身着黑丝绒礼服，胸前别着红茶花的德国妙龄女郎经过身旁，她有意透露自己的疑惑，便设辞感叹地说：

"西方的女子，真是美得很呀！"

不料，海军军官闻言，认真地摇了摇头。

"日本的女子也很美。特别是像小姐您这样……"

"哪儿的话。"

"不，这绝不是恭维话。以您现在这身装束，就可出席巴黎的舞会，而且会艳惊四座。您就像瓦托[1]画上的公主一样。"

明子并不知道瓦托其人。因此，海军军官的话所唤起的她对美好往昔的幻想——幽幽的林中喷泉和行将凋谢的玫瑰，转瞬之间，便消失得无影无踪。敏感过人的她，一边搅动着冰淇淋的小匙，一边不忘提起另一个话题：

---

1 Antoine Watteau（1684—1721），法国画家。

"我也颇想参加巴黎的舞会呢。"

"其实不必,巴黎的舞会,同这里毫无二致。"

海军军官说着,扫视一下子周围的人流和菊花,忽然眸子里露出一丝讥讽的微笑,停下搅动冰淇淋的匙子。

"岂止巴黎,舞会,哪儿都是一样的。"他半自语地补上一句。

一小时后,明子和法国海军军官依然挽着手臂,和众多日本人、外国人一起,伫立在舞厅外星月朗照的露台上。

与露台一栏之隔的大庭院里,覆盖着一片针叶林;静谧中,枝叶相交的枝头上,小红灯笼透出点点光亮。冰冷的空气中,和着下面庭院里散发出的青苔和落叶的气息,微微飘溢着一缕凄凉的秋意。可就在他们身后的舞厅里,依旧是那些花边和花海,在印着皇室徽记十六瓣菊花的紫绉绸帷幔下,毫无休止地摇曳摆动着。而高亢的管弦乐,宛如旋风一般,照旧在人海上方,无情地挥舞着鞭子。

当然,露台上也热闹非常,欢声笑语接连划过夜空,尤其当针叶林上的夜空,放出绚丽的烟火,几乎所有的人都同时发出哗然的喧闹声。明子站在人群里,和相识的姑娘们一直在随意地交谈。俄顷,她察觉到,法国海军军官仍旧让她挽住自己的手臂,默默望着星光灿烂的夜空,觉得他似在感受着一缕乡愁。明子仰起头,悄然望着他的面孔。

"是不是想起故乡了?"她半带撒娇地询问道。

仍是那双满含笑意的眼睛,海军军官静静地转向明子,用孩子般的摇头,代替一声"不"。

"可您好像在想什么哪。"

"那您猜猜看,我想什么呢?"

这时,聚在露台上的人群里,又像起风一样,掀起一阵躁动。明子和海军军官心照不宣,停止了交谈,眼睛望向庭院里压在针叶林上的夜空。红的和蓝的烟火,在暗夜中射向四方,转瞬即消弭于无。不知为何,明子觉得那束烟火是那么美,简直美得令人不禁悲从中来。

"我在想烟火的事儿。好比我们人生一样的烟火。"

隔了一会儿,法国海军军官亲切地俯视着明子,用教诲般的口吻说道。

二

大正七年的秋天,当年的明子去镰仓别墅的途中,于火车里偶然遇见一位仅一面之缘的青年小说家。他正往行李架上放一束菊花,是准备送给镰仓友人的。于是,当年的明子——现在的 H 老夫人,说她每逢看到菊花,就会想起往事,便把鹿鸣馆舞会的盛况,详细讲给了小说家。听老妇人亲口讲她的回忆,青年小说家自然兴致勃勃。

讲完之后,青年不经意地问 H 老夫人:

"夫人知道这位法国海军军官的名字吗?"

出乎意料,H 老夫人回答道:

"当然知道。他叫 Julien Viaud。"

"这么说是 Loti 了。就是写《菊子夫人》的皮埃尔·洛蒂[1]。"

青年既愉快又兴奋。H老夫人却讶然看着青年的脸,喃喃地一再说:

"不,他不叫洛蒂。叫于利安·维奥。"

大正八年十二月

高慧勤 译

---

[1] Pierre Loti(1850—1923),法国作家。原名 Julien Viaud,1867 年考入海军学校,毕业后服务于海军,开始四十二年之久的海上生涯。几乎每年都有作品问世,写有《菊子夫人》(1887)等四十余部小说。普西尼的《蝴蝶夫人》(1904),故事就脱胎于《菊子夫人》。

# 尾生之信

尾生从刚才起就伫立桥下,一直在等待女人到来。

抬眼看去,高高的石桥栏上,蔓草已爬了半截。缝隙间不时闪现来往行人的素衣下摆,被鲜红的落日映照着,随风悠然飘动。女人却仍未到来。

尾生一边轻吹口哨,一边在桥下悠然自得地展望河滩沙洲。

桥下的沙洲只剩了四铺席大小,已被河水包围。芦苇丛生的水边,或许是螃蟹的栖身之所,洞开着许多圆孔。每当波浪拍岸时,便发出轻微的嗒噗嗒噗声。女人却仍未到来。

尾生似乎等烦了,挪步走到水边,环视无船通行的宁静河面。

四周被青葱的芦苇遮蔽得严严实实。而且芦苇丛中处处点缀着河柳,浑圆的树冠郁郁葱葱,因此其间水面并不比整条河面宽阔。一泓清流将云母般的云影镀上金边,悄无声息地蜿蜒于苇丛之中。女人却仍未到来。

尾生从水边走开,在不太宽阔的沙洲上徘徊。暮色渐浓之中,他侧耳倾听四下里的动静。

桥上似乎一时断了人来车往,已听不到脚步杂沓、马蹄声碎、车轮滚滚,只有晚风呼啸、苇丛喧嚣、潮水滔滔,还有不知何处传来的苍鹭的吵闹。他停下了脚步,发现不知何时已经开始涨潮，洗刷黄泥的水色更加迫近自己。女人却仍未到来。

尾生狰狞地倒竖双眉，在桥下沙洲走得愈加急促。此时，河水一寸、一尺地漫上沙洲。水草腥气和水汽在河面弥漫，凉冰冰侵袭着他的肌肤。抬头望去，刚才桥上鲜红的落日余晖已消失殆尽，只剩石栏的骏黑剪影，轮廓分明地刻印在淡青色的苍穹。女人却仍未到来。

尾生终于被河面的情景惊呆。

河水濡湿了鞋子，且映出比钢铁还要冷峻的光泽，已在桥下泛滥起来。照此下去，腿部、腹部、胸部都必定在顷刻之间被这冷漠无情的潮水淹没。不，说话间水位已愈涨愈高，小腿已经没在了水下。女人却仍未到来。

尾生仍旧站在水中，凭靠仅仅一缕希冀，频频向桥上张望。

淹至腹部的水面上空，早已是暮色苍茫。透过暗淡的雾霭，远近茂盛的芦苇与河柳送来枝叶摩擦声，显得怅然若失。此时像有一条鲈鱼擦着尾生的鼻尖，敏捷地翻出了白色肚皮。鲈鱼跃起，夜空中已是星光依稀。蔓草攀生的桥栏，也很快在夜幕中模糊。女人却仍未到来……

夜半，月光洒满河道中的苇丛和柳梢。河水与微风窃窃私语，将桥下尾生的尸体款款送向大海。然而尾生的魂魄却像在恋慕当空的明月，悄然脱离尸骸，向着微明天空的远方朗朗飘升，又仿佛水汽和草香，默默地笼罩着河面……

此后星移斗转数千年，那魂魄历经无数颠沛流离，又不得不托生于人世之间，栖宿于我的体内。因此，虽然我转生于现代却一事无成,过着昼夜不分、梦里梦外的日子,痴情苦等似将到来的神妙尤物。正如尾生在薄暮中桥栏下,痴等那永不到来的恋人一样。

大正八年十二月<br>侯为　译

# 素戋呜尊

## 一

高天原之国也终于迎来了春天。

远眺群山，眼前再也找不到残雪斑驳的峰峦。牛马悠然漫步的草场已经依稀点染了嫩绿。天安河水沿着山麓流向远方，涟滟波光不知何时开始透出诱人的融融暖意。且看河畔部落，春燕也已归来。女人们顶着瓦罐取水的泉井边，山茶花早已凋落。水漉漉的石板上，散落着洁白的花瓣。

在这恬静的春日午后，天安河滩上聚集了众多青年，正全神贯注地展开竞技。

他们首先各执弓箭，朝着头顶的天空猛射。如林的弓弦奏出动人心魄的交响曲，又仿佛狂风呼啸此起彼伏。每轮劲射之际，利箭犹如飞蝗腾空。箭羽反射着阳光，向空中的薄霞刺去。不过，其中白鹤翎毛箭总是飞得最高——高得几乎不见踪影。弓箭手身穿黑白格倭衣，是个相貌丑陋的青年。他手握粗大的白檀硬弓，稳健地搭上大头箭拉弓发射。

每当白翎箭腾空而起，周围的青年们都随之仰头追寻，并交口称赞功力不凡。然而得知每轮都是白翎箭飞得最高，他们又变得表情冷淡。不止如此，居然有人对功力稍逊者滥发溢美之词。

丑小伙毫不在意,继续快活地射箭。此时不知谁带的头,射手们渐渐停止拉弓,眼见得弓林箭雨变得稀稀拉拉。最终只剩丑小伙射出的白翎箭,如同白昼流星般直上九霄。

不久他也停下手来,满脸自豪地扭头环视年轻的伙伴,却无人与他共享优越满足之感。他们早已聚集河滩水边,忘情地投入了跳越天安河面的竞赛。

他们比赛谁跃过的河面最宽。有人运气不佳,落入映射出烧红钢刀般波光的河水,激起耀眼的水花。但多数人都能像小鹿过沟般矫健跃过,然后回望此岸爆出欢声笑语。

丑小伙看到这新颖的竞技方式,立刻将弓箭扔在沙滩,并身轻如燕地跃过河面。他跃过的河面最宽,可其他青年却越发不理睬他。那个跟在他后面的——比他跳得近、跳得轻松的高个儿美男子,却备受吹捧。美男子身穿相同的黑白格倭衣,项下的勾玉和臂腕上的手镯,却比别人典雅精巧。丑小伙交叉臂膀,略显艳羡地抬眼瞅瞅美男子,随后离开众人,独自在艳阳中走向下游。

二

走向下游的丑小伙,在无人跃过的、约有三丈宽的岸边站下。曾经湍急的河水到此骤缓,两岸沙石间澄清着一泓碧水。他目测一下河面宽度,接着后退两三步,又突然像抛石器弹出的石弹一般向对岸蹿去。然而此次没能成功,他头朝下栽进深水,溅起了大朵水花。

他落水的位置距其他年轻人不远,其失败早被看在眼里。有人捧腹大笑,好像在说"活该"。也有人在哄笑一番之后,仍给予更多的同情和鼓励的话语。这群心怀善意的人中,也有那位佩戴精巧勾玉和手镯的美男子。因为丑小伙惨遭失败,伙伴们又像对待世间弱者一般,开始显示亲近。不过,他们很快又恢复了先前的那种沉默——暗藏敌意的沉默。

因为他已像落汤鸡似的爬上对岸,立刻执着地准备再次跳过那段宽阔河面。不,不是准备,他已然蜷腿腾空,身轻如燕地飘过明矾色的水面。只是落在对岸时摔了个四仰八叉,激起云霞般的沙尘。这更使伙伴们大笑不止。这是庄严得过了头的滑稽。当然,他们既未喝彩也未欢呼。

他拍掉手脚上的沙尘,挣扎着撑起湿淋淋的身躯,又望望年轻伙伴。然而他们却似乎早已厌倦了跳越河面的竞赛,又开始寻找别样新奇的角力竞技。伙伴们兴致勃勃地欢闹着向上游奔去。但即便如此,丑小伙也仍未失去快乐。或者说,他根本不可能失去快乐。因为他弄不懂他们为何不快。依此来看,他实际上是个头脑简单的人。而这种头脑简单,又是一切强者特有的烙印。这也是事实。所以当看到伙伴们走向上游时,他却浑身滴水,手搭凉棚遮挡艳阳,慢吞吞地跟在后面。

此时,其他青年已开始用河滩滚石比赛举重。石块有的大如牛身,有的小如羊羔,在阳光中七躺八卧。青年们全都撸起了袖子,倾全力抱起更大的石块。不过,除了五六个膀宽腰圆的大力士之外,其他人只能抱起不大不小的石块。因而举石比赛的范围自然缩小,所剩参与者都能轻松地抱起巨石并投出。特别是穿红白三角花倭衣、满脸蓬乱胡须、粗脖矮个的小伙，挽起袖口搬起别人无法撼动的巨石随意摆弄。围观的年轻人对他非凡的膂力赞不绝口，他也像是要回报众人的赞赏，还要搬起更大的石块。

正在此时，丑小伙来到现场。

## 三

丑小伙叉着双臂，观望一阵儿五六人显示力量的表演，随即也难耐技痒，跃跃欲试。只见他卷起湿漉漉的衣袖，耸起宽厚的肩膀，像出洞黑熊一般四平八稳地走进赛场，且将无人能够搬动的石块抱起，毫不吃力地举过肩头。

可众人依然对他冷眼相看。只有刚才得到喝彩的粗矮小伙，似乎意识到出现了不好对付的竞争者，不停地用嫉羡的目光扫视他。丑小伙将扛在肩头的巨石来回一摇，猛然向对面无人的沙滩投去。粗矮小伙犹如饿虎扑食一般蹿到那块巨石旁，猛地抱起巨石，毫不逊色地高高举过肩头。

这一串举动雄辩地证明，他俩的膂力远超他人。方才自不量力的逞能者都自惭形秽，面面相觑，无奈地退到旁观人群中去。留下的两人尽管往日无冤，近日无仇，争到此时却骑虎难下，一决雌雄已在所难免。众人见状，便在那粗矮小伙投出巨石的同时爆发欢呼，而目光却一反常态地集中在浑身湿透的丑小伙身上。不过他们只关心胜负，却并非对他大发善心。这在他们不怀好意的目光中已表露无余。

即便如此，他仍从容不迫地唾唾手，走向更大一圈的巨石。然后双手按着巨石调整呼吸,紧接着运气发力将巨石抱至腹部,最后将双手翻转向上,眼看着又潇洒地将巨石举至肩头。不过此次并不投出,却用眼神招呼粗矮小伙,善意地微笑着说:

"来,你接着!"

粗矮小伙原先站在几步开外,不时咬咬胡须嘲弄地看着他,随即答道:"好啊!"然后大摇大摆走上前去,立刻将那巨石接在小山一般的肩头,又走出两三步将巨石举过眼眉并全力投出。巨石发出震耳欲聋的轰响落在围观者面前,扬起银粉般的沙尘。

众青年又像刚才一样欢叫起来。可欢声未落,粗矮小伙又在水边抱起了更大的巨石。

四

两人不知较量了多少回合,渐渐地面露疲惫神色。脸上和手脚汗滴如雨,且倭衣都已涂满泥沙,不辨青红皂白。纵然如此,他们仍气喘吁吁地举石传接,不决出胜负誓不罢休。

众青年看到他俩越来越疲劳,兴致反倒更加浓厚,这与观看斗鸡、斗犬一样残忍而冷酷。他们已经不对粗矮小伙表示特别的好感,对胜负的关注已将人心强有力地笼罩在狂热的罗网之中。他们呐喊煽动,交替着为两人加油。那是自古以来令无数的斗鸡、斗犬、斗士无谓地洒下宝贵鲜血的,注定会使所有人发狂的呐喊煽动。

这种煽动当然对两个斗士不无作用。他们相互看到，对方充血的眼球迸发出可怕的憎恶之情。特别是粗矮小伙更加露骨，投出的巨石滚向丑小伙脚下。这很难解释为偶然所为，但丑小伙对此险情毫不在意。或许是对迫在眉睫的决战过分关注，他反而显得满不在乎。

他先是闪身躲过对方投来的巨石，最终鼓起勇气走到岸边，准备挑战那块牛身一般的巨石。巨石斜刺里分开了水流，湍湍春水洗漱着石身上的千年青苔。举起这块巨石，恐怕对高天原国第一力士手力雄命来说也非易事。而他在沙滩单腿跪下，双手抱石使出浑身力气，已将陷入沙中的巨石拔出。

如此超人膂力震慑了围观者。他们瞠目结舌，甚至忘了呐喊助威，只顾屏气凝神地注视着掀起千钧巨石的丑小伙。他停顿了片刻，大汗淋漓表明他已竭尽全力。坚持片刻，鸦雀无声的众青年不约而同地爆发出欢呼声。不过这欢呼已非刚才那种别有用心的起哄，而是情不自禁脱口而出的喝彩。此时他已肩扛巨石，一点点挺直了半跪着的腿。随着他挺起腰板，巨石一分、一寸地离开了沙滩。当众小伙再爆惊呼时，他已将突兀巨石扛在了肩头。额前长发凌乱着，他俨如撕裂大地叱咤迸出的土雷神，威武不屈地挺立在乱石林立的河滩上。

五

他肩扛千钧巨石在河滩上踉跄两三步，然后从拼命咬紧的牙关中吟唤着招呼对方:"来吧!接着!"

粗矮小伙迟疑不前,他至少在一瞬间从对方那凄壮的身姿感到了震慑。但他仍立刻鼓起绝望般的勇气,咬紧牙关回答说:"好吧!"然后奋然张开臂膀,就要去接巨石。

巨石开始从丑小伙的肩头移向粗矮小伙的肩头,缓慢得仿佛云峰的飘移。而云峰的飘移势不可挡,又是那样冷酷无情。粗矮小伙挣扎得满脸通红,咬紧狼牙般的犬齿,想以宽厚的肩膀扛起渐渐压迫过来的千钧巨石。然而当巨石完全移过来之后,他的身体却在刹那间像狂风中的旗杆一般摇摇欲倒,且脸上无胡须遮掩的部分眼看着失去了血色,从煞白的额头沁出了汗珠,接二连三地滴落在耀眼的沙滩上。紧接着,肩头的巨石与刚才方向相反,一分、一寸地将他压低。他用双手拼力撑住巨石,想要坚持到底,而巨石却像不可抗拒的命运一般倾压下来。他的身躯开始弯曲,头颅开始低垂。现在不管怎么看,他都像是巨石下垂死挣扎的螃蟹。

围拢来的青年们被惨状惊呆,茫然地注视着悲剧的发生。以他们的手段,很难救他于千钧巨石之下。不,就连丑小伙能否从他背上接下刚刚举过的巨石也令人怀疑。因此,他的丑脸也交替现出恐惧和惊愕,却只能呆然凝视对手。

终于,粗矮小伙被巨石压得跪在沙滩上,同时口中传出难以言喻的痛苦声音,不知是惨叫还是呻吟。丑小伙闻此即如噩梦初醒,猛然前冲欲将巨石掀开。然而双手未及碰到巨石,粗矮小伙已经倒下。随着骨头断裂声响起,他的双眼、口中血如泉涌。可怜壮士一命呜呼。

丑小伙拱手俯视倒下的对手,片刻之后抬起头颅,眼中痛苦的目光像在寻求无言的应答，环视着畏畏缩缩的众青年。可他们呆立在艳阳下，全都默然垂眼，无人抬眼看他丑陋的面孔。

六

自此，高天原国的众青年不能再对丑小伙故作冷淡。一伙人开始露骨地对他的非凡膂力表示嫉妒，另一伙却像哈巴狗一样盲目追崇他，还有一伙则对他的野性和愚勇加以无情的嘲笑，其余则对他由衷折服。不过无论站在何等立场，人们都开始在他身上感到一种威胁，这是无法否认的事实。

周围人们的态度变化当然躲不过他的眼睛。不过，粗矮小伙因他而惨死的印象长久地刻印心底。无论旁人表示好感还是反感，他却永远抹不去那段记忆。他无法回避这种困惑的体味。特别是与崇拜者们相处时，他常常自我感觉少女般的羞怯。可这却更强烈地吸引了友善的目光，同时也使敌对者更加反感。

他尽量躲开人群，大多时间孤身一人在部落周围的山中度过。大自然对他非常友善：森林万树萌芽开花，同时不忘向孤苦的他送来令人眷恋的绿鸠啼鸣；池畔芦苇新生嫩叶，同时不忘在水面映出暖意融融的朦胧春云，以此慰藉他的孤寂心灵。灌木林中夹杂着荆豆，山白竹丛飞出了雉鸡，还有峡谷深潭中逐波弄影的香鱼……在几乎所有的景物中，都能找到众青年无法给予的安详和宁静。此处毫无爱憎之别，一切生灵都平等地享受阳光和春风带来的幸福。然而……

然而，他毕竟是个人。

他时而在山涧石上观看岩燕掠过水面穿梭飞舞，时而在峡谷辛荑丛下静听醉饮花蜜的牛虻振翅。此时，他常常骤然被无以言状的孤寂感包围。他不知这种孤寂感从何而来。不过，他又觉得这与几年前失去母亲时的悲伤相同。他注定会被这种无处寻母的失落感击垮。此时的孤寂当然难比丧母的悲伤，但他还有比思念母亲更大的心愿。为此他不得不在山间春色中鸟兽般地流浪，不得不在享受幸福的同时品味匪夷所思的不幸。

不堪孤寂困扰时，他常常爬到山腰冠如伞盖的大槲树上，出神地眺望远处山脚的光景。他的部落中，茅庐仿佛棋子一般星星点点地排列在天安河畔。时而还能看到几柱炊烟袅袅升起。他骑在粗壮的槲树枝上，笑迎部落上空吹来的熏风。熏风摇曳着春光里的枝梢，不时送来新芽的清香。然而，熏风拂过耳际，却似乎变成了窃窃私语。

"素戈呜啊！你在寻觅何物？你要寻觅的既非在此山中，亦非在那部落里。跟我走吧！犹豫什么？素戈呜啊……"

## 七

然而素戈呜不愿随风流浪。那又是何物使他对高天原国依依不舍呢？扪心自问时，他总会羞红了脸膛。因为丑小伙暗恋的姑娘在这里，还因为他总觉得像自己这样的野人不配爱她。

他初次见到那位姑娘，也是独自爬上山腰这棵槲树顶的时候。当时他也在出神地眺望山下银链般蜿蜒的天安河。突然，树下意外地响起女子的爽朗笑声，宛如碎玉撒落冰面，蓦然打破他孤寂的白日梦。他为甜梦被惊醒而气恼，眯眼向槲树下的芳草地望去。只见三位姑娘沐浴着阳春丽日，不知为何笑闹不停，似乎浑然不觉他的存在。

他看到，她们的肘弯挎着竹篮。是来摘花，采树芽，还是挖土当归？三位姑娘素戈鸣都不认识。不过，她们皆非卑贱人家女子，从其肩头的漂亮披巾即可看出。她们在嫩草地上追赶一只疲于奔命的绿鸠，披巾便在熏风中翻飞。绿鸠从姑娘们的玉臂之间钻过，不时拼命地拍打伤翅。可它无论怎样，却总飞不过三尺高度。

素戈鸣在高高的槲树顶上观望了片刻。此时，一位姑娘撒掉竹篮，差点儿抓住绿鸠。绿鸠又扑腾了一阵儿，柔软的羽毛雪片一般纷纷扬扬。看到这里，他抓住骑着的树枝将身躯悬在空中，忽悠一下便落向树下草地。可是脚一着地就打了滑，仰面朝天倒在惊呆了的姑娘们中间。

姑娘们霎时哑然相觑，随即不约而同地开怀大笑。他立刻跳起，虽然很难为情，却又故作高傲地巡视着姑娘们。绿鸠趁机拖着伤翅，扑腾着钻到嫩芽依稀的林中。

"你刚才在哪儿？"

一位姑娘终于止住笑，不屑似的问，还直盯着他看。但嗓音中回荡着忍俊不禁的余韵。

"在那儿！那根槲树枝上。"

素戈鸣又着双臂，保持高傲的姿态。

八

听到他的回答，姑娘们又相视而笑。这真让素戈呜怒火中烧，不过，同时他心中也有几分高兴。他板着丑脸想再吓唬她们一下，所以故意目露恼色：

"有什么好笑的？"

然而，他的威吓对她们毫无作用。她们又开心大笑一阵后，终于安静下来看着他。另一位姑娘略显羞赧地摆弄着披巾问道：

"可是，怎么又从那儿下来了？"

"我想救那只绿鸠。"

"我们也是想救那只绿鸠的。"

第三位姑娘快活地笑着从旁插言。看上去她年方豆蔻，但与两位伙伴相比容貌最美，身段儿超群，且活力四射。刚才甩掉篮子差点儿抓住绿鸠的，肯定就是这位聪明伶俐的小姑娘。他刚与她目光相遇，就莫名其妙地狼狈起来。但他又不愿在她们面前乱了阵脚。

"你们骗人！"

他声嘶力竭地呵斥道。但他自己最清楚，她们并未撒谎。

"哎呀！我们怎能骗你呢？真是要救它的嘛！"她急忙申辩。此时，另两位对他的气恼感到好笑的姑娘也像小鸟般叽叽喳喳起来。

"是真的嘛！"

"为什么说我们骗人？"

"又不是只你一人爱护绿鸠。"

他一时忘了回答。姑娘们的声音来自三方,犹似捅了窝的蜂鸣冲击着他的耳膜,令他穷于招架。片刻后他又鼓足勇气,放开胸前叉着的双臂,做出要将她们挨个儿掳倒的架势,雷鸣般地狂吼:

"烦人!不是骗人就赶快走开!不走我就……"

姑娘们好像真的吓坏了,慌忙躲到一边去。可她们却又转而咯咯笑着,摘下脚边盛开的鸡肠花一齐向他抛来。淡紫色的鸡肠花纷乱地落在素戈鸣的身上,他沐浴着馨香扑鼻的花雨却呆若木鸡。旋即又想起他刚才的狂吼,张开双臂向恶作剧的姑娘们猛冲几步。

她们却转眼间跑出了树林。素戈鸣木然呆立,无心地目送彩巾远去。然后,又将目光投向优雅地点缀着绿茵的鸡肠花。不知何故,一丝坦然的微笑爬上他的嘴角。他就地仰卧,透过萌芽枝梢间隙凝望春天明丽的天空。林外还隐约传来姑娘们的笑声。可是过不多久,笑声也已消失,只剩下孕育草木旺盛生命力的朗朗沉默……

良久,伤了翅膀的绿鸠又战战兢兢地返回。仰卧在草地上的素戈鸣却已发出均匀的鼻息。不过在他平仰着的面孔上,既有透过树梢洒下的阳光,还有微笑过后的余韵。绿鸠踏着鸡肠花轻踱过来,窥探他酣睡的脸,歪着脑袋,仿佛在思索那微笑的深意……

## 九

打那以后,他心中常常鲜明地浮现出那位快活姑娘的姿容。但正如前述,他自己羞于承认这个事实。更何况对伙伴们,更是从来不提此事。其实,想打探他的秘密并非易事。因为素戈呜平日过的,是与恋爱无缘的野蛮生活。

他仍躲避人群去亲近山中的大自然,动辄整夜地在密林深处奔走。他时常遭遇生命危险,曾斗杀过大黑熊和野猪。他有时还翻越春风不度的险峰,射杀栖息岩缝的大雕。但迄今尚未遇到竭尽他非凡膂力的强悍对手。就连穴居深山、以剽悍著称的矮人族遇到他都必死无疑。他常带着从死去的对手身上获得的武器和矛头,挂着猎物凯旋。

他骁勇善战的威名,渐渐促成部落中敌对的两大阵营。只要一有机会,他们就毫无顾忌地公然争斗。他当然想尽量阻止这种争斗,可对手们却只为自己着想,毫不理会他的心情。因而几乎所有小事,都能引起互相倾轧。其中隐存着某种命里注定、势不可挡的原动力。虽然他对敌我仇视颇感不快,却又不由自主地卷入其中……

曾经发生过这样的事。

一个明媚春日的傍晚,他挟着弓箭独自走下部落后方的青草坡。当时,他脑海中总是浮现出刚才未能射中的公鹿身影,并深感惋惜。当他来到坡间嫩叶勃发的榆树下,俯望夕阳霞光中的部落屋顶时,遇到四五个青年正喋喋不休地与另一个小伙争吵。周围有家畜在吃草,看来他们都是来此放牛放马的。那个孤立无援的小伙,正是崇拜者中奴仆般侍奉他却惹他反感的一个。

看到他们,他立刻对即将发生的事情产生了不祥的预感。既然看在眼里,就不能不闻不问。于是他先向那个熟识的小伙搭话:

"发生了什么事?"

小伙像是见了救星,高兴得眼中放光,滔滔不绝地诉说对方的蛮横无理:他们对他极端怨恨,甚至虐待和伤害他的牛马。小伙愤愤不平地说着,还不时瞪对方几眼,借素戈鸣的虎威说些趾高气扬的话:

"你们别跑!马上就会遭报应的。"

十

素戈鸣浑不在意地让他告完状,正欲以平和的态度劝解对方,刹那间,崇拜者似已委屈得忍无可忍,猛然扑向近前的青年,狠狠地抽了对方一个耳光。挨打的青年踉跄着倒退几步,又反扑过来。

"住手!喂!我说住手就住手!"

素戈鸣呵斥着,欲将两人分开。可挨打的青年被他抓住胳膊后,却瞪着充血的眼睛向他凑来。与此同时,崇拜者抽出腰间别着的鞭子挥舞着,发疯似的冲向对方。

对方当然不是等闲之辈,立刻分成了两伙。一伙将来者团团围住,另一伙纷纷拔拳扑向被意外弄慌了神的素戈鸣。事已至此,素戈鸣除了应战别无选择。且当对方的拳头终于落在他的头上时,他已经失去理智而怒火冲天。

他们霎时间乱作一团，相互厮打起来。一旁吃草的牛马也被吓得四散逃窜。他们的主人却只顾大打出手，似乎无人操心牲畜的去向。

与素戈鸣交手的，若非手臂被打折便是腿脚被扭瘸。他们不敢恋战，终于溃不成军，狼狈地逃下山去。

素戈鸣赶走对手，还得回头劝他的崇拜者切勿穷追不舍。

"别闹，别闹！想跑就让他们跑吧！"

小伙终于被他松开手，一屁股坐在了草地上。他面颊青肿，显然早已饱尝老拳。素戈鸣见此情状，本来怒不可遏的心中倒生出了几分滑稽感。

"怎么样，受伤了没有？"

"没什么！就算受伤也没什么大不了的。今天算是给他们点儿教训。你呢？伤着哪儿了没有？"

"唔，只起了一个包。"

素戈鸣满腔怒火却只凝成一句话，说完便坐在榆树下。夕阳映照山腰，染得通红的部落屋顶浮现在眼前。此景令素戈鸣感受到妙不可言的祥和与安宁，也使刚才那场恶斗恍若梦境。

两人坐在草地上，默默地凝望着闲适黄昏中的部落。

"怎么样，包疼得厉害吗？"

"不怎么疼。"

"听说嚼点儿生米敷上会好些。"

"是吗？这倒不错。"

## 十一

与这场恶斗同样,素戈鸣违心地使一群青年渐渐成为仇敌。从数量上来讲,他们却是部落青年中三分之二以上的多数。正像将其尊为首领的团伙一样,对方团伙也尊崇思兼尊和手力雄尊等长者。不过,那些长者对素戈鸣毫无敌意。

特别是思兼尊,反倒对其粗犷性格不无好感。草坡恶斗两三天后的下午,素戈鸣照例独自去山中古沼钓鱼,在此偶遇思兼尊。对方也是独蹚蹊径而来,毫不介意与他同坐朽木之上,还意外融洽地谈论世事。

长老须发皆白,既是部落第一学者,还享有部落第一诗人的美誉。部落中许多女子,还奉他为超凡巫师。这是因为,长老但有闲暇即踏遍群山寻觅药草。

素戈鸣当然毫无理由反感思兼尊,所以抛下钓线,便很投机地与长老交谈起来。两人在古沼边缀满银絮的垂柳下,天南地北地谈论了很久。

过了许久,思兼尊说道:

"近来你的功力名声大振啊!"

他脸上浮起微笑。

"仅仅是名声大振而已。"

"仅此足矣。一切都是先有名声,后有价值。"

素戈鸣对此说法完全不理解。

"是吗?那要是没有名声的话,我再怎么有功力也……"

"那就连功力都毫无价值了。"

"但只要是金子,即使无人发掘,它也还是金子,不对吗?"

"可是,倘若无人发掘,谁会知晓它是金子呢?"

"这么说,如果把微不足道的沙子当成金子发掘……"

"那微不足道的沙子就是金子了嘛!"

素戈鸣隐约感到思兼尊在戏弄他。但感觉归感觉,长老那皱纹密布的眼角却只有笑意,毫无恶意。

"这么一说,我倒觉得金子也微不足道了。"

"当然微不足道啦!倘若估计过高,那才是错上加错!"思兼尊说完,真的一脸微不足道的表情,拿起不知从哪儿采来的蜂斗花茎,聚精会神地品味那馥郁的芬芳。

## 十二

素戈鸣沉默了片刻。

思兼尊又接着话头谈论他非凡的功力。

"你不是曾经跟人比过举石头,还死了人吗?"

"他太不走运了。"

素戈鸣感到自己似乎在受责难,不禁将目光投向春光朦胧的古沼水面。幽静的古沼看去很深,水面隐约映出周围抽芽春树的倒影。可那思兼尊却旁若无人一般,时不时地凑近鼻子去闻蜂斗花茎。

"是不走运。但其行为简直愚顽透顶。依我看,第一,竞技本身已是不合时宜;第二,毫无胜算的竞技更不值一提;第三,舍命竞技可谓愚顽透顶。"

"但是,我总觉得很内疚。"

"没有必要。又不是你杀了他,是其他爱起哄的后生们的罪过。"

"可那帮人反而憎恨我。"

"当然要憎恨你。相反,倘若死的是你,而你的对手胜出,那帮人必定憎恨你的对手。"

"人间之事不过如此吗?"

然而长老却避而不答,倒提醒他说:

"咬钩了!"

素戈鸣急忙收线,只见线端一尾真鳟欢蹦乱跳、银光闪闪。"鱼儿可是比人幸福啊!"长老看着他用竹枝穿系鱼鳃,又笑嘻嘻讲起他几乎听不懂的哲理。

"在人惧怕鱼钩之时,鱼儿却毫无顾忌地咬钩,欣然赴死。我挺羡慕鱼儿的。"

素戈鸣默默再将钓线抛入古沼。可不一会儿就又向长老投去困惑的目光。

"你的话我总琢磨不透。"

闻听此话,长老却意外地严肃起来。他捻着下巴上的雪白胡须说:

"还是琢磨不透的好。否则,你也会像我一样丧失了斗志。"

"那又是因为什么?"素戈鸣又忍不住刨根问底。其实,思兼尊所言当在严肃与非严肃之间,既像蜜糖又像毒药,隐含着深不可测的吸引力。

"虽说吞饵上钩的只有鱼儿,可我年轻时也……"思兼尊满是皱纹的脸上瞬间掠过不曾有过的怅然若失。"可我年轻时也有过很多幻梦。"

两人后来久久地各自想着心事，凝望幽静古沼映出的春树倒影。不时有翠鸟划过水面，仿佛投石打水漂。

## 十三

近来，那位快活姑娘的身影依然牢固地占据着素戈鸣的心田。特别是在部落内外偶遇之时，他仍像在山腰槲树下初见那般无缘无故地脸热心跳。姑娘却总是目不斜视，就像不曾相识，从不点头示意。

一天早晨，他上山时途经部落边的泉井，只见姑娘正和三四个女子向瓦罐里舀水。泉井上方还稀疏地开着白色山茶花，枝叶婆娑。源源喷涌的泉水飞沫间光影迷离，勾勒出一道浅淡的彩虹。

姑娘正弯腰从长满青苔的井筒中舀水倒入瓦罐，而别人早已头顶瓦罐，在春燕飞舞穿梭间向自家走去。当他走到这里，姑娘已优雅地挺起腰肢，手提沉重的瓦罐向他瞅了一眼，嘴角不同往常地浮起一丝可人的微笑。

他仍像往常那样，难为情地微微颔首示意。姑娘将瓦罐举到头顶并注目答礼，然后也向春燕如织的村道追赶伙伴去了。他走到姑娘刚才取水的地方，用硕大巴掌捧水喝了两三口润润口舌。此时回想姑娘的眼神、嘴角的微笑，不知是兴奋还是害羞，他又脸红起来，免不了又是自嘲一番。

此间，女子们的披巾迎风翻飞，头顶瓦罐在朝阳中辉映着渐渐远去。可是没过多久，她们中间又爆发出欢快的笑声。而且有人脚不停步转过笑脸，向素戈呜投来嘲弄的目光。

幸而素戈呜并未被那目光搅扰。不过，她们的笑声越发使他感到某种奇妙的尴尬，本已喝饱的他便又多喝了一捧水。此时，井中水面霎时间意外地投射出哆哆嗦嗦的人影。素戈呜慌忙抬眼望去，一个手持牧鞭的青年正走向对面的白山茶树，也在朝他观望。就是前些天在草坡打架将他也搅和进去的牛郎，他的崇拜者。

"你早啊!"

牛郎讨好地笑笑，彬彬有礼地问候着。

"你早!"

他突然想到，自己刚才的狼狈相也已被他看到，不禁阴沉了脸孔。

十四

可是，牛郎却漫不经心地薅着垂到泉井上方的白山茶花，并开口问道："打肿的包好了吗?"

"嗯，早就好了。"他认真地回答。

"抹过嚼碎的生米了吗?"

"抹了。你教我的办法挺灵验的。"

牛郎将薅下的山茶花撒在井中，突然又嬉笑着说：

"那，我再教你个绝招。"

"什么绝招?"

他满腹狐疑地反问。

牛郎仍然意味深长地笑着说：

"请把你脖子上戴的勾玉交给我一块。"

"你要我的勾玉？你若想要，倒也可以给你。可你要这个干什么？"

"好了，别问了。你就交给我吧！我不会做坏事的。"

"不行！你不告诉我，我就不能给你。"

素戈鸣开始着急，生硬地拒绝了牛郎。

于是，牛郎狡黠地瞟了他一眼说：

"那我告诉你。你是不是喜欢刚才取水的十五六岁的姑娘？"

他虎着脸直直地瞪着对方的脑门儿，可心里却狼狈不堪。

"你不喜欢吗？思兼尊的外甥女。"

"哦？那是思兼尊的外甥女？"他的嗓音有些走调。

牛郎见他这模样，凯歌高奏般地笑了出来。

"瞧瞧！你越遮掩马脚露得越大。"

他又缄口不语，低头盯着脚旁的石头。春水冲刷的井石之间，稀疏地点缀着羊齿草嫩芽。

"所以，请你交给我一块勾玉。既然你喜欢，办法自然会有。"

牛郎摆弄着牧鞭，不失时机地催促。

他的脑海中，立即鲜明地浮现出日前与思兼尊交谈时古沼边的柳絮。倘若那姑娘是长老的外甥女——他的视线从脚旁的石头挪开，仍然虎着脸说：

"然后，你要把勾玉怎么样？"而他的眼中，却明显地透出了从未有过的期待目光。

## 十五

牛郎的回答却漫不经心。

"不怎么样。把它交给那姑娘，就说是你的心意啦！"

素戈呜迟疑片刻。牛郎的油嘴滑舌令他略感不快，可他自己又鼓不起勇气向姑娘袒露心声。

牛郎见他丑脸上浮现出踌躇不决的神情，故意继续冷言冷语。

"你要是不愿意，我也就爱莫能助了。"

两人一时沉默不语。可是没过多一会儿，素戈呜便从脖子上挂的勾玉中取下一块美丽的琅玕玉，默默地递给牛郎。那是母亲遗物，他视如己命一般珍爱。

牛郎贪羡地看着琅玕玉说道：

"这块玉真精美。质地这么好的玉石可不多见。"

"这不是高天原国的玉石，是大海彼岸的工匠七天七夜才琢磨出来的。"

他气鼓鼓地说完，就拧身大步流星地离开了井边。可是牛郎却托着勾玉慌忙追了过来。

"请等等！两三天之内，一定给你好消息。"

"嗯！不必着急。"

身着倭衣肩并肩，两人在燕群穿梭之间向山中走去。身后的泉井水面上，牛郎扔下的山茶花还在滴溜溜打转。

那天傍晚，牛郎坐在草坡榆树下，又把素戈呜托付的勾玉捧在手上看，并思忖着怎样接近那位姑娘。此时，一个青年腰插斑竹笛溜达着走下山来。他是部落青年中无人不知的高个美男子，拥有最精美的勾玉和手镯。

走到这里，他突然发现什么似的停下脚步，向榆树下的牛郎打招呼：

"喂！小伙子。"

牛郎慌忙抬起头。但他知道这风流小伙是他所崇拜的素戈鸣的对头之一，便一脸不高兴地问道：

"有事吗？"

"让我看看那块玉。"

牛郎苦着脸，将琅玕玉递到对方手中。

"是你的吗？"

"不，是素戈鸣尊的。"

这回是美男子不由得苦了脸。

"那小子总是洋洋得意地戴着它。不错，与这块玉相比，他戴的其他玉都跟顽石差不多。"

美男子口中恶言恶语，手中摆弄着琅玕玉。随后，他也舒坦地坐在树下大胆地说道：

"怎么样？有事好商量嘛！你做个主，把这块玉卖给我吧！"

十六

牛郎没说拒绝，却鼓着腮帮子不说话。于是对方乜斜了他几眼说：

"卖给我，我会谢你的。你想要刀就送你刀，想要玉饰就送你玉饰……"

"那不行。那块玉是素戈呜尊托我转交别人的。"

"哦？转交别人？莫不是哪个女人吧？"

对方来了兴致，腔调陡然变得认真起来。

"男的女的又有什么关系嘛！"

牛郎后悔自己多嘴，不耐烦地搪塞着。

然而对方并无恼怒之意，倒做出令人生厌的和善微笑。

"当然没关系。虽说没关系，但毕竟是托你转交的，还不是由你说了算？换成别的玉饰又何妨？"

牛郎又闭口不语，避开对方视线盯着草地。

"当然，可能会有一点儿麻烦。不过，即使摊上点儿麻烦，你却可以得到佩剑、宝玉、铠甲，甚至一匹骏马……"

"可是，如果对方不接受，我就必须将它还给素戈呜尊。"

"如果对方不接受？"对方皱皱眉头，又很快恢复了和善的腔调说，"如果对方是女的，当然不会接受素戈呜的玉饰。而且这种琅玕玉，并不适合年轻的女人，倒不如送更华丽些的玉饰，或许更容易成事。"

牛郎开始觉得，对方此言不无道理。其实无论它多么珍贵，部落的年轻女人是否喜欢它的花色尚未可知。

"再说呢……"对方舔舔嘴唇，越发理所当然似的说下去，"再说即使不是这块，只要对方愿意接受，总比原物退回更让素戈呜高兴吧？所以呢，换一块别的玉饰对素戈呜也没什么不好。既然对素戈呜也好，你又能得到佩剑和骏马，还有什么不满意的呢?"

牛郎心中清晰地浮现出双刃宝剑、水晶首饰、健硕的桃花骏马。他像躲避诱惑一般不由得紧闭双目,使劲摇了几下头。但是当他睁开眼睛时,面前依然是面含微笑的美男子。

"怎么样?这还不够吗?如果不够……那,不如到我家去一趟!刀剑和铠甲都有适合你用的,马棚里有五六匹马。"

对方极尽巧言令色之能事,然后在榆树下轻快地站起身来。牛郎仍旧默默地沉陷于踌躇之中。然而当对方走开时,他也就跟着迈出了沉重的步伐……

当他的身影完全消失在草坡脚下,又一位青年慢吞吞地下了山。虽然夕阳余晖已变得黯然失色,周围早已浮起淡淡的雾霭,却一眼就能认出他是素戈鸣。

他肩头搭着今天射到的两三只野鸟,悠然自得地来到榆树下歇脚,同时俯望暮色中静卧着的部落屋顶。随后,他嘴角绽开了由衷的幸福微笑。

对刚才发生的事一无所知的素戈鸣,心中又浮现出那个快活姑娘的倩影。

## 十七

素戈鸣日复一日地等待牛郎的回信,可是牛郎却并不那么轻易地前来报喜。非但如此,不知是故意还是偶然,从那以后牛郎几乎不与素戈鸣见面。他自己猜想,也许是牛郎计划失败而羞于相告。可转念又想,也许是没有机会接近那个姑娘。

一天清晨，他与那个姑娘在泉井边碰面。姑娘照例头顶瓦罐，同四五个女子正要离开白山茶树下。可当看到他时，突然撇撇嘴唇，水汪汪的双眸浮现出轻蔑的神情，并先自昂然走过他的身边。他仍如往常一样红了脸膛，且莫名其妙地体味到一种强加于人的不快。

"我真傻。那姑娘下辈子也不会做我的妻子。"

这种近乎绝望的想法，在他心中挥之不去。但牛郎并未带来否定的消息，让这个心地善良的人留有一线希望。从此，他寄一切希望于永不可知的答案，再不曾痛苦过。他暗下决心，暂时不去泉井。

然而，某日傍晚他走在天安河滩时，巧遇牛郎正在洗马。牛郎显然对此巧遇颇感尴尬。素戈鸣也觉得有话难以启齿。他站在落日余晖下朦胧模糊的艾蒿丛中，注视着淋水发光的黑马。但这种沉默渐渐令他烦闷难堪。为了打破僵局，他指着面前的黑马先自发问。

"真是一匹好马！主人是谁？"

出乎意料的是，牛郎闪着得意的目光回答：

"是我。"

"是吗？那可真……"

他咽下了溢美之词，又像刚才那样沉默不语。

牛郎也不能继续装痴卖傻，迟疑着支支吾吾道：

"前些日子，我收了你那块玉饰……"

"嗯！你转交给她了吗？"他眼中荡漾着孩童般纯真的情感。牛郎看到这双眼睛慌忙挪开视线，故意斥骂躁动的黑马。

"啊,转交了。"

"是吗?那我就放心了。"

"不过……"

"不过?不过什么?"

"她说还不能答复。"

"没事儿,不必着急。"

素戈鸣朗声回答。随后便像忘却牛郎那回事儿似的,沿着初春暮色暧昧的河滩向来路走去。他的心中涌起前所未有的幸福感。河滩的艾蒿、天空以及空中正在欢唱的云雀,一切仿佛都朝着他欢笑。他昂首阔步,不时地向隐现于薄霭中的云雀搭话。

"喂,云雀!你是不是挺羡慕我?不羡慕?骗人!那你为什么那样欢唱?云雀!喂,云雀!回答我!……"

## 十八

其后五六天中,素戈鸣都过着真正意义上的幸福日子。但由此开始,部落中流传起作者不详的新小调。内容是丑乌鸦爱慕美丽的白天鹅,成了所有飞禽的笑料。听到人们唱小调,他感到从前那轮幸福的太阳笼罩了乌云。

然而,尽管心神无定,他却仍旧未从幸福梦幻中惊醒过来。美丽的白天鹅必将接受丑乌鸦的爱恋,所有的飞禽都不会再讥笑他愚蠢,反倒羡慕甚至嫉妒他的幸福。他坚信这一点。至少,他感到自己无法置疑。

所以再次见到牛郎时,似乎只愿听到同样的答案。他却只轻描淡写地问:"那块琅玕玉,真的转交了吧?"牛郎仍旧尴尬地含糊其辞:"啊,真的转交了。但还是没有答复……"即便如此,他对"真的转交了"这句话也已心满意足,且再不深究。

三四天后的夜晚,他去山里掏鸟窝。所幸月朗星稀,他独自漫步在部落大道上。此时有人起劲地吹着竹笛,慢悠悠地从淡薄的暮霭中走来。素戈鸣自幼粗野成性,对歌谣音乐毫无兴趣。但在暖春月夜里,在灌木丛花香弥漫中聆听渐近的笛声,却感到风雅曼妙。

不久他与那人面对面近在咫尺。对方虽已照面却仍然吹笛不止。他一边让路一边借着当空皓月打量着对方:俊美的容颜,华丽的玉饰,还有横在嘴边的斑竹笛……无疑是那高个儿的风流美男子。

素戈鸣当然知道,他对粗野成性的自己向来轻蔑不屑,且是冤家对头之一,本想昂首挺胸不理不睬。可当擦肩而过时,美男子身上的物件却再次吸引了他的目光。凝眸细看,对方胸前挂着的正是母亲的遗物——琅玕玉。美玉沐浴着清冽的月光,放射着冷艳的清辉。

"站住!"

他闪电般伸出手臂,死死地揪住对方的领口。

"你干什么?!"

美男子不禁打了个趔趄,使出全身的力气想摆脱。可素戈鸣的大手犹如虎爪,怎么挣扎都无济于事。

## 十九

"你小子，这块玉是哪儿来的？"

素戈鸣箍住对方脖颈，咬牙切齿地问道。

"放开我，嗨！你干什么？快放开！"

"你小子不说清楚我就不放。"

"你要是不放……"

美男子见素戈鸣不放手，抡起斑竹笛横扫过去。素戈鸣此手不松，抬起空手一挡一扭，毫不费力地将笛子夺下。

"快说实话，要不我勒死你！"

素戈鸣早已怒不可遏。

"这块玉饰……是我……用马换来的。"

"胡说！这是我给……"不知何故，"那个姑娘"这句话，卡在了他的喉咙里。他向对方苍白的脸上喷吐着滚烫的怒气，又一次怒吼："胡说！"

"快放开！你小子……啊，我喘不过气来了……你说要放开的，你小子才胡说！"

"你有证据吗？"

此时，美男子拼命挣扎着挤出一句话："你去问问那小子！"怒火冲天的素戈鸣恍然省悟，"那小子"就是牛郎。

"好吧！那我就去问问。"素戈鸣说走就走。他一把拉起美男子，就向不远处牛郎独居的小屋走去。美男子一路上拼命地想掰开素戈鸣的手，但那虎爪犹如铁钳般箍紧了他的脖子，怎么敲打都不松开。

夜空中春月高悬，大路上依然弥漫着灌木花的清淡甜香。素戈鸣心中却似暴风骤雨的天空，愤怒和嫉妒的雷电撕开了翻腾的疑惑云团。欺骗自己的是那姑娘还是牛郎？要不就是这小子玩弄手段，从姑娘那里把玉饰敲诈到手……

他拖着美男子，终于来到小屋前。看来主人没睡，小屋里一灯如豆。从苇帘缝隙泻出微光，与檐前月华交织融会。来到门口，美男子为脱身而做的最后努力终于成功。

骤然间，一股神妙的旋风席卷美男子的面门，使他整个身体飘在空中。只觉得周围霎时漆黑一团，冥冥中似有火花四溅——来到门口的同时，他就像狗崽一般，被轻而易举地倒栽葱扔进了遮挡月光的门帘里。

## 二十

屋里，牛郎在陶制油灯下熬夜编草鞋。他惊诧地听到门口有人声动静，赶忙住手侧耳倾听。突然檐下苇帘在夜幕中剧烈翻卷，一个小伙仰面朝天地摔在稻草窝里。

他顿时吓得魂飞魄散，愣怔着盘腿坐着不动，惶惑地望着撞飞了半边儿的苇帘外面。此时灯光映出了满面怒色的素戈鸣，小山一般地堵在门口。牛郎看到素戈鸣，顿时面如土色，只把目光在小屋里遛来遛去。

素戈鸣风风火火地走到牛郎面前，死死盯着他狠狠地问道：

"喂，你小子说过，真把我的玉饰转交给那姑娘了，对吧？"

牛郎没有答话。

"那块玉挂在这个男人的脖子上,到底是怎么回事儿?"

素戈鸣烈焰燃烧般的目光转向美男子。他仍躺在稻草窝里双目紧闭,不知是昏厥过去了还是装死。

"你说转交了,是骗我的吧?"

"不,不是骗你。真的,真的!"牛郎这才拼命地辩解起来,"就是真的……不过转交的不是琅玕玉而是珊瑚……珊瑚管玉……"

"为什么要这样?"素戈鸣吼声如雷,已从精神上击溃惊慌失措的牛郎。牛郎终于把美男子花言巧语蒙骗、以珊瑚换琅玕、以黑马为谢礼的经过,毫无保留地交待出来。听牛郎说完,素戈鸣欲泣欲号。恼羞汇成风暴,冲击着他的五脏六腑,令他窒息。

"你不是说把那玉转交了吗?"

"转交了。但是……"牛郎欲言又止,"虽然转交了……可那姑娘……那样的姑娘……说天鹅怎能配乌鸦……话说得很难听……她不接受……"

牛郎话未说完早被踢翻在地,紧接着硕大的铁拳砸在了头顶。同时灯碗震落在稻草上,立刻燃起熊熊烈火。牛郎的毛腿被火烧燎,惨叫着一骨碌爬起,撅着屁股拼命地向屋后逃去。

狂暴的素戈鸣犹如受伤的野猪猛然扑了上去,不,正要扑上去时,脚下倒着的美男子起身拔剑,半跪在火海中疯狂地朝素戈鸣的腿部横砍过去。

## 二十一

剑光映入眼底,怦然激活了素戈呜心中长眠的嗜血野性。他迅速缩腿跃起,躲过对手的武器,并刷地拔出腰间利剑,发出牛一般的吼叫。吼声未落,利剑已接二连三地劈向对手。滚滚浓烟中两剑相撞迸出耀眼火花,炸响着刺耳的铿锵。

美男子毕竟不是他的对手。他的利剑纵横捭阖,剑剑追命。不,只几个回合,就几乎取下对手的人头。此时,突然不知何处飞来一只瓦罐直奔他的头颅。幸好未能击中,落在脚旁摔得粉碎。他一边挥剑继续交锋,一边怒目圆睁急速地环视屋内。却见屋后苇帘门前站着刚才逃窜的牛郎,正瞪着红眼搬起大木桶要救对手于险境之中。

他又一声怒吼,在牛郎抛出木桶之前将全力凝聚于剑端劈向对方的脑门。但此时大木桶已飞过火焰,呼啸着砸在他的头上。他不禁眼冒金星,脚下踉跄,仿若风中旗杆摇摇欲倒。美男子趁机奋力跃起,一手搠开火帘一手提剑,一溜烟地向屋外春月下宁静的夜幕逃遁而去。

素戈呜紧咬牙关,好不容易才站稳脚跟。但当他睁眼再看时,烟火弥漫的屋里已无他人。

"跑了?不成,你想跑我还不让你跑。"

尽管头发和衣服都着了火,他还是挥剑撩去门帘跌跌撞撞来到屋外。月华之中,更有屋顶烈焰照耀,大路亮如白昼。路上已经黑压压地站满从各家走出的人群。不仅如此,看到他提剑冲出,人群顿时骚动起来。"素戈呜!素戈呜!"

喊声越发响亮。嘈杂声中,他怔怔地伫立片刻。在他失去理智、杀气腾腾的心中,近乎狂乱的情绪已失去了控制。

大路上人越聚越多,慌乱的叫喊渐渐带上憎恶的腔调。

"杀死放火的家伙!"

"杀死强盗!"

"杀死素戈呜!"

## 二十二

此时,部落后方草坡榆树下,胡须长长的长老仰望当空明月缓缓坐下。幽静的春夜里,灌木花的清香包裹在温柔的暮霭之中。猫头鹰的叫声仿佛大山在长吁短叹,令满天稀疏的星光更加朦胧。

然而此时,山下部落中意外地吐出一柱浓烟,笔直地向无风的空中升去。虽然看到烟雾中腾起了火星,长老却仍旧抱拢双膝安然地哼着歌谣,并未流露丝毫惊恐。但部落中很快传来蜂窝倾覆般的吵嚷,而且渐渐演变成了喧嚣,又演变成了激战的呐喊。老人似乎也感到事态非同寻常,皱着雪白的双眉慢慢站起,双手搭在耳旁,凝神倾听部落中不期而发的骚乱。

"不对劲儿,似乎还有刀剑之声。"

长老喃喃自语,出神地观望着火星飞溅、直上夜空的烟柱。

没过多久,七八个从部落里出逃的男女气喘吁吁地爬上草坡。有不到十岁、披头散发的孩童,有好像刚从酣睡中惊醒、衣衫不整露出皮肤的姑娘,还有弯弓般佝偻着腰、行动不便的老婆婆。

来到草坡,他们不约而同地停下脚步,回头俯望部落中炙烤夜空的火光。早有一人发觉榆树下伫立的长老,立刻面露焦虑地靠近他。随着"思兼尊!思兼尊!"的呼唤,这群老弱妇孺中传出一片哀叹之声。一位夜色下愈显姣美的姑娘喊了一声"舅舅",就向转过身的长老轻盈走来。

"那是怎么回事?"

思兼尊向大家问道。他仍双眉紧锁,一手揽住姑娘依偎过来的肩膀。

"素戈呜尊,不知怎的突然闹腾起来!"

答话者并非那快活的姑娘,而是人群中一位连鼻子眼睛都看不清的老婆婆。

"什么?素戈呜尊闹腾起来了?"

"是的。后来很多年轻人想把他捆起来,但向着他的人却不让,因此酿成多年不见的大恶斗。"

思兼尊目光深沉,望望部落冒起的浓烟,又看看依偎在胸前的姑娘。纷乱鬓发中,那脸庞在月光下苍白得近乎透明。

"玩火的人要当心……不只是素戈呜尊,玩火的人都要当心啊!……"长老满是皱纹的脸上现出苦笑,远望着蔓延的火舌,抚摸着沉默并颤抖着的外甥女的秀发安慰道。

## 二十三

部落里的恶斗持续到翌晨。素戈鸣寡不敌众，终于和自己的同伙被对手生擒。平日对他心怀不满的众小伙将他五花大绑，粗暴地滥施酷刑。拳脚相加之下他在地上来回打滚，发出牛叫般的怒吼。

部落的老少全体提出，按村规将其杀掉以命抵罪。可是，思兼尊和手力雄尊两位权威却不轻言赞同。手力雄尊虽然痛恨素戈鸣的罪行，但又对他的非凡功力怀有爱才之心。出于同样理由，思兼尊也不愿轻易处死本领非凡的年轻人。长老不仅反对杀他，且对任何杀生之举都怀有极端的憎恶……

部落的老少为给他定罪争论了三天，但两位长老无论如何仍力主己见。他们只好免定死罪，代之以流放之刑。然而将他送往广阔天地无异于放虎归山，他们仍难赞同如此宽大的处置。于是先将他的胡须一根不留地薅掉，然后毫不留情地将他的手足指甲全都拔掉。松绑之后趁他手脚麻木时用石块砸他，放出剽悍猎犬撕咬他。遍体鳞伤的素戈鸣不敢停留，踉踉跄跄地逃出了部落。

两天之后，他越过了环抱高天原国的群山。下午，天空呈现出怪异的景象。他来到山顶，登上了嶙峋的石丛，想眺望坐落着熟悉部落的盆地。可眼前蒙上了灰白的云海，只能隐约望见部落所在的平地。他又身披朝霞，长久地端坐在岩石上。

此时峡谷的山风一如既往地向他耳边送来熟悉的窃窃

私语：

"素戈呜啊！你在寻觅何物？跟我来吧！跟我来吧！素戈呜啊！"

他终于站起身来，然后缓缓地下山，向未知的国度走去。

朝霞的嫣红消失，滴滴答答落下雨来。他身上只有一件单衣。不消说，玉饰和佩刀皆被抢走。雨越下越猛，敲打着这个流放之人。山风横扫，时时将衣襟贴在裸露的腿脚。他咬紧牙关，死盯着脚尖踽踽前行。

其实他只可看到脚下重叠的岩石，此外便是幽闭着峰峦峡谷的灰雾。雾中只可听到远近各处的喧腾，未知是风雨声还是山涧流水声。然而在他心中，还有更加暴烈、孤闷的怒火在熊熊燃烧。

## 二十四

走着走着，脚下岩石的表面有了湿漉漉的青苔。再向前走，青苔变成了深厚茂盛的羊齿草。后来，他走进了高高的山白竹丛……不觉之间，素戈呜已走进山腰的茂密森林。

森林漫无边际，风雨依然不止。冷杉、铁杉的枝梢在高空搅动着灰雾，发出痛苦的嘶鸣。他拨开竹丛盲目向下冲去。竹丛随之将他吞没，不停地甩动濡湿的叶片。整个森林仿佛已被激活，千方百计地阻挡他的去路。

他一刻不停地前进，心中怒火依然旺盛。但尽管如此，这片风雨交加的森林中仍似蕴藏着唤起狂暴喜悦的力量。他更加奋勇地挥动臂膀拨开草木藤蔓，不时高声呐喊着回应狂风暴雨的呼啸。

正午刚过，他终于被一道峡谷激流阻挡了突进的脚步。汹涌河水的对岸，是刀劈斧剁般的峭壁。于是，他拨开竹丛沿河岸前进。行走不久，来到水雾雨帘中一座通向对岸峭壁的、摇摇欲坠的藤萝吊桥边。

对岸绝壁之上，有几个吐着炊烟的大山洞。他毫不迟疑地走过藤桥，朝其中一个洞中看去。里面有两个女人坐在炉火前，都被炉火映照得红彤彤的，像画中人物一般。一个是猴子模样的老婆婆，另一个看来年纪尚轻。看到他出现在洞口，两人同时惊叫一声就要往岩洞深处跑。他看出洞中没有别的男人，立刻冲进洞中先轻而易举地抓住老婆婆。

年轻女子伸手从岩壁上抽出短刀，猛地刺向他的胸口，被他单掌一挥打落在地。女子又拔出长剑顽强地进攻，可长剑也在一瞬间被打落在地，铿锵有声。他捡起长剑，当着她们的面牙咬剑锋，并不费吹灰之力地一折两段。然后，挑战似的冷眼笑看对方。

女子本已手握利斧准备第三次进攻，见他折断长剑便马上撇开利斧伏在地上求饶。

"我饿了，弄点儿吃的！"

他松手放开猴子般模样的老婆婆，随即四平八稳地走到炉火前盘腿坐下。两个女人照他的吩咐，默不作声地开始准备饭菜。

## 二十五

洞中格外宽敞。岩壁挂着各式武器,全在炉火的映照下放射着华丽光彩。地上铺着好多鹿皮、熊皮。不知何处飘来淡淡甜香,融会在温暖宜人的空气中。

不一会儿,饭菜备妥。有野兽的肉、山涧的鱼、森林的果实,还有干贝,满满地盛在盘子里、杯碗里,摆在他面前。他坐到炉火前,便唤年轻女子斟酒。来到近前看得真切,她是一位冰肌玉肤、秀发浓密的动人女子。

他像野兽般大吃大喝,眼看杯盘即空空如也。女子见他食量如牛,便孩童般地微笑起来。此时,就算把刀子递给他,也不能从他身上找到一丝勇猛凶悍了。

"好啦!肚子饱了,该给一件穿的了!"

酒足饭饱的他说着,又大大地打了个哈欠。女子到里面取来丝绸衣裳。他从未见过这种刺绣了精美图案的衣裳。穿戴停当,他从岩壁上挂着的武器中取下一把方头柄长刀系在左腰上,然后又回到炉旁盘腿坐下。

"还有什么吩咐?"

片刻之后,女子畏畏缩缩地过来问道。

"我等你丈夫回来。"

"等我丈……你打算干什么?"

"我要跟他比武。我不想落个恫吓女人的强盗名声。"

女子拂起遮在脸前的秀发,露出鲜朗的微笑。

"那你可等不到,因为我就是此地主人。"

素戈呜大吃一惊,不禁瞪圆了眼睛。

"一个男人都没有?"

"一个都没有。"

"这附近的山洞里呢?"

"都是我的妹妹们,两三个人住一家。"

他沮丧着脸,使劲摇了几下头。火光、兽皮,还有岩壁上的刀剑,他觉得都像是怪异的梦幻。特别是这位年轻女子,披挂着绚丽的项链和佩剑,宛如仙山公主。不过,冒着疾风骤雨在深山老林中长途跋涉之后,坐在这无须担惊受怕的温暖洞穴之中,无疑是轻松畅快的。

"你的妹妹多吗?"

"有十五个。现在阿婆去叫她们都来见你。"

怪不得,那位猴子模样的老婆婆不知何时已经离开。

## 二十六

素戈鸣抱着双膝,呆呆地聆听洞外的风雨轰鸣。此时,那女子向炉中添着薪柴说道:"请问——尊姓大名?我是大气都公主。"

"我是素戈鸣。"当他自报家门时,对方满目惊疑,重又将这个丑陋粗野的小伙打量了一番,显然对其名字并不陌生。

"那你以前住在山那边的高天原国吧?"

他默默地点点头。

"听说高天原国是个好地方。"

听到此话,他心中平息一时的怒火又在双目中燃烧起来。

"高天原国吗?那里的老鼠比野猪还厉害。"

公主莞尔一笑,火光辉映着姣美皓齿。

"这个地方叫什么名字?"

他故作冷淡地岔开了话题。

公主却面含微笑,凝眸注视着他宽厚的肩膀默不作声。他不耐烦地蹙动眉头再问一遍,公主这才像回过神儿来,双眸现出妩媚答道:

"这里嘛,这里——这里是野猪比老鼠厉害的地方。"

此时忽然人声骚然,老婆婆领着十五位年轻女子,不畏风雨地来到洞中。她们全都略施粉黛、乌发高盘。一个个与公主亲切寒暄之后,熟不拘礼地坐在目瞪口呆的素戈鸣周围。项链的色彩,耳环的光影,还有丝绢服饰的窸窣之声……这一切占满了薪炎熠熠的洞厅,令他骤然感到略显拥挤。

十六位女子很快将他团团围住,与此深山大不相称的欢乐酒宴开场了。起先他还像哑巴似的不停喝干敬给他的水酒,可当醉意蒙眬时,却又嗷嗷大叫有说有笑。女人们有的碧玉点妆、妙手抚琴,有的斟酒举杯、恋歌娇吟。洞厅中回荡着莺歌曼曲。

弹唱说笑之间,天已入夜。老婆婆往炉灶里加了薪柴,又点着了多盏油灯。亮如白昼的灯火之中他已烂醉如泥,任凭前后左右周旋的女子们摆布。十六位女子不时为他你抢我夺,娇嗔之声四起。然而每次都是大公主不顾妹妹们嗔怒,只管独占素戈鸣。素戈鸣早已将风雨、群山还有那高天原国忘得一干二净,彻底沉迷于洞厅里弥漫的脂粉气中。只有那位猴子模样的老婆婆,在欢宴高潮中静静地蹲在一个角落,向十六位女子的放浪醉态投去嘲弄的目光。

## 二十七

夜深了。空盘空碗不时滚落在地发出刺耳的碰撞声,地铺上的兽皮也被桌面不停流落的酒滴淋得透湿。十六位女子几乎都没了正形,口中只有傻笑声和难受的叹息。

最后老婆婆站起身来,将明亮的灯火一盏盏熄灭,只剩炉灶里即将燃尽的炭火。微光朦胧,映照着被十六位女子肆虐着的、魁梧如山的素戈鸣。

翌日,当他醒来时发现,自己独自躺在洞厅深处铺了丝绸和毛皮的寝榻中。寝榻已不是草垫,而是堆得厚厚的桃花。昨夜洞内弥漫着妙不可言的淡淡甜香,无疑是从桃花中散发出来的。他口中哼哼着,双眼只顾呆呆地望着洞顶。于是,昨晚癫狂的记忆梦幻般浮现在眼前。同时,心底莫名其妙地生出恼怒之情。

"畜生!"

素戈鸣低吼着猛然从寝榻上跳起,桃花随即漫空飞散。

洞厅中那位老婆婆正埋头做早饭。大公主不见了人影,不知去向。他急忙穿了鞋,并将方头柄长刀系在腰间,也不理睬与他寒暄的阿婆,便大步走向洞外。

微风很快将他脑袋里的宿醉吹散,他叉着双臂,眺望峡谷对面在春风中摇曳的林梢。林梢上方高耸着峰峦。云雾缭绕的山腰之上是裸露的巉岩。旭日照耀之下，巍峨群山似在一边俯视着他，一边无声地嘲笑他昨晚的丑态。

遥望着群山和森林，他突然感到洞中氛围格外令人作呕。现在的他，只觉得那炉火、那酒菜，还有那寝榻上的桃花，全都充满了可憎的腐败气味。尤其是那十六位女子，他觉得她们都是巧扮红粉掩饰死秽的行尸走肉。他在群山面前不禁仰天长叹，随即耷拉着脑袋向洞前藤桥走去。

可就在此时，欢闹的笑声在幽静峡谷中回荡，焕发着勃勃生气传入耳中。他身不由己地停下脚步，回头循声望去。只见从洞前小径的另一端走来那十六位女子。领头的大气都公主比昨天更加妩媚动人。她很快发现了他的身影，急切地朝这边赶来，直踢得裙裾翩然翻飞，令人眼花缭乱。

"素戈呜尊！素戈呜尊！"

她们像小鸟欢歌般齐声呼唤，那美妙的嗓音命中注定般地使终于抬脚迈向藤桥的素戈呜意乱情迷。他惊诧于自己的心猿意马，不觉之间却又满脸堆笑地驻足等待。

## 二十八

从那以后，素戈呜就在这温暖如春的洞厅中，与十六位女子享受着放纵的生活。一个月的时光就在玩乐中转眼度过。

他每天吃喝玩乐，还去溪谷中钓鱼。上游有瀑布，瀑布周围有四季常开的桃花。十六位女子每早都到瀑布前，在桃花香气熏染的水潭中沐浴。有时他也与她们一起拨开山白竹丛，走到很远的上游去沐浴。

此间，雄伟的山峰、峡谷、对面的森林渐渐与他失去交流，变成垂死的大自然。虽然他朝夕呼吸着幽静峡谷的空气，却已毫无感激之情。而且，他对此种心理变化毫不介意，所以才心安理得地每日花天酒地，享受着梦幻般的幸福。

然而某夜在梦中，他又一次站在山顶石林上眺望高天原国。那里阳光普照，宽阔的天安河面宛如烧红的长刀闪闪发光。他迎着劲风凝望山下景色，胸中突然充满无以言表的孤寂感。随即，他不禁放声痛哭起来。他被自己的哭声惊醒，发现脸颊还留着冰凉的泪痕。他起身环视炉灶微光映照的洞厅，只见同一张桃花榻上，酒气熏天的大公主正在酣睡。尽管这对他毫不新鲜，看上去她的容貌也丝毫未变，但却与垂死的老太婆别无两样。

他恐惧并厌恶得浑身颤抖，咬紧牙关悄悄溜下余温尚存的寝榻。随即迅速穿戴停当，蹑手蹑脚地潜出洞外，连那猴子模样的老婆婆都没察觉。

洞外漆黑一片，只能听到溪谷中湍流在轰鸣。他走过藤桥立刻像野兽一般钻进山白竹丛，向着枝不摇叶不动的密林深处进发。点点星光，冷冷凝露，苔藓的腥味和猫头鹰的眼睛……这一切都令他感到前所未有的飒爽豪迈。

他义无反顾地走到了天亮。森林的黎明真美。当铁杉、冷杉那昏暗的枝梢上空被朝霞染得火红时，他多少次放声高呼，庆贺自己逃离魔窟的幸运。

不久，太阳当空照耀。他仰望树梢栖息的绿鸠，后悔忘了携带弓箭。不过，山中到处都有足够充饥的野果。

夕阳西斜时分，他孤苦地待在陡峭崖角。崖下针叶树冠错落有致。他坐在崖角眺望沉向峡谷的红日，怀念那昏暗洞厅岩壁上挂着的剑斧。此时，不知何故他感到群山那边传来十六位女子的笑声，那是充满难以想象的神奇诱惑的幻觉。他定睛凝望暮色苍茫的山岩和森林，拼命地抵抗着那些诱惑。然而洞厅灶火旁那段回忆，却如同无形的大网将他的心田紧紧罩牢。

## 二十九

一天之后，素戈鸣又回到了那座洞厅。十六位女子似乎对他的出逃一无所知。无论怎么琢磨，那种漠不关心都不像是装模作样。或不如说，她们仿佛生来就具备了不可猜解的麻木。

此种麻木曾令他苦恼。但时过一月之后，他反因此种麻木而更加心安理得地沉湎于永不苏醒的、迷醉般的怪异幸福之中。

一年光景又像梦幻般逝去。

后来有一天，女子们不知从哪儿带回一只狗在洞中豢养。这只公狗浑身乌黑，大如牛犊。她们喜欢这公狗。特别是大公主，拿它当人疼爱。素戈鸣起先也同她们一样把盘子里的鱼肉或兽肉扔给它吃，有时酒后还跟狗玩相扑。黑狗常常直立起来，将烂醉的他扑倒在地。每到此时，她们就拍手起哄，嘲笑他蠢笨无能。

黑狗一天天愈加受宠,终于发展到每顿饭大公主都将同样的杯盘放在黑狗面前。有一次,他曾决心板起脸来将狗撵走。大公主却美眸变色,一反常态地责备他横行霸道。他已丧失了冒犯众怒与黑狗计较的勇气,只得与其共餐共饮。黑狗似乎觉察到他的反感,总是舔着盘子冲他龇牙咧嘴。

　　如此尚能勉强忍受。一天早上,他比她们晚到瀑布浴场。虽然季节临近夏天,那一带的桃花却仍在溪谷雾中盛开。他拨开山白竹丛,想跳入漂着桃花瓣的水潭。此时眼中意外地映入潭中沐浴着的××××××(原文此处阙如,下同)黑兽活动的景象。×××××××××××。他立刻拔出腰间长刀刺向黑狗。但女子们却护着黑狗,使素戈鸣无法下手。黑狗趁机浑身滴着水蹿上岸,逃回了山洞。

　　从那以后,十六位女子每晚在酒宴上拼命争夺的不是素戈鸣,而是黑狗。素戈鸣蹲在角落里整夜闷头喝酒,醉了就伤心落泪。他胸中妒火万丈,却丝毫没有意识到自己的浅薄。

　　一天夜里,他又在洞厅一角捂脸哭泣。忽觉有人悄悄靠近,用双臂将他搂住并嗲声嗲气地绵言软语。他惊讶地抬起双眼,借着远处油灯的微光察看对方,立刻怒吼一声猛然将其推开。对方毫无抵抗地摔倒在地,发出痛苦的呻吟……那正是连腰都直不起来的猴子模样的老婆婆。

## 三十

　　推倒老婆婆的素戈鸣泪流满面,紧蹙双眉像猛虎般立起身来。嫉妒、愤怒和屈辱在心中交织沸腾。看到眼前与黑狗狎戏的十六位女子,立刻拔刀不顾一切地冲向她们。

黑狗慌忙翻身,总算躲过刺来的长刀。与此同时,女子们从两旁扑来扯住暴跳如雷的素戈鸣。但他挥开那些纤手玉臂,将刀锋再度刺向黑狗。

然而长刀未能刺中黑狗,却刺中了前来夺刀的大公主胸口。她痛苦地呻吟着仰面倒下。其他女子见状尖声惨叫,四散逃窜。霎时间灯台倒地声、刺耳的犬吠声、杯盘摔碎声四起……刚才还在欢声笑语中的群芳佳丽,眼下却似骤然炸窝的马蜂。

素戈鸣不敢相信自己的眼睛。呆立片刻,又赶忙撇下长刀,双手抱头发出痛苦的低吼,旋即如弓箭离弦般抢出洞外。

夜空中,一轮带晕春月挥洒着朦胧青光。森林向空中交错着黑黢黢的枝杈,阴郁地封盖了峡谷,仿佛在等待厄运的到来。素戈鸣耳目无物般地持续奔走。漫无边际的山白竹丛犹如波浪起伏,弹射着露珠似欲将他吞没。不时有夜鸟蹿跳出来,翅膀闪烁着磷光爬上静止的树梢。

拂晓时分,他发现自己来到大湖的岸边。阴沉的天空下,铅板似的湖面平无波纹。周围高耸的群山呈现出苦闷夏季的墨绿,对于刚刚缓过神的他来说,几乎就是永远无法治愈的忧郁。他拨开岸边的山白竹丛来到干燥的沙滩上,然后坐下抬眼展望空旷的湖面。远处漂浮着一两只䴘鹧的身影。

此时他心中骤然涌起一阵悲伤:在高天原国时曾以众小伙为敌,而现在一只狗居然成了他的死敌……他双手捂脸恸哭了很久。

此间天色剧变,横亘对岸的群山上空划过两三道龙爪闪电,接着传来隆隆雷声。他仍然坐在沙滩上大恸不止。不久,狂风裹挟着暴雨席卷岸边竹丛。湖面顿时昏暗如夜,波涛汹涌。

雷声一阵紧似一阵。对岸群山开始被雨雾笼罩,林中也喧嚣起来。一度昏暗了的湖面,眼看着又从对面泛起白光,素戈鸣这才抬起头来。此时犹如天河翻了个儿,倾盆大雨瀑布般向他兜头泼来。

## 三十一

对岸群山已浑然不见,湖面在云烟中时隐时现。只是每当闪电划破乌云的瞬间,才能远望巨浪排空的湖面。而此刻必然炸响一连串撕裂长空的惊雷。

素戈鸣已被浇得透湿,却仍然不想离开沙滩。他的心已沉入比天空还要晦暗的深渊,那里全是对肮脏至极的自我的愤懑。而且,如今就连彻底宣泄愤懑的气力——以头撞树、投身湖底这类一举毁灭自己的最后气力都已消耗殆尽。他身心犹如褴褛破船,无助地颠簸在惊涛骇浪之间。他只能默默呆坐,任凭激起白雾的暴雨冲刷。

天色越发昏暗,风雨也更加狂暴。突然,眼前一切变成亮闪闪的淡紫色,群山、乌云、湖泊都似飘在了半空。紧接着,一声地轴崩裂般的落雷炸响耳畔。他身不由己地想要蹿跳起来,却又扑倒在地。暴雨没头没脑朝匍匐着的他倾泻,他却把半边脸颊埋在沙中纹丝不动。

几小时过后,他从昏迷中醒来,缓缓地从沙滩上站起。宁静的湖面仿若油池一般在眼前展开。空中云团迷乱,只有一束阳光如同绵长的金丝带,恰巧落在对岸的山顶。只有那束光芒照耀之处,呈现着鲜亮的金绿色。

他茫然抬眼,注视着温存平和的大自然。天空、森林、雨后的空气,这一切对于他仿佛往日梦中的景象,充满了令人怀念的闲适。"在那群山之中,隐藏着我已忘却的东西。"他苦苦思索,长久而贪婪地眺望山峦与湖泊。但无论怎样追忆遥远的过去,他都很难想透那到底是什么。

时过良久,云游影动。环绕他的群山,须臾之间洒满了盛夏的阳光。覆盖群山的满目葱绿,立刻被波平如镜的湖面映照得分外妖娆。此时,他感到心底传出异样的悸动。他屏气凝神侧耳倾听。从层峦叠嶂的群山深处,传来曾一度忘怀的大自然的召唤,犹如无声的惊雷。

他欢喜得浑身战栗不止。他战栗着折服于大自然召唤的威力。最后,他趴在沙滩上,拼命地堵住耳朵。然而大自然却仍滔滔不绝。他除了洗耳恭听,别无选择。

湖面闪耀着粼粼波光,生机勃发地响应着大自然的倾诉。他——趴在沙滩上的一介匹夫,忽而痛哭流涕,忽而喜笑颜开。然而来自群山的召唤却毫不理会他的悲喜交集,仿佛无形的波涛一般,不断地从他头顶滚过。

## 三十二

素戈鸣下湖沐浴，洗去全身污秽。然后来到岸边巨大的冷杉树荫下，进入了久违的甜美梦乡。梦幻恍若盛夏天空深处飘来的翎羽，娴静无声地落在他身上……

梦境之中黯然昏沉，一棵伟岸的枯树在他面前伸展枝丫。

接着，一位不明来历的彪形大汉向他走来。虽然脸孔模糊难辨，但看一眼剑柄隐现着金光的龙头便知，其腰间佩带的是雕饰着金龙的高丽剑。

彪形大汉拔剑，一举刺透枯树根部，深达剑柄。素戈鸣对其非凡功力惊叹不已。此时耳畔响起一阵嘀咕声：

"那位大汉是火雷命。"

大汉静静抬手向他打个招呼，手势像在叫他将高丽剑拔出。此时，他猛然从梦中惊醒。

他愣愣怔怔坐起身来，只见冷杉树在微风中轻摇，顶梢上空早已撒下满天繁星。四周除了泛白的湖面，只有回响着山白竹嚓嚓声、弥漫着苔腥味的暮色。他回想着刚才的怪梦，漫不经心地向那边望去。

只见十步开外，有一棵与梦中相同的枯树。他不假思索地走上前去。

枯树无疑是被刚才那颗落雷劈裂的，根部散乱着一大片残枝针叶。他脚踏枝叶方知此梦非梦——枯树根部真的贯通着一口高丽剑。雕饰着金龙的剑柄，连护手都刺入了木头。

他双手紧握剑柄，使出九牛二虎之力一举拔出剑身。高丽剑仿佛才经磨砺，自剑根至尖锋都闪耀着逼人的寒光。"神灵在护佑我。"想到这里他心中重又鼓起勇气，跪在枯树下向天界诸神叩拜祈祷。

然后他又回到冷杉树下，紧搂宝剑再次沉沉入睡。三天三夜，像死去一般地沉睡。

素戈呜苏醒之后，为了清洁身体再次来到湖畔沙滩。风平浪静的湖水清澄透彻、波平如镜，鲜明地映射出他伫立岸边的倒影。他已恢复了高天原国时身强志坚的模样，一副俨如丑神的面孔。不过，曾几何时，他的眼圈下已铭刻了历经一年悲哀苦涩的皱纹。

## 三十三

从此，他独自一人或横渡海峡或翻越崇山峻岭，走遍了列岛诸国。但是无论哪个列国或部落，都不足以令他脚步流连。尽管国名不同，但居民的心地却与高天原国相差无几。

他——已对高天原国毫无眷恋的他，对那些国度虽曾慷慨相助，但从未想过归化其国，直至寿终正寝。

"素戈呜啊！你在寻觅什么？跟我走吧！跟我走吧……"
耳畔萦绕着风的呼唤。他离开那个湖泊，已漫无目标地漂泊了七年。第七年的夏天，他出现在出云国簸川溯流而上的独木舟帆下。此时，他正枯燥乏味地望着芦苇茂密的簸川两岸。

苇丛尽头，山间长满茂盛的高大松树。密密匝匝相互挤压的松枝上方，是云蒸雾绕的阴郁群峰。群峰上空，不时有两三只白鹭拍动炫目的银翅斜着翩翩远去。白鹭的身影消失后，河面全都笼罩在令人骇异的亮丽闲适之中。

他依偎船帮，深吸由阳光炙烤散发的松脂香气，任由熏风吹送独木舟久久漂荡。其实，即使这般闲适的河面风光，对于习惯冒险的素戈鸣来说已似高天原的岔路口一般凡俗，毫无新鲜感。

时近黄昏，河面渐窄。两岸芦苇渐渐稀疏，随处是疙里疙瘩的松根，在水与泥之间交织出荒芜和凄凉。他一边思虑今晚的栖身之所，一边更加警惕地注视两岸。悬垂于水面的松树枝条纠结成网，固执地遮掩了密林深处的隐秘。不过在野鹿喝水钻出的缺口暗处，偶尔也会闪现朽木上簇生的、瘆人的大红蘑。

夜幕降临，他发现对面临水的巨石上好像坐着一个人。当然自方才起，沿河一带根本没有人烟。所以，发现那个身影时，他还怀疑自己的眼睛。他已剑柄在握，身体却仍悠然地凭靠船帮。

不久，小舟划出扇形波纹接近巨石，人影更加清晰。不仅如此，他已看清那是一位身着长裙的女子。他闪动着好奇的目光，身不由己地站到了船头。微风鼓起桅帆，小舟在遮天蔽日的松枝下渐渐靠近巨石。

## 三十四

独木舟终于来到巨石前，石上也是松枝铺展。素戈鸣急速降下帆来，单手抓住松枝双脚使劲。独木舟剧烈摇晃，船头擦过巨石棱角上的苔藓即刻靠岸。

那位女子不知他已靠近,独自匍匐石上痛哭。突然又像察觉有人而猛然抬头,看到他后越发放声哭号,并向拥绕巨石的松树后面躲去。素戈呜一只手抓住石棱喊了声——"等等!"另一只手猛然抓紧女子身后的裙裾。女子身不由己地倒了下去,并发出短促的惊叫。可她再不起身,仍如方才那样趴着顾自痛哭不止。

他将船缆系于松枝,轻捷地跃上巨石,然后手搭女子肩头说:

"别害怕!我不会伤害你。只是觉得你在此处哭泣很奇怪,所以停了船。"

女子终于抬起脸,在笼罩河面的暮色中战战兢兢地打量着他。他在刹那间感受到,这个女子身上有一种只有在梦中得见的夏日晚霞般的凄美。

"你怎么了?迷路了吗?还是被坏人抓来的?"

女子默默地摇头,项下的琅玕玉饰轻微碰撞,牵出一串丁冬。看到她孩童般表示否定的神态,素戈呜不觉嘴角浮起了微笑。可那女子却越发羞怯起来,腮边染上红晕,又将泪汪汪的双眸垂下望着膝头。

"那……那到底是怎么回事儿?有什么难处,别害怕,只管说。只要我能做到,什么都可以帮你。"

经他好言劝慰,女子似已鼓起勇气,断断续续地诉说起来。原来,她的父亲是此河上游部落首领,名叫足名椎。但因近来部落男女染上瘟疫接二连三地倒下,足名椎急忙命令巫婆祈求诸神赐谕。然而天神降旨却出乎意料:倘若不将独生女栉名田公主供奉给高志的巨蟒，部落中所有的人将在一个月内死光。足名椎被迫无奈，即同众青年划船，从遥远部落将栉名田公主送至此处，抛下她孤身一人。

## 三十五

听罢栉名田公主诉说，素戈呜东张西望，斗志昂扬地环视暮色中的河面。"那条高志巨蟒到底是什么怪兽？"

"听别人说，那巨蟒八头八尾，身长达八条峡谷。"

"是吗？这倒挺新鲜！此怪百年不遇，只听你一说我就觉得浑身来劲。"

栉名田公主静静抬起清澈的眼眸，担忧地看着满不在乎的素戈呜。"眼下那巨蟒随时可能出现，你……"

"我要除掉它！"

他斩钉截铁地回答。然后，仍然叉着双臂沉稳地走下巨石。

"话虽如此，可那巨蟒非同一般，是神兽啊！"

"是的！"

"说不定你会受伤的……"

"是的！"

"反正我是供神祭品，我认命。纵然就此……"

"等等！"他继续走着，像要赶走何物似的挥挥手。"我不想眼看着你成为怪兽的牺牲品。"

"可那巨蟒强大无比……"

"你是说我斗不过它？就算斗不过它，我也要斗一斗！"

栉名田公主再度腮染红霞，摸索着挂在腰带上的镜子并软弱无力地反驳。

"我成为巨蟒的牺牲品，是天神的旨意。"

"或许命该如此。但是，如果没有祭供巨蟒这一说法，你就不会被独自丢到这里。对吗？如此看来，天神的旨意与其说是命令你充当巨蟒的牺牲品，莫若说是命令我除掉它。"

他又返身走近公主，气势磅礴的威严神态在他丑陋的眉宇间闪现。

"可是，巫婆说……"

栉名田公主的嗓音柔弱无力。

"巫婆是传达天神旨意的，不是猜解天神之谜的。"

此时，突然有两只野鹿从对面昏暗的松树下蹿出，跳入微亮的河中激起一片水雾，然后并肩拼命游向此岸。

"它们如此惊慌……莫非已经来了？那可怕的神……"

栉名田公主狂乱地扑到素戈鸣身边。

"是的。终于到来了，揭开天神之谜的时刻。"

他一边注视着对岸一边慢慢地将手伸向高丽剑柄。他的话音未落，山崩地裂般的轰鸣震撼着对岸的松林，直上群峰，直上疏星点点的夜空。

大正九年五月

侯为　译

# 老年素戈鸣尊

一

素戈鸣除掉高志巨蟒后娶栉名田公主为妻,同时成为足名椎部落的首领。

足名椎在出云的须贺为新婚夫妇建起了八广殿。其正殿恢宏气派,脊木高耸入云。

素戈鸣与新娘过着宁静的日子。无论风啸还是浪涌抑或夜空星光,如今已毫无诱惑力,再也无法吸引他到广袤的亘古自然中去漂泊。即将做父亲的素戈鸣在这大殿的栋梁之下,在用红白颜料描绘了狩猎图的四壁之间,找到了高天原国不曾给予他的天伦之乐。

他们边吃饭边谈论未来的计划。有时也去周围槲树林中散步,脚踏遍地落英侧耳倾听小鸟们梦幻般的歌声。他对妻子恩爱备至。他的嗓门儿、姿态和目光之中,过去那种粗野已荡然无存。

然而偶然在睡梦里,阴暗角落中蠢动的怪物,无形之手挥舞的剑光,又将他引诱到杀伐争斗中去。不过每次梦醒时分,他都立刻想到妻子和部落的事情,便将梦中所见忘得无影无踪。

不久,他们做了父母。他为自己的儿子起名叫八岛士奴美。与他相比，八岛士奴美更像母亲枦名田，是一个性情随和的男儿。

日月流水般逝去。其间他又娶了几位妻子，成为更多孩子的父亲。这些孩子长大成人后，遵从他的命令率兵去征服列国。

随着子孙后代的兴旺，他的英名蜚声列国。列国纷纷前来进贡。运送供品的船上载有丝绸、毛皮、玉饰，还有前来朝拜须贺神宫的民众。

一日，他在民众中发现三位来自高天原国的青年。他们都像当年的他一样膀大腰圆。他将三人召进神殿，亲自斟酒款待。这是迄今为止，此位勇猛的部落首领的最高礼遇。三人起初难以理解他的意图，似乎心存畏惧。但酒过三巡，他们便依照他的要求，拍打着酒瓮底儿唱起高天原国的小调。

三人即将离开神宫之际，他取出一口宝剑吩咐道：

"这是我砍死高志巨蟒时，从它尾巴中取出的宝剑。交给你们，把它送给你们家乡的女王。"

三人拱手捧剑在他面前跪下，发誓绝不违令。

后来，他独自送行到海边，一直望着帆船驶向波涛汹涌的海面。一领孤帆穿破迷雾在阳光下翩然摇摆，仿佛腾空翱翔的海鸥。

二

然而，死亡之神也不会放过素戈鸣夫妇。

八岛士奴美长大成人之后，枦名田夫人突然身患疾病，一月之后便溘然仙逝。尽管素戈呜妻妾成群，但视如己命般疼爱的只有她一个。所以，灵堂布置停当之后，他在凄美如生的妻子遗体前默默流泪，守灵七天七夜。

其间，宫中恸哭之声四起。特别是年幼的须世理公主，悲切唏嘘不断。宫墙外过路者闻之，无不伤心落泪。她——这位八岛士奴美唯一的妹妹，与酷似母亲的兄长相反，酷似激情奔放的父亲，是一位不让须眉的女中豪杰。

不久，栉名田夫人的遗骸与她生前使用过的玉饰、铜镜、衣物一起，被埋葬在须贺神宫附近的小山上。素戈呜为体恤黄泉路上的妻子，不忘将十一名侍女活埋陪葬。侍女们精心装扮，无比欣慰地慷慨赴死。部落的老人们见此情状，无不暗中蹙眉，指责素戈呜的专断。

"十一个！素戈呜尊全然不顾部落以往的规矩。哪有第一夫人亡故，却只让十一个侍女陪葬的理法？总共才十一个！"

葬礼全部结束后，素戈呜突发奇想将王位让给了八岛士奴美。而他自己，则与须世理公主移居远在海峡对面的根坚洲国。

那是他在颠沛漂泊中亲历过的无人岛，风光秀丽，最使他难以忘怀。他派人在岛南的小山上营造草顶宫殿，借以安度晚年。

素戈呜已然白须如麻，但老当益壮，炯炯有神的目光中显而易见……不，他的容颜似乎比在须贺宫殿时更显霸气。尽管他自己毫无察觉，但自从迁居此岛之后，休眠于体内的野性也不知不觉地苏醒了。

他与女儿须世理公主一起驯养蜜蜂和毒蛇。养蜂自然是为了酿蜜，而养蛇却是为了提取涂于箭头的剧毒。而在狩猎和出海之余，他则将自己修炼的武艺和魔法悉数传授给女儿。须世理在此般生活中，成长为武艺道法俱佳的女丈夫。然而她依然保留了栉名田夫人遗传下来的姿色，而且不失高雅之美。

宫殿周围的糙叶树几度萌芽，几度落叶。他那长满胡须的老脸皱纹渐多，而须世理公主那总是含笑盈盈的星眸却愈加冷峻。

三

一日，素戈呜坐在殿前糙叶树下，撕剥硕大的雄鹿皮。此时，去海边沐浴的须世理领着一个陌生小伙回来。

"父亲，我刚才碰到了他，就一起回来了。"

须世理说着，向颇不情愿起身的素戈呜介绍远方来客。

这是一位浓眉宽肩的壮汉，佩戴着红绿相间的玉饰和厚重的高丽宝剑，活脱脱就是自己年轻时的威武英姿。

素戈呜支应着彬彬有礼的青年，甩出简慢粗俗的问话。

"你叫什么？"

"在下名叫苇原丑男。"

"怎么到这个岛上来了？"

"我想找些食物和淡水，就靠岸了。"

青年落落大方地逐个回答问题。

"是吗？你到那边随便吃点儿吧！须世理，你带他去！"

两人进了殿堂。素戈鸣在糙叶树下娴熟地舞弄短刀撕剥着鹿皮，可心里却在不觉之间发生了奇妙的变化。犹如晴空里预示风暴的云雾，给平静的生活投下了阴影。

剥完鹿皮，素戈鸣回到殿堂时天色已晚。他登上宽大的木阶，一如往常不经意地掀起客厅门口的白色幕帘。只见须世理公主和苇原丑男如同被搅乱巢穴的亲密小鸟一般，慌忙从草铺上起身。

他板着脸孔，慢吞吞地向内室走去。但立时又用锐利可憎的目光瞪着苇原丑男，以命令的口吻说道：

"你今晚就住在这里，休息休息吧！"

苇原丑男尽管欣然从命，却难掩尴尬神态。

"你赶快去那边躺着吧！别客气。须世理——"素戈鸣回头去看女儿，突然发出讥讽的腔调，"把这个男人带到蜂房去！"

须世理登时脸色煞白。

"快去！"

看到她在迟疑，父亲像发狂的狗熊低吼起来。

"是。那，你请到这边来。"

苇原丑男再次向素戈鸣恭敬施礼，随即兴致勃勃地追出客厅。

四

来到客厅外面，须世理公主取下披巾递在苇原丑男的手中悄悄说：

"进了蜂房把披巾挥舞三下,你就不会挨蜇了。"

苇原丑男简直弄不懂对方所指何事,可又顾不上问个详细。须世理公主打开蜂房小门,领他进去。

蜂房里黑得伸手不见五指。苇原丑男刚一进门,立刻摸索着想抓住公主,指尖却只碰到公主的散发。紧接着,响起慌忙关门的声音。

他摆弄着披巾呆立了一会儿,眼睛慢慢适应了黑暗。出乎意料,屋内情景依稀可辨。

昏暗中他看到,顶棚垂吊着很多大桶般的蜂巢。蜂巢周围,蠕动着好多比他腰间的高丽剑还粗的蜜蜂。

他身不由己地回身扑向门口。可不管他怎么推怎么拽,门板却纹丝不动。而且,已有一只蜜蜂从上方斜刺里飞到地面,发出钝重的振翅声朝他爬来。

他被此景吓得魂飞魄散。趁蜜蜂尚未爬到身边,他手忙脚乱地想踩死它。然而蜜蜂却腾空而起飞到了头顶,嗡地发出更大的振翅声。同时,更多的蜜蜂似已察觉有人而大发雷霆,犹如迎风火箭般相继俯冲下来……

须世理回到客厅,点燃墙面上的火炬。火光映红躺在草铺上的素戈呜。

"你真把他带到蜂房去了?"

素戈呜盯视女儿的脸庞,然后用憎恨的腔调问道。

"我没有违背父亲的命令。"

须世理公主避开父亲的目光,坐在客厅的角落。

"是吗?那你今后……当然也不会违背我的命令吧?"

素戈呜话中夹带着讽刺的腔调。须世理只顾打理玉饰项链，既未肯定，也未否定。

"你不说话，是想要违背我吗？"

"不。父亲为什么那样……"

"如果不想违背我就告诉你，我不许你嫁给那小子。素戋呜的女儿必须嫁一个素戋呜看得上的女婿，明白吗？这一点绝不能忘记！"

夜深之后，素戋呜鼾声大作。须世理却独自沮丧地靠在客厅窗边，一直守到暗红的月亮无声地沉入海中。

五

翌晨，素戋呜一如往常到礁石嶙峋的海边去游泳。此时，苇原丑男出乎意料地追了出来，并冲下大殿木阶。

刚见到素戋呜，他便露出愉快的微笑问候：

"您早！"

"怎么样？昨晚睡得好吗？"

素戋呜伫立岩角，满面狐疑地看着对方。这个精力旺盛的年轻人怎么没叫蜜蜂蜇死？如此结局，完全超乎他力所能及的推测。

"是啊，托您的福，睡得很好。"

苇原丑男回答着，捡起脚旁一块岩石奋力向海面扔去。石块画出长长弧线，向红彤彤的朝霞飞去，然后落在素戋呜远不能及的波浪之中。

素戋呜咬紧嘴唇，目不转睛地追视那块岩石。

两人从海边返回吃早饭时，素戋呜苦着脸撕咬着鹿腿，并向面对而坐的苇原丑男说：

"你如果喜欢这殿堂，就再住几天好了。"

坐在一旁的须世理公主暗暗向苇原丑男递眼神，提醒他不可应允这心怀叵测的邀请。可他却正向盘中鱼肉伸出筷子，好像并未注意到她的暗示。

"多谢！那就再打扰您两三天。"苇原丑男高兴地答道。

午后，好不容易等到素戈呜歇息下，这对恋人趁机溜出殿堂，来到拴独木舟的静谧海边礁石岩缝，忙里偷闲地享受一回幸福。

须世理躺在散发香气的海草上，只是梦幻般地仰望着苇原丑男。然后她挪开他的手臂，忧心忡忡地说：

"今晚你要是还在这儿住，命可就保不住了。你不要管我，赶快逃吧！"

苇原丑男却忽而一笑，孩童般地摇摇头说：

"只要你在这儿，就是杀头，我也不走。"

"可是，万一你哪天出事……"

"那你现在就跟我离开这个岛，好吗？"

须世理犹豫不决。

"你要是不走，我决心永远住在这儿。"

苇原丑男想再一次将她搂在怀里。她却推开他，猛地从海草上起身，满怀焦虑地说："父亲在叫我呢！"随即小鹿般敏捷地向殿堂跑去。

苇原丑男被撇在海边，他仍面带微笑地目送着须世理的身影。在她躺过的位置，又留下一条与昨晚同样的披巾。

六

当晚，素戈鸣不用别人帮忙，便将苇原丑男扔进蜂房对面的屋子。

屋里的昏暗与昨晚相同。不同的是，昏暗中处处闪耀着绚丽的光彩，仿佛遍地散落着宝石。

苇原丑男心中纳闷，便想等眼睛适应后看个究竟。过了片刻，视野渐渐清晰。他发现那点点星光，竟是连马匹都似乎能够吞噬的巨蟒的眼睛。不计其数的巨蟒或绕梁而憩，或援椽而卧，或盘踞地面，密密匝匝挤满屋内，令人毛骨悚然。

他下意识地手握剑柄。然而即使他拔剑劈死一条，其余巨蟒无疑仍会轻而易举地将他绞死。瞧！眼前即有一条巨蟒在下方觊觎着他。还有更大的巨蟒倒挂金钩悬于半空，斗大的脑袋早已探至他的肩头。

屋门当然无法打开。岂止如此，白发苍苍的素戈鸣似乎正把守在门外，讪笑着偷听门内的动静。苇原丑男紧握剑柄，浑身上下只有眼球才敢转动。此时脚旁那条巨蟒缓缓松开盘成小山的身体，将斗大的脑袋渐渐抬起，拉开猛扑咬颈的架势。

此时他突然灵机一动：昨晚群蜂扑来时，挥舞须世理公主的披巾得以保命。如此看来，公主遗留在礁石的披巾或有同样的奇效。于是，他迅速取出捡来的披巾挥舞了三下……

翌晨，素戈鸣又在礁石嶙峋的海边见到更加英姿勃发的苇原丑男。

"怎么样？昨晚睡得好吗？"

"是啊。托您的福，睡得很好。"

素戈呜一脸的不快，恶狠狠地盯视对方。却不知他作何想法，又恢复了往常冷静的语调。"是吗？那太好了。你现在跟我去海里耍耍水吧！"口气中似乎毫无恶意。

两人立刻赤裸了身体，向黎明中风大浪高的洋面游去。素戈呜从高天原国时代起，已是无人匹敌的弄潮儿。不过苇原丑男也毫不逊色，犹如海豚般游得潇洒自在。所以一黑一白两颗脑袋恍若海鸥，眼看着离开了高耸的海崖，越去越远。

七

大海一阵阵地掀起狂涛，将雪白的浪花抛向他俩。素戈呜在浪花之间，不时地向苇原丑男投去不怀好意的目光。但对手却显得游刃有余，无论怎样凶险的巨浪都能越过。

畅游了半响，苇原丑男渐渐把素戈呜甩在身后。尽管素戈呜紧咬牙关不愿落后一尺，但两三座巨浪滚压之后，对手即轻松领先。而且，身影都已消失在层层浪尖的前方。

"本想这回就把这小子沉入海底，除掉这个碍事的家伙……"素戈呜越想越觉得，不杀掉对手就难以咽下这口恶气。"畜生！叫鲨鱼吃掉那个狡诈的流浪汉吧！"

但是没过多久，苇原丑男便像鲨鱼一般闲庭信步似的游回来了。

"再游一会儿吗？"随着涌浪起伏，他脸上一如既往地浮现着微笑,远远地就向素戈鸣打着招呼。素戈鸣却是再想逞强,也不愿意下水了……

当日下午,素戈鸣又带着苇原丑男,到岛西的旷野去射猎狐狸野兔。

在旷野的边缘,两人登上一座突兀的石崖。极目远眺,遍野枯草在身后吹来的朔风中波浪起伏。素戈鸣默默地注视了片刻莽原的景色,随即张弓搭箭并回头瞅瞅苇原丑男。

"今天不巧有风。不过咱们还是比一比谁射得远吧!"

"好啊!那就比试比试!"苇原丑男取下弓箭,信心十足地说道。

"准备好了吗?必须同时发射!"

两人肩并肩全力拉弓,随即同时放箭。两支利箭向草波起伏的莽原直直地飞去。然而两支箭皆未超过对方,只是箭羽在阳光下一闪,旋即在下风头空中消失得无影无踪。

"比出输赢了吗?"

"没有。……要不再射一箭?"

素戈鸣皱着眉头,颇不耐烦地摇头。

"射几箭还不都一样?不如你跑一趟,找回我的箭来。那是我最珍爱的朱漆箭,来自高天原国。"

苇原丑男遵照吩咐,奔向冷风呼啸的荒原。他的背影刚刚消失在高过人头的枯草前方,素戈鸣便迅速从腰袋中掏出燧石,并在岩石下的枯蒺藜中放起火来。

八

草中蹿起透明的火苗，瞬间便冒出滚滚浓烟。蒺藜和细竹燃烧的同时，响起刺耳的毕毕剥剥声。

"这下看你往哪儿跑！"

素戈鸣拄着长弓站在石崖上，狰狞的面孔露出得意的微笑。

大火迅速蔓延。无数鸟儿痛苦地鸣叫着，飞上黑红相映的空中。可随即又被卷进浓烟，纷纷落入火海。从远处看去，仿佛风暴中震落的果实。

"这下看你往哪儿跑！"

素戈鸣再次满足地舒一口气，随后却感到一丝难言的怅惘……

薄暮时分，凯旋的素戈鸣叉着双臂站在殿堂门口，遥望烟雾弥漫的旷野上空。此时须世理公主垂头丧气地走来，告诉他晚饭已经备好。不知何时，她换上了一件洁白长衣，仿佛要为近亲守丧似的，楚楚动人地亭亭玉立在夕阳余晖中。

素戈鸣一见她的身影，便嘲讽她的悲伤。

"你看那边天空，苇原丑男现在……"

"我知道。"

须世理低眉顺眼，却意外明目张胆地打断了父亲的话头。

"是吗？那你一定很悲伤吧？"

"是很悲伤。或许父亲去世，也不会让我这样悲伤。"

素戈鸣脸色骤变，恶狠狠地瞪着须世理。但不知何故，他无法更加严厉地惩戒女儿。

"既然悲伤你就尽情地哭吧！"

他转身大摇大摆地走进屋去，而且边上木阶边愤愤地咋舌。

"要是在往常，我连问都不问，先狠揍一顿……"

他进屋后，须世理公主眼泪汪汪地望了一会儿暗红的天边，随后低头悄然回屋。

当晚，素戈鸣怎么也睡不着。这是因为，烧死苇原丑男使他落下了心病。

"以前曾几次想杀他，可也没像今晚这么不痛快……"

他冥思苦想着，在散发着生草气味的席铺上辗转反侧。然而睡意却并不轻易降临于他的身上。

沉寂的拂晓，幽暗大海的远方早已铺展冷峻的朦胧亮色。

## 九

翌晨，朝阳将灿烂光芒洒满海面。尚未睡足的素戈鸣两眼惺忪地慢慢走出大门。此时他惊讶地看到，木阶上并肩坐着苇原丑男和须世理公主。他俩正在兴高采烈地谈论着什么。

两人看到素戈鸣出来，像是大吃一惊。但苇原丑男立刻快活地站起身来，递上了那支朱漆箭。

"还算运气不错，箭找到了。"

素戈鸣更是惊讶不已。然而不知何故，看到那青年平安无事，倒又暗自欢喜起来。

"你居然没有受伤？"

"是的，完全是偶然得救。那大火烧到跟前时，我刚好找到了这支箭。于是我先是钻过浓烟，拼命向还没着火的地方跑。可再怎么快跑，也跑不过西风扇烈火……"苇原丑男稍微停顿一下，向听得出神的父女俩送去微笑。"这时我意识到，此次必定烧死无疑。可跑着跑着不知怎么那么巧，脚下突然踩空，我掉进了一个大坑。坑里先是漆黑一片，后来坑边枯草烧着，照亮了整个坑内。我看到周围有几百只野鼠熙熙攘攘挤满坑底……"

"幸亏是野鼠，要是毒蛇可就……"

刹那间，须世理公主的美眸中闪出泪光和笑意。

"哪里，野鼠也不可小看。这支朱漆箭的羽毛就全是被它们啃掉的。不过，大火只是把坑外烧得根草不留。"

素戈呜听了这些话，心中又对这个幸运儿产生了嫉恨。岂止如此，既然决定了要杀他，倘若达不到目的就难以满足战无不胜的骄傲心理。

"原来是这样！你运气真好。不过，运气有时也会改变……这且不说也罢。总之既然大难不死，那就跟我到这边来，帮我捉捉头上的虱子。"

苇原丑男和须世理公主无可奈何，跟着走进朝晖映射的客厅白幕闱帐中。

素戈呜满脸不快地盘腿坐在客厅中央，解开自己那盘起的发髻，漫不经心地摊在地板上。枯黄芦花般的长发，宛如流淌的河水。

"我的虱子可是很厉害呀!"

苇原丑男没把这话放在心上,拨开白发就要捏虱子。哪知发根旁蠕动的却不是小小虱子,竟然是毒气十足的暗红色大蜈蚣。

## 十

苇原丑男犹豫了。此时,守在一旁的须世理公主不知何时,偷偷取来一把糙叶树果实和红土,并悄悄地递给了他。他响声大作地嚼碎果实,又往嘴里含一口红土,再装出捉杀了蜈蚣的样子吐在地板上。

此时,素戈呜昨夜未眠而积攒的瞌睡悄然袭来,他迷迷糊糊地睡了过去。

……被赶出高天原国的素戈呜,用趾甲都已剥落的双脚蹬住石缝,正在攀爬陡峭的山路。石缝中的羊齿草,树上的乌鸦叫,还有铁板一般冷漠的天空……映入眼帘的景物全都是那样荒凉。

"我有什么罪?我比他们强大!强大不是罪,倒是他们有罪,是又嫉妒又阴险又没男子汉骨气的他们有罪。"

他愤愤不平,步履艰难地踽踽而行。此时他看见当道的龟背状巨石上摆着一面白铜镜,还系了六只铃铛。他在那巨石前停步,不经意地向镜中望了一眼。只见皎洁的镜面中,清晰地映出一副年轻的面孔。然而那并不是他,却是他几次想要杀死的苇原丑男……他猛然从梦中惊醒。

他瞪大双眼环视客厅,只有明媚灿烂的阳光。苇原丑男和须世理公主却已不知去向。岂止如此,他突然发现自己的长发被分成三股,高高地拴在顶棚木椽上。

"你们骗了我!"

恍然大悟的他勃然大怒,狂吼着猛烈甩头。殿堂的屋顶天崩地裂般震响,三根木椽一齐脱出。素戈呜根本置之不顾,先伸右手取下粗硬的天鹿儿弓,再伸左手取下天羽箭袋。然后他双脚猛跺,拖着三根木椽犹如云峰倾倒般向外走去。

殿堂周围的糙叶树林中,轰然回荡着他的脚步声,震得枝间筑巢的松鼠纷纷落地。他像旋风般冲出树林。

林外是断崖,崖下是大海。他屹立崖上,手搭凉棚在海面搜寻。宽阔的远海巨浪排空,连遥遥东天的朝阳都微泛青光。千重狂涛之中,一只似曾相识的独木舟向远海驶去。

素戈呜手拄长弓,凝眸审视那艘小舟。仿佛在嘲笑他一般,小舟翩翩翻弄着苇席篷帆,闪着银光轻捷地乘风破浪。而且,坐在船尾的苇原丑男和坐在船头的须世理公主也清晰可辨。

素戈呜沉稳地在天鹿儿弓上搭好天羽箭,徐徐将弓拉满,瞄准海面上的独木舟。然而箭在弦上却难以射出,此时他的双眼油然浮出仿佛微笑的神情。仿佛微笑——但同时还有仿佛泪花的亮光。他耸耸肩膀将弓箭胡乱地一扔,然后——爆发般地放声狂笑,犹似瀑布落入潭中。

"我祝福你们!"他站在高高断崖上,向远去的两人挥手。

"你们要历练出远超于我的功力！你们要修炼出远超于我的智慧！你们要……"

素戈呜稍稍停顿，随即又底气十足地继续祝福。

"你们要比我更幸福！"

他的祝福随着海风回荡在空中。此时我们的素戈呜，远比与大日巫女搏斗时、远比从高天原国被驱逐流放时、远比斩断高志巨蟒时，更加充满近于天神的浩荡雄威。

大正九年

侯为　译

# 南京的基督

一

秋天的一个深夜，南京奇望街一所房子里，有个面色苍白的中国少女，独自靠在破旧的桌旁，手托香腮，百无聊赖，嗑着盘里的瓜子。

桌上的灯火幽幽，与其说用来照明，不如说反倒给屋内添了一层忧郁。壁纸几近剥落的角落里，藤床前垂挂着发出霉味儿的床帷，床上的毛毯露了出来。桌子那头儿，也有一把旧椅子，好像给遗忘在那儿一样。此外，再也找不出一件摆设来。

她不时停下嗑瓜子，抬起一双清亮的眼睛，凝望着桌对面的墙。仔细一看，原来墙上的钉钩，端端正正挂着一个小小的铜十字架。十字架上，是雕刻稚拙的受难基督，两臂高高地伸展着，浮雕的轮廓已经磨损，影影绰绰，依稀映在墙上。每当少女的目光落在耶稣像上，长睫毛下隐含的那份孤寂，似乎会一瞬间了无痕迹，代之以一种天真的希望之光，生动地浮在脸上。而视线一旦移开，必定又会叹息，穿着光泽褪尽的黑缎子上衣的肩头，不免沮丧地沉下来，重又一粒一粒嗑起盘里的瓜子，打发着无聊。

少女名叫宋金花，是一个年方十五的暗门子，迫于生计，夜夜在此接客。秦淮一带暗娼众多，容貌如金花的比比皆是，可性情温和如金花者，能否找出第二个来，倒是个疑问。金花不同于其他妓女，既不骗人，也不任性，每晚脸上都挂着愉快的微笑，同造访这间阴郁小屋的各种客人周旋。这样，来客偶尔会比讲定的多出几个钱。逢上这种时候，她总是高兴地给相依为命、好喝口酒的父亲多来一杯。

金花的这种品性，当然是出于天性。要说还有什么别的理由，正如墙上的十字架所示，从儿时起，她就一直信仰罗马天主教，是已故的母亲领入门的。

话说今年春天，有个年轻的日本旅行家，来上海看赛马，顺便探访中国南方的风光，曾在金花的房里有过一夜奇遇。当时，他身着西服，嘴里衔着雪茄，把娇小的金花拥在膝上。不经意间，瞥见了墙上的十字架，满脸狐疑。

"你是基督徒吗?"他用半通不通的中文问道。

"是呀，我五岁就受洗了。"

"那还做这种事?"

他话里带刺。金花一头乌发靠在他胸前，一如平时爽朗地笑着，露出两颗犬牙。

"要是不做，我和父亲都得饿死。"

"你父亲很老吗?"

"嗯，腰都直不起来了。"

"可是——难道你不觉得，干这种事，进不了天国吗?"

"不。"

金花望了一眼十字架，宛若陷入了沉思。

"我相信，圣父基督的在天之灵，一定能明白我的心思。

不然的话，基督跟姚家巷警察局的官老爷，岂不是一回事吗？"

年轻的日本旅行家笑了。从上衣口袋里掏出一对翡翠耳环，亲自给她戴在耳上。

"这是刚买的，本打算带回日本做礼物的，送给你吧，算是今晚的纪念。"

金花自打初次接客就这么认为，自己也一直心安理得。

然而，一个月前，这位虔诚的私娼，不幸染上了恶性梅毒。她朋友陈山茶，听到这事，便劝她喝鸦片酒，说是止痛很管用。之后，另一个朋友毛迎春，好心好意，特地拿来自己服剩的汞蓝丸和甘汞粉。而金花的病，不知怎么回事，即使不接客，自己关在家里，也丝毫不见好转。

有一天，陈山茶来金花屋里玩儿时，煞有介事地告诉她一个迷信疗法：

"你这病是客人传给你的，趁早再传给别人。这样一来，要不了两三天准好。"

金花托着腮，仍不改满面愁云。可山茶的话，也多少引起她的好奇。

"真的吗？"她轻声问道。

"真的，那还有假。我姐姐也跟你一样，得了这病怎么也不见好。可传给客人后，立马就好了。"

"那客人怎么样了？"

"怪可怜的，听说连眼睛都瞎了。"

山茶离开后，金花跪在墙上的十字架前，仰望着受难的基督，一心一意地祷告。

"圣父的在天之灵,为了奉养家父,我做了这种下贱营生。可我做的事,我自己担待,绝不给任何人添麻烦。所以,即便这么死去,我想也准能进天国。可眼下,我要是不把病传给客人,这营生就没法儿做下去了。这样看来,哪怕饿死——如果传给客人,说是这病就能好——我想,我得下狠心,绝不和客人同床。要不然,我只顾自己得好,就会让一个无冤无仇的人倒霉。可不管怎么说,我毕竟是个女人呀,没准什么时候,又会陷入诱惑呢。圣父的在天之灵呀,保佑保佑我吧!除了您,我没别人可依靠了。"

宋金花主意已定,以后不论山茶和迎春如何劝她,总是执意不肯接客。一些熟客时时来她屋里玩,也只是一起吸吸烟而已,决不顺从客人。

"我得的病很厉害,要是挨近我,会传给你的哟。"

即便这样,有的客人借酒撒疯,想对金花为所欲为,她每每如此规劝,甚至不怕拿患病的证据给他们看。这样一来,客人也就渐渐不来光顾她的小屋了。与此同时,生计每况愈下,日子越发艰难……今晚她又倚坐在桌前,久久地发呆,依旧没有客人上门的迹象。不觉间,夜色已自深沉。回荡在耳畔的,只有不知何处低鸣的蟋蟀声。岂止这些,房间里毫无热气,寒气从铺地的石头缝里袭上来,渐渐像水一样漫进灰缎子鞋,浸透鞋里那双娇嫩的小脚。

金花一直呆望着幽暗的灯火出神,不禁打了一个寒噤,翡翠耳坠搔挠着耳朵,她忍住了哈欠没打。正巧这时,漆门猛地给撞开了,踉踉跄跄闯进一个陌生的外国人来。兴许开门的势头过猛,桌上油灯的火焰腾地蹿了起来,火苗红红的冒着烟，顿时在小屋里弥漫开来。灯光正照在客人身上，他先是跌倒在桌旁的椅子上，马上又站了起来，趔趔趄趄地往后退，咕咚一下靠在刚关好的漆门上。

金花不由得站了起来，吃了一惊，望着这个陌生的外国人。客人的年纪有三十五六，穿件咖啡色条纹西服，戴顶同样质地的鸭舌帽，眼睛很大，蓄着胡须，脸上晒得红红的。可有一点让人不明白，虽说是外国人，却分辨不出究竟是西洋人还是东洋人。帽子下面露出黑头发，嘴里叼着已经熄灭的烟斗，挡在门口的样子，怎么看都像个喝得烂醉的行人迷了路。

"您有何贵干？"

金花不免有些害怕，站在桌前没动，责备似的问他。可对方却摇摇头，表示听不懂中国话。然后拿下叼在嘴里的烟斗，流利地说了句外国话，也不知是什么意思。这回轮到金花摇头了，翡翠耳环在灯光下摇曳着。

看到她紧蹙着漂亮眉毛，一副为难的样子，客人扑哧一声笑了出来，漫不经心摘掉鸭舌帽，晃晃悠悠朝这边走来，一屁股瘫坐在桌子另一头的椅子上。金花此时看着外国人的脸，想不起几时在哪儿见过，但确实又眼熟，一种亲切感油然而生。来人毫不客气，抓起盆里的瓜子却又不嗑，直勾勾只管看着金花，隔了一会儿，又打起奇怪的手势，说起外国话。虽说金花不懂是什么意思，隐隐约约倒也猜出外国人好像多少明白她是干什么的。

和中文一窍不通的外国人共度长夜，在金花来说并不稀罕。她坐了下来，出于习惯，露出姣好的笑容，开些对方压根儿听不懂的玩笑。可是，客人居然也说上一言半语，还高兴地大笑，打着各种手势，比先前更加眼花缭乱，简直让人疑心，他能听得懂。

客人满嘴酒气，可那张快乐的红脸膛，仿佛使屋内寂寥的气氛变得光明起来，充满了男性的活力。起码对金花来说，不消说平日在南京见惯了的国人，就连以往见过的一些洋人，无论是东洋人还是西洋人，都没他来得潇洒。不管怎样，这张脸似曾相识，方才的这种感觉，始终打消不掉。金花望着客人额前一缕黑色的卷发，亲切而愉快地招待他，脑子里却极力回忆着，这张脸最初是在哪儿看到的。

"是前阵子和胖大嫂一起坐画舫的那个人吗？不对不对，那人头发的颜色比他红多了。要不然就是去秦淮河夫子庙时，那个给我照相的人。可那人年龄看上去比他大。想起来了，什么时候来着，记得在利涉桥边的饭馆前，聚了一群人，有个人长得和他很像，挥舞着一根老粗的藤杖，打人力车夫背的不是？八成是——不过，那人的眼睛比他要蓝……"

金花这边浮想联翩，客人依旧是那么愉快，不知什么时候点上烟斗，吐出一口好闻的烟味。突然间他说了句什么，咧着嘴乐了，同时伸出两个指头来，在金花的眼前晃了晃，做出表示"？"的姿势。两个指头自然是两美金的意思，谁看了都明白。可金花是不留客人过夜的，她灵巧地毕毕剥剥嗑着瓜子，脸上带着笑，两次摇头表示不行。于是客人傲慢地支起两肘，探出醉醺醺的脸，在昏暗的灯火下，紧盯着金花，一会儿又伸出三个指头，目光中期待着回答。

金花略微挪动一下椅子，含着瓜子，一脸的为难。心里似乎在琢磨，就算客人真出两美金，身子也不能由他摆布。但他不懂话，实在没法儿叫他明白其中的隐情。事到如今，金花为自己的轻率感到后悔，明亮的眼睛望向旁处，别无办法，再一次果断地摇了摇头。

然而，过了一会儿，外国人露出淡淡的微笑，神情有些犹疑，伸出四个指头，又讲了一句什么外国话。金花束手无策，托住两颊，连笑的力气都没有了。转念一想，事已如此，只有继续摇头，直到他死心。就在这当儿，客人的手像是给一种无形的东西控制着，终于伸开五个指头。

后来，两人一直打着手语，间或掺杂着动作，这样一问一答了好半天。其间，客人极具耐性，手指一根根加上去，到了最后，那劲头，哪怕出十美金，都在所不惜似的。对一个暗门子来说，十美金可是个大数目，即便如此，仍旧没能让金花动心。方才她离开椅子，斜站在桌前，对方给她看两手指时，她焦躁地直跺脚，一个劲儿地摇头。恰巧这时，不知怎的，挂在钉子上的十字架当啷啷掉了下来，落在脚边的石砖上。

她急忙伸出手，赶紧捡起宝贝十字架。无意中看到十字架上受难基督的表情，奇怪得很，与坐在桌对面那个外国人的脸，简直活脱脱一模一样。

"怪不得觉得在哪儿见过呢，原来是我主基督的脸呀。"

金花把铜十字架贴在黑缎子上衣的胸前，不由得隔着桌子惊讶地望着客人的脸。灯火照在客人满是酒气的脸上，不时地吸着烟斗，意味深长地浮出微笑。眼睛朝着她——从白净的脖子，到垂着翡翠耳环的耳际，似乎不住地上下打量她。客人的这副神态,金花觉得,亲切中反透出一股威严。

俄顷,客人停住吸烟,故意歪起头,声音里带着笑,说了些什么。仿佛巧妙的催眠师,在耳畔轻声细语,对金花的心底,起到某种暗示的效果。她好似完全忘掉了自己坚定的信念,缓缓低下含笑的眼睛,手里摩挲着铜十字架,羞答答靠近这个奇怪的外国人。

客人手伸进裤兜,把钱弄得哗啦哗啦响。眼里依旧是淡淡的微笑,有那么一刻,心满意足地望着金花站在那儿的姣好身姿。可是,他眼中的浅笑,转瞬变得像一缕灼人的光,他猛地从椅子上站起来,用力紧紧抱住金花,西服袖子散发出酒味。金花像失了魂一样,垂挂着翡翠耳环的头无力地向后仰着,苍白的脸颊,隐隐泛出鲜艳的血色,双眼迷离地望着凑在鼻子前面的这张脸。身子是任凭这个奇怪的外国人摆布呢,还是拒绝和他亲吻,免得把病传给他呢?当然,她此时已经无暇再去多想,听任客人满是胡须的嘴亲吻自己的嘴,只知道这如火一般的爱的喜悦,这生平头一遭咂摸到的激情,正激荡着她的胸怀……

二

几小时之后,屋里灯火已熄,床上两人熟睡的鼻息之外,唯有蟋蟀隐隐的叫声,越发增添几许秋意。然而金花的梦境,轻烟似的,透过尘封的床帷,高高飞向屋上星月灿烂的夜空。

金花坐在紫檀椅上,正品尝桌上摆满的各式菜肴。燕窝、鱼翅、蛋羹、熏鱼、烤乳猪、海参羹……多得数不胜数。而且,食器精美绝伦,一色儿描着青莲和金凤凰。

椅子后面,有一扇窗挂着绛红纱帘。窗外是一条河,静谧的流水和橹声,不绝于耳。这一切似乎是她自幼见惯的秦淮情境。可此时此刻,她准是身在天国,正在基督的家里。

金花不时停下筷子,打量着桌子的四周。宽敞的屋里,除雕着龙的柱子,盆栽的大朵菊花和菜肴冒出的热气之外,不见一个人影儿。

尽管如此,桌上的菜吃完一盘,转眼就有一盘热乎乎的、飘着香味儿的新菜摆到面前,也不知是哪儿来的。她正在寻思,还没等动筷子,一只烧好的野鸡,扇着翅膀,碰倒了绍兴酒瓶子,扑棱棱飞上了屋顶。

这时,金花察觉有人不出声走到她椅子后,便拿着筷子,悄悄儿回过头去。却不知怎么回事,原以为那儿有扇窗,竟然没了,摆了一把紫檀椅子,铺着缎面儿的坐垫儿,一个陌生的外国人,嘴上衔着铜水烟壶,慢条斯理坐了下去。

一见这男人,金花就认出是今晚在她屋里过夜的那个人。但唯一不同的是,这人头顶一尺左右的地方,罩着一圈月牙儿似的光环。

这工夫,金花的眼前又摆上一大盘热气腾腾的菜,仿佛是桌中冒出来的,鲜美可口。她马上拿起筷子,正要夹盘中的珍馐美味,突然想起身后的外国人,便扭过头,客气地问道:

"您不过来吃点儿吗?"

"不,你自己吃吧。吃了,你的病今晚就好了。"

头顶光环的外国人,依旧衔着水烟壶,微笑中充满了无限爱怜。

"那你不吃啦?"

"我吗?我不爱吃中国菜。你还不了解我嘛。耶稣基督还从来没吃过中国菜呢。"

南京的基督说着,慢慢离开紫檀椅,从背后在发呆的金花脸颊上亲切地吻了一下。

天国的美梦醒来时,秋日清寒的晨光,已经弥漫在狭小的房间里。宛若一叶小舟的床笫,挂着满是灰尘气的幔帐,里面尚存一丝微暗,透着些儿暖意。昏暗之中浮现出金花半仰着的面颊,褪色的旧毛毯,掩住她圆滚滚的下颌,这时,睡眼还没有睁开。金花的脸上毫无血色,由于昨夜的汗水,油腻腻的头发散乱地粘在上面,微开的双唇间,隐约可见洁白细密如糯米般的牙齿。

金花虽然醒了,心里仍旧迷迷糊糊徘徊在那菊花、水声、烧鸡、耶稣基督,以及种种梦境里。过了一会儿,床内渐渐亮了起来,她愉快的梦境,让无情的现实给打破了,昨晚和那个奇怪的外国人同上这张藤床的事,清楚地兜上她的意识。

"要是病传给了他——"

一想到这儿,金花的心情便陡然暗淡下来,觉得今早没脸见他。可是既然醒了,却不去看那张太阳晒过、让人留恋的脸，就更受不了。她犹豫之下，怯生生地睁开眼睛，环视着已经明亮的睡床。出乎意料的是，除了盖着毛毯的她，那个酷似十字架上耶稣的他，连个影儿都不见了。

"难道那也是梦么？"

金花赶紧掀开脏兮兮的毛毯，从床上坐了起来。揉了揉眼睛，撩起沉甸甸的床帷，睁着仍旧发涩的眼睛，朝屋里望过去。

屋里，清晨寒冷的空气，近似酷虐地勾画出周遭一切物件的轮廓。陈旧的桌子，熄灭的油灯，还有两把椅子，一把倒在地上，一把对着墙——一切都是昨晚的光景。何止这些，眼前撒落在桌上的瓜子里，那小小的铜十字架，照旧发着黯淡的光。金花有些目眩，便眨了眨，茫然望着四周，冷冷清清地侧身坐在乱七八糟的床上。

"这毕竟不是梦。"

金花一边嘟囔着，一边左思右想，想那个外国人的去向，觉得不可捉摸。其实这也用不着想，她已然想到了，没准儿趁自己熟睡的工夫，偷偷出屋，早溜回去了。可是，他是那样爱抚过她，竟连一句惜别的话都没有，就走掉了，简直让人没法儿相信，或者毋宁说，她不忍心这么想。而且，那个奇怪的外国人答应付的十美金，她都忘记要了。

"他真的回去了吗？"

她心事重重，正想捡起扔在毛毯上的黑缎子上衣披上，突然，又停下手，她的脸色眼看着变得神采奕奕的。是因为听到油漆门外传来那人的脚步声，还是因为枕头、毛毯上沾着他身上的酒气，忽然又勾起昨夜那令人难为情的记忆？都不是,这一瞬间,金花发现,她身上发生了奇迹,恶性梅毒一夜之间全好了,连点痕迹都没有。

"这么说,那人真是耶稣基督了。"

金花不假思索地一骨碌翻身下床,穿着内衣跪在冰凉的石板地上,就像抹大拉美丽的马利亚[1]同复活了的主耶稣说话那样,热烈地、虔诚地祈祷着……

## 三

次年春天的某个夜晚,年轻的日本旅行家再次来到宋金花家,又和她一起在昏暗的灯光下,隔桌相对。

"还挂着十字架?"

那晚不知因为什么事,他嘲弄地问道。金花敛容正色,讲起那一夜基督降临南京,治好她病的奇事。

年轻的日本旅行家一边听金花讲,一边独自沉吟:

"那个外国人我认识。那家伙是个日本和美国的混血儿,好像叫 George Murry。曾得意洋洋对我认识的一个路透社驻外记者说起这事:在南京一个信教的暗门子里,他有过一夜风流,趁那女子熟睡之际,偷偷溜之大吉。上次来时,那家伙恰好和我在上海同一家旅馆下榻,我至今还记得那张脸。他总是处处夸耀自己是英文报纸的驻外记者,没有一点男人气概,人品不大正派。后来因为恶性梅毒,人疯了。这样看来,或许是这个女人传给他的。而她,至今还把这个无赖混

---

[1] 马利亚,《圣经·新约》中一个被耶稣拯救的妓女。

血儿当成耶稣基督。我究竟该不该告诉她，让她开开窍呢？还是缄口不言，让它像古代的西洋传说一样，成为一个永远的梦。"

金花说完，旅行家仿佛也刚回过神，擦着火柴，吸了口味道浓浓的烟卷。然后，故意热心追问道：

"是吗？真不可思议呀。那——那你后来再没有复发过？"

"是啊，没有。"

金花嗑着瓜子，脸上神采飞扬，毫不犹豫地答道。

本篇起草时，于谷崎润一郎氏的《秦淮一夜》，多有参考之处，附笔记此，以志谢忱。

大正九年六月二十二日
罗嘉 译

# 杜子春

## 一

春天一个傍晚。

时值大唐年间,京城洛阳西门下,有个年轻后生仰望长空,正自出神。

那后生名叫杜子春,本是财主之子,如今家财荡尽,无以度日,景况堪怜。

且说当年洛阳乃是繁华至极、天下无双的都城,街上车水马龙,络绎不绝。夕阳西下,将城门照得油光锃亮。这当口,有位老者头戴纱帽,耳挂土耳其女式金耳环,白马身配彩绦缰绳,走动不休,那情景真是美得如画。

这杜子春,身子依旧靠在门洞墙上,只管呆呆望着天。天空里,晚霞缥缈,一弯新月,淡如爪痕。

"天色已黑,肚中又饥,不论投奔哪里,看来都无人收留。与其这样活着发愁,还不如投河算了,一了百了,或许更加痛快也难说。"

杜子春独自个儿一直这样胡思乱想,没个头绪。

这时,不知从哪儿走来一位独眼老人,忽然站在他面前。夕阳下,老人的身影,大大地映在城门上,目不转睛瞧着杜子春。

"郎君在此想什么哪?"老人倨傲地问道。

"我吗？我在想，今晚无处栖身，正不知如何是好。"

老人问得突兀，杜子春不觉低眉下眼，如实回答。

"是吗？可怜见的。"

老人沉吟片刻，指着照在大路上的夕阳说：

"待我教你个好法子吧。你立刻去站在夕阳下，直到影子映到地上，等半夜时分，将影子的头部挖开，必有满满一车黄金可得。"

"当真？"

杜子春吃了一惊，抬起眼睛。更奇怪的是，那老人已不知去向，周围连个影儿都没有。只有天上的月亮比方才更白，还有两三只性急的蝙蝠，在川流不息的行人头上飞来飞去。

二

杜子春一日之间，成了洛阳城内的首富。他照那老人的吩咐，记住夕阳下的投影，半夜时分，挖开头部所在之处，一看，果然有一堆黄金，多得一辆大车都装不下。

杜子春成了独一无二的大财主，当即买下一座豪宅，生活之奢华，不让玄宗皇帝老儿分毫。饮兰陵美酒，食桂州龙眼，庭院里种着一日四变其色的牡丹花，还放养了几只白孔雀，把玩玉石古董，身着绫罗绸缎，造香车，做象牙椅……提起他的奢侈，真是说不完道不尽，只怕永无讲完之日了。

知道他发了迹，过去对面相逢不相认的亲友，现在晨昏趋奉，而且与日俱增。半年工夫，洛阳城里知名的才子佳人，没有不到过杜府的。杜子春日日与他们为伍，大张酒宴。那筵席之丰盛，实是一言难表。简单说来，杜子春一边把饮金樽西洋葡萄美酒，一边观看天竺魔术师表演吞刀之术，看得入迷；身旁有二十个美貌佳人，十人头戴翡翠做的莲花，另十人则戴玛瑙雕的牡丹，或吹弄管弦，或莺歌燕舞。

纵有天大的家私，少不得也有用尽之时。想那杜子春如此奢糜，过了一年两载，渐渐空乏起来。正所谓人情薄如纸，昨日还时时趋奉的亲友，今日竟过门而不入。终于到了第三年春上，杜子春一贫如旧，穷得身无分文。偌大的洛阳城，竟没有一处肯收留他。何止是收留，怕是连赏杯茶的人都没有。

却说一日傍晚，杜子春又来到洛阳西门，呆呆地望着天，立在那里一筹莫展。这时，又像前次一样，那位独眼老人不知从何处现身出来。

"郎君在此想什么哪？"

杜子春一见老人，羞愧得只管低着头，半晌作不得声。老人和颜悦色，一再询问，杜子春便同上次一样，小心翼翼回答：

"我在想，今晚无处栖身，正不知如何是好。"

"是吗？可怜见的。待我教你个好法子吧。你立刻去站在夕阳下，直到影子映在地上，等半夜时分，将影子的胸部挖开，必有满满一车的黄金可得。"

老人刚说完，便好似躲入了人群，又不知去向。

翌日，杜子春忽成天下第一大财主。生活依旧挥霍无度。园子里牡丹花开得正艳，白孔雀睡在花丛中，天竺的魔法师表演吞刀之术——与往日毫无二致。

那满满一车的黄金，不上三年，便又荡然无存了。

## 三

"郎君在想什么哪？"

独眼老人第三次来到杜子春面前，问了同样的话。不用说，杜子春这时又站在洛阳西门下，呆呆地望着晚霞中刚露头的一弯新月。

"我吗？我在想，今晚无处栖身，正不知如何是好。"

"是吗？可怜见的。待我教你个好法子吧。你立刻去站在夕阳下，直到影子映在地上，等半夜时分，将影子的腹部挖开，必有满满一车的……"

老人刚说到这里，杜子春连忙抬手打断老人的话。

"不必了，我不要黄金。"

"不要黄金？看来郎君终于厌倦了奢侈。"

老人疑惑地凝视着杜子春。

"哪儿的话，我并非厌倦了奢侈，而是对天下人感到嫌恶。"

杜子春一脸的愤愤不平，冲撞地说道。

"这倒有趣。为什么对天下人感到嫌恶呢？"

"人皆薄情寡义。想在下身为大财主时，人人百般奉承，个个追随左右。一旦落魄，您瞧，连个好脸都不给。想到这些，即便再成首富，又有何趣！"

听了杜子春这话，老人忽然嘻嘻一笑。

"原来如此。嗯，你不再是个未经世故的后生家，已然是世情通达的成年人了。如此说来，往后打算甘于贫穷，安稳度日了？"

杜子春略显迟疑，随即抬起眼睛，神情果断，望着老人说道：

"这我眼下还办不到。不过，我想拜老丈为师，跟我师修仙学道。别，请莫隐身。老丈是位道行高深的神仙吧？要不然，也不可能一夜之间就让我变成天下第一的大财主。请收我为徒，传授仙术吧！"

老人蹙起眉头，沉默片刻，若有所思，然后笑着说道：

"不错，我是神仙，叫铁冠子，住在峨眉山上。当初见到你，觉得你悟性还不错，所以让你当了两回大财主。既然你这么想做神仙，那就收你为徒吧。"答应得很爽快。

杜子春顾不得高兴，早已趴在地上，向铁冠子连连叩起头来。

"我并不要你谢我。即便当了我徒弟，能不能成仙得道，却要看你自己。不过，暂且先随我一起，到峨眉山看看为好。哦，幸好有根竹杖落在这里，赶快骑上，从天上飞去吧。"

铁冠子从地上捡起一根青竹杖，口里念着咒语，同杜子春一起骑马似的跨上竹杖。说来好不奇怪，那竹杖倏忽如同一条飞龙，猛然间腾空而起，在春日傍晚的万里晴空，朝峨眉山飞驰而去。

杜子春简直吓破了胆,战战兢兢望着下界。夕阳下,唯见青山连绵,京城洛阳的西门,却遍寻不见,大概早为晚霞所遮蔽了。这时,铁冠子任凭两鬓的白发在风中飘扬,放声高歌道:

朝游北海暮苍梧,
袖里青蛇胆气粗。
三入岳阳人不识,
朗吟飞过洞庭湖。[1]

## 四

两人骑上青竹杖,转眼便到了峨眉山。

那是一堵面临深谷、宽阔平坦的巨石,巨石高耸入云;挂在半空的北斗七星,星大如碗,璀璨明亮。深山人烟绝迹,四周阒然无声。耳中但闻一株长在后面绝壁上的蟠虬老松,在夜风中沙沙作响。

两人落在巨石上,铁冠子命杜子春坐于峭壁之下,嘱咐道:

"我要上天去见西王母,你且坐这里等我回来。我不在,

---

[1] 此诗为吕洞宾(798—?)作。吕洞宾,相传为八仙之一。会昌年间,两举进士不第。隐居终南山等地修道。通称吕祖。其事迹,戏曲小说中多有描述。据中华书局版《全唐诗》,"朝游北海暮苍梧"句中,"海"字,应作"越",又作"岳"。

魔障想必会来骗你。不管发生什么事,决不可出声。切记,你一张口,就成不了仙了。明白吗?哪怕天崩地裂,一声也作不得。"

"行,绝不作声。哪怕丢了性命,也不出一声。"

"是吗?听你这话,我便放心了。我去去就来。"

老人与杜子春作别,又骑上竹杖,腾空消失在群峰之上。虽说夜色苍茫,也看得出峰峦有如刀削。

杜子春一人坐在石上,静静地瞧着群星。约莫过了半个时辰,正觉衣衫单薄,山中夜气生寒,忽听空中有人喝问:"何人在此?"杜子春谨记老人吩咐,并不作声。

须臾,那人又厉声喝道:

"再不作声,小心,立取你命!"

杜子春仍不作声。

忽然,一只猛虎不知从何而来,跃上巨石,虎视眈眈,瞧着杜子春,高声长啸。这工夫,头上的松枝也剧烈摇曳,刷刷作响。身后绝壁顶上,一条斗桶粗的白色巨蟒,口吐火红的信子,眼见得爬将下来。

杜子春泰然而坐,眉毛都不动一下。

虎蛇争饵,彼此对峙,伺机而动,刹那间,猛地同时扑向杜子春。不知是落入虎口,还是果了蟒腹,正寻思间,虎与蟒竟雾一般随风逝去。而后,只有绝壁上的松枝,依旧沙沙作响。杜子春松了口气,心里琢磨着,不知又该发生什么事。

这时,猛地又起一阵怪风,黑云如墨,笼天盖地,淡紫色的闪电将黑暗一劈两半,轰隆隆的雷声响个不停。非但如此，暴雨也顿时如瀑布般倾泻下来。杜子春端坐不动，任这天象变化，毫无惧怕。风声，雨柱，不绝于耳的电闪雷鸣，俨然要将这峨眉山震得山崩地陷。不一会儿，霹雳轰天，震耳欲聋，一道通红的电火，在黑云中翻滚，朝杜子春当头劈下。

杜子春不由得捂住耳朵，跪倒在石上。待睁眼一看，天空万里无云，一如方才，碗口大的北斗星，仍在对面高山顶上灿然闪亮。显然，方才的狂风暴雨，同猛虎白蟒一样，定是趁铁冠子不在，一些魔障来捣乱。杜子春渐渐放下心来，拭去头上的汗水，在石上重新坐好。

然而，一波未平一波又起，一个披挂金甲、身高三丈、威风凛凛的神将，出现在他面前。神将手持三叉戟，将戟尖直指杜子春胸口，横眉立目，叱责道：

"咄，你是何人？自开天辟地，咱家便住在这峨眉山上。你竟敢只身一人，擅闯此山，必非常人。要想保住性命，趁早离开此地。"

杜子春谨照老人吩咐，并不开言。

"为何不答话？……不答话！好！既如此，随你便。不过，我手下却要将你剁成肉糜！"

神将高举三叉戟，向对面山头一招，令人好不吃惊，顿时神兵如云，布满天空，手上的刀枪剑戟，闪光锃亮，划破夜空，排山倒海般攻来。

见此情景，杜子春险些叫出声来，当即想起铁冠子的叮嘱，拼命忍住，没有作声。神将见他毫不畏惧，怒不可遏：

"你这凶顽！再不作声，咱家说话算数，立取你命！"

神将喝骂之声未落，三叉戟一晃，一下便将杜子春刺死，高声呵呵大笑起来，震得峨眉山轰轰而鸣。随着呼呼的夜风，那些神兵便梦一般消失，神将也不见了踪影。

北斗星意态清寒，复又照在一块巨石上。绝壁上的松树，依旧沙沙作响。而杜子春早已没了气息，仰卧在地。

五

杜子春的身子仰卧在石上，一缕魂魄幽幽，竟自出了窍，下到地狱。

且说这现世与地狱之间，有一条路，名叫暗穴道，终年天昏地暗，阴风飒飒，将杜子春刮得树叶似的，在空中飘飘摇摇。转眼之间，来到一座巍峨殿宇，匾额上，写有"森罗殿"三个大字。

殿前一大群鬼卒，见到杜子春，立刻围了上去，推推搡搡将他拉到阶前，去见阶上一位大王。大王身着黑袍，头戴金冠，威严地睨视周围。这准是传说中的阎王爷。杜子春战战兢兢跪在阶下，心想，不知会把自己怎样。

"咄！你为何坐在峨眉山上？"

阎王爷声如雷鸣，从阶上发话道。杜子春正要回答，忽然想起铁冠子"不可开口"的嘱咐，便垂头不语，如同哑巴。阎王便举起手中铁笏，脸上的胡须倒竖，气势汹汹骂道：

"你当此地是何处？快快回答便罢，否则，叫你立刻备尝地狱之苦。"

杜子春的嘴唇动也不动。阎王见状，当即发号施令，吩咐下去。众鬼卒应声，一把拉起杜子春，飞到森罗殿上空。

想那地狱尽人皆知，除了刀山血池，还有火坑狱中的火山，寒冰狱中的冰海，尽数展现于漆黑的天空之下。众鬼卒将杜子春依次抛进各地狱。可怜杜子春，备经千般磨难，饱尝万般苦楚——刀剑穿胸，火焰烧脸，拔舌剥皮，铁杵敲骨，油锅煎熬，毒蛇吸脑，熊鹰啄眼，不一而足。杜子春却拼命忍住，咬紧牙关，一声不响。

众鬼卒也拿他没奈何。再一次飞过夜空，回到森罗殿前，如方才一样，将杜子春按在阶下，向殿上的阎王齐声禀报说：

"这罪犯无论如何也死不开口。"

阎王皱起眉，想了片刻，忽似想起一件事，吩咐一鬼卒道：

"此人父母现入畜生道，速速将他们带来！"

鬼卒当即乘风飞临地狱上空，旋又流星一般赶来两头畜生，落到森罗殿前。杜子春一见之下，早已顾不得惊讶。那两畜生，身为丑陋的瘦马，面目却似死去的父母，那是做梦也都忘不了的。

"咄！你为何坐在峨眉山上？如不快快招来，就要给你父母点厉害看。"

如此这般地吓唬，杜子春却仍不作答。

"你这个逆子！竟然眼见父母受罪，还只顾自己！"

阎王厉声高叫，震得森罗殿几乎都要坍塌。

"众鬼卒，打这两畜生！打他个骨断肉烂！"

众鬼卒齐声道"是",举起铁鞭,毫不容情,从四面八方抽打两匹老马。鞭风嗖嗖,不分头脸,雨点般落下来,打得两匹老马皮开肉绽。老马——沦为畜生的父母,痛苦难当,眼中滴出血泪,哀哀嘶鸣,令人惨不忍睹。

"怎么样?还不招?"

阎王让众鬼卒住手,又逼杜子春回答。这时,两匹老马已是肉烂骨折,倒在阶前,气息奄奄。

杜子春拼命想着铁冠子的吩咐,紧闭双眼。这当口,耳边传来一丝声音,轻得若有若无。

"别担心!我们怎么着都不要紧,只要你能享福,比什么都强。不管阎王爷说什么,你不想说,千万别出声!"

不错,那确是母亲的声音,令人不胜思念。杜子春不禁睁开眼。一匹牝马倒在地上,已精疲力竭,痴痴地瞧着他的脸,那神情好不悲伤。母亲遭了这样的罪,还能体谅儿子,对鬼卒的鞭笞,没露出一点怨恨的意思。世上的常人,见你当了大财主,便来阿谀奉承,一旦见你落魄,就不屑一顾。相比之下,母亲这份志气,何等可钦!她的志气,多么坚强!杜子春忘了老人的嘱咐,跌跌撞撞奔到跟前,两手抱住垂死的马头,刷刷落下泪来,叫了一声:"娘!"……

## 六

这一声,让杜子春苏醒过来:他正沐浴着夕阳,站在洛阳西门下发呆。空中的晚霞,白白的月牙儿,络绎不绝的行人,路上的车水马龙……这种种与他去峨眉山之前,毫无二致。

"如何？做得了我的弟子，却做不得神仙吧？"

独眼老人微微笑着说道。

"做不得，做不得。不过，做不得神仙，反倒值得庆幸。"杜子春眼里含着泪，不禁握住老人的手说。

"即便做了神仙，在森罗殿前，眼睁睁瞧着父母挨鞭打，却要一声不响，实难办到。"

"如果郎君真不作声……"铁冠子突然神情庄重，目不转睛地看着杜子春说，"我当时想，如果你真不作声，我会立即取你性命。……当神仙的念头，郎君恐怕已经没了吧？当大财主嘛，也已厌倦。那么，往后当什么好呢？"

"不论当什么，我想，都该堂堂正正做个人，本本分分过日子。"

杜子春的声音透着从未有过的清朗。

"这话可要记住呀！好啦，今日一别，你我不会再见了。"铁冠子说着，抬脚便走，旋即又停下步来，回头望着杜子春说道：

"哦，幸好此刻想了起来。我在泰山南山脚下有间茅屋。那间茅屋连同田地，统统送给你吧。趁早住进去的好。这时节，茅屋周围，想必桃花正开得一片烂漫哩。"老人颇开心的样子，临走又加上这样一句。

大正九年六月

高慧勤　译

# 弃
# 儿

"在浅草的永住町有一个信行寺。——不过,倒也算不上一座多大的寺院。据说只是因为供奉着日朗上人[1]的木像,才变成了一座颇有渊源的伽蓝而已。明治二十二年(1889)的秋天,有人将一个男孩扔弃在寺院的门前。其出生年月自不用说,就连写着姓名的纸片也不曾附带一张。——据说孩子裹在一张破旧的黄地褐纹绸里,头枕着一只断了趾绊儿的女式草屐,被弃置在寺院的大门口。

"信行寺当时的住持,是一位名叫田村日铮的老人。那天,他正做早课的时候,一个同样上了年纪的门房跑进来向他通报道,寺院门口有一个弃儿。但面对佛像的和尚甚至没有朝门房回过头去瞥上一眼,便若无其事地回答道:'是吗?那就抱进来好啦。'不仅如此,当门房战战兢兢把孩子抱进来之后,和尚还一边用手接过孩子,一边轻松地逗弄着孩子道:'喔,多可爱的孩子。别哭了,别哭了。从今天起,就由我来抚养你好啦。'——即使过了很久,那个对和尚忠心耿耿的门房也还常常在贩卖供佛用的茴香树枝和线香的间歇,向前来参拜的信徒讲述起当时的情景。或许你们也知道,日铮和尚这个人,原本是深川的泥瓦匠,但在十九岁那一年,从脚手架上摔下来一度失去知觉。不料苏醒之后,竟突然萌发菩提之心。据说,他就是这样一个性情豪爽的奇人。

"那以后，和尚给这个弃儿取了个勇之助的名字，就像自己的亲生孩子一样把他抚养了起来。但自从明治维新以后，寺院里就不再有女人了，所以，即便单单抚养一个孩子，也绝非一件容易的事情。从看护孩子，到给孩子喂牛奶，都是和尚自己利用念经的闲暇一手操持的。有一次，勇之助染上了感冒之类的病。偏不凑巧，鱼市一个叫西辰的大施主家里正好要做法事，于是，日铮和尚就把发着高烧的孩子裹在法衣里抱在胸前，一边用一只手搓着水晶佛珠，一边像往常一样平静地念完了佛经。

"但就算是这样也罢，如果可能，还是想让孩子见见他的亲生父母呗——或许这就是性格豪爽但感情脆弱的日铮和尚内心的想法吧。据说只要和尚一登上说教的讲坛——即使现在去信行寺也同样可以看见，在寺院的门柱上还挂着一块陈旧的告示牌，上面写着'每月十六日说法'的字样——就会不时引用日本和中国的故事，来恳切地告诫人们：不忘亲子之情分，亦即对佛恩的回报。可是，即便说法的日子一次又一次地来临，也不见任何人站出来自报是弃儿的父母。——不，说来在勇之助三岁那年，倒是有过一个常年搽粉脸上长满褐斑的女人，自称是孩子的母亲，前来探听过情况。不过，或许只是想把弃儿作为本钱图谋什么不轨吧。所以，一经仔细盘问，就发现她身上有很多可疑之处。于是，脾气暴烈的日铮和尚当场把对方痛骂了一顿，旋即把她扫地

---

1 日朗上人，日本镰仓时代的僧人，日莲宗开山鼻祖日莲圣人门下的六老僧之一。

出门，就只差动手揍人了。

"到了明治二十七年的冬天，也正是世上因甲午战争的传闻而闹得沸沸扬扬的时候，依旧是在十六号的说法日那天，和尚刚一回到方丈室，就发现一个三十四五岁的优雅女人稳重而沉静地尾随进来。方丈室里生着火炉，火炉上架着一只铁锅，勇之助就在火炉旁剥橘子吃。——只看了勇之助一眼，女人就猝然跪倒在和尚面前，双手拄地，压抑着颤抖的声音，十分肯定地说道：'我就是这孩子的母亲。'这下，就连日铮和尚也给愣住了，半响没有说出一句话来。但女人根本不顾和尚的反应，两眼直盯着榻榻米，嘴里一个劲儿地像是在背诵着什么——话虽这么说，但她内心的激动却早已尽现在身体的每一个角落——对和尚迄今为止的养育之恩，郑重其事地道了谢。

"女人说了一阵之后，和尚举起朱骨折扇，打断了她的道谢，催促她首先讲讲自己丢弃儿子的缘由。女人依旧把目光投落在榻榻米上面，开始说了起来。

"说来，恰好是五年前。女人的丈夫当时在浅草田原町开了一家米店，但因涉足股票投机而导致倾家荡产，只好决定趁着夜色逃往横滨。可这样一来，刚刚出生的孩子就成了碍手碍脚的包袱。而不巧的是，刚好女人又没了奶，所以，就在逃离东京的那天晚上，夫妇俩痛哭流涕着，把婴儿扔到了信行寺的门前。

"然后，为了投靠仅有的熟人，夫妻俩甚至连火车也没坐，就来到了横滨。男人进了一家运输行做工，女人则成了一家丝绸铺的用人。夫妇俩拼命地干了近两年，不久，或许是福星高照吧，在第三年的夏天，运输行的老板看中了男人干活认真本分这一点，让他在当时才刚刚开发的本牧边的大街上开设了一间小小的分店。不用说，女人也同时辞掉了用人的差事，开始与丈夫一道操持起了店铺。

"分店的生意相当兴隆，而且，在转过年之后，夫妇俩又新添了一个身体壮实的男孩。毋庸置疑，即便在此期间，关于那个悲惨弃儿的记忆也一直盘踞在夫妇俩的心底。特别是每当女人把少奶的乳头塞进婴儿的嘴里喂奶时，逃离东京的那个夜晚就会栩栩如生地重现在脑子里。不过，店里的生意仍旧非常兴隆，孩子也一天天地长大，而银行里也多少有了一些存款。——总之，夫妇俩终于苦尽甘来，过上了好日子。

"但这种好运也没能持续多久。就在他们好不容易有了笑颜的时候，也就是明治二十七年的春天，男人突然染上伤寒病，卧床不到一周，便呜呼哀哉了。倘若仅仅如此，或许女人倒也认命了，但怎么也无法忍受的是，视如掌上明珠的孩子，也在丈夫去世不到一百天的时候，因身患痢疾而突然夭折。那阵子，女人痛哭得不分白天和黑夜，简直就像是疯了一般。不，岂止是那一阵子，甚至在随后的半年当中，她都一直过着失魂落魄的日子。

"当那种悲哀逐渐冲淡之后，女人心中萌发的第一个念头，就是去见被丢弃的儿子。'如果那孩子还健在的话，那么，无论遇到多大的困难，我都一定要把他领回身边亲手抚养。'想到这儿，她就更是有一种迫不及待的感觉。于是女人立刻坐上火车。刚一抵达久违的东京，她就径直赶到了朝思暮想的信行寺门前。而时间正好是十六号的早晨。按照惯例，这一天乃是寺院说法的日子。

"女人原想直奔寺院方丈室，以便找个人打听孩子的下落。但在说法尚未结束之前，不用说是见不到和尚的。因此，女人尽管等得心急如焚，还是只能夹杂在本殿里那些密密匝匝的善男信女中间，心不在焉地听着日铮和尚说法——更准确地说，只是在等待着说教早点结束罢了。

"那天和尚也像往常一样，引用了莲华夫人[1]偶然邂逅五百个孩子的故事，他慈祥地讲解着母子之爱的伟大。莲华夫人生下五百只蛋，但那些蛋却被河水冲到了邻国，被邻国的国王所孵育。从五百只蛋里孵出了五百个大力士。他们压根儿不知道，莲华夫人乃是自己的生母，有一天前来攻陷莲华夫人的城池。闻此消息，莲华夫人登上城楼，大声疾呼道：'我就是你们五百个人的生母。瞧，这就是证据。'说着，她露出自己的乳房，用美丽的手指挤弄着。只见乳汁就如同五百道喷泉一般，从城楼上的夫人胸前滚滚涌出，分别喷射到五百个大力士的嘴巴里。——天竺的这个古老故事有意无意间传入了这个不幸女人的耳朵，在她心中唤起了非同寻常的感动。正因为如此，等说教一结束，她就两眼噙着泪花，沿着走廊从大殿急匆匆地赶往方丈室。

"听她讲完其中的缘由，日铮和尚马上把炉边的勇之助招呼过来，让他与阔别五年的母亲见面。迄今为止，勇之助

---

[1] 莲华夫人，古代印度的仙女。据说脚踩之处均长出莲花。后成为乌提延生的王后，被称为莲华夫人。

还不知道，母亲长的什么模样。和尚也自然明白，女人的话并非凭空编织的谎言。只见女人抱起勇之助，好一阵子都强忍着，以免失声痛哭。见状，就连豪放豁达的和尚也不知不觉地一边微笑着，一边在睫毛上挂起了晶莹透亮的泪花。

"接下来的事情，即使我不说，你们也能猜个八九不离十吧。勇之助被母亲领回横滨的家里。这之前，女人在丈夫和孩子去世之后，听从好心的运输行老板夫妇的劝告，一直靠招收学徒，向别人教授自己擅长的女红手艺，来维持着虽然节俭但却还算殷实的生活。"

客人一讲完这个长长的故事，马上用手拿起放在膝盖前面的茶碗。但是，他却没有马上把嘴唇凑近茶碗，而是把目光驻留在我的脸上，心平气和地补充一句道：

"那个弃儿就是我。"

我一边默默地点着头，一边把凉开水倒进了茶壶里。其实，就连初次见面的我也早已猜测到，那个可怜弃儿的故事，恐怕就是客人松原勇之助自己的身世。

在沉默了一阵之后，我对客人说道：

"令堂她现在还好吗？"

谁知我听到的，却是一个出乎意料的回答：

"不，她前年就去世了。不过，我刚才讲到的那个女人，其实并不是我的亲生母亲。"

客人看见我惊讶的表情，眼睛里倏然间掠过了一丝微笑。

"关于她丈夫在浅草田原町开了家米店，还有去横滨艰苦创业的事，这些都一点不假。但后来我才知道，关于弃儿的事却是编造出来的假话。恰好在母亲去世的前一年,我因为店里的生意——想必您也知道,我们店是做丝绵生意的——到新潟一带去走访客户。当时正好和一个经营盒子袋子的老板坐在同一列火车上,而这个老板就住在田原町我母亲家的隔壁。不等我问,他就主动聊起了我母亲的往事。据他说,母亲当时生下了一个女孩,但不料那女孩在米店歇业之前便猝然夭折了。我回到横滨之后,马上背着母亲去查阅了户口档案,果然就像那个老板说的那样,母亲在田原町生下的婴儿,的确是一个女孩。而且,在出生后的第三天便夭折了。也不知是出于何种考虑,为了抚养我这个并非亲生的儿子,母亲竟然编造了弃儿的谎言。而且,在以后的二十多年里,为了照料我,她甚至废寝忘食,呕心沥血。

"母亲那么做,究竟是出于何种考虑,至今我也百思不得其解。可是,即便不可能知道事实的真相也罢,我认为最能解释得通的理由,就是日铮和尚的说法在失去了丈夫和女儿的母亲心里唤起了非同寻常的感动,以至于在聆听说教的过程中萌发了一个念头:担当起我所不认识的母亲这一角色。而我被收留在寺院里的事,她或许是从当时前来聆听说法的信徒那儿听说的吧。当然,也可能是寺院的门房告诉她的。"

客人缄口不语,露出一副若有所思的神情,然后像是想起了什么似的呷着茶水。

"你不是她亲生儿子这件事——特别是你已经知道自己不是她亲生儿子这件事,你有否告诉过令堂?"我忍不住问道。

"不，我没有告诉她。因为倘若从我嘴里说出这件事来，对母亲而言，未免太过残酷了。直到去世为止，母亲都对这件事守口如瓶。或许是因为她觉得，告诉我这件事，对我来说过于残酷了吧。实际上，在我知道自己并非母亲的亲生儿子之后，我对母亲的感情也发生了很大的改变。"

"你这么说，是什么意思？"

我凝眸审视着客人的眼睛。

"比以前更加依恋母亲了。因为自从知道那个秘密以后，母亲对于我这个弃儿来说，便成了胜似母亲的人了。"

客人静静地回答道，俨然不知道，自己其实也是一个胜似儿子的人哪。

大正九年七月
杨伟　译

# 秋山图

"……提起黄大痴,可曾见过他那幅《秋山图》[1]?"

一个秋夜,王石谷[2]走访瓯香阁,与主人恽南田[3]品茗之间,问起这话。

"哦,没见过。您见过?"

大痴老人黄公望,同梅花道人、黄鹤山樵[4],乃元画中之圣手。恽南田一边答,一边想起曾见过的《沙碛图》和《富春卷》[5],仿佛如在眼前。

"唉,那究竟算不算见过,我都有些茫然。"

"算不算见过?"

恽南田疑惑地望着王石谷的面孔。

"难道见的是摹本么?"

"不,不是摹本。倒确是真迹。而且,见到的还不止我一人。说起这幅《秋山图》,烟客先生(王时敏)和廉州先生(王鉴)与此画都有过一段因缘。"

王石谷又呷了一口茶,意味深长地笑了笑。

"要是不嫌啰嗦,我就讲讲?"

"请请!"

恽南田将铜灯上的火挑亮,殷勤地催促客人。

那时玄宰先生(董其昌)还在世。有一年秋天,先生同烟客翁论画,忽然问及,见没见过黄一峰的《秋山图》。您知道,烟客翁在画事上,一向师从大痴。大痴的画,只要留存于世的,不妨说,他全都见过。但唯独那幅《秋山图》,却始终无缘得见。

"没有,非但没见过,甚至连名儿都未曾得闻。"

烟客翁这样回答,不知怎么的,觉得有些难为情。

"倘有机会,务必请一睹为快。同《夏山图》和《浮岚图》相比,那画更见出色。依我看,恐怕是大痴老人画中的极品了。"

"竟有这样的杰作?那可非看不可。这画现在谁手里?"

"在润州张氏家中。去金山寺的时候,可登门求见。我给您写封荐书。"

烟客翁得了玄宰先生的手简,当即动身去润州。张氏既然家藏如此绝妙好画,此去,除黄一峰的画外,必定还能看到许多历代精品。——想到这里,烟客翁在他西园的书房里,便急不可待,一刻儿也待不住了。

可是到了润州,高高兴兴奔到张家一看,房子果然挺大,却是一片荒芜。墙上爬着藤蔓,院里长满杂草。鸡鸭跑来跑去,好不稀奇地看着来客。也难怪烟客翁,一时怀疑起玄宰先生的话:这种人家,真会收藏大痴的名画么?但既然

---

1 以清初画家恽寿平著作《瓯香馆记》中《记〈秋山图〉始末》一文为原典。
2 王翚(1632—1717),字石谷,清代著名画家。"清六家"之一。
3 恽南田(1633—1690),字寿平,"清六家"之一。下文中的烟客先生王时敏、廉州先生王鉴亦为"清六家"之一。
4 黄公望(黄大痴,号一峰)、吴镇(梅花道人)、王蒙(黄鹤山樵)、倪瓒(云林子)为"元四家"。
5 均为黄公望之杰作。《富春卷》一幅,全名应是《富春山居图卷》。

来了，总不能过门不入。这当然不是他的初衷。于是，向出来应客的小厮说明来意，为一睹黄一峰的《秋山图》，特地远道而来，并递上思白先生的荐书。

不大会工夫，烟客翁给请进厅堂。厅里摆着红木桌椅倒也整洁，却透着一股灰尘味儿，显得冷冷清清——青砖地上，好似流溢着一缕荒凉之气。幸而出来待客的主人，虽然一脸病容，却不像是坏人。苍白的脸色，纤巧的手势，显出高贵的气质。烟客翁同主人寒暄过后，随即提出求观黄一峰的名画。据说，烟客翁当时也不知为什么，有些迷信，觉得要是不马上看，那画似乎就会烟消云散。

主人很爽快，当即答应。原来厅堂里光秃秃的墙上，便挂着一幅。

"这就是您要看的《秋山图》。"

烟客翁抬眼看去，不由得一声惊叹。

画面设色青绿。溪水蜿蜒而流，星布着几椽茅屋和小桥……背后，主峰突起，半山腰上，秋云悠悠，蛤粉或浓或淡，渲染得层次分明；层峦叠嶂，或高或低，点描出新雨初霁的翠黛；其间点点朱红，映出丛林处处的红叶，美得简直无法形容。这画看似华丽多彩，却布局宏伟，笔墨浑厚——在绚烂的色彩中，自是蕴含着空灵淡荡的古趣。

烟客翁看得出了神，简直入了迷。越看越觉得神奇。

"如何？还中意么？"

主人望着烟客翁的侧脸，含笑问道。

"神品！玄宰先生曾赞不绝口，实不过分，或可说，尚嫌不足。迄今所见众多名画，与此件相比，都要甘拜下风了。"

烟客翁即使说话的工夫,眼睛也没离开《秋山图》。

"是么?果真是如此杰作么?"

烟客翁不由得吃了一惊,眼睛转向主人。

"怎么?我的话,您不信?"

"不,不是不信,其实……"

主人疑惑的脸上,像少女似的红了起来。随后寂寞地微微一笑,怯生生地望着墙上的画,接着说道:

"其实,每次看这画,都觉得像睁眼做梦一样。不错,《秋山图》是美的。但这美,是不是只有我才觉得呢?在别人眼里,会不会只是一幅平庸之作?不知为什么,这疑团始终缠着我。难道是我疑心太重,抑或是这画在这世上,实在太美的缘故?我不知道。总之,觉得很奇妙,所以,听您称赞,才叮问了一句。"

不过,当时烟客翁对主人的辩解,没大留意。不仅因为看画看得入迷,也因为烟客翁认为主人完全不懂得鉴赏,故作内行,随便说说而已。

过了一会儿,烟客翁便告别这座荒宅一般的张家。

但那令人眼目一醒的《秋山图》,却怎么也不能忘怀。实际上,烟客翁师承大痴法灯,对他来说,什么都可以舍弃,唯独这幅《秋山图》,一心想要弄到手。再说,翁是收藏家。家藏的墨宝中,那幅李营丘的《山阴泛雪图》,据说花了二十镒黄金才求得,但较之《秋山图》的神趣,就不免相形见绌。所以,烟客翁身为收藏家,看到这幅稀世的黄一峰,志在必得。

为此，翁在润州逗留期间，几次托人去同张氏协商，望能出让那幅《秋山图》。但张氏无论如何也不肯答应。听所托的人讲，那位脸色苍白的主人说："既然先生那么中意这幅画，可以借予，但要出让，却碍难从命。"这让心高气傲的烟客翁多少有些不快。什么话，现在且不找你借，总有一天，定入我掌中，等着瞧吧。翁心里这样盘算着，终于没去借《秋山图》，便离开了润州。

过了一年，烟客翁又去润州，重访张家。墙上的藤蔓和院里的青草，都一如往昔。可是，听应客的小厮说，主人不在家。翁说，不见主人也行，只求再看一眼那幅《秋山图》。求了几次，小厮一味以主人不在挡驾，不让进院，最后竟关上大门，理都不理了。翁也无可奈何，心里只管想着藏在这荒宅中的名画，怅然而回。

后来又见到玄宰先生，先生对翁说，张家不仅有大痴的《秋山图》，还藏有沈石田的《雨夜止宿图》《自寿图》等杰作。

"上次忘了告诉你，这两幅同《秋山图》一样，可谓画苑的奇观。我再写封荐书，务必去看一看。"

烟客翁当即差人赶到张家。去的人除了带上玄宰先生的手札，还带了一笔求购名画用的款子。但张氏同前次一样，唯有黄一峰这幅画，无论如何不肯脱手。至此，翁对《秋山图》，唯有断念，已别无良策。

说到此处，王石谷停了停，又说：
"上面这些，是我听烟客先生说的。"

"那么，只有烟客先生，是见过《秋山图》的了？"

恽南田一面抚弄胡子，一面瞅着王石谷叮问道。

"先生说他见过。是不是真见过，那就谁都不清楚了。"

"但照方才的话……"

"还是先听我往下讲吧。等听到后来，或许会另有高见。"

王石谷连茶都没顾上呷一口，便娓娓地继续说道。

烟客翁同我提起这话，距他第一次见《秋山图》，已相隔近五十年的星霜了。其时，玄宰先生早已物故，张家也不知不觉到了第二代。所以，那幅《秋山图》如今藏在谁家，是不是还完好如初？亦无从知道。烟客翁讲起《秋山图》的神韵，如数家珍，然后不无遗憾地说：

"这黄一峰的《秋山图》，好比公孙大娘的剑。有笔墨，而不着痕迹。唯有一股莫可名状的神韵，直逼你的心头……观者如见龙翔，却将人剑浑然相忘。"

一个月后，春风乍起时节，我告诉烟客翁，将独自南下一游。翁说：

"这正是好机会，可打听一下《秋山图》的下落。倘能再度出世，实画苑之大幸。"

我当然也这么希望，当下便请翁修书一封。上路之后，拟游之地颇多，一时还无暇径去润州张家。直到子规声啼的时节，我仍揣着翁的荐书，没去打听《秋山图》的下落。

这期间偶然听说，那幅《秋山图》已落入贵戚王氏手中。想来，我游历途中，把翁的荐书示人，其中便有认识王氏者。大概王氏从那人处，得知《秋山图》现藏张氏家中。按照坊间说法，张氏之孙一见来使，立即献上大痴的《秋山图》，连同传家的彝鼎和法书。据说，王氏大喜，将张氏孙奉为上宾，设盛宴款待，搬出家中歌姬舞娘，张乐助兴，还礼赠千金。我听后，兴奋之极。这《秋山图》历经沧桑五十载，依旧安然无恙。而且，落入相识的王氏手中。想当年，烟客翁煞费苦心，想重睹这《秋山图》，也许为神鬼所不容，终究事与愿违。而今，王氏得来全不费功夫，这画竟如同海市蜃楼一般，自然而然，横空出世。这只能说是天意。我当下火速赶到金阊王氏府，一睹《秋山图》为快。

现在还记得很清楚，那是初夏的午后，没有一丝风，王府院里的牡丹，正在玉栏边盛开。一见到王氏，不等作完揖，我就先笑了起来。

"《秋山图》已是贵府之宝物。烟客先生为此画曾煞费苦心，这回该可以放心了。如此想来，真是不胜快慰。"

王氏也面带得色，说：

"今天，烟客先生、廉州先生都要到舍下来。不过，先到者为尊，请先观赏吧。"

王氏马上命人把《秋山图》挂到侧面墙上。坐落溪边的红叶村舍，笼罩山谷的朵朵白云，远近屏立的青山翠岭——大痴老人创造的这方小天地，比天地更加灵秀，立刻展现在眼前。我心里不禁怦怦直跳，凝神看着墙上的画。

这云烟丘壑，毫无疑问，确是黄一峰的手笔，加上如许的皴点，越发见出用墨之妙——设色如此浓重，而又不收敛笔锋，除却痴翁，无人能及。可是——可是这幅《秋山图》，同烟客翁往日在张家一度见过的那幅，的确不是同一黄一峰的手笔。比起那幅，这恐怕是等而下之的黄一峰了。

王氏和一座食客，都在周边注意我的脸色。须得小心，脸上绝不能露出丝毫失望的神情。尽管我十分小心，不屑的表情不知不觉还是流露了出来。过了一会儿，王氏不免有些惴惴，问道：

"觉得如何？"

我连忙回答：

"神品。果然是神品。难怪烟客先生大为倾倒。"

王氏的脸色略有缓和。但眉宇之间，对我的赞赏，似有些意犹未足。

这时，向我描述过《秋山图》神韵的烟客先生恰巧到来。翁与王氏寒暄时，露出高兴的笑容。

"想我五十年前，看这幅《秋山图》，是在荒凉的张家，今天，得与此画重逢，却在华贵的尊府，真是意外的缘分。"

烟客翁说着，便举头去看墙上的大痴。这幅《秋山图》，究竟是不是曾经见过的那幅，烟客翁心里当然比谁都清楚。所以，我也和王氏一样，注意端详翁看画时的表情。果然，他脸上渐渐笼上一道阴影。

沉默有顷，王氏越发不安了，怯生生地问翁：

"觉得如何？方才石谷先生大加赞赏……"

我怕正直的翁说出实在的话来，心里不禁感到一丝寒意。毕竟翁也不忍心让王氏失望吧，看完了画，郑重回答王氏道：

"能得到此画，真是好大的福气。给府上的珍藏，可谓锦上添花。"

可王氏听了这话,忧虑的神色反倒更浓了。

要不是廉州先生这时迟迟赶到,我们准会尴尬得很。正当烟客先生期期艾艾,不知如何措辞时,幸而有廉州先生快活地加入进来。

"这就是提到的那幅《秋山图》么?"

先生顺口打过招呼,就去看黄一峰的画。一时没有做声,只管咬他的胡子。

"听说,烟客先生五十年前就见过此画。"

王氏更加忐忑不安了,便又添上一句。廉州先生从没听烟客翁说过《秋山图》神韵缥缈。

"照您的鉴赏,意下如何?"

先生只是嘘了口气,仍然看着画。

"不必客气,尽请直说……"

王氏勉强笑着,一再催问先生。

"这幅画么?这幅画……"

廉州先生又闭上嘴了。

"这幅画,怎么样?"

"当是痴翁首屈一指的名作……请看,这云烟的浓淡,气势有多磅礴!林木的设色,堪称浑然天成。瞧见了吧,远处有一峰突起?整个布局因此而显得那么灵动!"

一直没开口的廉州先生,回头向王氏一一指出画的妙处,同时还发出大大的赞叹之声。不消说,王氏听了,神情渐渐开朗。

这工夫,我悄悄与烟客先生碰头,小声问:

"先生，这是那幅《秋山图》么？"

翁摇摇头，奇怪地眨了眨眼。

"一切恍如梦中。那张家的主人，兴许就是狐仙之流吧？"

"《秋山图》的故事，就是这些。"

王石谷说完，慢慢饮了一杯茶。

"这故事果然离奇。"

恽南田凝视着铜灯台上的火焰。

"后来，听说王氏还热心地问了许多话。除了《秋山图》，痴翁还有什么画，听说连张氏也不知道。所以，烟客先生从前见到的那幅，要么是藏在别处，要么是先生记错了。究竟怎么回事，我也不明白。总不至于先生到张家看《秋山图》，压根儿就是一场幻梦吧……"

"可是，那幅奇妙的《秋山图》，不是明明留在烟客先生的心里么？而且，你心里也……"

"青绿的山石，朱红的红叶，即使现在，也历历如在眼前。"

"那么，即使没有《秋山图》，又有何可遗憾的呢？"

恽王两大家，不禁拊掌一笑。

大正九年十二月

高慧勤　译

# 山鹬

一八八〇年五月的一天日暮时分。伊万·屠格涅夫再次来到阔别两年的亚斯纳亚·波里亚那，和主人托尔斯泰伯爵一起，到伏尔加河对岸的杂木林去打山鹬。

同行的除两位老人，还有风韵尚存的托尔斯泰夫人和牵着狗的孩子们。

去往伏尔加河的路，大多在麦田中穿行。与日落同生的微风，拂过麦尖，轻轻送来泥土的气息。托尔斯泰扛着枪，一路走在众人前面，不时回过头，和走在托尔斯泰夫人身边的屠格涅夫说句话。这位《父与子》的作者，每每稍显意外，抬起眼睛，欣喜机智地回答，有时则又耸耸宽阔的肩膀，发出一声沙哑的笑声。与粗鲁的托尔斯泰相比，他的答话显得文雅，同时又带点女性化。

路过一处缓坡，对面跑来两个村童，像是两兄弟。见到托尔斯泰，一度停下来注目以视，然后又像原先一样，亮出赤裸的脚底板，快速跑上山坡。托尔斯泰的孩子中，有一个在后面冲他们大声喊了几句。可是两个孩子好似什么也没听见，转眼之间便消失在麦田深处。

"村里的孩子很有趣。"

托尔斯泰的脸上映着夕阳的余晖，回头对屠格涅夫说：

"他们说的话，我们想不出。这教会我一种直接的表达方式。"

屠格涅夫笑了笑，他已今非昔比，从前在托尔斯泰的话里，一旦听出类似孩子式的感动，常会不由自主地脱口讽刺……

"最近给他们上课——"托尔斯泰接着说道，"突然，有个孩子要跑出教室。于是问他去哪儿，他说，'去咬一段粉笔来。'既不说'要点儿'，也不说'掐一段'，而是说'咬一段'。能说这种话的，大概只有咬粉笔的俄罗斯孩子了。我们大人是说不出来的。"

"不错，只有俄罗斯的孩子才会这么说。也只有听到这样的话，我才真觉得是回到了俄罗斯。"

屠格涅夫仿佛这时才发现周围的风景，放眼望着麦田。

"是啊。在法国那种地方，小孩子难保不抽点烟什么的。"

"说起来，您近来似乎不吸烟了。"托尔斯泰夫人从丈夫恶意的戏谑中，巧妙地给客人解了围。

"可不是，完全戒了。您知道，在巴黎遇到两位美人儿，怪我嘴里有烟味，不让我吻她们。"

这回轮到托尔斯泰苦笑了。

不久，一行人过了伏尔加河，来到打山鹬的猎场。那是一块潮湿的草地，离河不远，杂木林稀稀落落。

托尔斯泰把打鸟的最好位置让给了屠格涅夫，自己则在一百五十步外草场的一角选好地方。托尔斯泰夫人守在屠格涅夫身旁，孩子们各自散开，远远躲在大人身后。

天上晚霞绯红。交织在空中的枝头上，朦朦胧胧一片，准是密密匝匝、清新扑鼻的嫩芽。屠格涅夫举起猎枪朝林中观察，林木幽暗，时尔轻风微拂，窸窣作响。

"知更鸟和金翅雀在叫呢。"

托尔斯泰夫人侧耳倾听，自言自语道。

渐渐地，已静默了半小时。

这时，天空似水。远远近近的白桦树，看上去是一片白。听不到知更鸟和金翅雀的叫声，偶尔传来五十雀的几声啼鸣。——屠格涅夫再次守视着稀稀落落的树林。此时，林木深处已全然沉入苍茫的暮色之中。

忽然，一声枪响，响彻林间。回音尚未消失，等在后面的几个孩子，已和狗儿争相去拾猎物了。

"您先生捷足先得了。"

屠格涅夫微笑着回头对托尔斯泰夫人说。

不一会儿，二儿子伊里亚从草丛中跑来告诉母亲，父亲打到了山鹬。

屠格涅夫问道：

"谁找到的？"

"朵拉（狗的名字）发现的。——当时还活着呢。"

伊里亚又转向母亲，两颊泛着红润，叙说发现山鹬的经过。

屠格涅夫的脑际，闪现出《猎人日记》某一章中宛若小品文的场景。

伊里亚走后，一切又恢复了原先的静寂。幽暗的林木深处，散发出不知是春枝的嫩芽味儿，还是潮湿的泥土气息。其中，间或远远传来几声倦鸟的啼叫。

"那是——?"

"黄胸鹀。"

屠格涅夫立刻回答道。

黄胸鹀突然停止啼叫。随后,暮色笼罩的林间,所有鸟鸣戛然而止。空中连一丝风也没有,在毫无生气的林木上,蓝色愈见深沉。——一只灰头麦鸡孤寂地叫着掠过头顶。

等到枪声再起,划破林间的寂寞,已是一小时之后了。

"即便打山鹬,列夫·尼古拉耶维奇也胜过我。"

屠格涅夫眼带笑意,耸了耸肩。

孩子们的追赶声,朵拉不时的吠叫声——等这一切再度静下来,已是满天点点寒星,一片烂然。此刻,极目望去,林中已悄然弥漫着夜色,树枝纹丝不动。二十分钟,三十分钟——随着时间沉闷地推移,掩映在暮色里的湿地,不知不觉自脚下漫然升起一层薄明的春霭。他们周围,连一只山鹬的影子也没看见。

"今天是怎么回事?"托尔斯泰夫人的自语,带点同情的意味。"很少有这情形。"

"夫人,您听!夜莺在叫呢。"

屠格涅夫有意岔开话题。

黑暗的林子深处,的确传来夜莺欢快的叫声。二人沉默了片刻,各自想着心事,一面静静地听着夜莺的歌声⋯⋯

刹那间,照屠格涅夫自己的话说,"能感知这刹那间的,唯有猎人。"就在这刹那间,对面草丛里,毫无疑问,随着一声啼鸣,有只山鹬飞了起来。山鹬白色的羽毛,在低垂的枝叶间若隐若现,行将消失在夜色中时,屠格涅夫迅速举起枪，扣动了扳机。

枪声伴着一抹尘烟和短促的火光，久久回荡在寂静的林间。

"打中了吗？"

托尔斯泰走过来大声问道。

"当然打中了。像石头一样掉了下来。"

孩子们领着狗已经聚到屠格涅夫身边。

"去找找。"

托尔斯泰吩咐孩子们。

孩子们抢先于狗，四处寻找。可找来找去，始终没找到死山鹬。朵拉也没完没了地转悠着，有时趴在草丛里，不满地哼唧几声。

最后，托尔斯泰和屠格涅夫也帮孩子们一起找，可是连根山鹬毛都没看见，不知哪儿去了。

"好像没有。"

二十分钟后，托尔斯泰站在黑暗的林间，对屠格涅夫说。

"怎么会没有呢？明明看见像石头一样掉了下来……"

屠格涅夫一边说，一边巡视着草丛。

"打是打中了，打中的或许是鸟毛。这样，掉下来后，就逃掉了。"

"不会，不会只打中鸟毛，我确实打中了。"

托尔斯泰皱起粗重的眉毛，满脸疑惑。

"这样的话，狗该找得到。只要打中，朵拉就能叼在嘴里找回来……"

"真的是打中了,我也没办法。"

屠格涅夫抱着枪,做了一个焦躁的手势。

"打没打中,这点事小孩子都看得出来。我一直瞧着哪。"

托尔斯泰嘲弄似的盯着对方:

"那,狗怎么没找到?"

"狗怎么样,我管不着!我只是把我所看到的告诉你。总之,像石头一样掉下来了……"

屠格涅夫从托尔斯泰的目光里,看到一种挑战的神情,不觉尖声说道:

"Il est tombé comme pierre, je t'assure!(就像石头一样掉下来了,我敢说!)"

"但朵拉不可能找不到!"

这时,幸好托尔斯泰夫人笑着向两位老人走来,若无其事地为他们调解。夫人建议,今晚就算了,还是先回家的好,等明早再打发孩子们来找。屠格涅夫立刻表示赞成。

"遵命。明天就真相大白了。"

"是呀,明天就真相大白了。"

托尔斯泰仍不甘心,不怀好意地扔下一句反话,猛地转身离开屠格涅夫,径自走出林子。

屠格涅夫回到卧室,已经是夜里十一点多了。总算一个人静了下来,便颓然坐在椅子上,茫然环视着四周。

卧室是托尔斯泰平日使用的书房。在烛光的映照下,高大的书架,壁龛中的半身像,三四个相框,挂在墙上的鹿头——这些东西围绕在左右，毫无半点色彩，一片冷冰冰的气氛。但不论如何，对今晚的屠格涅夫来说，一人独处，反觉得高兴，真是奇怪。

——回到卧室之前，和主人一家围着茶桌闲谈，消磨时间。屠格涅夫尽其所长，谈笑风生，而托尔斯泰仍是一脸阴沉，很少开口。这令屠格涅夫既恼火，又不安。所以对一家大小比平时更加殷勤，故意不去理会主人的沉默。

每逢屠格涅夫妙语连珠，一家人便发出愉快的笑声。尤其是孩子们，看他生动地模仿汉堡动物园里的象叫、巴黎咖啡馆侍应生的举止，更是笑得前仰后合。可是，大家越是高兴，屠格涅夫心里越是感到尴尬窘迫。

"最近出了一个有希望的新作家，你知道吗？"

话题转到法国文学界时，这位浑身不自在的社交家，终于忍不住，故作轻松地向托尔斯泰问道。

"不知道。叫什么名字？"

"莫泊桑。——居·德·莫泊桑。至少是现时少有的一位具有犀利洞察力的作家。我包里有他的一本小说，《泰利埃公馆》，有时间可以看看。"

"莫泊桑？"

托尔斯泰只是狐疑地睒了他一眼，至于小说，究竟看还是不看，却不置可否。这使屠格涅夫想起儿时受大孩子欺侮的事——此刻，涌上他心头的，正是这种受屈辱的滋味。

"说起新锐作家，这儿也来过一位特别人物呢。"

看到他尴尬的样子，托尔斯泰夫人赶紧说起这位奇特人物——一个月前，有天傍晚，来了一位衣衫不整的年轻人，说是非要见主人不可。一进门，张口便对初次见面的主人说，"先给我一杯伏特加，再来一碟鲱鱼尾巴。"这足以叫人震惊的了，谁知这位古怪青年，还是位有小名气的新锐作家呢，就越发叫人不能不惊讶了。

"这人叫迦尔洵。"

听到这个名字，屠格涅夫又想把托尔斯泰拉进谈话圈里。对方不肯和解，只会更加不快；再说，当初也是自己把迦尔洵的作品介绍给托尔斯泰的。

"是迦尔洵吗？这人小说写得不错。不知你后来还读过他什么作品……"

"似乎还不错。"

托尔斯泰依旧冷冷的，随便应了一句……

屠格涅夫费劲地站起来，晃了一下白发苍苍的头，静静地在书斋里踱起步来。随着他走来走去，小桌上的烛光，将他映在墙上的影子一忽儿变大一忽儿变小。他背着两手，无精打采的眼神，始终默默地打量那张空无一物的床。

二十年来的友情，在屠格涅夫心里一幕幕鲜明地回忆起来。冶游放荡，只有睡觉才回到自己借住给他的圣彼得堡的家里，那个军官时代的托尔斯泰；——在涅克拉索夫的客厅里，曾傲然望着屠格涅夫，把乔治·桑批判得体无完肤，自己全然忘记这回事的托尔斯泰；——漫步在斯巴斯科耶林间，驻足感叹夏日流云之美，写《两个轻骑兵》时的托尔斯泰；——还有，最后在费特家，和自己怒目相视，紧握拳头，数落对方一切不是的托尔斯泰。——这些回忆里，无论哪一件，都可看出托尔斯泰的倔强，在他眼中，别人真实的一面，一点都看不到。别人的所作所为，他总认为是虚伪的。这倒不限于别人与他行事上发生矛盾的时候。即便别人和他同样放浪成性，他可以原谅自己，却不肯宽恕别人。倘如有人像他一样感叹夏日流云之美，他当即就会表示怀疑。他之憎恶乔治·桑，也是因为对她的真诚抱有怀疑。他和屠格涅夫曾一度绝交——包括这次，屠格涅夫说打中了山鹬，而他托尔斯泰，马上觉得嗅到了谎言的味道……

屠格涅夫深深叹了一口气，忽然在壁龛前停住脚。壁龛中的大理石像，在远处烛光的映照下，影子摇曳不定——那是列夫的长兄，尼古拉·托尔斯泰的半身像。与自己情谊深重的尼古拉已成为故人，不知不觉二十多年的岁月逝去了。如果列夫能够体谅别人，哪怕只有尼古拉的一半呢——屠格涅夫寂寞地一直凝视着昏暗的头像，全然不觉春夜已深……

翌日清晨，屠格涅夫提早到二楼的客厅，那是他们家特定的餐厅。客厅的墙上挂着托尔斯泰祖先的几幅肖像，托尔斯泰坐在其中一幅下面，正对着桌子看当天的信件。孩子们还没来，除他之外没有别人。

两位老人打了招呼。

这工夫，屠格涅夫察看着对方的脸色，只要托尔斯泰略表好意，就准备立即和好。可托尔斯泰依旧那么不随和，说过三言两语，便又像先前一样闷声不响看他的信件。屠格涅夫无奈之下，就近拖了把椅子，坐下来默默地看报。

沉默的客厅里，除了茶炊沸腾的声音外，一切都静悄悄的。

"昨晚睡得好吧?"

看完信,不知托尔斯泰想起什么,这样问了屠格涅夫一句。

"睡得很好。"

屠格涅夫放下报纸,等着托尔斯泰再开口。可主人拿起镶着银把儿的茶杯,从茶炊里倒了些茶,又闭上了口。

一两次之后,屠格涅夫又像昨晚一样,看着托尔斯泰不愉快的表情,心情渐渐沉重起来。尤其今天早上没有旁人,他心里更加无所依托。要是托尔斯泰夫人能在场——他焦急地一再这样想着,可不知怎么回事,到现在还没一点来人的迹象。

五分钟,十分钟过去了,屠格涅夫终于忍无可忍,扔开报纸,踉跄地站了起来。

这时,客厅外,忽然传来很多人的说话声和脚步声,他们争先恐后,咚咚地跑上楼梯——同时,门被一把推开,五六个孩子边喊着,边冲进了客厅。

"爸爸,找到啦!"

伊里亚站在前面,得意洋洋地晃动着手里拿的东西。

"是我先找到的。"

长得酷似母亲的塔吉亚娜毫不逊于弟弟,大声说着。

"可能是掉下来的时候给挂住了。挂在白杨树枝上。"

最后是大儿子谢尔盖这样解释说。

托尔斯泰吃惊地望着几个孩子。听说昨天打中的山鹬终于找到了,满是胡须的脸上,蓦地绽开爽朗的笑容。

"是吗?挂在树枝上了?那狗自然是找不到的啦。"

托尔斯泰从椅子上站了起来,走到和孩子们拥在一起的屠格涅夫身旁,伸出粗壮的右手。

"伊万·谢尔盖维奇,这下我放心了。我这人是不说谎的。要是鸟掉在地上,朵拉准能找得到。"

屠格涅夫有些难为情,紧紧握着托尔斯泰的手。他找到的是山鹬呢,抑或是《安娜·卡列尼娜》的作者呢?——这位《父与子》的作者,一时无法判断,激动得快要落下泪来。

"我也不是那种说谎的人。瞧瞧这双手,难道不能一发即中吗?枪声一响,鸟就像石头一样掉了下来……"

两人相对而视,不约而同,大笑了起来。

大正九年十二月

罗嘉 译

# 奇异的重逢

一

阿莲作为小妾被包养在本所的横纲,还是在明治二十八(1895)年的初冬。

妾宅是一间在御藏桥附近临着河流的平房,显得格外狭窄。但从庭园前面朝河流对岸放眼望去,御竹仓一带——尽管如今已变成了两国车站——的竹林和树丛遮蔽住了时常有阵雨造访的天空,所以,倒也不乏与闹市中心格格不入的闲静景色。但也正因为这样,在主人不来的夜晚,不免让人觉得周遭过于冷清。

"大妈,那是什么声音啊?"

"您是说这个声音?不就是鹭鸶的叫声吗?"

阿莲和眼睛不好使的老女佣一起,有时候就这样守候着一盏孤灯,心情黯然地进行着诸如此类的对话。

主人牧野隔不了三天,就会在大白天从官厅回家的路上,身穿陆军一等会计的军服,威风凛凛地驾临此地。当然,即便在日头西沉之后,有时也会从厩桥对面的主宅出来造访这里。牧野不仅已结婚成家,膝下还有一男一女两个小孩。

这阵子,头发梳成椭圆形扁平发髻的阿莲,几乎每个晚上都会隔着长方形的火盆,陪着牧野喝上几杯。在他俩中间的炕桌上，摆放着各种小巧玲珑的碟子和盘子，里面盛满了咸鱼子干、咸海参肠等等。

每当这种时候，过去的生活就会清晰地浮现在阿莲的脑海里。一想起那热闹非凡的楼院，还有一个个姐妹的面孔，孤身流落到遥远异乡的虚幻和无助就会加倍侵袭她的心灵。此外，牧野那比以前愈加发福的身体，也常常会在她的心中蓦地点燃起一种奇怪的厌恶感。

牧野自始至终显得心满意足，只顾着一点点地舔舐酒杯。而且，不时地开开玩笑，打量打量阿莲的表情，然后再发出一阵洪亮的笑声，这已俨然成了他喝酒时的一大癖好。

"怎么样，阿莲？东京也还不算是个太坏的地方吧？"

即使听到牧野这样说，阿莲也大都只是面带微笑，专注地烫着酒。

因为有公务在身，所以，牧野很少在此留宿。只要一看见枕头边的座钟快要指向十二点，他就会立刻重新穿上针织衬衫。而阿莲总是半蹲半跪着，怔怔地斜眼看着牧野急匆匆地准备回去。

"喂，去帮我把短外褂拿来！"

牧野有时还一边在半夜三更的灯光里映照出油光满面的脸，一边发出烦躁的吩咐声。

送走牧野之后，阿莲几乎每个晚上都不由得感到一阵精神上的疲惫。与此同时，对变成只身一人又多少觉得有些寂寞和凄凉。

无论是刮风还是下雨，那隔着一条河川的竹林和树丛，都很容易发出令人惊悚的响声。阿莲一边把冰凉的脸颊埋进散发着酒臭的衣襟里,一边凝神细听着那些响动。而不知不觉之间,她的眼眶里竟盈满了泪水。不过,平常那种抑郁的睡意——其本身就是一种噩梦般的睡意——很快就沉沉地罩在了她的心上……

二

"那道血痕,是怎么回事?"

在某个阒寂的雨夜,阿莲一面给牧野斟酒,一面把目光驻留在他的右脸颊上。只见在他那刮过脸后有些泛青的胡茬中间,有着一道不小的血痕。

"你是问这个呀?不就是被老婆抓伤的呗。"

牧野说这话时,脸色和声音都显得满不在乎,让人觉得他不过是在说笑而已。

"这样说来,尊夫人倒真是蛮讨厌的呐。干吗又做那种事呢?"

"哪有这样那样的道理可讲啊?反正就是生气了呗。既然对我都这个样子,那就更别说你了。不信,你自个儿去见识见识吧。要不了多久,你的喉头都会被她咬断的。一言以蔽之,她简直就是一只疯狗。"

阿莲吃吃地笑了起来。

"这可不是什么好笑的事儿哟。要是知道我在这里,没准她明天就会冲到这儿来闹事呢。"

牧野的一席话带着格外严肃的口吻。

"如果真是这样,那就只有事到临头,才知道如何应对了。"

"嘿，你还真有胆量呐。"

"这倒不是什么胆量的问题。说来，咱老家那边的人……"阿莲若有所思，把视线投向火盆的炭火，说道，"咱老家那边的人啊，把什么都看得开呗。"

"那就是说，你不吃醋？"刹那间，牧野的眼睛里掠过了狡黠的神色，"不过，俺们老家那边的人，可没有不吃醋的。其中特别是我……"

正在这时，女佣从厨房里端来了烤鱼串。

那天夜里，牧野决定在妾宅里过夜。说来，这可是很久不曾有过的事情了。

上床以后，外面开始演变成了那种雨雪交加的声音。在牧野入睡之后，不知为什么，阿莲却一直难以成寐。不曾谋面的牧野夫人竟变幻出各种身影，出现在阿莲清醒的眼底。阿莲心里没有涌起憎恶或嫉妒的情感，更不用说同情了，但却多少有种好奇心伴随着那种想象产生了。比如，他们夫妻之间为什么会吵架呢？——阿莲一边留意着户外那些竹林和树丛被雨雪叩打的响声，一边认真地思量着诸如此类的事情。

尽管如此，在听到时钟敲响了两点之后，她终于有了睡意。——不知不觉之间，阿莲和众多的旅客一道登上了幽暗的船舱。透过圆形的窗户向外望去，在翻卷着黑色波浪的远方，有一个不知是月亮还是太阳的球体，正奇妙地迸射出红色的光芒。同船的人全都端坐在阴影里，没有一个人开口说话。阿莲渐渐觉得，这种沉默居然是那么可怕。不久，好像有人走近了她的背后。她情不自禁地回头一看，原来，站在身后的竟是那个与她分了手的男人。他露出悲凉的微笑，一边目不转睛地俯瞰着她……

"阿金!"

阿莲被自己的叫声,从黎明的梦乡中惊醒了过来。牧野还在她旁边继续发出平稳的呼吸声。但阿莲却无从知道,背对自己的牧野此刻是否真的还在酣睡。

### 三

阿莲曾经有过一个男人,这一点牧野似乎也心知肚明,但没有表现出任何耿耿于怀的样子。事实上,就在牧野开始迷恋上阿莲的时候,那个男人突然间疏远了阿莲。所以,牧野不曾感到什么嫉妒,也是顺理成章的事。

但在阿莲的脑海里,却始终盘踞着那个男人的影子。那与其说是恋情,不如说是一种更加残酷的情感。那男人为什么会突然消失呢?——对其中的缘由,她百思不得其解。当然也曾有好多次,阿莲试图从世间变化无常的男人心中找出所有的答案。但考虑到男人失踪前后的种种情形,似乎又很难简单地归结于此。尽管这样,就算是男人那边出现了某种迫不得已的事态,但从他们俩当时那种深笃的交情来看,也不至于不辞而别吧。那么,或许是什么意想不到的灾难降临在了那个男人身上?——对于自己做着如此残酷的想象,阿莲既感到恐惧,又感到怀有希望……

梦见那个男人两三天之后,阿莲在去澡堂洗完澡回家的路上,蓦然看见一栋格子门结构的房子前面,悬挂着"占卜算命——玄象道人"的白旗。那面旗子让人颇感新鲜,不是通常那种染成占卜用具的标记，而是在白底上画着一个红色的铜钱图案。阿莲打那儿通过的时候，忽然萌生了一念：想请玄象道人算个卦，看看那男人的近况。

阿莲被带进了一间日照很好的屋子。或许是讲求风雅吧，主人在屋子里陈列着中国的书橱、栽有兰花的花钵，以及设有俨然煎茶室般的种种装饰，营造出一种舒适典雅的氛围。

玄象道人是个头发剃得短短、体格健壮的老人。不过，他镶着一口金牙，还不停地吧嗒着卷烟，这些都使他透出一种不像是道人的粗鄙。阿莲对老人说，自己的一个亲戚在去年突然失踪了，想请道人占卜一下他如今的去向。

于是，老人迅速从房间的角落里搬出一个紫檀茶几，放在两个人的中间。然后毕恭毕敬地把青瓷香炉、金线织花的锦缎口袋一一摆放在茶几上。

"你的那位亲戚年龄多大？"

阿莲说出了那个男人的年龄。

"哈哈哈，还很年轻呐。人在年轻时，总是不免想犯错误。可一旦到了我这把年纪……"

玄象道人瞪大眼睛望着阿莲，还发出了两三声鄙俗的笑声。

"出生何年也该知道吧？不，不用说我也知道了。看来是卯年生的一白[1]。"

---

[1] 一白在阴阳道术语中乃是九星之一。九星（一白、二黑、三碧、四绿、五黄、六白、七赤、八白、九紫）配上方位，再结合出生年份，进行占卜。

老人从锦缎口袋里掏出了三枚带孔的铜钱。每一枚铜钱都被分别包裹在浅红色的丝巾里。

"我的占卜叫作'掷钱卜'。据说'掷钱卜'是由汉朝的京房[1]发明,以此来取代筮卦。或许你也知道吧,所谓筮卦在'一爻'中就存有三变,而一卦里更是有着十八变。所以,很难判定是凶是吉。而这恰恰是'掷钱卜'的长处……"

说着说着,道人点燃的线香从香炉里冒出一缕缕青烟,开始在明亮的房间里袅袅上升。

四

道人解开浅红色的丝巾,把里面的铜钱放到香炉的烟雾里熏过,又朝悬挂在壁龛上的挂轴煞有介事地低俯下头颅。挂轴上的画似乎是狩野派[2]的作品,描绘着伏羲、文王、周公和孔子这四大圣人的肖像。

"玉皇大帝,宇宙之神圣,闻到此香后,恳求您大驾光临。——此刻我犹豫不决,难以定夺,只能向神灵乞教。求您赐予皇悯,昭示吉凶。"

在念罢上述祭文之后,道人又把三枚铜钱一一投掷在紫檀茶几上。三枚铜钱中,有一枚掷到的是文字一面,而另两枚则是波浪纹路的一面。于是,道人马上提起笔,在卷纸上

---

[1] 京房,西汉学者,曾跟随焦延寿学习《易经》,并当过魏郡太守。开创京氏学。
[2] 狩野派,室町时代由狩野元信开创的日本画画派之一。

记下了它们的顺序。

用投掷钱币的方式来决定阴阳——如此这般重复了六次。阿莲一直把忧心忡忡的目光锁定在铜钱的顺序上。

"好啦——"

在投掷钱币结束之后,老人依旧凝眸注视着卷纸,好一阵子都只是默默地思考着。

"这个卦就叫做雷水卦,上面写着:诸事不顺。"

阿莲战战兢兢地把视线从三枚铜钱挪到了老人的脸上。

"看来,你再也见不着那个年轻的亲戚了。"

玄象道人说着,一边开始再次把铜钱一枚一枚地包裹在浅红色的丝巾里。

"那么说来,他已经不在人世了吗?"

阿莲感到自己的声音在瑟瑟发抖。

"喔,果然如此!"

"不,绝不可能!"

——两种截然相反的心情交织在一起,不由自主地化作了上面的疑问。

"到底是活着,还是已经不在人间,这很难判定——但你只能这么想,那就是再也见不着他了。"

"无论如何都见不着他了吗?"

在阿莲三番五次的追问下,道人合上了织花布袋的袋口。他那油亮的双颊附近,闪过了一道像是讥讽的表情。

"也有一种说法,叫作'沧桑之变'。倘若有朝一日,这偌大的东京变成了一座森林,没准你们还能重逢吧。——这卦上就是这么说的。"

与来时相比，阿莲陷入了更加孤立无援的心境中。在付过了昂贵的占卜费以后，她急匆匆地回到家里。

那天晚上，她支着脸颊，茫然地趴在火盆前，出神地倾听着铁壶发出的响声。玄象道人算的卦，其实就等于什么也没有说。不，毋宁说，倒是粉碎了她悄悄抱着的一线希望——那是一种渴望世界发生万一的期许。无论它显得多么虚幻和脆弱，但毕竟属于希望的一种。莫非就像道人所暗示的那样，那个男人已不在世上了吗？说来，她先前居住的那个城镇，确实是兵荒马乱的。或许就在他像往常那样去见阿莲的路上，遭遇了什么不测吧。否则怎么会像突然失去了记忆一般，销声匿迹了呢？——阿莲感到，自己那施过粉黛的半爿脸颊已被炭火炙烤得滚烫发热。与此同时，她发现自己不知不觉地鼓捣起了火筷子。

"阿金，阿金，阿金……"

"阿金"这两个字眼，被她无数次写在炭火的灰烬上，又无数次一抹而去。

## 五

"阿金，阿金，阿金"——阿莲就这样不停地写着。这时，待在厨房里的女佣忽然发出了一声轻轻的尖叫。虽然那儿被称作厨房，但事实上，与客厅只隔着一层纸门。只要一拉开那扇纸门，隔壁就是铺着木板的客厅了。

"什么事呀，大妈？"

"喔，夫人，您来看看！瞧，我还以为是什么来着，结果竟是……"

阿莲走到厨房那边一看，只见在被炉灶占去了一大块的空间里，那些映照在纸拉门上的灯光竟然造就了一片静谧的黑暗。女佣正在那片黑暗中佝偻着身穿马褂的腰身，用手抱起一只白色的动物。

"是猫吗？"

"不，是条狗呐。"

阿莲把双手交叉在胸前，目不转睛地打量着那只狗。狗就那样任凭女佣搂抱着，不时转动着一双水灵灵的眼睛，用鼻子打着"呼呼"。

"这就是那只今天早晨在垃圾场里汪汪叫的狗呐。——怎么会跑进这里来了呢？"

"你一点都不知道吗？"

"是啊。不过，刚才我一直在这里洗碗呐。——人的眼睛不好使，倒也真是拿它奈何不得。"

说着，女佣打开进水口附近的格子拉门，打算把小狗扔回到外面的黑暗中。

"喂，等等，我也想抱抱它呢。"

"还是算了吧。把你的衣服弄脏了，如何了得？"

阿莲不顾女佣的劝阻，用双手抱住了那只小狗。小狗的身体在她的手中直打哆嗦。这在一瞬间里，将她的心带回到了往昔的世界。当阿莲还在那热闹非凡的楼院里时，就曾收养过一只白色的小狗。在没有客人光顾的夜晚，她就和那只小狗一起进入梦乡。

"多可怜呀！——干脆就收留了它吧。"

女佣有些奇怪地眨巴着眼睛。

"喂，大妈，就收留了它吧。不会给你添麻烦的。"

阿莲松开双手，把小狗放到铺着木板的房间里，脸上露出了天真无邪的微笑。就像是急于给狗找点小鱼或者别的饵食一样，她开始在厨房里翻箱倒柜。

从第二天起，那只套着红色颈圈的小狗就出现在了妾宅的草席上。

有洁癖的女佣当然对这一变化很不高兴。特别是看见小狗下到庭院里，然后又迈着沾满泥土的双脚重新爬回房间里时，她甚至会恼怒一整天。然而，无所事事的阿莲却像对待孩子一样宠爱着小狗。即使在吃饭的时候，那只狗也从不例外地守候在案桌旁。而且，几乎每个夜晚都能看见那只小狗偎依在穿着睡衣的阿莲脚边，安然地打着盹。

"从那个时候起，我就觉得怪讨厌的。要知道，有时候，那只狗还在昏暗的灯光下，目不转睛地打量着夫人熟睡的面孔呐。"

据说一年之后，女佣曾对我那个当医生的朋友K发过这样的牢骚。

## 六

对这只狗感到恼羞成怒的，并不只是女佣一个人。当看见小狗俯卧在草席上的时候，牧野也会悻悻然地紧蹙起粗黑的眉头。

"在干什么呀，这家伙？——畜生，快滚到一边去吧！"

身穿陆军会计师军服的牧野，恶狠狠用脚猛踹那只狗。

等他一走进客厅,那只狗就倒竖起脊背上的白毛,开始拼命地狂吠起来。

"对你喜欢狗这一点,我也已经受够了。"

即便已在晚酌的案桌旁坐下来,牧野还余怒未消地瞪眼瞅着那只狗。

"以前你不是也养过这么大的一只狗吗?"

"嗯,那也同样是一只白色的狗呐。"

"说来,我倒是想起你说过,再怎么也不肯和那狗分开。当时我真是束手无策呐。"

阿莲一边抚摸着膝盖上的小狗,一边流露出无可奈何的微笑。其实,那时候她也并非不知道,既然要搭乘轮船和火车出远门,那么身边带着狗肯定会有诸多不便,可是,自己已经和那个男人分了手,而现在又要撇下爱犬,只身前往一个陌生的国度,无论怎么想,都是一件凄凉而落寞的事情。因此,在启程出发的前夕,她不由得抱着那只狗,将脸颊紧贴在它的鼻尖上,不停地啜泣着……

"那只狗可乖巧和机灵了,这只狗好像笨得要死呐。首先,瞧它的人相——不,不对,不是人相,而是狗相,就显得平庸至极。"

已经酩酊大醉的牧野,恍若已经忘记了先前的不快,甚至把生鱼片之类的东西都扔给小狗吃。

"瞧,不是和那只狗长得很像吗?唯一不同的是鼻子的颜色。"

"什么?鼻子的颜色不同?真是在一些奇妙的地方显得不同呐。"

"这只狗鼻子的颜色是黑的,对吧?可那只狗呢,鼻子颜色是红的呀。"

阿莲陪着牧野喝酒,一边涌起了这样一种感觉:仿佛以前那只爱犬的鼻尖,已经栩栩如生地浮现在了眼前。它那总是被涎沫濡湿了的鼻尖,就如同婴儿母亲的乳房一般透着棕色的斑纹。

"嘿,那么说来,在狗当中,或许倒是红鼻头更具美人相了。"

"不是美人,而是美男子呐,那只狗。可这只狗鼻头是黑的,所以就是丑男子了吧。"

"原来两只都是公狗呀。我还以为到这个家里来的,就只有我一个雄性呐。——这可真是岂有此理。"

牧野一边轻轻捅了捅阿莲的手,一边开怀大笑起来。

但牧野不可能总是保持那样的心境。当他们上床以后,狗就在只隔着一道陈旧纸门的对面,不断地发出煞是悲凉的叫声。不仅如此,它还把前脚爪搭在纸门上,折腾出"嘎吱嘎吱"的响声。牧野在深夜的灯光下露出奇妙的苦笑,一边忍不住对阿莲说道:

"喂,干脆把纸门拉开得了。"

等她一拉开那扇纸门,狗就迈着出乎意料的缓慢步子,朝他俩的枕头边踱了过来,然后,恍若一道白色的影子般匍匐在地上,开始滴溜溜地盯着他们看。

阿莲总觉得,那眼神就像是某个人的眼神。

# 七

两三天之后的某个夜晚，阿莲和溜出本宅的牧野一道，去附近的曲艺场观看演出。

魔术、剑舞、幻灯、杂技——专演此类节目的曲艺场观众盈门，水泄不通。两人被迫等了好一阵子，最后在一个远离舞台的角落里找到了座位。他们刚一坐下，周围的客人便不约而同地向梳着椭圆形发髻的阿莲投来了好奇的目光[1]。这让阿莲既感到有些害臊，又有些莫名地落寞。

在舞台上那明亮的吊灯下，一个缠着白色头布的男人挥舞着一把长剑。接着从后台传来了吟诵诗词的琅琅声音："踏破千山万岳烟。"[2] 台上表演的剑舞自不用说，就连吟诵的诗歌也让阿莲感到百无聊赖。但牧野却点燃卷烟，津津有味地观赏着。

剑舞结束之后上演的是幻灯。在从舞台上方垂落下来的幕布上，不断映现出甲午战争的种种画面。还出现了"定远号"扬起巨大的水柱缓缓沉没的场面。还有樋口大尉怀抱着敌人的婴儿，指挥部下冲锋陷阵的镜头。一旦看见画面中碰巧出现了太阳旗，众多的观众就会大声地喝彩。其中还有人发疯似的高喊着："帝国万岁！"但真正参加过实战的牧野，却只是一个劲儿地嗤笑着，对那帮人的起哄不屑一顾。

"战争要真是那样，可就轻松多了……"

---

1 据上下文推测，阿莲应该是中国人，梳着中国清朝妇女的发型。
2 引用自斋藤一德《题儿岛高德书樱树图》一诗的第一句。

看到牛庄的激战画面时，他对阿莲这样说道。其中也不乏说给旁边人听的意思。但她却仍旧热心地关注着银幕，只是微微点了点头。当然，不管是什么样的画面，对很少看到幻灯的阿莲来说，都肯定是趣味横生的。不过，除此之外，那些画面上的景色——比如白雪皑皑的屋檐、拴在枯柳上的毛驴、垂着发辫的中国军人，也自有打动她的理由。

演出结束，已经十点了。两个人肩靠着肩，在阒寂无人的街道上徜徉着。周围到处是已经歇业的商店，半轮月亮朝家家户户打了霜的屋顶上流泻着寒冷的光芒。牧野抽着烟卷，不时对着寒光吐出一缕缕青烟。就仿佛刚才的剑舞还留在脑子里一样，他开始轻轻吟诵起古老的诗句："鞭声肃肃渡夜河。"[1] 然而，刚一拐过某条胡同，阿莲就像是吃了一惊似的，扯了扯牧野的衣袖。

"吓我一跳呐。你这是干吗？"

他没有停下脚步，只是回头看了看阿莲。

"好像有人在叫我似的。"

阿莲更紧地偎依在牧野身上，脸上一副惊恐的眼神。

"有人在叫你？"

这一次牧野情不自禁地停住了脚步，竖起耳朵仔细倾听。然而，凄清的街道上甚至听不见一声狗的吠叫。

"幻觉呐。怎么可能有人在叫我呢？"

"或许是心理作用吧。"

"没准是因为看了那种幻灯片的缘故吧。"

---

[1] 赖山阳《题不识庵击机山图》一诗的第一句。

## 八

去曲艺场看了演出的第二天早晨，阿莲嘴里衔着牙签，来到套廊上洗脸。就像往常一样，在套廊上洗手的地方，已经备好了盛满热水的带耳铜盆。

冬季草木枯萎的庭园显得凋零而凄清。而在庭院对面延展着的景色，与倒映着阴霾天空的河水一起，更是显得不胜荒凉。一看见这样的景色，阿莲就不由得一边漱口，一边想起了昨天晚上那个被遗忘了的梦。

在那个梦里，她独自一人在幽暗的竹林和树丛中四处奔走。她一边走在狭窄的羊肠小道上，一边不断地寻思着："啊，我的念力终于应验了。这不，极目远眺，东京已变成了一座渺无人烟的森林。肯定很快就能见到阿金了。"果然，走着走着，不知从什么地方传来了大炮的轰鸣和步枪的声音。与此同时，被树木遮蔽的天空就恍若映衬着火灾的现场一般，渐渐带上了浑浊的血红色。"战争爆发了！战争爆发了！"——她就这样想着，试图撒腿逃跑。但不管憋了多大的劲儿，可就是跑不动……

阿莲洗完脸之后，为了擦洗身子又脱掉了衣服。不料就在这时，一个冰凉的东西紧紧地黏附在了她的后背上。

"嘘——"

她并不觉得特别诧异，而是用娇媚的目光瞅了瞅身后。小狗摇晃着尾巴，来回舔舐着自己那黑色的鼻头。

## 九

那以后又过去了两三天，牧野比平时更早地来到妾宅，同行的还有一个叫做田宫的男人。田宫是一家有名的御用商人店铺的掌柜。在牧野包养阿莲这件事上，他也曾给过各种各样的关照。

"这不是很奇妙吗？一旦盘成这种椭圆形的发髻，无论怎么看，都与过去那个阿莲判若两人了。"田宫那张带着浅浅麻窝的脸，在明亮灯光下一片通红。他朝牧野举起酒杯说，"喂，牧野。听我说，如果阿莲当时梳的是岛田髻，或者赤熊髻，也不至于现在看起来如此不同吧。不过，以前归以前，所以……"

"听着，这儿的女佣虽说眼睛不灵敏，但耳朵却不背哟。"

牧野用嘴巴提醒着对方，但脸上却仍旧乐滋滋地嗤笑着。

"没事的。——她能听懂我们的话外音吗？对吧，阿莲。一想到那时候的事情，不就恍若是在梦中吗？"

阿莲避开对方的视线，只顾逗弄着膝盖上的小狗。

"我也是因为受了牧野的委托，才肯斗胆应承下来的。不过，直到平安登上神户港为止，我的心都一直是七上八下的，心想，要是万一败露了，那可就惹上大祸了。"

"哼，对那种险象环生的独木桥，你恐怕早已是如履平地了吧……"

"这可开不得玩笑哟。帮人偷渡，我也就只干过这一次罢了。"

田宫一边把整杯酒喝下肚里,一边故意做出一副阴沉的面孔给牧野看。

"不过,阿莲能够有今天,也真的全是托你的福呐。"

牧野伸出粗壮的手臂,又给田宫斟满了一杯。

"这么一说,真是让我诚惶诚恐。不过,用一句话来说,那时候的我真是害怕极了。而且,当搭乘的轮船逼近玄海[1]时,还遭到了暴风雨的袭击呐……对吧?阿莲。"

"嗯。当时我甚至想,轮船和所有的一切是不是马上就要沉没了。"

阿莲为田宫斟酒,终于让思绪跟上了大家的话题。她的脑子里甚至闪现过这样的念头:若是那条船真的沉没了,没准比现在还好呐。

"既然能够像现在这样,那我们不都还算是幸运的吗?——不过,牧野你说说,当阿莲适应了这种椭圆形的发髻之后,难道你就没有想过,再让她恢复以前的装束来看看吗?"

"也并非没有想过,但不也是无可奈何的事情吗?"

"说什么无可奈何呀,莫非她以前的衣服就一件也没有带到这边来吗?"

"别说是衣服了,就连梳子和簪子都好好保存着呐。无论我怎么劝阻,她就是不听,照带不误。"

牧野透过长火盆,瞅了瞅阿莲的脸。就像是没有听见他的话。阿莲只是全神贯注地看着烧烫的铁壶。

---

1 玄海,指福冈县西北面的大海。

"那岂不是正好。怎么样,阿莲?过些时候,能不能请你换一身装束来给我们斟酒?"

"那样一来,你也就会触景生情,想起过去的某个老相好了吧?"

"哎,提起我过去的那个老相好,倘若她也长得像阿莲这样标致,或许倒还值得一想吧,可是……"

田宫一边在带有浅浅麻窝的脸庞上浮现出难为情的笑容,一边用筷子夹起山芋泥……

那天晚上田宫回去之后,牧野对毫不知情的阿莲说,不久他将辞去陆军的官职开始经商。一旦辞呈得到批准,如今雇佣田宫的、那个有名的御用商人就会出高薪来聘请自己。

"那样一来,就不用再住在这里了。我们是不是……搬到某个更宽敞的房子里去呢?"

牧野就像是非常疲惫似的,倒在火盆前躺了下来,顺势抽起了田宫带来的礼物——马尼拉雪茄。

"这个家本来就够宽够大的了。因为也就只有大妈和我两个人。"

此刻,阿莲正忙着把残羹剩饭拿给嘴馋的小狗。

"如果是那样的话,我也会和你们住在一起的。"

"可是,您不是有尊夫人吗?"

"你是说我老婆呀?不久也该和她分手了吧。"

从牧野的语气和表情来看,这个意外的消息不像是在说笑。

"您还是少做那种作孽的事情吧!"

"这有什么关系呢？始于自我，又归于自我呗。又不是只有我一个人才是坏蛋。"

牧野流露出凶狠的目光，大口大口地抽着雪茄。阿莲一脸寂寞的神情，好一阵子都一声不吭。

十

"那只白狗染上病，还是在田宫老爷来过后的第二天呐。"

阿莲的女佣对我那个当医生的朋友 K 讲述了当时的情形。

"恐怕是食物中毒或者别的什么吧。最初每天都只是呆呆地睡在火盆前，但不久就开始在草席上乱尿一气了。因为是爱若孺子的小狗，夫人还特意拿牛奶给它增加营养，拿宝丹[1]放在它嘴里，真可谓百般疼爱。尽管也能够理解，但不是仍旧觉得厌烦吗？谁知当狗的病情恶化之后，夫人竟然开始和狗聊起天来。这样的事也渐渐变得屡见不鲜了。

"说他们是在聊天，可实际上，也就是夫人对着小狗一个人喋喋不休地说话罢了。夜阑人静的时候，你不妨也来听听吧。就仿佛狗也跟人一样可以开口说话似的，总觉得怪吓人的。记得有一天，天空中刮起了干燥的寒风，我受命外出办事。说来也就是到附近的算命先生那儿，请他给小狗看看病而已。可回到家时，听到夫人在纸门嘎吱作响的客厅里说

---

[1] 宝丹，由守田宝丹本铺销售的含片，属于芳香剂的一种。

着话。我以为是主人驾到了,于是透过纸扇的缝隙朝里一看——原来那儿只有夫人一个人,正把小狗放在膝盖上。只见她的影子忽而清晰无比,忽而幽暗难辨。当然,也可能是因为寒风吹动云层,搅乱了光线的缘故,但如此毛骨悚然的情景,就算是到了我这把年纪,也还是第一次碰到呐。

"所以,当小狗死去的时候,尽管这样说对不住夫人,我确实是如释重负。当然,感到高兴的,并不仅仅只有我这个不得不为狗收拾屎尿的用人。记得听到狗死去的消息,主人也像是除去了什么包袱一般,一个劲儿地嗤笑着。你是问狗吗?狗一大早就倒在梳妆台的前面,口吐青色的东西,一命呜呼了。当时连我都还没有起床,更不用说夫人了。算起来,它躺在火盆前面一动不动,也已经有半个月了……"

正好那天是药研堀举行集市的日子。阿莲在硕大的梳妆台前面发现了早已咽气的小狗。就像女佣所说的那样,小狗冰凉的身体就横陈在一大摊发青的呕吐物中间。而这也是她早就预料到了的结局。与前一只狗是活着分手的,而与这一只狗就该算是死别了。养不了狗,或许就是自己与生俱来的因缘吧。——这些念头只是给她的心灵带来了一种绝望的平静。

阿莲坐下来茫然地端详着小狗的尸体。然后抬起忧郁的眼睛,凝望着寒冷的镜面。镜子里映现出了倒在草席上的小狗,还有她自己。阿莲目不转睛地打量着小狗的影子,突然,就像是遭到晕眩的奇袭一样,她一下子用双手掩住自己的脸庞,发出轻声的叫喊。

瞧,镜子里的小狗尸体!那原本是黑色的鼻头竟然在不知不觉之间变成了鲜红的颜色。

## 十一

妾宅的新年煞是冷清。即便在门上竖起新竹,客厅里摆上蓬莱[1],阿莲也依旧只是在火盆前支着脸颊,将抑郁的目光投射在纸扇那渐渐暗淡的日影上。

自从年前死了小狗以来,她那本来就沉郁的心情更加频繁地遭到了忧郁症的袭击。不光是小狗的死亡,还有那男人至今不明去向,以及从不曾见过的牧野夫人的命运等等,都让她陷入了思量和烦恼。与此同时,各种奇妙的幻觉也开始纠缠着她。

有时候,她上床以后,好不容易就要进入梦乡,这时,就像有个东西突然压在身上一般,感到睡衣的下摆陡然变得沉甸甸的。小狗还活着的时候,常常跑过来躺在她的被褥上。——就跟那种感觉一模一样,有某种轻柔的重量匍匐在她的身上。阿莲立刻从枕头上悄悄抬起头来,可是,除了薄棉睡衣的格子花纹映照在灯光里,就无从想象还有什么其他的东西了。

并且,阿莲对着梳妆台梳理头发时,时而会有一道白色的东西倏然间从照着镜子的阿莲背后一掠而过。有时候她没有留心到这个细节,而只是继续向上撩起水灵灵的鬓发。于是,那白色的东西就会再次循着相反的方向,一溜烟似的飞

---

[1] 蓬莱,日本庆祝新年时摆放酒菜的台座。

窜而过。阿莲手里攥着梳子，终于回过头来看了看背后。但明亮的客厅里，却看不到任何生物活动过的迹象。恐怕还是眼睛在作祟吧——她就这样思忖着，重新掉过头面对镜子。可过不了一会儿，那白色的东西又第三次从她身后溜了过去。

还有，当阿莲独自面对火盆而坐的时候，偶尔会从外面遥远的大街上，传来呼唤她名字的声音。夹杂着大门口那些竹叶发出的嘈杂响声，唯有一次她真的听见了那种呼唤。不用说，肯定是那个男人的声音，就是那个在她来东京后也一直惦念的男人。阿莲就像屏住了呼吸一样，小心翼翼地竖起了耳朵。这一次，从大街上又传来了那个男人令人眷念的声音，并且比上一次显得更加迫近逼真。可刚一这么想着，那声音又变成了寒风中萧瑟的狗叫……

另外，有时她从睡梦中醒来，还会看见这样的情景：就在她躺着的同一张床上，居然睡着一个不可能在此现身的男人。高高的额头、长长的睫毛——所有的这一切，在夜半的灯影下，都与过去没有任何改变。对了，他的左眼角上还有一颗黑痣呐——对此也一一进行了查证，结果发现果然是他。阿莲与其说对此感到不可思议，不如说因兴奋而怦然心跳，一下子死死搂住了那男人的脖子，就仿佛她的整个身体也从此溶解消失了一样。但那个睡眠遭到搅扰的男人，只是有些厌倦地嘟哝着什么。出人意料的是，那嘟哝着的声音，竟然是牧野的嗓音。不仅如此，就在那一瞬间里，阿莲还发现了一个事实：自己正把双手紧紧地缠绕在散发着酒臭的牧野脖子上。

除了这些幻觉之外，在现实世界中，也发生了让阿莲无法平静的事件。在新年的贺岁松树尚未拆卸之际，常常在背地里念叨过的牧野夫人，竟然真的不期而至。

## 十二

牧野夫人突然来访，恰恰是在女佣外出办事的时候。听见有人求见，阿莲不由得大吃一惊，只好欠起慵懒的身体，来到了天色昏暗的大门口。透过朝北的格子窗户，可以隐约看见屋檐前的装饰。就在那儿站着一个戴着眼镜的女人。她搭着一块有些陈旧的披肩，低着头。

"请问，您是谁？"

阿莲问道，但凭着直觉她已经猜到了对方的身份。她目不转睛地审视着眼前的这个女人。她有一张轮廓黯淡的面孔，梳着松散的椭圆形的发髻，将穿着碎花短外褂的袖口交叉在胸前。

"我是……"

女人在稍事犹豫之后，依旧低着头，说道：

"我就是牧野的内人，名字叫阿泷。"

这一次轮到阿莲语塞了：

"是吗？我是……"

"不用说了，我都知道了。据说牧野经常承蒙您关照，我也应该过来谢谢您才是。"

那女人的话语，显得平静而稳重，甚至没有掺杂半点讽刺的口吻，让人备感意外。正因为这样，阿莲更是不知道，该如何向对方寒暄了。

"所以，趁着今天乃是新年伊始之际，我想斗胆过来请求您一件事……"

"有何贵干，就请尽管吩咐吧，只要是我力所能及的事情。"

阿莲还不敢掉以轻心，但也大致能猜出对方会"请求"些什么。与此同时，她又不禁思忖道：一旦对方说出她的"请求"，恐怕自己的回答也不可能只有三言两语吧。但直到听见低着头的牧野夫人开口说话，阿莲才发现，原来自己的预想完全是捕风捉影。

"其实我所说的'请求'，也并不是什么大不了的事情。事实上，据说不久整个东京就要变成一座森林，因此，到时候请您务必像对待牧野那样，把我也收留在您的府上。我所谓的'请求'就只有这一点。"

对方慢悠悠地说着，就好像全然没有察觉到，她的话有多么疯狂。阿莲一下子愣住了，只是久久地凝视着她那背对着阳光的阴郁身影。

"怎么样？能不能请您收留我？"

阿莲仿佛舌头僵直了一样，一句话也没有回答上来。不知什么时候，对方已经抬起头来，一边慢慢睁开冷冷的眼睛，一边透过眼镜审视着阿莲——这更是让阿莲觉得毛骨悚然，就恍若所有的一切乃是一场噩梦一般。

"我自己怎么着都无所谓，可万一在半道上迷了路什么的，那我的两个孩子不就可怜了吗？所以，即便是很难为您，也请务必把我们收留在您府上。"

牧野夫人刚一说完，就把脸庞埋进陈旧的披肩里抽噎起来。于是，一直缄默无语的阿莲，也陡然陷入了悲凉的心境中。可以见到阿金的时刻终于来临了。多高兴啊！太高兴了！——她就这样琢磨着，看见自己潸然而下的眼泪，滴落在穿着春装的膝盖上。

几分钟以后，阿莲才猛然注意到，在光线昏暗的北门边已经没有了人影。不知什么时候，对方已经悄然无声地转身离去了。

## 十三

正月初七晚上，牧野一来到妾宅，阿莲就把牧野夫人来访的整个过程告诉了他。谁知牧野显得格外平静，一边听她的描述，一边悠然地抽着马尼拉雪茄。

"尊夫人有些不对劲呐。"说着说着，阿莲不禁变得亢奋起来，一面焦灼地蹙紧眉头，一面执拗地说道，"如果不赶快想想办法，就会造成不可挽回的局面呐。"

"哎，到时候再说到时候的话吧。"牧野透过烟卷冒出的烟雾，眯缝起眼睛打量着她说道，"与其在这儿为我老婆操心，还不如关心关心自己的身体呐。这阵子我来看你，你不是总显得很悒郁吗？"

"我怎么着倒是没什么，可……"

"那怎么行呢。"

阿莲阴沉着一张脸，好一阵子都缄口不语。忽然间，她抬起泪眼婆娑的面孔说道：

"求求您，求求您不要抛弃尊夫人。"

或许是被惊呆了吧，牧野一句话也没有回答。

"求求您，真的，求求您……"就像是为了掩住自己的眼泪一样，阿莲把下颚埋进黑色绸缎的衣襟里，"对尊夫人来说，在这个世界上您比什么都重要。您如果不为她着想，那未免也太薄情了。即便在我们老家那边，女人也是……"

"行了行了，你说的我都明白。你还是别操那份心的好。"牧野像是哄小孩似的说道，以至于忘记了抽烟，"这栋房子到底还是阴暗和晦气了一些，再说前不久又死了一只狗。所以也就难怪你心情郁闷。过些时候，等找到了好地方，我们就赶快搬家吧！那样一来，就可以生活得更加开朗快活吧……哎，只要再过十天左右，我就可以辞掉公职了。"

整个晚上，无论牧野如何安慰，阿莲的脸上都一直是那副沉郁的表情。

……

"对夫人的情况，主人也很是担心，但……"

当K问起各种各样的问题时，据说女佣就是这样来描述当时的情形的。

"无论怎么说，这一次的病，在那个时候便已经出现了征兆。所以，主人和其他人也就只好死心了。其实，在主宅那边的夫人突然登门造访的那一天，我办完事回来时，就看见这边的夫人还呆坐在大门口呐——而那边的夫人则从眼镜后面盯着她，根本没有进门的意思，只顾在那儿喋喋不休说着一大通可怕的客套话。

"在暗地里听见别人指桑骂槐地中伤自己的主人，是不可能有好气的。但如果我真的冲上去和她理论，恐怕事情就会变得更难以收拾吧。之所以这么说，是因为我四五年前，也在主宅当过用人。一旦被夫人发现，那事情可就糟糕了，没准更是会惹得对方一肚子气。如果是那样的话，不就麻烦了吗？因此，直到主宅夫人奚落完这边的夫人转身离去，我都一直躲在门口的纸扇后面，没敢抛头露面。

"不料这边的夫人一看见我，就说道：'大妈，刚才夫人来过了。就算是到这儿来，她也没有说半句恶意的话，看来真是一个蛮不错的人呐。'接着，她又一边笑着，一边说道：'她还说什么，不久整个东京就要变成一座森林呐。怪可怜的，看来她有些不对劲啊。'"

十四

进入二月后不久，阿莲就搬到了本所松井町一间位于二楼上的宽敞屋子里。但阿莲的忧郁症却仍旧没有好转的迹象。她也不和女佣说话，大都独自待在客厅里，执拗地倾听铁壶水烧开后发出的响声。

在乔迁后还不到一周的某个夜晚，已经在其他地方喝过酒的田宫，又醉醺醺地来到了妾宅。刚刚喝了一杯的牧野，一看见这个酒伴的面孔，马上就把手中的小酒杯递了过去。在接过酒杯之前，田宫从衬衫敞开着的怀里摸出了一个红色的罐头。他一边接受阿莲的斟酒，一边说道：

"这是礼物，阿莲夫人。是我带给你的礼物。"

"这是什么呀？"

阿莲道谢的时候，牧野拿过罐头看了看。

"瞧这上面的标签。这是海狗呐。海狗的罐头哟。听说你是因心情郁闷而害病的，所以，就特意带给你的呗。不管是对妇女产前、产后，还是妇科病，反正都有疗效。——这还是一个朋友告诉我的，他刚开始做这种罐头的买卖。"

田宫舔了舔嘴唇，然后又来回瞅了瞅他俩。

"海狗什么的，你能吃吗？"

牧野采取的是激将法，但阿莲却只是在嘴角强装出了一丝笑容。倒是田宫挥了挥手，一下子接过了话题。

"没问题的。当然没问题。对不对，阿莲？说来海狗这东西也真是有趣，常常一只公海狗身边就聚集了好几百只母海狗呐。哎，若是论人的话，就相当于牧野那样的家伙吧。说来，连长相都蛮像呐。所以说嘛，你就当作是牧野，对，就当作是可爱的牧野，将它一口吞下去好啦。"

"你都胡诌些什么呀？"牧野无可奈何地苦笑着。

"在一只公海狗身边有那么多……喂，牧野，这点该是很像你，对吧？"田宫在带有浅浅麻窝的脸上堆满了笑容，不顾周围的反应，兀自继续唠叨着："今天听我的朋友，也就是那个罐头商人说，海狗这种动物呀，一旦雄性之间争夺某个雌性，就会……算了算了，与其奢谈什么海狗，今儿晚上，还不如让阿莲换身过去的服装给我们瞧瞧。怎么样，阿莲？虽然如今叫什么阿莲，可实际上，那不过是为蒙骗世间而取的假名字罢了。说来，这才是我最想和阿莲一起在音羽屋[1]表演的精彩部分呐。"

"喂,喂,雄性海狗争夺雌性海狗,其结果如何?我倒是更想听这个呐。"牧野说道,脸上是一副为难的表情。他想用海狗的话题来取代危险的话题。谁知偏偏事与愿违。

"争夺雌性?据说一旦争夺雌性,雄性之间就会大动干戈,争执不休。不过却来得光明正大,不像你那样,在背后放人暗箭。对不起,失礼了。不是有句俗话,叫做什么'禁句禁句,还数金字招牌的甚九郎'吗?[2]——阿莲,就让我敬你一杯吧。"

田宫看见牧野脸色骤变,盯视着自己,于是,为了掩饰困窘,赶紧给阿莲递上了一杯。但阿莲只是看着他,无意伸出手来接过酒杯。

## 十五

阿莲从床上起来,是在那天夜里的三点过后。她跑出二楼的卧室,悄悄走下昏暗的楼梯,摸索着来到了梳妆台前面。然后,从抽屉里摸出了装有剃须刀的盒子。

"牧野,牧野这个畜生!"

阿莲一边嗫嚅着,一边静静地抽出了盒子里的东西。一

---

[1] 音羽屋,歌舞伎演员尾上家的屋号(堂名)。在一出戏中有个贵族姑娘隐姓埋名,化妆成别人,最后才说出真名。
[2] 出自河竹默阿弥作歌舞伎《金看板侠客本店》的一句俏皮话。

瞬间里，剃须刀的气味——就是那种研磨得锃锃发亮的钢铁的气味，一下子轻扑着她的鼻腔。

不知什么时候，一种狂暴的野性在阿莲的心中发作了。那是卖身之前，在与狠毒的继母不断抗争中养成的野性。就像脂粉遮住了真正的肌肤一样，那种野性也被这几年的生活掩埋在了底层。

"牧野，牧野这个恶鬼！我决不让他再见天日！"

阿莲将剃须刀藏在花哨的汗衫袖口里，从梳妆台前面霍地站了起来。

这时，一个微弱的声音不知从何处传进了她的耳朵：

"快住手！快住手！"

她不由自主地屏住了呼吸。但那阻止她行动的，原来不过是时钟的秒针在黑暗中轻轻摆动的响声。

"快住手！快住手！快住手！"

就在她刚要拾梯而上的时候，那声音又一次攫住了她。于是她伫立原地，穿越客厅的黑暗，朝四处察看着。

"是谁呀？"

"是我。就是我，我呀。"

那声音肯定来自某个曾经过从甚密的姐妹。

"是一枝小姐吗？"

"嗯，是我。"

"好久不见了。你现在身在何处呀？"

不知不觉中，阿莲已经像白天那样坐在火盆前。

"快住手！快住手！"

那声音并不回答她的问题，而只是不厌其烦地重复着同一句话。

"为什么就连你也要来阻止我?杀了他,有何不妥?"

"快住手!因为他活着。他还活着呐。"

于是,开始了一阵漫长的沉默。可即使在这漫长的沉默里,时钟也从不间断地晃动着钟摆,发出一阵阵响声。

"你说谁还活着?"在沉默了半晌之后,阿莲又再次问道。

于是,在她的耳畔,那声音开始呢喃起一个备感亲切的名字:

"阿金,阿金——阿金。"

"真的吗?如果是真的,倒的确让人喜出望外……"

阿莲用手拄着脸颊,一副若有所思的神情。

"倘若阿金真的还活着,不是会来看我吗?"

"会来的,当然会来的。"

"会来吗?什么时候?"

"就在明天。到弥勒寺来见你。在弥勒寺哟。明天晚上。"

"弥勒寺?就是弥勒寺桥,对吧?"

"到弥勒寺桥。晚上来。说好要来的。"

那以后,就再也听不见任何声音了。但只穿一件长汗衫的阿莲,却久久地呆坐着,甚至忘记了黎明前的寒冷。

## 十六

到了第二天正午以后,阿莲还一直蜷缩在二楼的卧室里。直到四点左右，才从床上爬起来，开始比往常更加精心地化起妆来。然后，就像是要出门去观赏戏剧似的，上上下下一身盛装。

"喂，喂，干吗如此精心地打扮自己？"

那天，牧野一整天都没有去店里做事，而是待在妾宅里，足不出户。这时，他一边打开《风俗画报》浏览着，一边有些不解地朝阿莲问了一声。

"因为我要出去一趟……"阿莲冷冰冰地回答道，还一边在梳妆台前系着白色斑点的装饰衣带。

"去哪儿？"

"去弥勒寺桥一趟。"

"弥勒寺桥？"

牧野与其说是感到惊奇，不如说是越发不安了。可这反倒在阿莲心里催生一种难以言喻的喜悦。

"去弥勒寺桥，有什么事吗？"

"至于说什么事……"她一边朝牧野的脸上投去轻蔑的目光，一边平静地扣上金属的带扣，"尽管如此，你大可不必担心。因为我决不会投河自尽的。"

随着"啪"的一声，牧野把《风俗画报》扔到了草席上，并咂着舌头，恶狠狠地说道：

"别说那种蠢话！"

……

"据说就是在那天晚上的七点左右，"在讲述了上面的经过之后，我的医生朋友 K 又继续缓缓地说道，"阿莲不顾牧野的劝阻，独自一人走出了家门。尽管女佣出于担心，决计陪她一起去，可阿莲却俨然像个小孩一样，威胁着说，如果不让她一个人去，她就当场死给大家看。对她这种耍赖的方法，谁都一筹莫展。不过，又不能让她只身前往，所以，就只好让牧野若即若离地跟踪在后。

"可走到外面一看，那天晚上，恰好在弥勒寺桥附近举行药师如来的庙会，所以，不管天气多么寒冷，在第二条大街上照样是人声鼎沸，拥挤不堪。对于跟踪阿莲来说，这倒是满合适的。牧野紧跟在阿莲后面，却没有被她发现，当然都是多亏了庙会。

"大街两侧排列着庙会的商摊。在煤油提灯和电灯光的映衬下，糖果店铺的涡形招牌和大豆食品店的红色阳伞等等，在街道两旁熠熠闪烁。但阿莲对这一切根本就不屑一顾，只是微微低着头，快步穿行在拥挤的人流中。为了跟上她的步伐，牧野不得不花费了九牛二虎之力，可见她是在怎样匆匆赶路。

"不久，来到了弥勒寺桥前面，阿莲这才终于停下了脚步，茫然地环视着四周。在拐向河岸的地方，到处是经营盆栽的花店。因为只是庙会的应景之物，所以，并没有什么特别像样的盆栽。可是，惟有在这人烟稀疏的街道上，那些松树和扁柏才会长出水灵灵的枝叶。

"到这种地方来也未尝不可，但她究竟想干什么呢？——牧野疑虑重重地思忖着，躲藏在桥头的电杆背后，观察着爱妾的动向。但阿莲却仍旧只是呆呆地伫立在那儿，打量着周围的盆栽。牧野蹑手蹑脚地悄悄走近对方的身后。于是，他听见阿莲兴高采烈地反复嘟哝道：'啊，变成森林了。整个东京都终于变成一座森林了……'"

## 十七

"如果仅仅是这样倒还好,可是,"K继续说道,"正好这时,一条白雪般的小狗穿出人群,出现在阿莲的面前。于是,阿莲伸出双臂,一下子把小狗抱了起来。以为她会说些什么呢,谁知她竟像说梦话似的念叨:'喔,原来你也来了呀?到这儿来,路程也真够远的吧。不管怎么说,一路上有高山,还有大海呐。说真的,自从和你分手以后,我没有哪天不在哭泣。再说,作为你的替身而饲养的小狗,不久前也死掉了。'或许是因为不认生吧,那只小狗既没有大声地吠叫,也没有张口咬人。只是不停地用鼻子打着呼呼,用舌头舔舐着阿莲的手和脸。

"这样一来,牧野再也看不下去了,终于走到了阿莲面前。但无论他怎么劝告,阿莲都说,只要阿金不出现,她就决不回家。因为正好是赶庙会,所以不一会儿,周围便聚集了一大堆人。其中还有些家伙大声地起哄道:'瞧,是一个疯子美女呢。'对于喜欢狗的阿莲来说,事隔很久之后,又能够再次把小狗抱在怀里,或许也算是一种慰藉吧。经过一番争执,最后总算说好了:先照牧野说的那样回家去。可一旦真要动身回家,那些凑热闹的围观者就是不肯让条路出来。而阿莲又挣扎着,要回到弥勒寺桥那边。所以,当牧野连哄带骗,终于把阿莲带回松井町的家里时,他的外套里面早已是大汗淋漓了……"

阿莲一回到家里,就抱着白色的小狗径直上了二楼。然后,把这可怜的动物轻轻放到了漆黑的客厅里。狗摇晃着小小的尾巴,一边喜滋滋地来回转悠。它的步履,跟以前收养的那只狗从阿莲床上飞身跳向石阶的模样如出一辙。

"喔,对了——"

就像是这才想起客厅的光线过于昏暗似的,阿莲有些不可思议地环顾着四周。不知什么时候,一盏琉璃灯已经点燃了火苗,从天花板上垂吊下来,悬挂在她的头顶上方。

"哇,太美了。就仿佛回到了过去呢。"

她久久地凝眸注视着那璀璨炫目的灯光。但不久,她便从灯光中找见了自己的身影,以至于不由自主地晃动了两三下脑袋。

"我已经不是过去的那个惠莲了。如今我是名叫阿莲的日本人。阿金也是不可能来见我的。但是,只要阿金肯来见我……"

突然,阿莲抬起头来一看,不禁再次发出了惊讶的叫声。只见刚才小狗待过的地方,竟然躺着一个中国人。他把手拄在四方形的枕头上,优哉游哉地抽着鸦片!高高的额头、长长的睫毛,还有左眼角上的黑痣——所有这一切都表明,他肯定就是阿金。不仅如此,一看见阿莲,他不是还一边叼着烟斗,一边在那双没有变化的凉幽幽的眼睛里,浮现出了一丝淡淡的微笑吗?

"你瞧,无论从哪里看过去,东京都变成了一座森林吧。"

是的,在二楼那些亚字形的栏杆外面,无数不曾见过的树木已经延展出茂密的枝桠。而好些长着刺绣般花纹的小鸟，正站在上面轻快地啭鸣——阿莲凝视着这样的情景，一整夜都神思恍惚地端坐在亲爱的阿金身边。

"那以后过了一天或者两天，阿莲——本名为惠莲——便成了这家K精神病院的病人。据说甲午战争期间，她曾在威海卫的一家妓院里以接客为生……什么？你问她是个什么样的女人？请等等，这儿正好有张她的照片呐。"

在K拿给我们看的陈旧相片上，是一个身穿中国服装的、神情凄然的女人，旁边还有一条白色的小狗。

"刚进这家医院时，不管谁说什么，她都不肯脱去那身中国衣裳。而且，只要那只狗不在身边，她就会大声地叫唤着'阿金，阿金'。想来，牧野也是一个够可怜的男人。尽管娶了阿莲为妾，但作为帝国军人的一分子，竟然在战争结束后不久，把敌国的女人带入国内，想必其间也颇费了一番周折吧。——哎，你是问阿金怎么样了吗？问这个问题，也未免太愚蠢了吧。我甚至怀疑，那只狗是否真的是死于疾病呐。"

大正九年十二月

杨伟　译

# 火神阿耆尼

## 一

故事发生在中国上海的某条街道上。这是一栋即使在大白天,也显得昏暗无比的房子。二楼上,一个面相狰狞的印度老妪和一个商人模样的美国人正起劲地商谈着什么。

"说实话,我这次来,是想请您给我算一卦……"说着,美国人重新点燃了一支香烟。

"算卦?眼下我已打定主意,不再给人算卦了。"老妪像在嘲弄人,眼睛滴溜溜地盯着对方的脸,继续说道,"这阵子呀,那号人可是越来越多了。就算你好心好意地给他算了命,他也不会好好报答的。"

"可我当然会酬谢您的。"美国人毫不吝啬地把一张三百美元的支票放在了老妪面前,"暂且收下它吧。如果您的卦应验了,到时候我还会另付谢礼的。"

老妪一看见那张三百美元的支票,态度顿时变得热情起来:

"接受如此丰厚的酬谢,反倒让我觉得难为情呐。——不过,话说回来,您究竟想算什么卦呢?"

"我想请您算的是……"美国人嘴上叼着香烟,脸上浮现出狡黠的微笑,说道,"日美之间究竟几时会爆发战争。

如果对此胸有成竹,那我们这些商人就能在转眼之间发上横财的。"

"那么,请您明天再来吧。我会在此之前占卜停当的。"说着,印度老妪得意洋洋地挺起了胸膛,"说起我算的卦,近五十年来还从没有出现过偏差。要知道,是火神阿耆尼[1]亲自赐予我神谕哩。"

待美国人回去以后,老妪走到邻屋的门口高声地喊道:

"惠莲!惠莲!"

应声而出的,是一个漂亮的中国女孩。但或许是饱经磨难的缘故吧,其上窄下宽的脸颊显得一片蜡黄。

"你在磨蹭什么呀?还真是从未见过像你这样厚颜无耻的女人呐。刚才你又在厨房里打盹偷懒吧?"

无论老妪怎么斥责,惠莲都只是一动不动地低着头,缄口不语。

"你给我好好听着。今天夜里,我又有事求教于火神阿耆尼,你就先做好准备吧。"

"是今天夜里吗?"

"是的,今天夜里十二点。你都知道了吗?千万别忘了哟。"印度老妪就像在威胁人,举起了手指,"如果这次,你还像前不久那样给我找麻烦的话,那你可就没命了哟。要想杀死你,还不比勒死一只小鸡更容易吗?"

说着,老妪又蓦地蹙紧了眉头。等她留神一看,不知何时惠莲已经走到了窗边,正从微微开启的窗户眺望着外面凄

---

[1] Agni,印度婆罗门教中,地上的最高神。

清的街道。

"你在看什么?"

惠莲的脸色变得越发苍白。她再次抬起头来看着老妪的脸。

"好啊,好啊,既然你敢糊弄我,那就说明还教训你不够。"

老妪瞪着一双杀气腾腾的眼睛,猛地操起了放在旁边的扫帚。

而就在此时,好像有什么人来到了房间外面。果然,忽地响起了一阵粗暴的敲门声。

二

几乎是在那天的同一时刻,一个年轻的日本人,正从这栋房屋的外面踯躅而过。刚一看见中国女孩从二楼窗户里探出的脸,他就像是惊呆了一样,久久地伫立在原地。

正在这时,一个上了年纪的中国人力车夫恰好经过这里。

"喂,喂,你知道那二楼上住的是谁吗?"日本人突然向人力车夫打听道。

那个中国人手里紧握着车把,往高高的二楼上瞅了一眼,不无恐惧地回答道:

"你是说这上面吗?那儿住着一个叫什么来着的印度老太婆呐。"

说完,他就想匆匆地转身离开。

"请等等。那老太婆,是做什么买卖的?"

"是一个占卜师。不过,听附近的人说,她还擅施魔法呐。哎,如果想保命的话,你就最好别去招惹她。"

人力车夫离开以后,那个日本人还抱着胳膊,思考着什么,但不一会儿就下定了决心,向那栋房子里面快步走去。于是,传来了那个中国女孩的哭声,间或夹杂着老太婆的谩骂声。一听见那哭声,日本人就三步并作一步,沿着昏暗的楼梯跨级而上,然后使出全身力气,猛敲着老妪的房门。

门立刻打开了。但日本人进去一看,却只有印度老妪一个人站在那里。或许是藏进了隔壁的房间吧,这儿根本就没有中国女孩的踪影。

"您有何贵干?"老妪满腹狐疑地审视着对方的脸。

"你是占卜师吧?"日本人交叉着双臂,回望着老妪。

"是的。"

"那么,不用问,也该知道我的目的吧。我来,也是想请你算一卦。"

"你要算什么卦呢?"老妪越发露出了怀疑神色,观察着日本人的动静。

"我主人家的小姐在去年春天就失踪了,能不能请你给算个卦。"日本人的每句话都说得铿锵有力,"我的主人是驻香港的日本领事。他家小姐的芳名就叫妙子。而我嘛,则是一介书生,名叫远藤。怎么样?请问,小姐她现在何方?"

远藤一边说着,一边把手揣在上衣口袋里,掏出了一把手枪。

"难道不是在这附近吗?据香港警察调查的结果,掳走小姐的好像是一个印度人。——倘若故意藏匿不报，是不会有好处的。"

但印度老妪没有露出半点胆怯的神情。不仅如此，嘴上还浮现出了那种轻蔑的微笑：

"你说什么呀？那样的千金小姐，我可是从来没有见过。"

"你撒谎！刚才从窗户里探出头来，朝外面张望着的那个人，肯定就是妙子小姐。"远藤用一只手紧攥着手枪，另一只手指了指隔壁房间的门口，说道，"如果你再胡搅蛮缠的话，那就把里面的中国人带出来吧！"

"那是我的养女呐。"老妪仍旧像是在嘲弄人一样，兀自嗤笑着。

"是不是养女，只要看一眼就会明白的。如果你不把她带出来，那就只好我自己进去看了。"

远藤试图闯进隔壁的房间。

但说时迟那时快，印度老妪已站在门口挡住了去路。

"这是本人的家。怎么能让你这个陌生人擅自闯入！"

"快让开！不让开的话，我就开枪杀人了！"

远藤举起了手枪。不，准确地说，是试图举起枪来。可就在那一刹那，老妪发出了如同乌鸦一般的叫声。与此同时，就像遭到了电击一样，日本人的手枪陡然从手中滑落到了地面上。或许是备受惊吓的缘故吧，在那一瞬间里，就连英勇无畏的远藤也只能迷惑不解地环视着四周。但很快他就恢复了勇气，骂着"你这个滥施魔法的女妖"，一边像猛虎似的扑向老妪。

但那老妪可不是好惹的。只见她掉转身子,迅速抓起旁边的扫帚,将地板上的垃圾扫向扑过来的远藤脸上。顷刻间,那些垃圾化作了火花,纷纷扬扬地撒落在远藤的脸上,炙烤着他的眼睛和鼻子。

这下,远藤终于招架不住了。被火花的旋风追逐着,他跌跌撞撞地逃到了房屋外面。

## 三

那天夜里将近十二点的时候,远藤一个人伫立在老妪的房子前面,心犹不甘地注视着映照在二楼玻璃窗上的火光。

"好不容易找到了小姐的下落,却不能把她营救出来,这真是太遗憾了。索性去报警吧?不,不成。中国警察的行动之迟缓,这在香港也是众所周知、让人头痛的事情。万一这次又被她逃掉了,那要想再找到她,可就费事了。但话又说回来,对那个擅施魔法的女巫,即便动用手枪也是白搭呀,所以……"

远藤就这样思索着。突然,从高高的二楼上飘下来一张纸条。

"哇,飘下来一张纸条呐——没准是小姐写的信吧?"远藤自言自语道。

于是,他一边捡起那张纸条,一边摸出了悄悄藏在衣服里的电筒。借助电筒射出的圆形光线,他看见上面果然有铅笔写成的模糊字迹。他断定,这就是妙子的手迹:

远藤君：这个巫婆是一个会施魔法的可怕家伙。常在夜半时分，将名叫"阿耆尼"的印度火神附在我身上。在火神附体的那段时间，我就像死去了一样。所以我根本不知道发生的一切。但据巫婆说，火神阿耆尼会借助我的嘴巴，说出种种预言。今夜十二点，巫婆又要让火神阿耆尼附在我身上。按平常的惯例，我会不知不觉地昏迷过去，但今天夜里，我想在尚未昏迷之前，故意佯装成已经中了魔法的样子。然后，我会告诉她，如果不把我放回阿爸那儿去，火神阿耆尼就会要了她的性命。巫婆对火神阿耆尼言听必从，因此，听到上面的话，肯定就会放我回去吧。求求你，明天早晨再来一次。除了这个计谋以外，再也找不到办法可以逃出巫婆的魔掌了。再见了。

远藤读完这封信，又看了看怀表。时针正好指向十二点零五分。

"马上就到时间了。敌人是一个擅施魔法的女巫，小姐却还是一个孩子，如果不是运气特好的话，事情恐怕……"

不等远藤话音落地，魔法便已开始了吧。只见二楼上刚才还一直亮着灯光的窗户，倏然间变得漆黑一团。与此同时，不知从什么地方，静静地飘来了一股神秘的线香气味。不仅如此，那气味甚至还渗透进了沿街的路石里。

四

这时，那个印度老妪正在黑灯瞎火的二楼，一边往桌子上摊开魔法秘籍，一边不停地念诵着咒语。尽管周遭一片黑暗，但在香炉的火光映照下，魔法秘籍上的文字还是依稀可见。

忧心忡忡的惠莲——不，是穿着中国服装的妙子——正一动不动地坐在老妪前面的椅子上。刚才从窗户上飘落下去的信件，是否已经平安地抵达了远藤的手中？当时大街上的那个人影，想来就是远藤，可谁又能保证没看错人呢？——想着想着，妙子不由得坐立不安起来。倘若一不留心，在老妪面前露出马脚，那么从这个可怕巫婆家里逃离的计划，就会顷刻间败露无遗。所以，妙子只能把颤抖的双手紧抱在一起，就像事先预谋的那样，迫不及待地等待着那一刻的来临，以便佯装着火神阿耆尼已经附着在自己身上。

老妪念诵完咒语，然后，一边围着妙子转圈，一边做出各种手势。时而伫立在妙子前面，将双手朝左右两边高高举起，时而转到妙子身后，就像是在玩蒙眼游戏一般，将手悄悄罩住妙子的前额。倘若此刻有人从房间外面瞧见老妪的这副模样，肯定以为是一只硕大的蝙蝠或者别的什么，正在香炉青白色的火光中左蹦右跳呐。

妙子就像往常一样，感到睡意开始渐渐摄住了自己。但若真的就此睡去，那么，好不容易制定的计谋就会化作泡影。而一旦计划流产，自己就再也无法回到父亲的怀抱了。

"日本的诸神啊，请你们务必保佑我保持清醒！如果能让我再见到父亲，哪怕是只有一面，我也会死而无怨的。日本的诸神，请你们赐予我力量来蒙骗过这个巫婆。"

妙子在心中重复着热切的祈祷，但睡意却越来越强烈地裹挟着她。与此同时,妙子的耳畔传来了一种微弱而奇怪的音乐声,就仿佛有人在叩击铜锣一样。而这就是火神阿耆尼从天而降时必然响起的声音。

此刻,无论怎么忍耐,都无法抗拒那睡意了。这不,眼前香炉发出的火光,还有那印度老妪的身影,都在转眼之间消失殆尽了,就恍若一场令人发怵的噩梦倏然退隐了似的。

"火神阿耆尼,火神阿耆尼,求您答应我的请求!"

不久,巫婆就匍匐在地面上,发出嗄哑的声音。这时,妙子坐在椅子上,不知不觉地酣然睡去了,压根儿不知道自己是生是死。

五

妙子自不用说,就连巫婆也肯定以为,没有人会看见自己这大耍魔法的场面。可事实上,有一个男人正透过房门的锁孔窥伺着里面的动静。他是谁呢?——不用说,就是书生远藤。

远藤在读了妙子的信以后,也曾一度想过,是不是就那样站在大街上等待黎明的降临。但一想到小姐的命运,就再也无法保持镇静。于是,他像个盗贼一样溜进了老妪家里,跑到二楼上偷窥里面的光景。

不过,虽说是偷窥,锁孔毕竟大小有限,所以就算使出浑身解数,也只能从正面看到妙子的脸庞。香炉发出的青白火光照射在她的脸上,恍若死人一般。而除此之外,桌子、魔法秘籍、匍匐在地板上的老妪,全都无法收入远藤视野。

唯有巫婆那沙哑的嗓音传了过来，清晰得就仿佛在耳边一样。

"火神阿耆尼，火神阿耆尼，请您答应我的要求！"

巫婆刚一说完，就听见双目紧闭的妙子——她端坐在椅子上，恍如已经停止了呼吸——突然开口说话了。但那分明是男人的粗鲁嗓音，很难想象它是出自于妙子这样的少女之口。

"不，我才不会答应你的要求呢！你背叛我的教诲，尽做不义之事。我打算从今天夜里起就摈弃你这个家伙。不，不仅如此，还琢磨着要对你的不义之举加以惩处！"

或许是被惊呆了吧，老妪好久都一言不发，只是发出喘息般的声音。但妙子不顾巫婆的反应，继续庄严地说道：

"你从一位可怜的父亲那儿抢来这个女孩。倘若你还想保全自己的性命，那就别拖延到明天，而就在今天夜里把她归还给父亲。"

远藤全神贯注地把眼睛对准锁孔，等待着巫婆的回答。原以为巫婆会惊讶得目瞪口呆，谁知她竟发出一阵狰狞的笑声，蓦地欠起身来，威风凛凛地站在妙子前面。

"就算你作弄人，也该有个限度吧。你把我想成什么啦？我想，我还不至于昏聩到被你诓骗的地步吧。让我马上把你还给你父亲——火神阿耆尼又不是警察局长，哪有工夫管这种闲事呢？"

也不知是从什么地方掏出来的，只见老妪拿起一把匕首，向双目紧闭的妙子脸上径直捅去。

"喂，还是老实招来吧。是你在装神弄鬼，假扮火神阿耆尼的声音，对吧？"

尽管一开始就在观察着房间里的情形，可远藤也不可能知道，实际上妙子已经进入了睡眠状态。所以，见此情景，远藤当然不由得心惊胆战，以为计谋已经败露。但妙子依旧纹丝不动，像是在嘲弄人似的回答道：

"看来，你也离死不远了。难道我的嗓音在你听来，就等同于凡人的嗓音？要知道，我的嗓音无论多么低沉，也是火焰在天上熊熊燃烧的声音。难道你连这也不明白？如果不明白，那就随你的便好啦。我只是想问你一句：你是立即把这孩子归还回去，还是违背我的命令，一意孤行？"

巫婆似乎踌躇了一瞬间，但很快又打起精神，一只手握着匕首，另一只手则抓住妙子脖颈后面的头发，朝自己身边猛拽着，骂道：

"你这个小巫女！莫非还想抵赖不成？好吧，那就像事先说好的那样，要了你的这条狗命！"

说着，巫婆高高地举起了匕首。只要再拖延哪怕一分钟，妙子就会难免一死。想到这里，远藤跳起身来，拼命撞击着，想打开锁闭的房门。但房门却不是那么轻易就能撞开的，无论他怎样使劲敲打，都只能是徒增手上的伤口而已。

## 六

过了一会儿，在黑暗的房间里突然响起了某个人"哇"的一声叫喊。然后又传来了有人摔倒在地板上的声音。远藤就像是疯子一样呼唤着妙子的名字，将所有的力气凝聚在肩膀上，一次又一次地朝房门撞击而去。

响起了木板断裂的声音、铁锁开崩的声音——房门终于被撞破了。但远藤最关心的乃是房间里面的情形：香炉里仍旧燃烧着青白色的熊熊火焰，周遭却一片阒寂，俨然了无人迹一般。

循着火光，远藤战战兢兢地环视着四周。

于是，妙子霍然映入了他的眼帘。只见她依旧端坐在椅子上，像死人般一动不动。不知为什么，她的脑后恍若笼罩着一道圆光，在远藤心里唤起了一种庄严肃穆的感觉。

"小姐，小姐！"

远藤走到椅子旁边，将嘴巴凑近妙子的耳朵，拼命地叫喊着。但妙子只是紧闭着双眼，一句话也不说。

"小姐，你一定要挺住呀！我是远藤。"

妙子这才如梦初醒似的微微睁开了双眼。

"是远藤君吗？"

"是的，我是远藤。没事了，你放心好啦。喂，我们还是赶快逃跑吧。"

妙子像是还处在半梦半醒中似的，发出了微弱的声音：

"计划失败了。我没有挺住，睡了过去……请你原谅我吧。"

"计划败露，其实不是你的错。就像和我约定的那样，你不是已经成功地做到了——佯装着被火神阿耆尼附体的样子吗？——不过，现在怎么着都已经无所谓了。喂，还是赶快逃跑要紧。"

远藤心急火燎地从椅子上抱起了妙子。

"你骗我！我睡着了，根本不可能知道自己说了些什么。"妙子把头偎依在远藤的怀里，嗫嚅道，"计划已经失败了。我是不可能逃出魔掌的……"

"怎么可能呢？和我一起逃跑吧。这一次可再也不能失败了。"

"可是，巫婆不是还在吗？"

"巫婆?!"

远藤又一次来回打量房子里面。桌子上跟先前一样摊开着魔法秘籍——而瘫倒在桌子下面的，就是那个印度老妪。出人意料的是，那个老妪竟然把匕首插在自己的胸口上，躺在血泊之中一命呜呼了。

"巫婆她怎么啦？"

"她已经死了。"

妙子抬起头看着远藤，皱了皱美丽的蛾眉。

"我什么都不知道呐。莫非是远藤——你杀死了这个巫婆？"

远藤的目光从老太婆的尸体移到了妙子的脸上。就是在这一瞬间里，远藤豁然明白了：今夜的计划确实是失败了——但倘若老妪因此而丧了命，那么，妙子不是就可以平安回家了吗？——命运的力量乃是多么神奇啊！

"不是我杀的。杀死这个巫婆的，是今夜降临这儿的火神阿耆尼。"远藤搂抱着妙子，神情肃穆地呢喃道。

大正九年十二月

杨伟　译

# 奇妙的故事

一个冬日的夜晚，我和老友村上一起，在银座大道上信步溜达着。

"前不久千枝子还来过一封信，让我向你问好呐。"

村上突然想起了似的，把话题转到了他那如今居住在佐世保的妹妹身上。

"千枝子她身体还好吧？"

"嗯，这阵子倒像是挺好的。说来，当初她待在东京的时候，似乎害过严重的神经衰弱呐……那时候，你也是知道的，对吧？"

"对，知道。不过，到底是不是神经衰弱，那就……"

"原来你还不知道呀？说起那时候的千枝子，简直就跟精神病人没什么两样呐。她忽而号啕痛哭，忽而又破涕为笑。明明刚刚还在大笑，转眼间又说起了什么奇妙的事情。"

"奇妙的事情？！"

不等回答我的问题，村上已推开一家咖啡馆的玻璃门。然后，我们在一张能够望见外面街道的桌子旁，面对面地坐了下来。

"刚才不是提到了什么奇妙的事情吗？还没来得及讲给你听呐。不过，这还是她在去佐世保之前告诉我的事儿……"

你也是知道的，欧洲大战[1]期间，千枝子的丈夫曾经被派遣到地中海的 A 舰上担任将校。丈夫不在的期间，她一直是住在我那儿的。不料在战争接近尾声的时候，她突然害上了严重的神经衰弱症。追溯其主要原因，或许是因为此前每周都邮来一封信的丈夫，竟突然之间杳无音信了。不管怎么说，千枝子是在新婚不到半年的时候就与丈夫分离的，所以，对丈夫的来信自然是翘首以待的吧。而大大咧咧的我却老是奚落她，想来也未免太过残酷了。

恰好在那段时间里，有一天——对了，那天是什么纪元节来着，一大早天上就飘起了雨来，而到了下午，更是寒气逼人。千枝子忽然说，她要去久违的镰仓玩一玩。因为她学生时代的同窗，如今已是某个实业家太太的好朋友，就住在镰仓。——天上下着偌大的雨，就算是出门去玩，也犯不着专门跑到那么偏远的镰仓去吧？不消说这样想的我了，就连我内人也再三劝她说，还是明天去的好。但千枝子却执拗地坚持说，无论如何今天都要去的。最后，她气冲冲地稍事准备之后，便跑了出去。

出门时她留下话道，没准今天要在那里留宿，所以，很可能要翌日早晨才会回来。可没过多久，也不知为什么，浑身湿透的她竟白着脸跑了回来。她说，她伞也没打，便冒着雨从中央车站走到了护城河畔的电车站上。干吗会做出那种傻事呢？说来，其间恰好发生了一件奇妙的事情。

千枝子刚一走进中央车站——不，不对，此前还发生了

---

1 欧洲大战，指第一次世界大战。

另外一件事情。她一跨进电车车厢,就发现里面的座位上早已坐满了乘客。于是,她用手抓住吊环,看见眼前的玻璃窗户上,隐隐约约地映现出了大海的景色。可当时电车正奔驰在神保町一带,所以,显然不可能出现什么大海的景色。谁知车窗上不仅可以望见外面的街道,还能看到波浪的涌动。雨点飞溅在车窗上,甚至能模模糊糊眺望到烟雨迷蒙的水平线。——由此看来,千枝子的神经在那个时候已经出现了混乱吧。

接着,她刚一走进中央车站,门口就有一个红帽子[1]冷不防向她打了声招呼,说道:"您丈夫还好吧?"这本来就够奇妙的了,可更加奇妙的是,千枝子对红帽子的问法竟然并不觉得奇怪。"谢谢。只是不知为什么近来音信全无。"——千枝子居然还这样回答了红帽子。于是那红帽子又说道:"那么,我就去看看您丈夫吧。"说是去看看,可自己的丈夫分明还在遥远的地中海呐——想到这儿,千枝子才恍然大悟道,这个陌生红帽子的话无异于痴人说梦。就在她试图问个究竟的时候,红帽子点过头,便悄无声息地消隐在拥挤的人群中。这下,无论千枝子怎么寻觅,都找不到他的身影。——不,与其说是找不到他的身影,不如说千枝子的脑子里根本就想不起,他长着怎样一副面孔,尽管他们刚刚还面对面地说过话。想来真是不可思议。也正因为找不到那个红帽子,结果,所有的红帽子在她眼里都化作了那个男人。而且,尽管千枝子压根儿就没有看见,但却总是不能摆脱这

---

[1] 红帽子,车站里为乘客提供搬运服务的人,因戴红帽子而得名。

样一种感觉：那个诡异的红帽子一直在周围监视着自己。这样一来，别说是去镰仓，就算是待在车站里，也让她觉得毛骨悚然。于是，顾不得撑开雨伞，便冒着大雨，像梦游一般逃出了车站。——当然，千枝子的这番话无疑可以归咎于她的神经有问题。她大概是在那时染上了风寒。从第二天开始，大约有三天她都高烧不止，一直说着梦话，就仿佛是在对丈夫嗫嚅着什么一样："你可要饶恕我呀！""你怎么还不回来？"不过，镰仓之行的副作用还不仅限于此。即使在感冒治愈后，只要一听到红帽子这个词，千枝子就会一整天情绪抑郁，变得沉默寡言。说来，还发生过这样的滑稽事情呐。一次她途经某个海货批发店，看见招牌上画着红帽子的图案，于是不等去到目的地，就转身折了回来。

但过了一个月之后，她对红帽子的恐惧也渐渐烟消云散了。"嫂子，在一个名叫什么镜花的作家所写的小说里，不是出现过一个长着猫脸的红帽子吗？我之所以会碰上那些奇怪的事情，或许是因为读了那篇小说的缘故吧？"——据说千枝子当时还一边笑着，一边对我内人说过上面的话呐。但在二月的某一天，她却又被红帽子给惊吓住了。从那以后，直到她丈夫回来为止，无论有什么事，千枝子都再也没有去过中央车站了。你出发去朝鲜时，她没有来送你，据说也是因为对红帽子心有余悸的缘故。

在三月里的某一天，她丈夫的同僚从美国回到了阔别两年的日本。——为了迎接他，千枝子一大早就出门去了，但正如你也知道的一样，那一带因为地理位置的关系，即便大白天也行人寥落。在凄清的道路旁，像是被谁遗忘了似的，丢弃着一个贩卖风车的货摊。恰好那是一个刮着狂风的阴天,那些插在货摊上的彩色风车全都耀眼地旋转着。——仅仅因为看见这样的光景,千枝子也感到了一种莫名的胆怯。她猛然扫视了一下过往的行人,只见一个头戴红帽子的男人正背对着她,蹲在路边。不用说,是卖风车的小贩在那儿抽香烟吧。但刚一瞥见那顶红色的帽子,千枝子就被一种预感牢牢地攫住了,仿佛只要一走进车站,就又会突发什么奇怪的事情一样,以至于一度生起了转身回家的念头。

但幸运的是,从她走进车站到接到客人为止,什么也没有发生。只是当他们一行——丈夫的同僚走在头里,大家紧随其后——正要依次走出昏暗的检票口时,突然有人从她的背后搭讪道:"据说您丈夫右手受了伤。没有给您写信,就是因为这个原因。"千枝子立刻回过头去,却发现身后一个人影也没有,当然也就不会有红帽子了。走在身后的,分明只有熟识的海军将校夫妇。毋庸置疑,这对夫妇是不可能唐突地说出那种话来的。所以,如果说这一切很奇妙,也的确真够奇妙的。不过,无论如何,没有看见红帽子的身影,对千枝子来说,也不失为一件值得欣慰的事情吧。她就那样走出了检票口,与其他的伙伴们一起在车站门口的台阶上目送丈夫的同僚坐上汽车。这时又有人从背后清晰地搭讪道:"夫人,据说您丈夫下个月就会回来了。"千枝子又回过头去看了看,只见身后除了迎接客人的男女,再也找不到任何红帽子的踪影了。尽管身后没有,可前面却有两个红帽子,他们正在把行李搬运到汽车上——也不知为什么,其中一个红帽子一面扭头看着这边,一面古怪地笑着。当目睹这幅情景的那一瞬间，千枝子的脸色陡然发生了变化，以至于连周围的人也都有所察觉。然而，等她镇静下来再度观察的时候，刚才那看似两个人的红帽子却只有一个在搬运行李了。而且，他和刚才那个笑着的红帽子根本就不是同一个人。这样一说，似乎意味着她对刚才发笑的那个红帽子形成了某种记忆似的。可事实上，也不过是些依稀模糊的记忆罢了。不管怎样拼命地试图回想起来，在她的脑海里，除了戴着红帽子的面孔——而且是没有耳鼻的面孔之外，就再也记不起任何别的来了。而这就是从千枝子嘴里听到的第二件奇妙的事情。

那以后又过了一个月左右，我想，恰恰就是在你出发去朝鲜的前后，她丈夫果真回来了。奇怪的是，因右手受了伤而好久都不能写信，竟然是事实。"因为千枝子满脑子都在想着丈夫，所以，也就自然可以通灵吧。"——我内人当场还用这句话来取笑她。那以后又过了半个月左右，千枝子夫妇便去了她丈夫任职的佐世保。刚一抵达那儿，她就给我们寄了封信来。令人吃惊的是，上面又记叙了第三件奇妙的事情。当千枝子夫妇离开中央车站的时候，一个为他们搬运行李的红帽子，或许是想和他们道别吧，朝着业已开动的火车车窗探过头来。一看见那张脸，丈夫当即露出了奇特的表情，然后有些害臊地说道——丈夫在马赛港离船上岸时，曾和几个同僚一起走进了一家咖啡馆。突然，一个头戴红帽子的日本人走到桌子旁边，亲昵地打听丈夫的近况。不用说，怎么可能有当红帽子的日本人在马赛的大街上来回游荡呢？可不知为什么，丈夫竟然不觉得有什么异样，而是不加保留地把自己右手受伤以及近期即将回国的事情告诉了对方。这时，一个喝得醉醺醺的同僚打翻了白兰地酒的酒杯。于是，受惊的丈夫这才看了看四周，发现不知不觉之间，那个红帽子日本人已经从咖啡馆里消失不见了。他究竟是什么人呢——如今回想起来，尽管当时丈夫的确是清醒的，但也很难说清，那究竟是梦境还是现实。不仅如此，从同僚们脸上的表情中也能看出，他们没有谁注意到红帽子出现过这件事。所以，丈夫也就只好把这件事埋藏在心间，没对任何人说起。但回到日本以后，听千枝子说，她曾经两次邂逅过奇怪的红帽子，于是他也不禁琢磨，自己在马赛看到的，会不会就是那同一个红帽子。但这种想法未免太像天方夜谭，很有可能遭人讥笑，说他竟然在与荣誉息息相关的远征中，满脑子想着老婆。所以，直到今天为止，他都一直保持着沉默。但一看见那个朝车窗探过头来的红帽子，他就发现，那家伙跟闯进马赛咖啡馆的男人活脱脱就是一个人。——丈夫说完之后，好一阵子都噤口不语，过了一会儿，又惴惴不安地压低声音说道："但是，你不觉得奇妙么？尽管长相分毫不差，可为什么，我就是没法清晰地回忆起那个红帽子的长相呢？而只有在透过车窗看见那张脸的瞬间里，才恍然大悟，就是他……"

村上刚刚讲到这儿，咖啡馆里又进来了三四个像是他朋友模样的人。他们一边走近我们就座的桌子，一边异口同声地向他寒暄。于是，我起身站了起来。

"那么，我这就告辞了。反正回朝鲜之前，我还会再去拜访你一次的。"

一走出咖啡馆,我就情不自禁地发出了一声长长的叹息。正好是在三年前,我和千枝子约好在中央车站里幽会,不曾想她两次都爽约,并且事后还寄来了一封简短的信函,说她想做一个永远都保持贞节的妻子。而直到今夜,我才终于明白了其中的原委。

大正九年十二月

杨伟 译

# 奇遇

编辑　听说您要去中国旅行。是去南方,还是北方?

小说家　我打算由南至北周游一圈。

编辑　都准备停当了吗?

小说家　是的,已经大体就绪了。只是原本应该一读的纪行和地志等等,尚未读完,有些不知所措。

编辑　(显得无精打采地)那种书有很多吗?

小说家　远比想象的多。单说日本人写的,就有《七十八日游记》《中国文明记》《中国漫游记》《中国佛教遗物》《中国风俗》《中国人气质》《燕山楚水》《苏浙小观》《北清见闻录》《长江十年》《观光纪游》《征尘录》《巴蜀》《湖南》《汉口》《中国风韵记》《中国……》……

编辑　您全都读了吗?

小说家　哪里,还一本都不曾过目呐。如果再列举中国人写的书,更是有《大清一统志》《燕都游览志》《长安客话》还有《帝京……》[1]……

编辑　行了,那些书名已经够多的了。

小说家　我想,我还尚未提及任何一部欧洲人撰写的书呢……

编辑　反正在欧洲人撰写的中国游记里,也没有什么值得一读的东西,对吧?与讨论这些话题相比,更重要的是,

317

您的小说能否赶在出发之前杀青。

小说家　（突然垂头丧气地）哎，总之，我是打算在出发之前写完它的……

编辑　那您究竟几时出发呀？

小说家　不瞒你说，我计划今天就出发。

编辑　（不胜惊讶地）就在今天？

小说家　嗯。想来应该乘坐五点钟的快车吧。

编辑　那么，离出发时间不是只有区区半个小时了吗？

小说家　算来就是那样的吧。

编辑　（面带愠色地）那么，小说该如何是好？

小说家　（越发沮丧地）我也正琢磨着该如何是好呢。

编辑　如此不负责任，可真让人为难呐。不过，区区半个小时，也不可能让您来个急就章吧……

小说家　是啊。倘若是韦德金德[2]笔下的戏剧，那么，在这半个小时里，倒很可能突然冒出某个怀才不遇的音乐家，或是让某个地方的某某夫人自寻短见，从而引出各种各样的突发事件——对了，请等等。没准在抽屉里还有什么尚未发表的文稿也说不定。

编辑　倘若如此，那倒敢情好……

小说家　（一边在抽屉里东翻西找，一边说道）论文不成吧？

编辑　是什么论文？

---

1　可能是指明朝刘侗、于奕正撰写的《帝京景物略》。
2　Frank Wedekind（1864—1918），德国剧作家，表现派戏剧的先驱。

小说家　题目叫作《新闻报道对文艺的毒害》。

编辑　那种论文可不成。

小说家　这个怎么样？若是论体裁的话，也该算是一篇小品吧……

编辑　题目叫《奇遇》呐。写的何种内容？

小说家　你是不是读读看呢？只需要二十分钟，就可以读完的……

故事发生在至顺年间。在濒临长江的古金陵城里，有一个名叫王生的青年。他不仅天资聪颖，多才多艺，而且相貌英俊。人们都称他为"奇俊王家郎"，由此可以推想其骄人的风采。他年方二十，尚未娶妻成家，而家境又殷实丰厚，拥有一大笔父母留下的遗产。若是想穷尽诗酒之风流，他眼下的身份乃是再合适不过了。

实际上，王生也确实与好友赵生过着放荡不羁的生活，有时两人结伴去听戏赏角，有时则聚在一起豪赌，抑或围坐在秦淮河畔某家酒肆的餐桌旁，通宵达旦地开怀畅饮。每当这种时候，沉静的王生就会面对着陶瓷花瓶，出神地倾听某个地方传来的歌声。而开朗的赵生则伴醋食肥蟹，满饮金华酒，一边大肆对青楼名花品头论足。

不知为何，打去年秋天以来，王生就像是忘却了美酒的甘甜一般，突然不再开怀畅饮了。不，不仅不再开怀畅饮，甚至对吃喝嫖赌等诸多嗜好也都一概敬而远之。以赵生为代表的朋友们，无不对他的这种变化感到不可思议。有人说，或许是王生已厌倦了诸如此类的乐趣。也有人说，很可能他在某个地方有了自己的意中人。但再三追问，王生都只是莞尔微笑，不言究竟。

这种情形持续了大约一年有余。某日，赵生到久违的王生家登门造访，王生拿出元稹[1]体的会真诗三十韵，称其为昨夜新作之诗。华丽斑斓的对偶句里，全诗不时流露出嗟叹之意。若非恋爱中的青年，无疑不可能成就如此诗句。赵生把诗稿归还给王生，一边狡黠地瞅着对方，一边说道：

"请问，你的莺莺[2]身在何处？"

"我的莺莺？！哪里有呢？"

"你撒谎！比雄辩更加确凿的证据就是那只戒指。"

赵生指着眼前的桌子说道。只见翻开的书页上，有一只紫金碧甸的指环。那指环的主人显然不是一个男人。王生用手拿起那指环，尽管脸上的表情黯淡了些许，却格外平静地缓缓道来：

"其实，压根儿就没有什么我的莺莺。不过，倒也的确有一个我中意的女人。自去秋以来，我不再和你们举杯痛饮，确实是因为那个女人的缘故。但她和我的关系，远远不是像你们所想象的那种司空见惯的才子佳人之间的恋情。只如是说，恐怕你们仍旧难以理解事情的原委吧。不，仅仅是难以理解倒还罢了，你们甚至很可能怀疑所有的一切不啻无中生有。所以，尽管我也并不情愿，但还是把整个事情的经

---

[1] 元稹（779—831），唐代诗人。也是小说《莺莺传》（另一名字为《会真记》）的作者。小说中的主人公张生曾创作了会真诗三十韵。而在构成本小说素材的《渭塘奇遇记》中，主人公王生也仿效着作了一首会真诗。

[2] 即元稹《莺莺传》中的女主人公。此处代指"你的恋人"。

过全盘告诉你吧。即便感到百无聊赖，也敬请听我道完那个女人的事情吧。

"你也知道，我在松江一带是拥有田产的。每到秋天，为收取年租，我都会亲自前往。恰好是在去秋下到松江后回来的途中，木舟驶近渭塘一带，看见一家店头悬挂着青旗的酒肆。它掩映在柳树和槐树丛中，朱栏曲槛，飘渺如画，足见其规模不小。而在栏杆外生长着几十株芙蓉树，往河水里投落下片片树影。我的喉咙干渴得厉害，遂吩咐艄公泊舟岸侧。

"上岸一看，果然店堂又宽又大，主人也气宇不凡。并且，上来的酒是竹叶青，就连下酒菜也是鲈鱼和螃蟹。你可想而知，我该何等心满意足。我忘记多时的旅愁，心旷神怡地喝起酒来。过了一会儿，我才注意到，有个人正从帷幕背后不时地朝我偷觑。但我刚把目光挪向那儿，那人就又立刻躲回到帷幕后面。而一旦我挪开视线，那人又开始滴溜溜地瞅着我看了。我总是感到，有翡翠簪子和纯金耳环在帷幕附近若隐若现，但又很难确定那种感觉是否属实。有一次好像那儿还掠过了一张如花似玉的脸庞。但当我回过头仔细打量时，却只有帷幕不胜忧郁地耷拉在那儿。反而复之，我也渐渐觉得喝酒有些无聊了，于是撂下几枚铜钱，怏怏地返回到木舟上。

"可是那天晚上，当我独自在木舟上昏昏沉睡时，又在梦中再次去到那个悬挂着青旗的酒肆。虽然白天造访时没有留心，这时却发现，穿过数重房门，在最靠里的房舍背后，有一小小的绣阁。绣阁前是漂亮的葡萄架，架下凿有水池。水池方圆盈丈，砌以文石。我记得，当我来到清澈的泉水边时，映着月光，甚至能数清水中的一尾尾金鱼。水池左右栽种着两株垂丝桧，绿阴婆娑，恰好与墙垣结成一片翠柏屏障。屏下是用石头砌筑的假山，真可谓巧夺天工。而石山上长满了金线、绣墩之类的青草，即使在料峭的寒意中也没有枯萎。我还记得，窗户间挂着一个雕花笼，笼内饲养着一只绿色的鹦鹉。那鹦鹉一看见我，就忙不迭地招呼道：'晚上好！'而屋檐下垂着一对小木鹤，嘴里衔着青烟袅袅的线香。再看窗户里面，只见桌上立有一古铜瓶，中间插着几根孔雀尾羽。而放在旁边的毛笔和砚台等等，无不显得朴素而雅致。就像在等待着某个人一样，还悬挂着碧玉洞箫。壁下贴着四幅金花纸笺，题诗于上。诗体模仿苏东坡的四时词，而书法则师承的是赵松雪[1]。那些诗我都一一记得，只是现在没必要背诵出来罢了。更重要的是，我想请你听我讲述那玉人般的女人。她就那样独自端坐在月光皎洁的房间里。我从没有像看见她时那样，如此深切地感受到女人的美丽。"

"这就叫做'有美闺房秀，天人谪降来'[2] 吧。"

赵生微笑着，振振有词地吟诵起了刚才看见的那首会真诗的头两句。

"嗯，正是如此吧。"

尽管说是想悉数道来，可刚一说到这儿，他就又缄口不语了。赵生急不可耐地悄悄捅了捅王生的膝盖。

---

1 即赵孟頫（1254—1322），字子昂，号松雪道人。南宋晚期至元初期书法家、画家、文学家。
2 见《渭塘奇遇记》原作。

"那以后又怎么啦?"

"然后我们在一起说了话。"

"说完话以后呢?"

"那女人又吹响了玉箫给我听。我想,她吹的曲子就是《落梅风》吧。"

"仅此而已吗?"

"然后,我们又在一起说了话。"

"那以后呢?"

"那以后我就突然醒了过来。睁眼一看,就像刚才一样,我还睡在木舟上。从船舱望出去,只见皓月当空,到处是一望无际的浩淼江水。当时那种凄凉的心境,即便告诉天下之人,恐怕也没有一个人能够理解吧。

"那以后,我心里一直惦念着这个女人。就是在回到金陵以后,每晚只要我一进入梦乡,神奇的是,那栋房屋就必定会出现在我的梦中。而且前天晚上,当我把水晶的双鱼扇坠赠送给那女人后,她竟也拔下紫金碧甸的指环回赠于我。就在这时,我醒了过来,发现扇坠的确是不翼而飞。而不知什么时候,我的枕头边却多出了这只指环。看来,见过女人这件事并非完全是做梦呢。但设若问我,这不是梦,那又是什么呢?——我也顿时会哑然失语的。

"就假设那是一场梦吧,可除了在梦中,我还不曾真的见过那家的千金小姐。不,那家是否真的有一个千金小姐,其实我也并不清楚。不过,即便世上并没有那样一个姑娘存在,我也很难想象,自己对她的爱慕之心会发生改变。我想,只要我还活着,我就不能不怀念那个与水池、葡萄架、还有绿色的鹦鹉一起翩然出现在我梦中的姑娘。我要说的就是这些。"

"的确，是与那些司空见惯的才子佳人之间的爱情大相径庭呐。"

赵生不无怜悯地把目光投落在王生的脸上。

"那么，从那以后，你就再也没有造访过那家酒肆了吗？"

"嗯。一次也不曾去过。不过，只要再过十天，我就又要下松江了。途经渭塘时，我打算让木舟在那家酒肆的岸边稍事停泊。"

那以后又过了十天左右，王生按照惯例，备好船只下松江去了。当他回到金陵时，看见那个与他结伴下船的少女竟然如此美丽，不禁让以赵生为首的友人们惊讶万分。据说少女经常梦见到王生的身影——自打去年秋天，她在闺房的窗际一边喂养绿色的鹦鹉，一边从帷幕背后偷偷窥见王生的身影之后。

"说世上有神奇的事情，倒果真是有呐。据说少女的枕头边，不知什么时候也多出了一个水晶的双鱼扇坠呢。"

关于王生的奇遇，赵生逢人便会大讲特讲。最后，这件趣闻传到了钱塘文人瞿佑[1]的耳朵里。于是，瞿佑据此写下了美丽的《渭塘奇遇记》[2]。……

---

1 瞿佑，明朝人，精通经史诗词，有各种著述。
2 《渭塘奇遇记》，收录于《剪灯新话》中。芥川的本篇小说即取材于此。

小说家　怎么样？照这样写下去的话。

编辑　非常富于浪漫情调，这一点非常可取。我就姑且要了这篇小品吧。

小说家　请等等。后面还剩下了一小部分。对了，我读到这里了吧？——据此写下了美丽的《渭塘奇遇记》。

但是，钱塘的瞿佑自不用说，就连赵生等众友人都蒙在鼓里：当搭乘着王生夫妇的彩船离开渭塘的酒肆之际，在王生和少女之间曾有过这样一段对话：

"戏终于平安地演完了。我对令尊大人说，我每天都梦见你。当我说出这种小说似的谎言时，内心不知打了多少个寒战。"

"我也对此好生担心呐。你对金陵的朋友也撒谎了吧？"

"嗯，也撒谎了。最初我什么都没有说，但偶然被朋友发现了这只指环，才不得已把本该对令尊大人说的谎又对朋友说了一遍，说我在梦中什么什么的……"

"那么说来，还没有任何其他人知道事情的真相呐。也就是去年秋天你悄悄溜进我房间的那件事……"

"我知道，我知道！"

两个人大吃了一惊，循着声音望过去，不禁笑了起来。只见吊在帆柱上的雕花笼子里，绿色的鹦鹉正机灵而诡秘地俯瞰着王生和少女……

编辑　这分明是画蛇添足嘛。读者好不容易激发起的兴趣，不是被它一下子浇灭了吗？如果是在杂志上发表这篇小品,请无论如何允许我删掉这最后一段。

小说家　还没读完呐。再有一小段就结尾了,请你再忍耐一下听完它吧。

但是,钱塘的瞿佑自不用说,就连充满幸福的王生夫妇也无从得知,当彩船驶离渭塘之后,在少女的父母之间曾经有过下面的对话。父母伫立在水边那些杨柳和槐树的树荫里,用手搭起凉棚,目送着船影渐渐远去。

"孩子他妈!"

"孩子他爹!"

"戏演到这儿,也算是平安无事地结束了吧。想来,没有比这更值得庆幸的喜事了。"

"的确,再也不可能有比这更值得庆幸的喜事了。只是当我听到女儿和女婿勉为其难地撒谎时,那真是莫大的痛苦呐。只因你吩咐我保持沉默,装着什么也不知道,所以我才拼命地忍住了。其实事到如今,不撒那种谎,他们不是也同样能缔结良缘吗?"

"哎,你就别再啰嗦了。是女儿和女婿觉得难为情,才绞尽脑汁编出了那种谎言的。而且,站在女婿的立场上,或许会觉得,如果不那么说,我们是不肯轻易把独生女儿嫁给他的吧。孩子他妈,你这是怎么啦?在如此大喜的婚礼上,竟老是哭个不停,这不是对不住人吗?"

"孩子他爹,你自己不是也在哭吗?还责怪别人……"

小说家　再有五六页就结束了。是不是把剩下的几页也一起读了？

编辑　不，下面的部分已经不用了。请把原稿给我一下。看来，倘若保持沉默，作品会变得越来越糟糕的。我觉得，倒是在中途戛然而止，还要精彩得多——总之，这个小品我要定了，你就先有个思想准备吧。

小说家　如果从那儿就删掉后面的话，我可不答应……

编辑　哇，你再不抓紧时间，就赶不上五点的快车了。至于稿子的事情，你就别记挂了。还是赶快叫辆车来吧！

小说家　是吗？那可真够麻烦的。这就再见了，还请你多多关照。

编辑　再见了！祝你一路顺风！

大正十年三月

杨伟　译

# 往生画卷

孩童　哇，那儿来了个奇怪的法师呐。你们大家看啊！你们大家看啊！

卖寿司女人　果真是一个奇怪的法师呢。居然一边敲着铜锣，一边大声地叫喊着什么。

卖柴老翁　或许是因为耳背吧，我压根儿就听不清他在喊些什么。

锤箔男人　喊的是"喂，喂，阿弥陀佛"呐。

卖柴老翁　哈哈——么么说来，倒真是个疯子。

锤箔男人　哎，恐怕就是那样吧。

卖菜老妪　不，没准是尊贵的上人呐。我还是趁现在先拜为敬吧。

卖寿司女人　话是那么说，可他不是分明长着一张怪吓人的面孔吗？长着那种面相的上人，就是打着灯笼也找不到吧。

卖菜老妪　瞧你，都说了些什么造孽的话呀！若是遭了报应，看你如何担待得起？

孩童　疯子！疯子！

五位入道　喂，喂，阿弥陀佛！

狗　汪汪——汪汪。

拜神之妇女　瞧，前面来了个滑稽的法师。

同伴　那种混蛋，一看见女人，难保不动邪念呐。趁他还没有靠近，你赶快换到这边的道上来吧。

铸件工匠　哇，那不是多度的五位殿下吗？

水银商贩　尽管弄不清他是五位殿下或者别的什么，但有一点我倒是知道，他是突然放下弓箭出家入道的，这事还在多度引起了轩然大波呐。

青年武士　果然是五位殿下。他的妻室儿女一定在喟然长叹吧。

水银商贩　据说，他的妻室儿女一直是以泪洗面。

铸件工匠　不过，既然甘愿舍弃妻室儿女，也决计要遁入佛门，想必是胸怀勇志吧。

卖干鱼女人　这算什么勇志呀？若是站在妻儿的立场上想，不管是佛陀，还是其他女人，只要夺走了自己的男人，就无疑是其仇恨的对象呗。

青年武士　哇，居然这也能成其为理由之一。哈哈哈哈哈。

狗　汪汪——汪汪。

五位入道　喂，喂，阿弥陀佛！

马上之武士　哎?!怎么连马都受到了惊吓？驾！驾！

身背木柜的随从　对疯子可是一筹莫展啊。

老尼姑　如你们所知，那个法师曾是个杀生成性的恶人，但如今却出家信佛了。

小尼姑　的确，曾经是一个可怕之徒呐。不光上山打

---

\* 把与佛结缘，最后走向极乐世界的经历绘成画卷。

猎，下河捕鱼，还远远地向乞丐发射弓箭。

手拄木屐蹭行的乞丐　真算是在好时候遇见了他。要是再早个两三天，没准我的身上已经被他用箭射了个窟窿吧。

卖板栗和核桃的商贩　像这种杀人不眨眼的恶鬼，怎么也会想到削发为僧呢？

老尼姑　嗯，这倒确实是有些不可思议，但或许也是佛陀的旨意吧。

卖油商贩　我琢磨着，肯定是被天狗或别的什么附体了吧。

卖板栗和核桃的商贩　不，我猜想是被狐狸精附了体。

卖油商贩　可天狗不是很容易修炼成佛吗？

卖板栗和核桃的商贩　你说什么呀？能够修炼成佛的，又不是只有天狗。据说狐狸也能立地成佛呐。

手拄木屐蹭行的乞丐　哎，还是趁着这工夫，去把板栗偷过来，藏进脖子上的口袋里吧。

小尼姑　也许是被那铜锣声吓住了吧，瞧那些鸡，不是全都飞上了屋顶吗？

五位入道　喂，喂，阿弥陀佛！

钓鱼的贱民　哇，是那个吵死人的法师过来了。

同行者　那是怎么回事？瞧，那个在地上蹭着行走的乞丐也跑过去了。

披着薄帛的女旅行者　我的脚都走得酸痛了，真想借那乞丐的脚来用用呐。

身背皮箱的随从　只要一跨过这座桥，马上就到城里了。

钓鱼的贱民　真想瞧一眼，那斗笠面纱里面的人究竟是个啥模样。

同行者　哇，就在你左顾右盼的时候，鱼饵已经被叼走了哟。

五位入道　喂，喂，阿弥陀佛！

乌鸦　嘎——嘎——

插秧的妇人　"子规啊，你呀，你这个坏东西呀，只因你叫了，我们才下田里的呀！[1]"

同行者　瞧，这不就是那个奇怪的法师吗？

乌鸦　嘎——嘎——

五位入道　喂，喂，阿弥陀佛。

人声暂时歇息了。周遭只传来风中的松涛声。

五位入道　喂，喂，阿弥陀佛！

年迈的法师　小僧。小僧。

五位入道　您是在叫敝人吗？

年迈的法师　当然是。请问，小僧前往何处？

五位入道　前往西方。

年迈的法师　西方乃是大海。

五位入道　纵然是大海，也在所不辞。敝人将一直西行，不见到阿弥陀佛绝不罢休。

年迈的法师　这就着实奇怪了。那么，小僧是认为，立

---

[1] 此为《枕草子》第227段中的插秧歌。

刻就能亲眼见到阿弥陀佛了？

五位入道　如果不是这样想，敝人又怎么会如此大声地叫唤佛陀的名字呢？敝人之所以削发出家，也是为了这个目的。

年迈的法师　其间是否有着什么隐情？

五位入道　不，并不存在什么隐情。只是在前天狩猎归来的途中，听见某个讲法者正在宣讲佛法。据他说，无论是犯有何种破戒之罪的恶人，只要得到阿弥陀佛的接引，就都能进入西方净土。听闻此言，敝人蓦地因渴念阿弥陀佛而周身热血沸腾……

年迈的法师　那以后，小僧又是如何行事的？

五位入道　敝人立刻把讲法者拽将过来，掀倒在地。

年迈的法师　什么？你把他掀倒在地？

五位入道　然后拔出大刀，抵住讲法者的胸口，追问他阿弥陀佛的下落。

年迈的法师　这种问法也真够稀奇古怪的。想必讲法者一定是瞠目结舌吧。

五位入道　他痛苦地向上翻着白眼，连声说道："在西边，在西边。"——瞧，说着说着，都已经日落西山了。哎，路途上耽搁得越久，在阿弥陀佛面前就越是诚惶诚恐。所以，我还是打住话头，就此赶路吧！——喂，喂，阿弥陀佛！

年迈的法师　哎，万万没有想到，竟然遇上了一个疯子。算了，我也就此打道回府吧。

再度传来了松涛的声音。还有波浪的声音。

五位入道　喂，喂，阿弥陀佛！

波浪声。时而还有各种鸟类的声音：唧——唧——

五位入道　喂，喂，阿弥陀佛！——怎么，这海滨就连一艘船影也看不到。映入眼帘的，唯有滚滚波涛。阿弥陀佛居住的圣所，或许就在那波涛的对面吧。倘若我是一只鸟儿，便可以纵身飞渡而去……可是，既然那个讲法之人说了，阿弥陀佛的慈悲是广大无边的，那么，只要我一直呼唤佛陀的名字，那他就不至于不理不睬吧。否则，我便只能一直呼唤他的名字，直到死去为止。所幸的是，这儿的枯木已经又抽出了新枝。那就姑且先登上枝头吧。——喂，喂，阿弥陀佛！

再次传来了波浪声。哗啦——哗啦——

年迈的法师　自从遇见那个疯子以后，今天已经是第七天了。他还说，他要去亲眼谒见阿弥陀佛的肉身呐。那以后，他又去了哪儿呢？——哇，有人趴在这棵枯树上呐。不用说，他肯定就是那个法师了。喂，小僧，小僧……他一声不吭，也没什么可奇怪的。因为不知什么时候，他已经断了气。瞧他身上，居然连只食品袋也没有，想必是饿死的吧。真是可怜啊。

三度传来了波浪声。哗啦——哗啦——哗啦——

  年迈的法师　　就这样把他丢在树枝上不管，没准会被乌鸦叼食吧。或许一切都是前世的因缘。我是不是该把他安葬了呢？——哇，这是怎么回事？瞧这法师的尸体！他的嘴巴里，竟然绽放着一朵雪白的莲花呐。怪不得一到这里，就觉得周围弥漫着一股异样的芳香。如此说来，那个我以为是疯子的家伙，其实乃是一个尊贵的上人吧？我一无所知，竟然说了好些无礼的话，实在是罪过。啊，南无阿弥陀佛，南无阿弥陀佛，南无阿弥陀佛。

大正十年三月
杨伟　译

# 母亲

一

房间一隅的穿衣镜里，清晰地映现出了旅馆二楼的一部分。这是那种上海特有的洋房，墙壁是粉刷过的，地上却又铺着日本式的榻榻米。首先映入视线的是天蓝色的墙壁，然后是几张崭新的榻榻米，最后是一个梳着西洋发式的女人，此刻正背对着镜子。这一切映照在镜子的寒光中，无不清晰得令人窒息。那女人好像从刚才起就一直在那里做着针线活儿。

她穿着丝绸的和服外褂，因为是背对着镜子，所以只能从其蓬松的额发下面微微窥见她那张苍白的侧脸。当然，还可以看见一道微弱的光线从她纤美的耳廓上穿透而过，让略长的鬓发在耳根处形成一缕缕光晕。

在这个备有穿衣镜的房间里，除了隔壁婴儿发出的啼哭声外，再也没有一样东西来打破眼前的沉默了。就连窗外久下不止的雨声，也只是给这种沉默平添一种单调的氛围而已。

"喂！"

就在时间如此流逝了几分钟以后，女人一边继续鼓捣着手上的针线活儿，一边突如其来地朝谁叫了一声。显然，那声音里渗透着一种不安。

房间里除了这个女人之外,还有一个男人。他身上披着一件便衣,舒展着身体趴在远处的榻榻米上,手里则摊开报纸浏览着。但或许是没有听见女人的叫声吧,他只是把香烟灰掸入手边的烟灰缸里,甚至不曾让目光从报纸上挪开。

"喂!"

女人又招呼了一声。而她自己的视线也一直锁定在缝线针上别无旁顾。

"什么事?"

男人有些不耐烦地抬起了头。他有一个浑圆的脑袋,留着短短的胡须,俨然是一个非常活跃的人物。

"我说,咱们是不是应该换个房间?"

"换个房间?可我们不是昨天晚上才刚刚搬进来吗?"

男人露出一副万般诧异的表情。

"即便就算是才搬进来也罢,先前住的那间想必还空着吧?"

一瞬间里,男人眼前又蓦然浮现出了三楼上那个老是晒不到阳光的房间,正是在那里他们度过了近两周备感郁闷的日子——窗边墙壁上油漆已剥落,挂着印花布做的窗帘,从上到下一直垂落到业已变色的榻榻米上面。而窗台上,光秃秃的天竺葵则蒙上了一层薄薄的灰尘,也不知有多久没有浇水了。凭窗外眺,只见杂乱无章的胡同里,头戴麦秸草帽的中国车夫正无所事事地在那里来回踟躇着……

"可是,不是你自己成天闹腾着,说讨厌住在那样的房间里吗?"

"是的。但一搬到这里，我就立刻讨厌起这个房间来了。"

女人停下手上的针线活儿，神情抑郁地抬起头来。她眉头紧锁，眼角修长，一张脸显得不胜敏感。但只要瞧瞧她眼圈的黑晕，就不难想象出——她其实在忍受着某种痛苦。这不，她的太阳穴青筋暴绽，活脱脱一副病人的模样。

"喂，你肯答应吗？……难道不行？"

"可是，你瞧，这儿比以前的房间宽敞多了，住起来也更加舒服，没有什么可抱怨的呀。——是不是发生了什么让你感到不快的事情？"

"那倒没有……"

女人稍事犹豫，却没有进一步回答。然而，就像是要再度叮咛一样，她又重复了一遍：

"不行？再怎么都不行吗？"

这一次男人不置可否，只一个劲儿抽着香烟，并把烟雾吐向手中的报纸。

房间里又鸦雀无声了。只是从外面仍旧传来无休无止的雨声。

"春雨潇潇……"过了一会儿，男人又转身仰卧，像是自言自语似的说，"一旦搬到芜湖去住，索性动手写点俳句吧。"

女人一句话也没有回答，依旧做着手中的针线活儿。

"芜湖倒也不是什么坏地方。首先，公司职员的住房很大，院子也很宽敞，正好适合用来栽花种草。听说那儿原来叫做什么雍家花园……"

男人蓦地噤口不语了。不知什么时候,在阒寂的房间里,传来了轻轻啜泣的声音。

"喂!"

哭声突然消失了。可不一会儿,又断断续续地响了起来。

"喂,敏子。"男人欠起半个身子,用一只手拄在榻榻米上,脸上露出了困惑的表情,说道,"你不是向我保证,以后再也不发牢骚,再也不流泪了吗?"

男人稍稍抬起眼睑,继续说道:

"除了那件事以外,抑或你心中还有其他伤心的事情吧?比如说很想回到日本去,或者说,就算留在中国,也不愿意到乡下去什么的?……"

"不,不是的。才不是那么回事儿呐。"只见敏子眼泪潸然而下,同时,又用坚决得出人意料的语气否定着对方的问话,"不管你去到哪儿,我都会陪伴到底。尽管如此……"

或许是想抑制住盈满眼眶的泪水吧,敏子低着头,一直咬紧薄薄的下唇。看上去,她那苍白的脸颊上笼罩着某种紧迫的表情,就如同燃烧着肉眼看不见的火焰一般。战栗的肩胛、濡湿的睫毛——男人注视着这一切,俨然已经从眼前的气氛中超脱了一样,蓦然惊觉于妻子的美丽。

"尽管如此,我还是讨厌这个房间。"

"所以,所以我刚才不是也说了吗?只要你肯告诉我,为什么会那么讨厌这个房间,我就……"

说到这儿,男人发现,敏子的目光一直一动不动地盯在他的脸上。在那双噙满泪水的眼睛深处,闪动着某种凄切的光芒，很容易被人误解为复仇的火焰。为什么会这么讨厌这个房间呢？——这不仅是男人的疑问，也是敏子在缄默中投向男人的反问。男人和敏子面面相觑，不得不打住话头。

然而，谈话也只是中断了几秒钟的时间而已。转眼间，男人的脸上又浮现出了若有所悟的表情。

"是因为那个吗？"就像是为了掩饰自己的感情一样，他故意用冷淡得有些奇妙的口吻说道，"其实，我也留心到了那件事。"

经男人这么一说，敏子的眼泪更是扑簌簌地滴落在了膝盖上。

不知什么时候，天色已经黑了下来，让窗外的景色更是显得烟雨迷蒙。这时，从天蓝色墙壁的另一边又传来了婴儿无休无止的哭声，就恍若要驱赶走窗外的雨声似的。

二

早晨明丽的阳光照射在向外凸出的窗户上。窗户的对面耸立着一栋背对光线的三层楼建筑，其红色的泥砖上生长着不多的青苔。如果从这栋房子幽暗的走廊上眺望过去，那向外凸出的窗户就俨然是一幅以房子为背景的大型绘画。而坚实的橡木窗棂则恰如一只镶画的镜框。在那幅绘画的正中央，一个女人侧着脸，正编织着小小的袜子。

那女人好像比敏子要年轻一些。只见经过雨水洗涤的朝阳，将清晰的光线充分地倾泻到她丰满的肩胛上，最后又反射到了她微微低俯着却气色很好的脸庞上，以至于能够看见微厚的嘴唇上生长着的淡淡汗毛。

上午十点到十一点之间——是旅馆一天中最寂静的时辰。无论是来做买卖的商人,还是前来观光的游客,几乎所有住店的客人都出门外游了,而那些长期寄宿在旅店的公司职员们,也当然是不到下午不会回来的。在长长的走廊上,惟有穿着拖鞋的女仆来回走动着,不时发出一阵阵脚步声。

随着那脚步声由远而近地响起,只见一个四十上下的女佣端着红茶茶具,如同剪影画般地走过面向凸窗的走廊。如果不是被叫住,或许女佣会压根儿没注意到那个女人的存在而径直走了过去吧。可是,刚一看见女佣的身影,那女人便不胜亲热地招呼道:

"阿清啊。"

女佣微微点头致意之后,便朝凸窗那边走了过去,说道:

"哇,您真是勤快呀!……少爷还好吗?"

"你是问咱家的宝宝吗?他还没睡醒呐。"女人停住手中的编织棒针,恍如孩子般地微笑了,然后又说道,"喔,对了,阿清。"

"什么事呀?瞧你一本正经的样子。"

女佣也沐浴在窗前的阳光里,身上的围裙显得格外清晰耀眼,同时在浅黑色的眼角流露出淡淡的笑意。

"隔壁的野村先生——是叫野村吧?他的夫人呢?"

"叫野村敏子。"

"那么说来,和我是同名了。她已经搬走了吗?"

"不,好像还要待上五六天吧。然后,据说是去芜湖什么的……"

"可是,方才我从她家门前路过,发现隔壁一个人也没有呐。"

"是呀,因为昨天晚上他们又突然搬到三楼上去了……"

"是吗?"

女人歪斜着圆圆的脸蛋,一副若有所思的样子,问道:

"就是她,对吧?搬到这儿的当天,便死了孩子……"

"没错。真是怪可怜的。尽管当场就把孩子送进了医院。"

"那么说来,孩子是在医院死掉的?难怪我们什么都不知道。"

女人那把头发分向两边的前额上浮现出了些许的忧郁。但很快就又恢复了原样,露出了快活的微笑,带着顽皮的眼神说道:

"我已经问完了,你可以走了。"

"你真够坏的。"女佣情不自禁地笑了起来,"你要是再说这种刻薄的话,那么,往后莺家打电话来,我可就偷偷告诉先生了哟。"

"行啊。你就快点走吧。瞧,红茶不是都凉了吗?"

当女佣消失在凸窗那边之后,女人便重新拿起了编织的东西,还一边轻声哼起了歌来。

上午十点到十一点之间——是旅馆整个一天中最寂静的时辰。正是在这个时候,女佣会走进所有的房间,取下花瓶里凋零的花朵一并扔掉。而男佣似乎也是在这个时候去擦亮二楼和三楼上的黄铜栏杆。这种沉默向四周蔓延着,惟有街道上的喧哗声与阳光一道，从所有敞开的窗户漫入房间里。

突然，毛线团从女人的膝盖上滑落到了地面。线团咚地滚下去，拽曳起一根红线，咕噜咕噜地朝走廊上翻滚而去。碰巧这时有个人路过那里，一声不吭地捡起了线团。

"太谢谢您了。"

女人从藤椅上欠起身来，有些害羞地点头寒暄道。谁知仔细一看才发现——帮忙捡起线团的人，恰好就是隔壁那个瘦削的太太。刚才还和女佣在闲谈中提起过她呐。

"哪里的话。"

毛线团从纤细的手指间转移到了雪白如脂的、缠着毛线的手指上。

"这里真暖和呀。"

敏子走到窗前，像是有点目眩似的眯缝起了眼睛。

"是啊，怪不得即便这么坐着，也忍不住犯困呐。"

两个母亲伫立在那里，煞是幸福地相对微笑着。

"哇，多可爱的小袜子呀。"敏子用漫不经心的声音说道。

可一听到这句话，女人便情不自禁地悄悄挪开了视线，说道：

"已经有两年没有动过棒针了，这下还不是因为无聊才又拿起来试试的。"

"可是，像我这样的人，就算是再无聊也只会无所事事的。"

女人把编织的东西扔到藤椅上，露出了无奈的微笑。敏子的话虽然是随口说的，但却再次叩击着女人的心扉。

"府上的少爷——是少爷，对吧？他是什么时候出生的？"敏子一边用手拢着头发，一边望了望女人的面孔，问道。

昨天夜里，敏子对隔壁婴儿的啼哭声感到忍无可忍，可现在，恰恰就是这个婴儿，比什么都更加引发起敏子的兴趣。而且，她还深知这一点：一旦兴趣得到满足，反而会使痛苦愈加剧烈。就像小动物在眼镜蛇面前一动也不敢动一样，或许敏子的心在不知不觉之间已经被痛苦本身的催眠作用牢牢地摄住了吧。抑或是另一种病态心理的典型例子吧？——就像是手臂负伤的士兵故意打开伤口来寻求一时的自虐快感一样，为此不得不承受更大的痛苦。

"今年正月出生的。"说完以后，女人露出了一丝逡巡的神色。但马上又扬起视线，不胜怜悯地补充道，"听说府上遭受了飞来的横祸。"

敏子那潮润的眼睛里浮现着强装的微笑。

"唔，肺炎。——真的仿佛是做了一场梦。"

"而且是初来乍到就发生那种事，我真不知道该怎样安慰你才好。"不知不觉之间，女人的眼眶里业已闪烁着泪花，"要是这种事发生在我身上，哎，我该如何是好呢？"

"有一阵子真可谓悲痛欲绝，但——不久也就认命了。"

两个母亲伫立在那里，凝视着朝阳不胜凄寂的光线。

"最近这一带流行恶性感冒呢。"

女人若有所思地开始继续一度中断的对话。

"日本可就好多了。气候也不像这儿那么反常……"

"尽管我初来乍到，对情况也不是很了解，不过，这儿确实是一个多雨的地方呐。"

"尤其是今年——哟,孩子又哭了。"

女人侧耳倾听孩子的哭声,脸上浮现出判若他人的微笑。她对敏子说道:

"对不起,我失陪了……"

话音未落,只见先前那个女佣早已趿拉着室内穿的草屐,一边发出吧嗒吧嗒的声响,一边抱着大声哭泣的孩子走了过来。婴儿被包裹在漂亮的薄毛呢和服里,只露出一张眉头紧蹙的脸来,而胖墩墩的双下巴更是显得健康而可爱。敏子内心决不愿意看到这样一个婴儿!

"我一过去擦窗户,宝宝就醒了。"

"麻烦你了。"

女人不甚熟练地把婴儿轻轻抱进怀里。

"哇,真可爱呀!"敏子把脸凑近婴儿,顿时闻到了一股刺鼻的乳香,说道,"喔,喔,真是胖乎乎的!"

女人的面孔微微涨红,始终荡漾着微笑。并不是说她对敏子就不同情,但是……但是,从她的乳房下面,对,从丰腴的乳房下面,确实有一股洋洋自得的情愫喷发而出,直往上涌,让她自己也遏制不住。

三

雍家花园的槐树和柳树在午后的微风中摇曳着,朝庭院、草丛和泥土上播撒着阳光和阴翳。不,不光播撒在草丛和泥土上,还有悬张在槐树上的那张和整个庭院显得极不协调的淡蓝色吊床，以及仰卧在吊床上的那个微胖的男子身上。他下半身穿着一条夏天的裤子，上半身则只穿了一件背心。

男人手里点着一支雪茄烟，眼睛注视着挂在槐树下的一只中国式鸟笼。笼子里的鸟像是文鸟之类的小鸟吧，只见它也在斑驳的日影中顺着栖木踱来踱去，还不时打量着笼子下面的男人，一副好生奇怪的神情。每当这种时候，男人要么微笑着把雪茄烟送进嘴巴里，要么像是与人说话似的朝鸟儿搭讪道：

"喂，你怎么啦？"

庭院树影婆娑，四周蒸发出淡淡的草香。遥远的天空中曾经响起过一声轮船的汽笛，而此刻却又是一片沉寂了。或许那轮船早就驶离得远远的，正在长江浑浊的水面上拽拉出一条条耀眼的波纹，向东或者向西疾驶而去了吧。而在江边的码头上，有一个近于赤身裸体的乞丐正在啃噬着西瓜皮。没准还有一群小猪崽正簇拥在母猪的肚子上争夺着乳房吧。而母猪则懒洋洋地横躺在地面上。——已经看腻了文鸟的男人，此刻正沉浸在上述幻想中，不知不觉地打起盹来。

"喂。"

男人睁大了眼睛一看，原来是敏子站在吊床旁边。她的脸色比客居上海的旅馆时有所好转，也没有搽粉施黛。不管是头发、腰带还是齐膝的浴衣，都沐浴在斑驳的光影中。男人瞅了瞅妻子的脸，毫不客气地打了个大哈欠，随后像是不胜吃力地从吊床上欠起身来。

"瞧，给你的信呐。"

敏子眼睛里含着笑意，将几封信交给了男人。与此同

时,从浴衣的胸前掏出装在粉红色信封里的小小信笺纸,说道:

"我今天也收到信了。"

男人坐在吊床上,一边咬着业已烧短的雪茄烟,一边草草地开始读信。而敏子也伫立在那儿,目不转睛地凝视着那和信封同是粉红色的信笺纸。

雍家花园的槐树和柳树在午后的微风中摇曳着,将阳光和阴翳撒落在这祥和宁静的两个人身上。就连文鸟也几乎停止了啭鸣。惟有一只嗡嗡呻吟的小虫豸飞落在男人的肩膀上,但很快就又振翅飞走了……

沉默了一阵之后,突然,敏子眼睛也不抬起来,就发出了一声尖叫:

"哎呀,隔壁的那个婴儿死了……"

"隔壁?"男人竖起耳朵,问道,"你说的隔壁是指哪儿?"

"就是隔壁呗。喏,就是上海某某旅馆的……"

"哇,是那个孩子啊?真够可怜的。"

"一个看上去那么健康的婴儿……"

"他得的什么病啊?"

"据说还是被感冒害的。信里说,最初以为不过是睡觉时着了凉……"敏子似乎有点亢奋,吐词很快地继续往下念道,"'送到医院时,已为时晚矣。'——喏,这不是非常相似吗?'又是打针,又是吸氧,尽管想尽了办法,但是……'——接下来的是什么字呀?喔,对了,是'哭声'。'哭声一点一点地衰弱下去,最终在当天夜里十一点零五分咽了气。我当时的那种悲恸,想必您也能够体谅'……"

"真可怜啊。"男人再次将欠起的身体轻轻躺回到吊床上，而嘴里却重复着同样的一句话。在男人脑海的某个地方，一个垂死的婴儿还在继续发出轻轻的呻吟。而顷刻之间，那呻吟又陡然化作了一阵哭声，化作了那健康男婴发出的哭声。此刻这哭声正穿行在雨声的罅隙里。——男人一边这样幻想着，一边凝神倾听着妻子读信：

"'想必您也能够体谅……这不禁让我回忆起当初与阿姐你相见的情景，那时阿姐肯定也……'唉，世事沧桑，人生多变，想来都令人厌倦。"

敏子扬起忧郁的眼睛，随即又神经质地颦紧了浓眉。瞬间的沉默过去后，敏子的目光又投落到笼子里的文鸟身上，并喜滋滋地拍打着纤美的双手，说道：

"喔，我想起了一个好主意！不妨把这只文鸟放掉！"

"放掉？放掉这只你的宝贝鸟儿？"

"对呀，对呀，即便是宝贝鸟儿也没什么在乎的。因为我想替隔壁的婴儿祈求冥福。喏，不是有放鸟祈福的说法吗？为了那个婴儿就放掉文鸟吧。我想，文鸟也肯定会乐意的。——我的手够不着吧？如果真是够不着的话，就请你帮我取下来吧！"

敏子走近槐树的树根，踮起软底拖鞋，拼命地伸长手臂，可是，压根儿就别想够着悬挂鸟笼的树枝。文鸟就仿佛发疯了一般，吧嗒吧嗒地振动着小小的翅膀。如此一来，就连鸟食罐里的玉米粒儿也都撒落到了鸟笼外面。但男人却一副觉得有趣的样子，只顾着观察敏子。只见妻子仰着头，挺着胸，浑身的重量都支撑在脚尖上。

"好像是够不着吧？——哎，真的是够不着呐。"敏子依旧踮着脚尖，转身对着丈夫说道，"你帮我取下来呀！"

"能够得着吗？如果有个脚踏子的话，那倒是另当别论——就算是决定放掉它，也不一定非要现在不可呀。"

"可我就是想马上放掉它。喂，你就帮我取下来吧。如果不帮我取下来，我是不会饶了你的。怎么样？我要解开吊床了哟！……"

敏子瞪大眼睛盯着男人。但不管是她的眼睛，还是她的嘴唇，无不充溢着微笑。而且，那是一种幸福得几乎丧失了平静的微笑。这时候，男人甚至从妻子的微笑中感觉到了某种刻薄而冷酷的东西。它与那种隐藏在阳光下的草木深处，一直监视着人类的可怕力量是那么相似。

"别做傻事了！"男人扔掉烟卷，半开玩笑地告诫着妻子，"首先，你这样做，不是对不起隔壁那个叫什么名字的太太吗？明明人家死了孩子，我们这边却又是嬉笑，又是欢闹的……"

话音刚落，也不知为什么，敏子的脸一下子变得一片苍白。并且，就像是一个闹别扭的孩子一样，低俯下睫毛很长的眼睛，不容分说地撕碎了粉红色的信笺纸。男人露出了有些苦涩的表情。或许是为了排解眼前的尴尬吧，他突然又快活地继续说道：

"不过，话又说回来，能够这个样子，也无疑是一种幸福吧。想想我们住在上海的那段日子，真是够受的。住进医院里吧，只会更加烦躁。可不住进医院吧，又担心不已……"

男人忽然噤口缄默了。只见敏子低头看着脚下，背阴的脸颊上不知不觉之间早已是泪光闪烁。男人有些困惑地扯了扯短短的胡须,再也没有对这件事发表意见了。

"喂!"

在一阵令人窒息的沉默之后,敏子对男人叫喊道。即便这时,她还依然板着一张脸,背对着丈夫。

"什么事呀?"

"我,我是不是很可恶?对那个婴儿的死……"

敏子陡地转身凝视着丈夫的面孔,眼睛里散发出一种奇异的狂热说道:

"我对那个婴儿的死竟然感到高兴。虽然我知道那是值得同情的——但我确实感到高兴。感到高兴,是不是很可恶?很可恶,是吧?你说呀!"

敏子的声音里带着一种前所未有的狂暴力量。而炫目的光线替男人的衬衫肩头和背心涂抹上了一层金色。他什么也没有回答。仿佛有一种远非人力所能企及的东西正巍然耸立在面前一样。

大正十年八月

杨伟　译

# 好
# 色

平中[1]身为好色之人，对宫中侍女自不待言，就是对良家闺女也无不染指。

《宇治拾遗物语》

平中暗自发誓，不得到她绝不罢休，最后竟病魔缠身，因相思而死。

《今昔物语》

所谓好色之人，正乃如此作为也。

《十训抄》

## 一 画姿

在与太平盛世颇为相称的、优雅而醒目的礼帽下面，一张上窄下宽的脸正朝这边打量。胖乎乎的脸颊上泛着一层鲜艳的红晕，倒不是因为擦了胭脂，而是他那男人鲜有的光滑肌肤自然渗透出好看的血色罢了。在雅致的鼻子下面——不如说是在薄薄的嘴唇两侧——蓄着几许胡须，恰如刷上了一层淡淡的黑墨。而在那富有光泽的鬓发上，恍若不见一丝云霓的天空略微映现出青蓝的色彩一般。鬓发的尽头，只能看见一对略微上翘的耳垂。它们之所以呈现出文蛤般的暖色，似乎是多亏了那些并不强烈的光线。他那双比一般人更细长的眼睛里，总是漂漾着微笑，漂漾着那种晴朗而灿烂的微笑。让人不禁觉得，在那瞳孔的深处，是不是浮现着樱花常开的枝梢。但只要稍微留神一看，就会知道：那儿并不一定只驻留着幸福这一样东西。那是对某种遥迢的事物感到不胜惆怅的微笑，同时也是对身边一切抱着轻蔑感的微笑。与脸庞相比，毋宁说他的脖子未免显得过于纤细。他穿着一件用香熏过的、油菜花颜色的绸子礼服。礼服的衣襟和白色汗衫的衣襟，在他的脖子上显得泾渭分明。而在他脸庞后面隐约可见的，到底是织有仙鹤图案的屏风呢？还是在闲静的山脚画着赤松的拉窗呢？总之，那儿弥漫着一片如同灰暗的水银般的鱼肚白……

这就是从古老的故事中浮现在我眼前的、所谓"天下第一好色之人"平贞文的肖像，也就是有着"平中"这个诨名（据说平好风膝下有三个公子，平贞文因生为次子而得名）的、我的唐·璜[2]的肖像。

## 二　樱花

平中倚靠在墙柱上，漫不经心地眺望着樱花。看来，延伸到屋檐下的樱花业已错过了盛开的佳期。花瓣的红色已经

---

1 平中，即平贞文（？—923），《古今集》歌人。流传着很多关于他的风流韵事。有以他为主人公的《平中物语》。
2 唐·璜，西班牙传说中的风流才子，经常出现在西方的歌剧和诗歌中。

消褪，漫长晌午的阳光在纵横交错的枝头上，投落下了错综复杂的阴翳。然而，尽管平中的眼睛盯着樱花，可心思却不在樱花上。从刚才起，他就一直漫无边际地思忖着侍从的事情。

"第一次看到侍从[1]，是在……"他就这样回想着，"是啊，第一次看到侍从，是在什么时候呢？对了对了，既然说是去参拜稻荷神社，那肯定是在二月的第一个午日喽。当时，那女人正要躬身钻进车里，而我碰巧从那里通过——说来，这就是整个事情的开端。她把扇子举在头上遮荫，所以只能隐约窥见她的脸庞。她在大红和黄绿的和服上披了件紫色的上衣，漂亮得简直难以言喻。而且，当时她正要钻进车里去，所以用一只手提着裤裙，微躬着身子——这情景同样是美妙绝伦。尽管本院大臣的府上有不少的侍女，但此等美人却绝无仅有。若是这样的绝色美女，就算说我平中陷入了情网，也何尝不可……"突然平中的表情变得严肃了起来，"可我真的是陷入情网了吗？如果说是如此，就好像真的如此似的，但如果说并非如此，就又好像并非如此似的……这种事是越想越糊涂的，所以就权当作是那样吧。不过，既然事情是发生在我身上，那么，无论怎么为情所困，也绝不至于神魂颠倒吧。记得曾与范实那家伙一道聊起侍从的闲话，他装模作样地说，曾听人说起，侍从的头发太过稀疏，乃是一大遗憾。其实，我第一眼就注意到了。范实之类的家伙，吹弦拉曲倒还可以，可一涉及好色的话题，他就……哎，算

---

[1] 左兵卫佐在原栋梁的女儿。是侍奉左大臣藤原时平的女官之一。

了，还是别管那家伙了吧。因为眼下我的满门心思，都只在侍从一个人身上……不过，倘若要吹毛求疵的话，可以说，她的脸也未免显得过于凄寂了一点儿。但如果说，仅仅是过于凄寂，那么，脸上的某个地方理应有着如同古画般的优雅吧。可却并非如此。相反，隐藏着某种近于薄情的镇定。无论怎么想，都让人有些放心不下。即便是女人，大凡长着那种面孔的人，都格外目中无人。再说她的肤色也算不得白皙，即便不能说是黝黑，但至少也接近于琥珀色。不过，无论什么时候看上去，那女人都让你产生一种冲动，想冲上去把她抱在怀里。这的确是任何女人都无法仿效的特殊才能吧……"

平中一边双膝跪地，一边出神地仰望着屋檐外面的天空。只见天空在簇拥着的花丛中投落下柔和的淡蓝色彩。

"可是，近来不管怎样传递书信，她都不置一词。人再固执，也该有个限度吧。哎，凡是我追求的女人，大都在捎去第二封信的时候向我俯首称臣。即使其中偶尔有倔强的女人，也没有超过五封信的。比如那个名叫慧眼的法师之女，仅凭一首和歌就坠入情网。并且，那还不是我作的和歌呐，而是别人——对了，是义辅作的和歌。据说义辅曾把这首和歌送给一个愣头愣脑的小女官，结果对方根本就不理不睬。即便是同一首和歌，倘若出自我的手，恐怕结果就大相径庭了吧——得了得了，就算是我写的，侍从不是也照样没有回信吗？看来，人是不能过于骄傲了。不过凡是我发出情书，女人都必定会给我回信的。一旦有了回信，就可以见上一面了。而一旦见了面，就不免会一阵胡闹。而一阵胡闹之后——也就立刻厌腻了。这就是整个事情的必然过程。然而，一个月以来，我已经给侍从写了近二十封情书，她却只字未回。单说情书的文体吧，也不可能永无止境地变化呀，没准不久就该文思枯竭了吧。但在今天写给她的情书里，我是这样写的：'至少请回我二字——已阅。'想必今天总该给我回个音信吧。怎么，还是没有？倘若今天还没有回音的话，那该如何是好呢？——哎，迄今为止，我都不是那种没有出息的家伙，会为这种事丧失骨气。据说丰乐院的老狐狸变成了一个女人，想必她就是那狐狸精的化身吧。所以才会这样的。即便同样是狐狸，奈良坂的狐狸变成了足足有三抱粗的杉树，嵯峨的狐狸变成了一辆牛车，高羊川的狐狸变成了一个女童，而桃园的狐狸则变成了一个硕大的水池——好啦好啦，狐狸的事情怎么着都行啊。哎，我刚才都想了些什么呢？"

平中抬头仰望着天空，悄悄遏制住欲打的哈欠。从掩映在花丛中的屋檐上，不时有白色的东西飘散到西斜的日光里。什么地方还有鸽子在鸣叫。

"总之，在那个女人面前，我恐怕只有投降认输了。即使不肯答应和我见面，但只要说上一次话，我就可以让她束手就擒。更别说如果厮守一夜的话……不管是那个摄津，还是那个小中将，在不认识我的时候，都一直对男人讨厌有加。可一旦经过我的调教，不是都变得风情万种了吗？就说这个侍从吧，也远非什么用金属打造的佛像，所以，不可能自恃清高，刀枪不入吧。不过，一旦真的到了那一步，她该不会像小中将那样感到害臊吧。也不会像摄津那样故作矜持吧。只等我把袖口凑近她的嘴巴,她肯定会一边用目光微笑着,一边……"

"大人……"

"事情反正都是发生在晚上,所以,那儿肯定点着那种低矮的灯台或者别的什么吧。只见灯光照在她的头发上……"

"大人……"

平中这才惊惶失措地把戴着礼帽的脑袋转向身后。一看,侍童不知何时已站在背后,一动不动地低着头,掏出了一封信来。看得出他正拼命地忍住笑。

"是捎来的信吗?"

"是的,从侍从那儿。"

侍童刚一说完,就从主人面前匆匆地退下了。

"从侍从那儿?此话当真?"

平中战战兢兢地摊开了一张薄薄的蓝色信笺。

"会不会是范实、义辅之流的恶作剧?他们是最喜欢这样捣蛋的闲人了……不,这的确是侍从写的信呐。肯定是侍从的信——可是,这叫什么信啊?!"

平中把信撂在了一边。在捎去的信上写了"至少请回我二字——已阅",结果,回信果真只写了"已阅"两个字。而且,这两个字还是从平中的信里剪下来贴在信笺上的。

"哎,号称天下第一好色之人的我,居然也被如此作弄,真是脸面丢尽啊。虽说如此,这个侍从不也是一个够讨厌的女人吗?等着瞧,看我怎样收拾你吧……"

平中抱住膝盖,茫然仰望着樱花的树梢。在茂密的绿叶上面,被风吹落的花瓣正星星点点地凋零着。

## 三　雨夜

那以后又过了两个月。在一个下过绵绵细雨的夜晚，平中一个人悄悄溜进本院侍从的房间。雨点发出凄厉的响声，仿佛夜空就要溶化殆尽陷落下来一般。道路与其说是泥泞不堪，不如说是就跟爆发了洪水别无两样。在这样的夜晚还特意出门，不用说，再绝情的侍从也会大动恻隐之心吧——打着这样的算盘，平中悄悄溜到侍从的房间门口，一边摇响镶着银边的扇子，一边清了清喉咙，催促里面的人开门。

于是，马上出现了一个十五六岁的女童。她早熟的脸上略施粉黛，一副困倦的表情。平中凑近她，小声地央求她向侍从通报自己的来访。

女童一度退进屋子里，然后又回到门口，依旧是小声地回答道：

"请在这边稍事等候。据说等大家歇息之后再来见您。"

平中不由得微笑了。于是，按照女童的吩咐，在与侍从的房间紧挨着的拉门旁边坐了下来。

"我不愧是一个神机妙算之人。"

女童退走之后，平中兀自发出了嗤笑。

"看来，这一次就连侍从也终于被折服了。总之，女人这种尤物，就是特别容易被哀愁所打动。只要恰到好处地对她们表现出好意，她们就会马上落入圈套的。正因为不懂这些要领，所以，义辅和范实之流才会……不，且慢！如果说今夜就能见到她，似乎想得太美了吧。"

平中渐渐变得不安起来。

"可是,如果不见我,也就不可能答应说要见我吧。莫非是我太多疑了?要知道,前前后后一共给她写了六十封情书,可一封回信也没有收到,所以,变得多疑也是情有可原的吧。不过,倘若不是的话——再转念一想,又觉得并非自己多疑。此前一直不理不睬的侍从,今天无论怎样,碍于我的好意,也不至于如此爽快就……话虽这么说,可这次的对象是我呀。想到自己受到平中如此的厚待,或许就连她那封冻的心灵也在顷刻间融化了吧。"

平中整理着衣服的掩襟,一边惴惴不安地打量着四周。然而在他的周围,除了黑暗就再也看不见任何东西了。唯有雨声敲打着扁柏树皮的屋顶。

"如果认为是自己太多疑了,那就是吧,而如果认为不是,那么也就不是吧——不,如果认定是自己太多疑,或许反倒会变成不是多疑了吧。而如果认定并非自己多疑,或许反倒会真的以多疑而收场吧。所谓的命运,有时就是这样捉弄人。看来,还是要把什么都拼命想成并非自己太多疑才好。这样一来,侍从就会马上……哇,大伙儿不是已经开始睡觉了吗?"

平中侧耳倾听着周遭的动静。果然,与淅淅沥沥的雨声一起,传来了一阵嘈杂的人声。看来,聚集在大臣夫人那里的女官们已经分头回到了各自的房间。

"现在最是考验耐力的时候了。只要再过半个小时,我多日的相思就会轻松地得到排解。但不知为什么,在内心的底层,总觉得不能掉以轻心。对了,这样好啦。就认定自己见不到她吧,如此一来,或许反倒能够神奇地见到她了。但捉弄人的命运没准会看穿我的如意算盘。那么,就认定能够见面吧?可这又显得过分精于算计,所以,反倒不会如我所愿了……啊,我的胸口都在发痛了。还不如索性想一些与侍从无关的事情。这不,所有的房间都变得安静下来了。能够听见的就惟有雨声。那么,干脆闭上眼睛,想想雨什么的吧。春雨、五月的雨、黄昏的骤雨、秋雨……有秋雨这个词吗?秋雨、冬雨、屋檐上的雨、漏雨、雨伞、祈雨、雨龙、雨蛙、雨罩、避雨……"

就在这样思忖的时候,一阵出乎意料的响声震惊了平中的耳朵。不,不仅仅是震惊。听见这响声之后,平中就像是某个拜谒了佛陀的虔诚法师一样,脸上洋溢起了喜悦的神情。因为从拉门的对面清楚地传来了有人打开锁扣的声音。

平中试着拽了拽拉门。就像他预想的那样,拉门顺着门槛一下子滑开了。拉门对面一片黑暗,弥漫着一种不知从哪里传出的香味,让人觉得颇有些神奇。平中静静地关上了拉门,用膝盖拄在地上,摸索着向里面移动。但在这萦绕着娇媚气氛的黑暗中,除了天花板上传来的雨声,便再也感觉不到任何其他事物的存在了。偶尔觉得自己的手触摸到了什么,也不外乎衣架和梳妆台之类的东西。平中感到自己的心正跳得越来越剧烈。

"莫非她不在?倘若在的话,总该吭吭声吧。"

就在这样琢磨着的当口,平中的手偶然地触摸到了女人的纤纤玉手。然后他又用手继续摸索,摸到了像是丝绸质地的上衣袖口,还有衣服下面的乳房,接着是圆圆的脸颊和下巴。最后触摸到了比冰块更冷彻骨髓的秀发。——就这样，平中终于摸索到了躺在黑暗中纹丝不动的侍从，那个令他梦魂牵萦的女人。

这既不是做梦，也不是幻觉。侍从就那样只披着一件上衣，不加修饰地躺在平中的鼻子跟前。他蜷缩在那儿，情不自禁地颤抖起来。但侍从仍旧没有表现出要动弹的迹象。平中感到，自己好像在书里读过类似的情景，要不，就是在几年前借助点燃的油灯在正殿里看见的某幅画卷里看过。

"谢谢，谢谢。迄今为止，我还一直以为你是一个冷酷的女人呐。但从今以后，我决定，与其把自己的性命奉献给佛祖，还不如托付给你呐。"

平中把侍从拽向自己身边，一边想这样在对方的耳畔轻声低语。但不管他如何心急火燎，舌头都被紧紧黏附在上颚上，无法发出像样的声音来。不久，侍从头发上的气息，还有温暖肌肤的气息，都一股脑儿向他裹挟而来。——就在他这么思忖着的时候，侍从发出的轻微呼吸又扑打在了他的脸上。

一瞬间——这一瞬间一旦过去，他们就必定会浸润在爱欲的暴风雨之中，以至于忘却了雨声，忘却了不知从哪里传出的香味，忘却了本院的大臣，还有就在附近的女童吧。可就在这节骨眼上，侍从欠起上半身，用羞怯的声音说道：

"请等等。那边的隔扇好像还没有上闩呐。我这就去上了闩再回来。"

平中只是点了点头。于是，侍从在两个人的褥子上留下散发着宜人气息的温暖，站起身悄悄走开了。

"春雨、侍从、弥陀如来、避雨、从屋檐流下的雨滴、侍从、侍从……"

平中一直睁开着双眼,思索着种种连自己都懵然不懂的事情。这时,从对面的黑暗中传来了倒上门闩的"咔嚓"响声。

"雨龙、香炉、雨夜鉴花、'暗中迷惑甚,真面识何曾,不及中宵梦,依稀尚可凭'[1]、'梦里应相见……',[2] 怎么回事?门闩不是早就倒上了吗?可……"

平中抬起头一看,只见周遭和刚才一样,弥漫着不知从哪里传来的香味。此外,就只有一片温暖的黑暗了。侍从去了哪儿呢?甚至听不到她的衣裳摩挲的沙沙响声。

"她绝不可能就此……不,没准她已经……"

平中这才爬出褥子,像刚才那样用手摸索着来到了对面的隔扇处。只见隔扇已被人从房间外面牢牢地倒上了门闩。再怎么侧耳倾听,都没有任何脚步声。所有的女佣房间都在大雨中无声无息地安睡着。

"平中,平中,你还算什么天下第一好色之人呢?"平中倚靠在隔扇上,神思恍惚地嗫嚅着,"你的姿色早已衰败,你的才气也今不如昔。你是一个比范实和义辅还更让人瞧不起的窝囊废……"

---

[1] 引用自《古今集》恋歌第三卷的第647首和歌。
[2] 此处为《古今集》恋歌第四卷中的第681首或第767首和歌的第一句。

## 四　好色问答

平中的两个朋友——义辅和范实在无聊的闲谈中，曾有过如下一段问答。

义辅　据说就连平中也在那个侍从面前败下阵来。

范实　是有这种传说。

义辅　对那家伙而言，也算是一个教训吧。除了女御更衣[1]之外，他不惜染指所有的女人。还是惩戒一下为宜。

范实　哎！莫非你也是孔夫子的弟子？

义辅　尽管对孔夫子的教诲我一无所知，但却知道，有多少女人为平中而痛哭流涕。顺便再补充一句，有多少丈夫为他伤透了脑筋，又有多少父母为他而勃然大怒，还有多少家臣因他怨声载道，这些我都并非一无所知。对这种殃及众人的男人，理应义正严词地加以谴责。你不这样认为吗？

范实　也不是那么简单吧。诚然，因平中一个人，整个世间都不胜其烦。但是那些罪孽难道只应由平中一个人来承担吗？

义辅　那么，还应该由谁来承担呢？

范实　应该由女人来承担呗。

义辅　让女人来承担，未免太过可怜吧。

范实　全盘归咎于平中，不是也很可怜吗？

义辅　要知道，是平中去引诱那些女人的。

范实　男人是在战场上拔剑张弩，公开交战，而女人则

---

[1] 女御、更衣，平安时代的女官名称。

趁人不备，进行暗算。可杀人之罪，有何殊异？

义辅　哇，你还袒护平中呐。不过，有一点是确切无疑的吧——我们不让世间蒙受痛苦，而平中却让世间蒙受痛苦。

范实　这一点究竟如何，也很难断言啊。我们人类，也不知是因为什么报应，只要活着，一刻都不会停止相互伤害。只是平中比我们给世间带来了更大的痛苦而已。这一点对于天才而言，也是无可奈何的宿命吧。

义辅　你开什么玩笑！倘若将平中与天才混为一谈，那么，这水池里的泥鳅也会摇身变成蛟龙吧。

范实　平中确实不愧为天才呐。你不妨瞧瞧他的那张脸，听听他的声音，再读读他的文章。倘若你是个女人，不妨和他厮守一个夜晚。他和空海上人[1]、小野道风[2]一样，从离开母胎的时候起就被赋予了非凡的才能。如果这还不算是天才的话，那么，天下将没有一个天才存在。在这一点上，我等之辈毕竟不是平中的对手啊。

义辅　但是——但是，天才并非像你所说的那样，仅仅制造罪恶吧？比如，看看道风的书法就会知道，那是在微妙笔力的驱使下才可能诞生的奇迹。而再听听空海上人念诵的经文吧……

范实　我可没有说，天才仅仅制造罪恶。而只是说，天才也会制造罪恶。

---

1　空海上人（774—835），即弘法大师。
2　小野道风（894—966），平安时代的贵族、书法家。

义辅　那么，不是和平中大相径庭吗？因为他制造的就只有罪恶而已。

范实　那可不是我们所能理喻的东西。比如，对于一个连假名都写不好的人来说，道风的书法不是也无聊透顶吗？对于一个完全没有信仰的人来说，比起空海上人念诵的经文，或许倒是傀儡作的和歌还更加有趣吧。要想了解天才的功德，我们还必须具备相应的资格。

义辅　尽管你也说的不无道理，可若论平中尊者的功德……

范实　平中不也一样吗？那种好色之人的功德，唯有女人才深谙其妙。你刚才不是说过，不知有多少女人为平中以泪洗面吗？现在我想反过来说，不知有多少女人因为平中而咀嚼到了无上的欢悦，不知有多少女人因为平中而体验到了生存的价值，不知又有多少女人因为平中而学会了牺牲的可贵，不知还有多少女人……

义辅　好了好了，这已经足够了。倘若像你那样强词夺理，牵强附会，那么，稻草人也会变成一身戎装的武士呐。

范实　如果像你那样喜欢忌妒，那么，一身戎装的武士也会被当作稻草人的。

义辅　你说我喜欢忌妒？嘿，这可是出人意料啊。

范实　你干吗不像谴责平中那样，去谴责那些淫乱的女人呢？即便你在口头上谴责她们，可内心却为她们网开一面。对吧？这是因为彼此都是男人，所以不知不觉地掺入了妒忌的成分。不管是多是少，其实我们都潜藏着一种野心：如果可能的话，都希望成为平中那样的人。也正是因为这样，平中比密谋造反的人更让我们憎恨。想来，也真够可怜的。

　　义辅　　那么，你也想成为平中了，对吧？

　　范实　　你说我吗？那倒并不完全如此。所以，在对待平中的时候，我能够比你更加公平。一旦征服了某个女人，平中很快就会厌倦那个女人，并立刻为另外的女人而神魂颠倒，以至于达到可笑的地步。这是因为在平中的心中，总是依稀萦绕着某个如同巫山神女般美妙绝伦的女人形象。平中总是试图从世间的女人身上寻觅到那样的美丽。在他为对方神魂颠倒的时候，他以为自己已经捕捉到了那样的东西。但见过两三次以后，那样的海市蜃楼却顷刻间坍塌了。为此，他不得不辗转于一个又一个女人之间。而且，在当今这个末法世界[1]里，根本不可能有那样的美人存在。所以，平中的一生最终不能不以不幸而宣告结束。在这一点上，毋宁说你和我要幸福得多。但平中之所以不幸，无非因为他是个天才的缘故。这也不限于平中一个人。空海上人和小野道风其实也与他有近似之处吧。总而言之，要想获得幸福，至关重要的，必须是一个凡人……

## 五　为粪便之美而感叹的男人

　　平中一个人不胜落寞地伫立在离本院侍从房间不远的套廊上。四周看不见一个人影。太阳照射在走廊的栏杆上，只

---

[1] 末法世界，佛教用语。既无修行亦无悟道的浊世。

要看看那仿佛闪着油光的光线，就知道今天的暑热又加剧了。但在厢房外面的天空中，一棵棵抽绿的松树正静静地守护着眼前的荫凉。

"侍从对我不理不睬，而我也就索性对她死心了吧……"平中依旧是一张苍白的面孔，茫然地思考着，"可是，无论怎样死心，侍从的身影都必定恍如幻影一般萦绕在我的眼前。自从那个雨夜以来，只为了忘记她的身影，我不惜四方拜佛，虔诚地祈祷。但一走进加茂神社，那御镜里就栩栩如生地映现出了侍从的面庞。而一踏入清水寺的正殿，观世音菩萨的身影竟然原封不动地化作了侍从的模样。倘若这身影一直纠缠住我的心，那我肯定会焦躁而死吧……"

平中长长地叹息了一声。

"但是，要想忘记那身影——便只有一个办法。那就是找出她的鄙俗之处。侍从又不是天仙下凡，想必也自有不洁之处吧。只要发现其中一点，那么，就像变成女官的狐狸被人抓住尾巴一样，侍从的幻影就会自然而然地土崩瓦解。而也只有在那一刹那里，我的生命才会重新归属于我自己。但她究竟什么地方是鄙俗的，又在什么地方隐藏着不洁，是不会有谁来告诉我的。啊，大慈大悲的观世音菩萨，求您昭示侍从的可鄙之处，昭示她与河岸上的女乞丐别无两样的证据……"

平中就这样思忖着，无意中扬起了他那慵懒的视线。

"哇，朝这里走来的，不正是侍从房间里的那个女童吗？"

这不，那个长着一副聪明模样的女童，身着一件瞿麦图案的薄衣，下面穿着一条色彩浓艳的裙裤，正朝着这边走了过来。只见她将一个匣子模样的东西藏在一把红色画扇的背后。想必是去扔掉侍从拉下的粪便吧。见此情景，一个大胆的决定像闪电一般划过平中的心里。

平中眼神一变，一下子站到女童的前方，挡住了去路。然后一把抢过女童手上的匣子，一溜烟似的奔向走廊对面一间无人的房子。不用说，遭到突然袭击的女童一边哭喊着，一边紧跟在他的后面。但一跑进那个房间，平中就一把关上拉门，迅速倒上了门闩。

"是的，只要瞧瞧这里面，不用说——百年之恋也会在瞬间里化作烟雾一散而去的……"

平中用瑟瑟颤抖的手揭开了搭在匣子上的染香绫罗。出人意料的是，匣子上竟然涂抹着崭新而精巧的泥金画。

"这里面就藏着侍从的粪便。同时也左右着我的性命……"

平中伫立在那儿，目不转睛地盯着那只美丽的匣子。而女童还在房间外面低声抽噎着。但不知什么时候，那哭声被一阵抑郁的沉默吞噬殆尽了。与此同时拉门和隔扇也开始像雾霭一般消失了。不，平中甚至闹不清，此刻究竟是白天还是夜晚。他的眼前，唯有一只画着杜鹃鸟图案的匣子清晰地浮游在空中……

"我的性命能否得救，还有，能否与侍从彻底决别，全都维系在这只匣子上了。一旦打开这只匣子的封盖——不，这可得好好想想。到底是忘掉她的好，还是让自己的生命苟延残喘的好？我可答不上来。不，纵然焦灼而死，也还是别打开这匣子的封盖吧……"

平中憔悴的脸上闪烁着泪花,此刻更是备感困惑。但在沉吟了片刻之后,他的眼睛突然迸射出光芒,心里声嘶力竭地叫喊道:

"平中,平中!你多没出息呀!难道你忘记了那个雨夜吗?没准侍从现在还在嘲笑着你的痴迷呐。你要活下去!而且是好好地活下去!只要看见了侍从的粪便,你就肯定能够旗开得胜……"

平中几乎像是疯子一般揭开了匣子的封盖。不料匣子里只是盛着一半淡淡的丁香花颜色的液体。有两三块什么东西,带着浓浓的丁香花颜色,沉淀在液体的底部。与此同时,就像是在梦境中一样,一阵丁香花的气味徐徐飘来,扑打着平中的鼻子。莫非这就是侍从的粪便?不,不可能。即便是吉祥天女,也不可能排泄这样的粪便。平中紧蹙着眉头,随手抓起了漂浮在最上面的、近两寸大小的东西。然后,他几乎是凑在自己的胡须附近,反复地嗅着它的气味。没错,这肯定是最上等的沉香才会发出的气味。

"这个又如何呢?这液体好像也发出一种香味呢……"

平中把匣子倒过来,悄悄啜吸了一口其中的液体。那液体也散发着丁香花的芬芳。无疑是沉淀后的清汁。

"那么说来,这也是香水吧?"

平中又试着把刚才抓起来的那两寸大小的东西放进嘴巴里咀嚼。原来,它有着那种浸透牙齿的、夹杂着苦味的甘甜味道。顿时,他的嘴巴里弥漫着一种比柑橘花更加清凉的绝妙气味。也不知侍从计从何来,为粉碎平中的谋略,竟然特意用制香的手法造出的粪便。

"侍从,是你杀死了平中!"

平中呻吟道。只见泥金画的匣子"吧嗒"一声滑出了他的手中,而他的整个身体也跌倒在了地面上。在紫摩金的圆光照耀下,他那半死的瞳仁里又浮现出了侍从朝他嫣然微笑的倩影……

大正十年十月

杨伟　译

# 竹林中

### 推官审讯樵夫供词

是呀,发现那具尸体的,正是小的。今儿个早上,小的像往常一样,去后山砍柴,结果在山后的竹林里,看到那具尸体。老爷问在哪儿吗?那地方离山科大路约摸一里来地,是片竹子和小杉树的杂树林,很少有人迹。

尸身穿一件浅蓝色绸子裌,头上戴了一顶城里人的细纱帽,仰天躺在地上。虽说只挨了一刀,可正好扎在心口上,尸体旁的竹叶子全给染红了。没有,血已经不流了。伤口好像也干了。而且有只大马蝇死死叮在上面,连我走近的脚步声都不理会。

没看见刀子什么的吗?——没有,什么都没看见。就是旁边杉树根上,留下一条绳子。后来……对了,除了绳子,还有一把梳子。尸体旁边没别的,就这两样东西。不过,有一片地里,荒草和竹叶给踩得乱七八糟的,看样子那男子被杀之前,准是狠斗了一场。

怎么,没有马?——那地方,马压根儿进不去。能走马的路,在竹林外面呐。

### 推官审讯行脚僧供词

贫僧昨日确曾遇见死者。昨天……大约是晌午时分吧。地点是从关山快到山科的路上。他与一个骑马女子同去关山。女子竹笠上遮着面纱,所以贫僧不曾得见她的容貌。只看见那身紫色绸夹衫。马是桃花马……马鬃剃得光光的,不会记错。个头有多高么?总有四尺多吧……贫僧乃出家之人,这些事情不甚了然。那男子……不,佩着刀,还带着弓箭。特别是黑漆箭筒里,插了二十多支箭,要说这点,贫僧至今还历历在目。

做梦也想不到,那男子会有如此结局。真可谓人生如朝露,性命似电光。呜呼哀哉,贫僧实无话可说。

### 推官审讯捕快供词

大人问小人捉到的那家伙吗?他确确实实是臭名远扬的大盗多襄丸。小人去抓的时候,他正在粟田石桥上哼哼呀呀,大概是从马上摔下来的缘故。什么时辰吗?是昨晚初更时分。上次逮他的时候,穿的也是这件藏青裰子,佩着这把雕花大刀。不过,这一回,如大人所见,除了刀,还带着弓箭。是吗?被害人也带着刀箭……那么,行凶杀人的,必是多襄丸无疑。皮弓,黑漆箭筒,十七支鹰羽箭矢……这些想必都是被害人的。是的,正如大人所说,马是秃鬃桃花马。那畜生把他摔下来,是他的报应。马拖着长长的缰绳,在石桥前面不远的地方,啃着路旁的青草。

这个叫多襄丸的家伙，在出没京畿一带的强盗中，最是好色之徒。去年秋天，鸟部寺宾头卢像后头的山上，有个像是去进香的妇人连同丫鬟一起被杀，据说就是这家伙作的案。这回，这男的若又是他下的毒手，那骑桃花马的女子，究竟给弄到什么地方去了，把她怎么样了，就不得而知了。也许小人逾分，还望大人明察。

## 推官审讯老妪供词

是的，死者正是小女的丈夫。他并非京都人士。是若狭国府的武士，名叫金泽武弘，二十六岁。不，他性情温和，不可能惹祸招事的。

小女么？闺名真砂，年方十九。倒是刚强好胜，不亚于男子。除了武弘以外，没跟别的男人相好。小小的瓜子脸，肤色微黑，左眼角上有颗痣。

武弘昨天是同小女一起动身去若狭的。没料到竟出了这样的事。真是造孽哟！女婿死了，认倒霉罢。可小女究竟怎样了？老身实在担心得很。恳求青天大老爷，不论好歹，务必找到小女的下落才好。说来说去，最可恨的便是那个叫什么多襄丸的狗强盗，不但杀了我女婿，连小女也……（余下泣不成声）

## 多襄丸的供词

杀那男的，是我，可女的，我没杀。那她去哪儿啦?——我怎么知道!且慢,大老爷。不管再怎么拷问,不知道的事也还是招不出来呀。再说,咱家既然落到这一步,好汉做事好汉当,决不隐瞒什么。

我是昨天过午遇见那小两口的。正巧一阵风吹过,掀起竹笠上的面纱,一眼瞟见那小娘儿的姿容。可一眨眼就再无缘得见了。八成是这个缘故吧。觉得她美得好似天仙。顿时打定主意,即使要杀她男人,老子也非把她弄到手不可。

什么?杀个把人,压根儿不像你们想的,算不得一回事。反正得把女人抢到手,那男的就非杀不可。只不过,我杀人用的是腰上的大刀,可你们杀人,不用刀,用的是权,是钱,有时甚至几句假仁假义的话,就能要人的命。不错,杀人不见血,人也活得挺风光,可总归是杀手哟。要讲罪孽,到底谁个坏,你们?还是我?鬼才知道!(讽刺地微微一笑)

当然,只要能把那小娘儿抢到手,不杀她男人也没什么。说老实话,按我当时的心思,只想把她弄到手,能不杀她男人就尽量不杀。可是在山科大道上,这种事是没法动手的。于是,我就想法子,把那小两口诱进山里。

这倒不是什么难事。我跟他们一搭上伴,就瞎编了一通话,说对面山里有座古墓,掘出来一看,竟有许多古镜和宝刀,我不让人知道,就偷偷埋在后山的竹林里。若是有人要,随便哪件,打算便宜出手。——不知不觉间,男的对我这套话渐渐动了心。这后来嘛——你说怎么着?人的贪心真叫可怕!不出半个时辰,小两口竟掉转马头,跟我上山了。

到了竹林前,我推说,宝物就埋在里边,进去瞧瞧吧。

男的财迷心窍,自然答应。可女的,连马也不肯下,说:我就在这儿等。那竹林子密密匝匝,也难怪她要说这话。老实说,这倒正中咱家下怀。于是便让那小娘儿留下,我跟她男人一起钻进了林子。

开头林子里净是竹子,再过去十多丈地,才是一片稀疏的杉树林。——要下手,那地方再合适不过了。我一面拨开竹丛,一面煞有介事地骗他说:宝物就埋在杉树下面。男的信以为真,就朝看得见杉树的地方拼命赶去。不大会工夫,便来到竹子已稀稀落落,有几棵杉树的地方。——说时迟那时快,我一下子便把他摔倒在地。还真不愧是个佩刀的武士,力气像是蛮大的哩。可是不意着了我的道儿,他也没辙。我当即把他绑在一棵杉树根上。绳子吗?这正是干我们这行的法宝,说不准什么时候要翻墙越户,随时拴在腰上。当然啦,我用竹叶塞了他一嘴,叫他出不了声。这样,就不用怕什么了。

对付过男的,回头去找那小娘儿,慌说她男人好像发了急症,叫她快去看看。不用说,她也中了圈套。便摘下竹笠,由我拽着她的手,拉进竹林深处。到了那里,她一眼就看见了——丈夫给绑在杉树根上。说时迟那时快,她从怀里掏出一把明晃晃的匕首来。老子从来没见过那么烈性的女人。当时要是一个不小心,没准肚子就会挨上一刀。虽说我闪开了身子,可她豁出命来一阵乱刺,保不住哪儿得挂点彩。不过,老子是多襄丸,何须拔刀,结果还不是将她的匕首打落在地。一个再烈性的女子,没了家伙,也就傻了眼了。我终于称心如意,用不着杀那男人,也能把他小媳妇儿弄到手。

用不着杀她男人——不错，我本来就没打算杀。可是，当我撇下趴在地上嘤嘤啜泣的小娘儿，正想从竹林里溜之大吉，不料她一把抓住我胳膊，发疯似的缠上身来。只听她断断续续嚷道：不是你强盗死，便是我丈夫死，你们两个总得死一个。让两个男人看我出丑，比死还难受。接着，她又气喘吁吁地说：你们两个，谁活我就跟谁去。这时，我才对她男人，萌生杀机。（阴郁的兴奋）

听我这么说来，你们必定把我看得比你们还残忍。那是因为你们没看到她的脸庞，尤其没看到那一瞬间，她那对火烧火燎的眸子。我盯着她的眸子，心想，就是天打雷劈，也要娶她为妻。我心里只转着这个念头。我绝非你们大人先生所想的，是什么无耻下流，淫邪色欲之徒。如果当时仅止于色欲，而无一点向往，我早一脚踢开她，逃之夭夭了。我的刀也不会沾上她男人的血。可是，在幽暗的竹林里，我凝目望着她的脸庞，刹那间，主意已定：不杀她男人，誓不离开此地。

不过，即便开杀戒，也不愿用卑鄙手段。我解开绑，叫他拿刀跟我一决生死（杉树根下的绳子，就是那时随手一扔忘在那里的）。他脸色惨白，拔出那把大刀。一声不吭，一腔怒火，猛地一刀朝我劈来。——决斗的结果，也不必再说了。到第二十三回合，我一刀刺穿他的胸膛。请注意——是第二十三回合！只有这一点，我对他至今还十分佩服。因为跟我交手，能打到二十回合的，普天之下也只他一人啊！（快活的微笑）

男人一倒下，我提着鲜血淋漓的大刀，回头去找那小娘儿。谁知，哪儿都没有。逃到什么地方去啦？我在杉树林里找来找去。地上的竹叶，连一点踪迹都没留下。侧耳听听，只听见她男人临终前的喘息声。

说不定我们打得难分难解之际，她早就溜出竹林搬救兵去了。为自己想，这可是性命交关的事。我当即捡起大刀和弓箭，又回到原来的山路。小娘儿的马还在那里静静地吃草。后来的事，也就不必多说了。只是进京之前，那把刀，给我卖掉了。——我要招的，便是这些。横竖我脑袋总有一天会悬在狱门前示众的，尽管处我极刑好啦！（态度昂然）

## 一个女人在清水寺的忏悔

那个穿藏青裃子的汉子把我糟蹋够了，瞧着我那给捆在一旁的丈夫，又是讥讽又是嘲笑。我丈夫心里该多难受啊。不论他怎么挣扎，绳子却只有越勒越紧的份儿。我不由得连滚带爬，跑到丈夫身边去。不，我是想要跑过去的。但是，那汉子却冷不防把我踢倒在地。就在那一刹那，我看见丈夫眼里，闪着无法形容的光芒。我不知该怎样形容好，至今一想起来，都禁不住要打颤。他嘴里说不出话，可是他的心思，全在那一瞥的眼神里传达了出来。他那灼灼的目光，既不是愤怒，也不是悲哀——只有对我的轻蔑，真个是冰寒雪冷呀！挨那汉子一脚不算什么，可丈夫的目光，却叫我万万受不了。我不由得惨叫一声，昏了过去。

过了一会儿，我才恢复神志，穿藏青裃子的汉子已不知去向。只留下我丈夫还被捆在杉树根上。我从洒满竹叶的地上抬起身子,凝目望着丈夫的面孔。他的眼神同方才一样,丝毫没有改变。依然是那么冰寒雪冷的,轻蔑之中又加上憎恶的神色。那时我的心呀,又羞愧,又悲哀,又气愤,简直不知怎么说才好。我晃晃悠悠地站了起来,走到丈夫跟前。

"官人!事情已然如此,我是没法再跟你一起过了。狠狠心,还是死了干净。可是……可是你也得给我死掉!你亲眼看我出丑,我就不能让你再活下去。"

我好不费劲才说出这番话来。但是我丈夫仍是不胜憎恶地瞪着我。我的心都快碎了。我克制住自己,去找他的刀。也许叫那强盗拿走了,竹林里不仅没大刀,连弓箭也找不见。幸好那把匕首还在我脚边。我挥动匕首,最后对他说:

"那么,就请把命交给我吧。为妻的随后就来陪你。"

听了这话,我丈夫这才动了动嘴唇。嘴里塞满了落叶,当然听不见一点声音。可我一看,立即明白他的意思。他对我依然不胜轻蔑,只说了一句:杀吧!我丈夫穿的是藏青的绸袄,我懵懵懂懂,朝他胸口猛一刀扎了下去。

这时,我大概又晕了过去。等到回过气来,向四处望了望,丈夫还绑在那里,早已断了气。一缕夕阳,透过杉竹的隙缝,射在他惨白的脸上。我忍气吞声,松开尸身上的绳子。接下来——接下来,怎么样呢?我真没勇气说出口来。要死,我已没了那份勇气!我试了种种办法,拿匕首往脖子上抹,还是在山脚下投湖,都没有死成。这么苟活人世,实在没脸见人。(凄凉的微笑)我这不争气的女人,恐怕连大慈大悲的观世音菩萨都不肯度化的。我这个杀夫的女人呀,

我这个强盗糟蹋过的女人呀,究竟该怎么办才好啊!我究竟,我……(突然痛哭不已)

## 亡灵借巫女之口的供词

强盗将我妻子凌辱过后,坐在那里花言巧语,对她百般宽慰。我自然没法开口,身子还绑在杉树根上。可是,我一再向妻子以目示意:"千万别听他的,他说的全是谎话!"可她只管失魂落魄,坐在落叶上望着膝头,一动也不动。那样子,分明对强盗的话,听得入了迷。我不禁妒火中烧。而强盗还在甜言蜜语,滔滔不绝:"你既失了身,和你丈夫之间,恐怕就破镜难圆了。与其跟他过那种日子,不如索性嫁给我,怎么样?咱家真正是爱煞你这俏冤家,才胆大包天,做出这种荒唐事儿。"——这狗强盗居然连这种话都不怕说出口。

听强盗这样一说,我妻子抬起她那张神迷意荡的面孔!我从来没见过妻子有这样美丽。然而,我这娇美的妻子当着我——她那给人五花大绑的丈夫的面,是怎样回答强盗的呢?尽管我现在已魂归幽冥,可是一想起她的答话,仍不禁忿火中烧。她确是这样说的:"好吧,随你带我去哪儿都成。"(沉默有顷)

妻的罪孽何止于此。否则在这幽冥界,我也不至于这样痛苦了。她如梦如痴,让强盗拉着她手,正要走出竹林,猛一变脸,指着杉树下的我,说:"把他杀掉!有他活着,我就不能跟你。"她发狂似的连连喊着:"杀掉他!"这话好似一阵狂风,即使此刻也能将我一头刮进黑暗的深渊。这样可憎的话,有谁说得出?这样可诅咒的要求,又有谁听到过?哪怕就一次……(突然冷笑起来)连那个强盗听了,也不免大惊失色。妻子拉住强盗的胳膊,一面喊着:"杀掉他!"强盗一声不响地望着她,没有说杀,也没有说不杀……就在这一念之间,他一脚将妻子踢倒在落叶上,(又是一阵冷笑)抱着胳膊,镇静地望着我,说道:"这贱货你打算怎么办?杀掉么?还是放过她?回答呀,你只管点点头就行。杀掉?"

——就凭这一句话,我已愿意饶恕强盗的罪孽(又沉默良久)。

趁我还在游移之际,妻子大叫一声,随即逃向竹林深处。强盗立刻追了过去,似乎连她衣袖都没抓着。我像做梦似的,望着这一情景。

妻子逃走后,强盗捡起大刀和弓箭,割断我身上的绳子。"这回该咱家溜之大吉了。"——记得在林中快看不见他身影时,听见他这样自语。然后,四周是一片沉寂。不,似有一阵呜咽之声。我一面松开绳子,一面侧耳谛听。原来呜呜咽咽的,竟是我自家呀(第三次长久沉默)。

我疲惫不堪,好不容易才从杉树下站起身子。在我面前,妻子掉下的那把匕首,正闪闪发亮。我捡起来,一刀刺进了胸膛。嘴里涌进一股血腥味。可是没有一丝痛苦。胸口渐渐发凉,四周也越发沉寂。啊,好静啊!山林的上空,连只小鸟都不肯飞来鸣转。那杉竹的梢头,唯有一抹寂寂的夕阳。可是,夕阳也慢慢暗淡了下来。看不见杉,也看不见竹。我倒在地上，沉沉的静寂将我紧紧地包围。

这时，有人蹑足悄悄走近我身旁，我想看看是谁。然而，这时已暝色四合。是谁……谁的一只我看不见的手，轻轻拔去我胸口上的匕首。同时，我嘴里又是一阵血潮喷涌。从此，我永远沉沦在黑暗幽冥之中……

大正十年十二月

高慧勤 译

芥川龍之介
邪宗門・藪の中

**图书在版编目（CIP）数据**

邪宗门・竹林中/（日）芥川龙之介著；魏大海等译. --上海：上海译文出版社，2024.11. --ISBN 978-7-5327-9642-7

Ⅰ. I313.45

中国国家版本馆CIP数据核字第2024RV7762号

| 邪宗门・竹林中 | [日]芥川龙之介　著 | 出版统筹　周　冉 |
|---|---|---|
|  | 魏大海　高慧勤　侯为　等译 | 责任编辑　许明珠 |
| 邪宗門・藪の中 | 魏大海　主编 | 装帧设计　柴昊洲 |

上海译文出版社有限公司出版、发行
网址：www.yiwen.com.cn
201101　上海市闵行区号景路159弄B座
浙江新华数码印务有限公司印刷

开本787×1092　1/32　印张12　插页5　字数189,000
2024年11月第1版　2024年11月第1次印刷

ISBN 978-7-5327-9642-7
定价：70.00元

本书中文简体字专有出版权归本社独家所有，非经本社同意不得转载、摘编或复制
如有质量问题，请与承印厂质量科联系。T：0571-85155604